时光不语

"同步悦读"首部作品选·散文

主　编
白　夜　王怀东

经济日报出版社

图书在版编目（CIP）数据

时光不语："同步悦读"首部作品选·散文 / 白夜，王怀东主编. -- 北京：经济日报出版社，2022.9
ISBN 978-7-5196-1190-3

Ⅰ. ①时… Ⅱ. ①白… ②王… Ⅲ. ①散文集–中国–当代 Ⅳ.①I267

中国版本图书馆 CIP 数据核字（2022）第 171438 号

时光不语："同步悦读"首部作品选·散文

主　编	白　夜　王怀东
责任编辑	孙　榐
责任校对	蒋　佳
出版发行	经济日报出版社
地　址	北京市西城区白纸坊东街 2 号（邮政编码：100054）
电　话	010–63567684（总编室） 010–63584556　63567691（财经编辑部） 010–63567687（企业与企业家史编辑部） 010–63567683（经济与管理学术编辑部） 010–63538621　63567692（发行部）
网　址	www.edpbook.com.cn
E－mail	edpbook@126.com
经　销	全国新华书店
印　刷	成都兴怡包装装潢有限公司
开　本	710mm×1000mm　1/16
印　张	19.50
字　数	350 千字
版　次	2022 年 9 月第 1 版
印　次	2022 年 9 月第 1 次印刷
书　号	ISBN 978-7-5196-1190-3
定　价	60.00 元

美哉，满园姹紫嫣红

◇ 石　楠

　　"同步悦读"的主编白夜先生跟我说，"同步悦读"首部散文选本《时光不语》文稿编辑好了，已和出版社签署了出版合同，他要我为这部书写篇序文。我早已不写了，说真的，也不会写了。可我却不能说不。就我对"同步悦读"的了解和情谊，我觉得我有义不容辞的责任。

　　我和"同步悦读"相识在4年前。白夜通过我一个作家朋友向我约稿，记得当时我跟朋友说，我的生活已写完了，眼睛又不好，写不出文章了。朋友却说，"同步悦读"是一个新型读书平台，主要是想让好作品遇到更多的读者，我遂给了一篇随笔《吃螃蟹》。这以后，我和白夜就有了越来越多的联系。在与他的交往中，我觉得他是个充满热情、待人真挚，对文学挚爱虔诚，又有文学理想和追求的青年才俊。我慢慢熟悉了"同步悦读"，它的宗旨是"倡导全民阅读，建设书香社会"，全力打造一个集悦读、视听、欣赏和思考为一体，面向全球发布的新时代新媒体的新型文学平台，力求打破传统纸媒的一些陋疾，将文学和阅读推向大众化、全民化。既不走清冷的纯文学路线，更不走庸俗滥的低俗路线，积极倡导全民形成一个与时代同步、与生活同步、与学习同步、与成长同步、与人生同步的阅读写作的好习惯、好风尚。

　　"同步悦读"在白夜的精心耕耘下，人气越来越旺，汇聚"同步悦读"旗帜下的人越来越多。它的读者面越来越广，关注的读者越来越多，单篇日阅读量达10万加。创刊5年，秉承"不厚名家、不薄新人"的理念，培养阅读兴趣，激发创作热情，扶植文学新人。现拥有一个3000余人的作者梯队，作者读者遍布全国各地及海外。"同步悦读"每天首发 8~16 篇原创精品，涵盖严肃文学、纪实、时评、故事等多种体裁，延至教育、摄影、音乐、书画等领域。已发布的万余件原创作品中，有 300 多位作者的千余件作品被《人民日报》《清明》《散文选刊》《安徽文学》《作家天地》《六盘山》等报纸期刊选载，有多篇作品荣获"冰心"文学奖、中国散文奖等官方文学大赛奖项。

"同步悦读"一年就推出 3000 多篇优秀作品，是任意一家纸媒刊物无以比肩的。而纸媒的周期长，版面有限，刊发的稿件有限。对于醉心文学写作的人来说，能上一期纸制刊物，不亚于登蜀道。于初学者未名者寄予满腔热望的初生儿，能否被编者看上，还得天天引颈期望。即使编者非常敬业，疲倦的目光还不一定能落到上面，也难免遗珠。"同步悦读"每周出刊 7 期，特殊纪念日还增发专刊，每期至少 8 篇。一年什么概念？这是一个庞大数字。"同步悦读"的作者中有初学者，有文坛名家，有新闻媒体人，更多是来自各行各业的文学爱好者。"同步悦读"兼容并蓄，不厚名家，更不鄙薄初学者，我觉得"同步悦读"对初学者给予了更多厚爱。在"同步悦读"群中，经常读到很好的文章。有的文章出自初学者之手，且出手不凡。我常常因之狂喜不已，慨叹文坛长江后浪推前浪，后生可畏！从一些对文学怀着美好向往、初次为文作者的处女篇中，我看到了文学的前景。而他们的留言，更让我真切地感觉到，他们对"同步悦读"真诚的感激之情，他们感激"同步悦读"给了他们扶持和鼓舞。当他们在"同步悦读"上读到自己的作品和读者的赞扬，那种快乐对一个初学者是多么大的激励力量啊！

在"同步悦读"中，我不仅能读到熟悉的作家朋友的新篇章，品味到他们文字的魅力，还能从中知悉他们近况，感受到他们的心声和精神，我就觉得离他们很近，有一种友人就在身边的那种亲近感。"同步悦读"还给予那些生活在乡村，每天与土地亲密接触，又酷爱文学写作和读书的农夫农妇们以热情的关怀与扶植。在"同步悦读"这个平台上，我就结识了真正的农民女作家叶子，她是同步的签约作家。我很喜欢她的作品，她写的都是她劳动的那块土地上的真实生活和故事。她的文字真情实感，清新又生动活泼，带着泥土的芳香。

　　"同步悦读"是一座没有边界的花园，有牡丹、芍药、海棠、蜀葵、玫瑰、月季、茉莉，有高大的广玉兰、白玉兰、紫玉兰，有樱花、桃花、梨花和李花，更多则是暂时还不知名的花，她们红烂成片，如霞似锦，争相放香吐艳，就是这些暂时未名的花朵，烂漫了花园的春夏秋冬。天天花开、四时花开的"同步悦读"，气象万千，万紫千红，生机勃勃，为促进文学的繁荣和发展付出了辛劳，发挥了他们的力量。

　　读"同步悦读"文友的诗文，有如品读他们多彩的生活，他们的文字，有的妙趣横生，有的质朴无华，有的清新明朗，无不打上他们各自生活和学养的烙印。读他们的文章，如同欣赏不同画种、不同尺寸、不同风格的画卷。尽管有笔墨浓淡之分、色彩绚烂与淡雅之别，但都能给人美的享受。在读他们的文章过程中，我受益多多。生活是文学的活水，文学滋养着我们的生活，抚慰着我们的心灵。

　　"同步悦读"是汇聚文人的地方，却没有文人相轻的陋习，在这个平台上无处不漫溢出友谊。一篇新作推出来了，大家争相阅读，留言评论，有鼓励有打赏，也有善意的提醒和批评。有人遇到难处，亦有人伸出援助之手，有人病了，文友纷纷问候。有人有了喜庆之事，朋友们纷纷祝福。2017年国庆节的第二天，我和我先生的"诗意金秋"书画展在安庆市美术馆举行，白夜为赶上早晨10点钟的开幕式，凌晨3点就乘车往安庆赶，与合肥来的"同步悦读"文友一起，代表"同步悦读"文友来祝贺我们。"同步悦读"还特地为我们的书画展编辑了一期特刊，集中刊出写我们书画展的文章。这是何等的情意！这就是"同步悦读"的精神，我永远感铭在心。

　　这部《时光不语》散文集，是"同步悦读"读书平台自2016年上线，通过5年时间的沉淀，推出的首部纸质版原创作品选粹。在各类新型文学类平台、媒介风行的这几年，多数是一年一本甚至几本作品集，而"同步悦读"坚持不跟风、不逐流，在不让作者花一分钱、不要求作者买一本书的前提下，自筹资金，公开出版发行这本书。白夜告诉我，要将这本书捐赠给经济欠发达地区的学校和孩子。这种公益、博爱之情怀，让我深受感动。

　　《时光不语》收录了"同步悦读"读书平台近5年来推出的全国各省市

80 多位作者的原创散文精品，多数作者是中作协会员、省市作协会员，有潘小平、苗秀侠、郭翠华、姚岚、黄圣凤、马丽春……散文名家之美文，也有像邹彬、胡静、吴婷、薛玉玉、秦桂莲、叶静……这些后起之秀的佳篇。收录的散文题材涉及乡愁、纪事、写人、写景、写物。小切口，大情怀。

《时光不语》是本精炼、上乘之作。有着一定的思想的深度、视野的广度、人性的温度、精神的亮度、时代的美度，可读性强，极具正能量。

美哉！《时光不语》。

（作者系著名作家、中国作家协会名誉委员，代表作《画魂·潘玉良传》）

目 录

Contents

光 影

钩　沉

远　方

光影

时光不语

难忘鸽眼

◇ 胡　铭

有人说，鸽子的眼睛很神秘，一点不假。我想说，鸽眼更能传神，真的！

听说鸽子能治头晕，亲戚送来了两只鸽子，说是杀着给我吃。

这是一对极为普通的鸽子，黑色，不是很大，当然舍不得就这么把它给杀了，我说养着吧。鸽子的小眼睛很亮，忽闪忽闪的，或许它想看看更大的世界。

谁都知道鸽子最能辨识方向，为了怕它跑掉，我剪掉它的翅膀羽毛，放在院子里养，就像养鸡一样。每看见它侧着头盯着天空，扑闪翅膀跃跃欲飞的样子，心里总是有些不忍。这并非泯灭你的天性，是为了让你熟悉环境，以后更好地翱翔。

羽翼渐丰，鸽子腾飞的高度也得以提升，一切都在我的计量中，也在我的目视下。以前的房屋都不太高，多为平房或二层楼。一天，它们终于登上屋顶，眼睛放出了少有的光芒。尽管有过无数次半空折返的经历，但这丝毫都控制不住它那颗活跃的心。

院子里搭了个简易小窝，鸽子早出晚归。它对伙食不挑剔，五谷杂粮都行，有时捉点虫子换换口味。鸽子会发出两种声音，一是从喉咙里发出的"咕咕"叫声，一是翅膀扇动的击拍声。我倒是很喜爱第二种声音，那声音，有弧线感，有节奏感，更有呼啸感。

放学回家，远远就看见那黑灰瓦上的黑鸽子，黑得油亮，黑得精神。这鸽子有点胆小，一般不会飞得很远。我不知道它有没有其他想法，但可以肯

胡铭，"同步悦读"签约作家，作品见诸报刊。本文原载《辽河》。

定，它在苍穹之下是潇洒的、快乐的。我的一声口哨，鸽子飘然而至，围着主人的脚打转，或许它也期待我的到来。

鸽子喜群栖，两只未免有些孤单。成群的鸽子从它们身边溜过时，它俩也只能睁大着眼睛，默默而无奈地望着。

黑灰瓦依旧，黑鸽子却不见了。我预感不妙，院里屋里找了个遍，又跑到周边寻觅了几圈，踪影全无。暮色降临，鸽子还是没出现，我的视线呈波浪状，越过一座又一座屋顶，最终失望、沮丧地收回。唉！祈祷它们是跟着大鸽群去遨游了。

没有鸽子的日子，真的不自在。

后来，有位邻居送了一对鸽子，父亲的朋友也送来一对。这4只鸽子长得竟是如此的相像，通身白色夹灰，羽毛丰满，翅膀上有几道粉红色的条杠，尾巴开张挺健，头部颜色稍深，鼻子宽大肥厚，眼睛黑中泛红圈，据说还是很不错的品种。乖乖，那就精心饲养吧。

所谓精心，许是心理的作用，我不知道饲养的正规套路，几年过后，也还是业余水平，而我却依然乐此不疲。

因是好品种，便不敢轻易动剪，就用胶带裹着翅膀，好让它对现在的家有个依恋。终于，它开翅高飞，那兴奋劲就甭提了，在上空盘旋了一圈又一圈，最后向远方扑去。哪怕跑得再远，它们都会按时回家的。我心想，这下总算养着家了。天黑了，咋还没有回来？正准备外出搜寻时，朋友抱着它送回了家。原来，它们是去看望昔日的老伙伴了。于是，我只得再绑翅一次。别怪我心狠，是因为太爱你。

慢慢地，鸽子适应了这里的生活，认可了这个家，也认识了人。为了试试它们的能耐，我做了一次检验。

我带了两只鸽子来到迎江寺，江风吹来，似为鸽子助力。打开便携式鸽笼，鸽子倒是不紧不慢的，伸头凝望着我，接着又左右打探了几下，然后拍着翅膀，呼地直冲云霄。虽然只有5公里的路程，我还是有点儿担心，怕遇到鸽群被拐跑了。两只鸽子先是一前一后，渐渐地就挨在一起了，在我的头顶上划了一个圆，接着又是两个圆，越来越大，最后朝着西北方向飞去。

不好！位置有偏差。那也没办法了，我连忙往家里赶。

忐忑的心把我快速地推到家门口。那不是它吗？哈哈！它俩立在屋檐上，仿佛看穿了我的心思，正在那等候着我。我高兴地向它们挥了挥手。天空是湛蓝的，鸽子是欢快的，好一个白羽衬青天，我不由地对它的神奇而心生敬畏。

一朋友出差，提出带鸽子去放飞。尽管有几百公里的距离，但我原先的担忧也慢慢变为兴奋了，决定让另一对鸽子去担当此任。这对信鸽出身不凡，祖辈曾有军旅生涯，还获得过荣誉，何况它们自己也有过多次短距离的出行记载，想必不会让人失望。

我将两只鸽子交到朋友手上，沉甸甸的。我望着它，它看着我。去吧，去吧！我在家中等你。

鸽子在异地放飞。我没法见那场景，但想象得出，鸽子在陌生的天地里是孤独的，心中只有一个愿望：回家！

天有不测风云。之后的几天，大雨滂沱，鸽子没有按照估算的时间正常回归。我的鸽子会有意外吗？它在哪栖息又在哪觅食呢？既要逃避凶猛动物的追逐，又得躲开人类枪眼的袭击。焦虑之下，我数着时辰，数着雨柱。就这样，过了一天又一天。

天，终于晴了，希望勃然再生。

傍晚，一阵熟悉的声响传来，我惊愕不已，奔出门。"咕！咕！"这叫声，喜悦掺杂着辛酸。我双手握着鸽子，身子湿湿的，鸽子侧眼望着我，也是湿湿的。我抚摸它，它一动不动，尽情品尝这久违的温度。它不能告诉我这段历程的惊险，我更无从知晓。现在什么都不重要了，回家即好！我一直不明白，鸽子为什么有如此好的洞察归巢的功能，是有超强的记忆力？抑或是受磁场、太阳的影响？

乔迁了新居，有大院子、大平台。我索性扩充规模，在平台上建起一座鸽房，鸽房有两扇门，小门供鸽子进出，大门则让人进出。鸽房很高很宽敞，前一部分是休闲之处，后一部分是卧室，设几层铺，中间用木板隔成了个个单间。为了更好地透气，还特意在两面壁上留有诸多空隙。此时，我的鸽子已是成群的了，除了购买几只色泽、品种不同的鸽子外，更多的是繁衍了后代。

成年鸽两个月左右下一次蛋，雌鸽雄鸽轮流孵化，很快破壳，雏鸽几天便长绒毛，然后褪绒长羽，3个月之后即能够起飞。一家老小几十只，相聚相融，十分和谐，仅在吃食时偶有争斗。它们的争斗都是明的，不来暗的。

当然，还有另外一个渠道增添数量，别人家单个的鸽子常常会随我的鸽群来此居住。出现这种情况，还真是有点麻烦，我得去问问附近养鸽人有否丢失，知道有主人的就送去。要是找不着主的，我也不会拘禁，任它自由，离开或留下，全凭它自己决定。

这几年当中，我也将不少鸽子和鸽蛋送人了，好让和平的气息逐渐延伸。鸽子有着数千年的历史，曾先后担任祭祀品、宠物、信使等多种角色，重要的是能与人为伴。我为养它而欣慰。鸽子的眼睛很漂亮，很多人可以通过它去鉴别其品种的优劣，而我不会这一招，那也无所谓，因为我分明读到了鸽眼的灵气与深邃，这已足够。

清晨，我照例上平台去看一看那群鸽子。打开门，我差点儿晕倒。鸽房狼藉一片，鸽子全部倒伏在地上，脖颈已断，有的还身首异处。该死的黄鼠狼！阳光穿过墙上的缝隙洒了进来，原先的好意却布下了一个死亡通道。我懊丧极了！突然，一阵微微的声音，很低沉，打破了我的呆滞。一只老鸽子蜷缩在墙角，我慢慢托起它，鸽子的羽毛在颤摆，腹部剧烈地起伏，那双红红的眼睛散发出惊悚、无助、悲哀、愤怒交织的目光。我用脸紧贴着这场灾难中的唯一幸存者，也知道此时的怜悯、抚慰对它来说仅是形式而已。我双手往上一抛，让大自然去滋养你吧！

鸽子胡乱地飞了一下，又落回原处。它，不想离开。一位熟悉的养鸽人找上门要购买此鸽。算了，我赠送吧，只提出一个务必善待它的要求。最终，它离开了我的视线。

很多次都想去看看它，但终没有，我是不想再见到那湿湿的眼神。打那以后，我不再养鸽。

20 多年过去了，每当有鸽子从天上划过，我总会不经意地抬头望上一眼，也有种湿湿的感觉……

普通人的情怀

◇ 刘加莹

去冬今春，新冠肺炎疫情给我们留下了太深的记忆，也给了我们太多的感动。

这是一场人民战争，我们不仅每天都能从电视、手机里看到医务人员在一线冒死救治病人的动人情景，也时常被身边许多普通人尽其所能表现出的家国情怀而感动。

幸福是什么？自由。宅家防疫多日的人们一定都会有同感。是啊，好不容易预订的家庭团圆年夜饭，骤然成了聚集性传播疫情的隐患，不得不取消；原本想趁着春节假期带孩子出去玩玩，现在不但哪儿都去不成了，就连回家进小区也得有出入证；平时想吃的东西吃不到了不说，甚至一日三餐也要进行计划安排……没有了吃的自由、行的自由和玩的自由，等等。

在疫情肆虐的高峰期，每天看着确诊、疑似病例和死亡人数噌噌地往上蹿，我们突然觉得死亡离每一个人竟是那么的近。为保护人民的生命安全，遏制疫情蔓延，政府号召少外出、不外出，而且专门延长了春节假期，很多地方还实行了封城、封路、封村（小区）等严格的管控措施。这在新中国成立后还是第一次。开始有不少人不理解，后来才渐渐地明白，这次疫情传播速度快、感染范围广，做好疫情防控关系到人人安危、家家安危、国家安危，是一场总体战、阻击战。数以万计的医务人员舍生忘死在"前线"作战，我们在"后方"居家隔离，管住自己，保护好自己，也是对战"疫"的有力

刘加莹，从军 37 载，后转业地方工作 9 年，一直与文字为伍，有千余篇新闻、文学和摄影作品在省以上报刊发表。本文原载《新安晚报》。

支援。

对于自由自在生活惯了的人们，长时间的宅家防疫，也是一种煎熬和考验。著名作家池莉就曾耳闻目睹一位老人站在窗前颤抖哀号："什么时候才是个头哇——"老人如此，何况活泼乱动的孩子呢。我楼下有一个读小学三年级的男孩，因为闷在家里太久，非常想念小伙伴，一天中午趁着爸爸妈妈午睡，准备偷偷溜出去，还没等开门，妈妈就双手叉腰，横眉冷对，站在他面前大声地吼道："你要干什么？现在哪儿都不能去，你老老实实给我在家里待着。"孩子一愣，他还从未见妈妈如此大声吼叫过，害怕极了，便怯怯地问："妈妈，这个新冠肺炎有那么可怕吗?"冷静下来的妈妈抚摸着孩子的头，耐心地对他说："孩子，这个'魔兽'非常厉害，传染性极强，你现在出去，如果被别人传染了，就要去医院；假如你身上带有这个病毒，出去就会传染给别人，别人也要去医院。"孩子吓得伸了伸舌头，低下头小声地说："妈妈，我不想去医院，也不想叫别人去医院，我再也不出去了。"国家是我们每个人生长的土壤，这期间，很多人都怀有一种最朴素的情感：现在国家有难，我们虽帮不上忙，但决不能添乱。

我们周围有一些人，或是为了生计，或是因为岗位离不开，明知病毒不长眼，总是不吭不声地忙活着。我站在自家的阳台上，举目东望，是一条交通干道，低头看楼下，是一条连接小区的支路，每天清晨，我都能瞧见一些身着橙色工作服的环卫工，他们低着头弯着腰在那里清扫路面，冲刷隔离护栏。我还时不时能看到公交车和出租车从眼前驶过。因为离得太远，我虽看不清这些环卫工的面容，也不知道公交车里坐了多少人，出租车里有没有乘客，但每每见此情景，我都会生出一种莫名的感动。

前不久，同事刘福享写了一首赞美小区保安的小诗，称他们为"门神"。我也颇有同感。在这场疫情阻击战中，小区的保安功不可没。小区实行封闭式管理，说起来容易做起来难，谁来管靠谁管，我们应该感谢这些地位不高、待遇不高、年岁却比较高的保安。此时此刻，他们深知肩上负有千斤重担，不能出事，更害怕出事，工作量要比平时多出好几倍，工资没涨一分钱，却分分秒秒都不敢马虎。一位保安对我说，平时一份盒饭十来分钟就扒拉完了，现在一份盒饭要吃上个把小时，刚扒拉一口，来人了；刚扒拉一口，又来车了，要逐一进行登记，逐一量测体温，一天下来，两腿和双臂都是僵硬的。苦也好累也罢，必须硬撑着，有时遇到一些不明事理人的非礼，还得强作笑脸忍受着。图什么呢？他们说，啥也不图，因为他们是保安，守土尽责是天职，非常时期更要把岗站好，把门守住，把疫情阻止在外，保护好业主们的安全。

人们怎么也没有想到，抗疫期间小小的口罩竟成了"稀罕物"。好友告诉我，他们小区有一对老夫妻，女儿和女婿都在援外，听说国内发生了疫情，口罩买不到，便千里迢迢给爸妈寄了一箱口罩，共5小包100只。一天，两位老人提着这些口罩来到居委会，要他们把口罩转送给医生护士。居委会的工作人员非常感动，一定要两位老人留下姓名、住址和联系方式，并让他们留下一点自己用。两位老人说什么也不肯留下姓名，他们对工作人员说："我们天天看电视，知道现在口罩金贵，一些医生护士整天与危重病人打交道，不能没有口罩。他们安全了，才能去救更多的人。"两位老人执意要把口罩全部捐出。后来，工作人员好说歹说，两位老人才留下了一小包。一天，一个快递小哥给两位老人投送女儿寄来的快递，刚要转身离开，老伯喊住了他，让老伴拿出仅有的那包口罩递了过去。小伙子惊诧不已，刚才还在路上为口罩发愁呢，但自己与老人非亲非故，怎么能要他们的口罩呢？这时老妈妈开口了："孩子，我们年纪大了，不怎么出门，你这么年轻，天天在外面跑，要注意防感染。"小伙子感动得泪水在眼眶里直打转。实在推辞不掉，小伙子就急忙掏钱给老人。老伯哈哈一笑："小伙子，我们不是在卖口罩，我们把口罩送给你，是让你保护好自己，能天天为大家送快递。"小伙子强忍住泪水，连声道谢，收下了口罩，也收下了两位老人的情义。后来，小伙子每隔两三天就给老人买点菜送过来，放在门口便悄悄地离开……

我想，这场全民齐心协力、人人参与的战"疫"之后，我们应该记住那些置生死于不顾的英雄们，但也要记住这些默默无闻的普通人，让这个特殊时期的"英雄"和"无名英雄"长久地留存在我们的记忆里。

鲁院的小院

◇ 潘小平

鲁院是指鲁迅文学院，位于北京八里庄南里一条名叫十里堡的小路上。人说鲁院是作家的党校，所以要想在作家这个圈子里混饭吃，就不能不进鲁院去淬一次火。我不比省文联的其他人，早年都进过鲁院，我是个二撇子，三十好几了才挤到文学的圈子里来，有点外来户的意思。我一心想进鲁院，先是没机会，后来机会来了，领导又不同意了。我心有怨言，发了一通牢骚，甚至都想辞去公职，不想干了。我这个人，政治上没什么野心，其他方面更无奢望，就是比较爱学习，特别是想进鲁院学习——我不能总在圈子外头站着！所以，到了2004年春节前后终于又有了进鲁院的机会时，我们领导就同意我去了。

我是3月3日到达鲁院的，晚去了两天，开学典礼已经举行过了。是早上的7点多钟，路上人不多，车也不多，喧嚣的北京尚未喧嚣。鲁院的大门很有气势，院子却小得很，据说占地仅4亩，很出乎我的意料。院子里静悄悄的，树木都落尽了叶子，在门口遇见一个高大的中年男人，对着去接我的两位男同学很腼腆地笑了笑。后来知道，他就是《我的父亲母亲》的作者鲍十。我站下来，深吸了一口北方冬季凛冽的空气，想：我这就算是到了地头了！

鲁院正式的课程安排是4个半月。听了一些高水平的课，也听了一些低水平的课，高，高得出我意料；低，也低得出我意料。高的和低的，我都记

潘小平，安徽省散文随笔学会会长、安徽大学兼职教授，作品曾获中宣部"五个一工程"奖、中国电视专题奖、中国优秀纪录片奖。已发表论文、散文、纪实文学、影视文学、小说约980万字。

了很详细的笔记，可以毫不谦虚地说，在鲁院第三届高研班的 52 位学员中，我的笔记做得最好。态度是一方面因素，速度是另一方面因素，我长期严格的学院训练，这时候就看出来了。回来后，我有时会翻看这些笔记，回忆当时的情景，想一个人能在我这个年纪仍然坐在课堂上听课，真好。

在鲁院，我意外地获得了一个支部书记的职务，我想这恐怕不是因为我水平偏高，而是因为我年龄偏高。如同我在女生中年龄最大一样，班长赵光鸣同志，也是男生中年龄最大的同学。我们主管教学的副院长胡平有一次说，你们不行，你们这个班没有创作出有水平的段子。据他说，第一届高研班的段子水平比较高。第一届高研班是许春樵的那个班。其实所谓高水平的段子，据我所知也仅有一段，全文如下：院子太小，马路太吵，女生太老。遭到女生的强烈反对是肯定的，后来还发展到了集体声讨的地步；而第一届的女生，也并不如他们所污蔑的那样老迈，至少没有哪个比我还要老。

我对我们班的女生说：我以悲悯的眼光看待男人。

她们大喊一声：好！

学期结束的时候，我有幸代表第三届高研班学员做了一个书面发言，我深情地说，目前的世界上，像鲁院这样的作家学校只有中国一个。这是真话，目前世界上，像鲁院这样的作家学校确实只有鲁院一个了。我说，在这个小小的院落里，我们见识了国家政治、经济、文化、外交领域里的风云人物，扩大了视域，开阔了心胸，丰富了知识，清晰地感受到全球化语境下中国在世界上的坐标。特别是当我说到"鲁院的日子，将成为一种精神原动力，贯穿我们从今往后的所有的日子，我们有足够的潜力和信心，让未来的鲁院以我们为骄傲"的时候，台下坐着的我的并不年轻的同学们明显地动情了。我想很多很多年以后，当我们进入暮年，夏日的某个傍晚，我们坐着，抚摸着自己一生中写过的文字，我们会再次嗅到北京八里庄南里这个小小院落里青草的气息。

我走的那天，回头看了一眼鲁院的小院，发现它草木繁茂。

我记忆里的 "马毛姐"

◇ 焦焕章

"渡江第一船"的小英雄马毛姐，1949 年，属湖东县泉塘区马家坝村人。

马家坝，位于皖江北岸——长江之畔，原是一个渔耕的小渔村，距今泉塘镇（街）南约 10 里。

马毛姐排行老三，毛姐是她出生后的乳名。

父亲马启扣，是一个老船工，母亲一共生养了 13 个孩子。在毛姐 12 岁那年，支撑养家糊口挑重担的父亲被抓去当壮丁，母亲无奈，将毛姐送给人家做童养媳，换回 3 石大米，再用 3 石米赎回了父亲，维持家中生计。

旧时代的童养媳，在无为是一种比较普遍的社会现象。安徽省地方戏《四句推子》中有一出戏，叫《童养媳叹五更》，那些催人泪下的唱词，就是哀怨地告诉世人："童养媳是个苦命之人"。

毛姐在做童养媳期间，过着被凌辱的少女生活，直到快要解放时，她才获得自由，回到爸爸妈妈的身边，随家人过着漂泊不定的渔家生活，日子过得十分清苦。

马毛姐，从小性格倔强，不堪忍受虐待，为了摆脱童养媳这个枷锁，她曾多次私自跑回家，但每次都被诚信老实的娘家人送回婆家。一次，她还跑到几十里路外的山里躲起来，但仍然没能逃脱不愿当童养媳的厄运。

童年时的马毛姐，稍大时，就学会了划船、"当小艄公"和捕鱼的一些技

焦焕章，安徽无为人，副教授，先后出版专著《国际高等商科教育比较研究》等 2 部，代表作品《有个地方叫泉塘》。

巧,并在长江和内河中练得一身好水性,"打划划"——游泳、踩水、扎吃猛子、"飘海"……顺水,她能游出好几里。一次,渔霸把她家的小渔船推到江里漂走了,她就和村上大人们一道顺着江堤往下游寻找了好几天,终于把自家的渔船找到,划回家。

1949年5月的一天,泉塘区政府所在地——泉塘街上张灯结彩,人山人海,喜气洋洋,欢天喜地,热闹非凡。此时节,小街后的祈雨山上,古刹玉皇殿周边,山花烂熳,景色宜人;流经小街的天河(现称十里长河),两岸柳色青青,沿着长河走向,蜿蜒南去,分外壮观。

那天,从一个渔家少女到成为"渡江英雄"的马毛姐和其他渡江功臣,身披红彩带,胸戴大红花,在县区干部和民兵的簇拥下,走进"湖东县(现无为县)庆祝渡江战役祝捷大会"的会场。

会场,是设在小街西的侯家山上的碉堡傍——露天的大院子内。会议的主席台,是借用老百姓家的大门(板)搭成的,台上用的板凳也是从老百姓家借来的。

这座碉堡及其大院、裙房、围墙外的堑壕,原是日寇对付"国军"和新四军建造的。日军投降后,移驻在小街的"国军"——广西军和地方部队——县常备队,为了对付新四军,对这座碉堡和工事进行重修、扩修和加固过。祝捷大会时,碉堡和大院四周,封锁泉塘街交通要道的射击枪眼,碉堡外的山坡上,所布鹿角和地雷区等,都清晰地展现在人们眼前。

个头不高、身体结实、扎着辫子的少女马毛姐,腼腆地站在主席台上,向满院坐在地上的军民讲她如何用小木帆船接送解放军渡江的事迹。不过,她只说了"我坚决送解放大军过江,就是为了过上好日子"等开头几句话后,大概很多的话一下子涌到喉头,年方14岁的马毛姐就激动得再也说不出一句话来。大会主持人,原区教导员李海玉,接着马毛姐的话,向到会的军民群众介绍了她在"打过长江去,解放全中国"渡江战役中英勇事迹的全过程。

渡江战役前,从小在渔船上长大、时年很小的马毛姐,解放军曾多次劝说,不让她在波涛翻滚的长江中划船接送解放军过江,还曾硬推硬拉地把她送下了船。而她却哭着、嚷着硬要上船当水手,坚决要和她的大哥哥一起驾木帆船送大军过江。

她冒着长江南岸的蒋军一排排像暴风雨一样打来的炮弹,在滔滔的江面拼命划桨,一夜间来回6趟横渡长江,共运送了90名解放军指战员渡过江。

在一次把船划到江心时，蒋军的一颗子弹打中了右臂，她自行包扎，忍着负伤的疼痛，继续拼命划船。战后，华东野战军授予她"渡江英雄"称号，她的船被誉为"渡江第一船"。

那天，听她做报告的军民好敬佩她的勇敢和拼命的精神，掌声不断，人头攒动，纷纷争睹这位渔家小女孩的容颜。她那英姿和结实健壮的身影，至今仍然留在一些老人的心中，大家依然记得她。

1951年，马毛姐应邀参加了国庆观礼，受到毛泽东、周恩来等党和国家领导人亲切接见。

从北京载誉归来的马毛姐，组织上便安排她上学，先后到安徽省炳辉烈士子女学校、工农速成中学和干部学校读书学文化。1954年，她加入了中国共产党，1957年干部学校毕业，遂走上工作岗位。她在合肥服装鞋帽行业干了一辈子。当过工人，当过干部，当过省、市劳动模范，当过先进工作者。

她的一生，似乎被传奇和幸运之神笼罩着。

人民功臣马毛姐，渡江战役时的勇敢、不断学习文化的拼命精神、忘我工作和清廉品德、离休后那些善及他人的美德，深深地影响着老家的几代人。

家乡人永远不会忘记马毛姐在湖东县祝捷大会上说的话：送解放大军过江，就是"为了过上好日子"。

写给夏朵

◇ 郭翠华

一

"砰"，门关上了。2 点 20 分，阳光正烈，是夏的尾声。

你背着旅行包，头也不回地下了电梯。陪你玩了一天的小雪问："下次你什么时候回来陪我玩？"你说："过几天吧。"你却不知，从此，马鞍山即是你的老家，上海才是你该回的家。

最近，见了熟人，你都会主动打招呼："我要回上海读书了。"像只归林的小鸟，你欢悦着，只因上海有你的爸和妈。为了上小学，我们齐力为你筑了一个不大的鸟巢，叫作学区房。那个弥漫着爱的气息鸟巢，有寄托，有期盼，还有明天和未来。

之前，无论多忙，妈妈都会穿越时空，沿着高铁线将母爱准时降落在你的身边。你在马鞍山的这几年，妈妈冬去秋来、春来夏往，每个星期，从不间断。爱播了种，才能生根，没有春的季节，四季就会缺憾。从此后，我将会像你妈妈一样沿着铁轨线奔波于上海，只因你说："阿婆，你必须一定来上海，我会想你的。"

那天晚上，阿婆做了一个梦，一条小路，张开双臂，你奔跑着，咯咯地笑着，歪歪扭扭的小脚下是一张张火车票铺陈的铁轨，没有尽头，只有阳光。

郭翠华，中国作协会员，马鞍山市作家协会主席，有散文被选入《中国新文学大系》散文卷。有多篇散文被选入中国散文精选本中。

醒来，深深地吸了口气，我将赴任。小区的花园里有个会拉胡琴的老人，咿咿呀呀地流淌的都是惆怅，他说为了孩子的孩子，他不得不背井离乡，我的心里跟着有点酸。

爱就是一种责任，更是牺牲，弱小的生命在没有成人前，只要和爱有关，我们唯有俯首。

二

我的手机开始滴滴答答响个不停。

临走前你给所有的人都发了信息：我要去上海读书了。我爱你们。

是的，曾经你是懵懂的，他们都曾围绕过你，一块天空，一丝阳光，几滴雨露，都是爱的滋润，他们照亮了你，直到一枚小小的太阳蓬勃而出，你的生命因此丰满。

那时，你还不会说话，菊下了班就会用她的轻骑带着你周游，她狂歌时，你会张开手臂跟着咿咿呀呀喊。直到现在，你最爱的还是轻骑，轻骑就是你的翅膀，可以带你飞，飞到家之外的世界，你的小小的心充满了向往。

记得2岁半的你歪歪倒倒地跟着菊爬雨山，台阶很宽，你个儿好小，偌大的空间，恐惧的你伸出手要菊帮你，菊坚定地说："你行的。"无奈的你一边哭一边喊："菊，你怎么可以这样。"从此，你不再依赖，无论去哪，你都会甩开小腿自己跑。前不久，你才爬了天柱山，3个多小时，没喊走不动，没要人抱，直到山顶，你才轻轻地说了声："阿婆，我好累。"我把你搂在怀里，也轻轻地对你说了声："朵儿，你好棒。"是菊教会了你勇敢。

2周半时，你进了幼儿园。两场防空演习，吓坏了你，你再也不肯进幼儿园，玉龙爷爷为你重新穿上公安警服，就像你最崇拜黑猫警长。那刻，你挺起自己的胸膛，他高举着你，仿佛站在喜马拉雅，在小朋友羡慕的目光里，小小的你找到了胆量，恐惧不再，你又欢喜地走进幼儿园。

老师说你胆子小，你却不乏英雄情怀，你穿着郑茜婆婆给你买的一套警服，居然不坐电梯，不要人陪，自己上下爬楼梯。有次和小狮子哥哥一道出去玩，买了孙悟空的面具和金箍棒，你感觉自己很厉害。每次出去玩，就有你管不完的闲事，有人骑的单车倒在地上了，你和阿婆必扶；有大人不尊重孩子，声音高了，你就要上去和她理论；大人打孩子，你更是不能容忍，你会让我们报警，要我们把那个大人抓起来；你喜欢人和声和气轻柔地说话，你爱敏婆婆的温柔，她一来，你就会伸出小手扑过去。你保护别人的意识很强，有人对你亲近的人稍有不敬，你就会冲上去帮忙。有次阿公对阿婆说话声高了点，你奶声奶气地冲过去："我们不要你了，我们要换一个阿公了。"有小朋友哭了，或者摔跤了，你发现了，像个大人似扑过去，嘘寒问暖。曾经，你是那么希望妈妈再给你生个妹妹和弟弟，不行，我们去孤儿院抱一个吧。你的床头总有一个让你搂着入梦的娃娃，这是你无奈后的妥协。你从不护食，也不小气，只要小朋友张口，你的礼物就出手了。出手到令我们心疼，你这个大咧咧的孩子，如果生活不能相等待你，你该如何面对呢？

三

你游刃在一个叫作家协会的集体里。

每次开会，你就像一个小尾巴跟着阿婆。从你不会说话到你会说话，像一朵不言不语的云，静静地落在一个角落。聆听或不聆听，你都把自己当作了我们的会员，每次的活动都不能落下你，你总会提醒我们："还有我呢。"

后来，你还真的登上了舞台参与了我们的活动。年会，你和利民姨一同朗诵了苏轼的《水调歌头·明月几时有》。大型的诗歌朗诵会上，你和秋慧姨一同朗诵了余光中的《乡愁》。偌大的舞台，灯光照在你的稚嫩的脸上，你找到了抑扬顿挫的感觉。会后，你兴奋地问阿婆：明天小朋友看了电视，要我签名怎么办？阿婆看着你发亮的眼睛，不想你失望，只好说：有人找你，你就签吧。从小，你就很会夸别人，年会上，只要有人发言，你都会在下面伸出大拇指点赞。你认定了自己就是作家协会的编外会员，那可是你的自豪。

前两天你告诉我：阿婆，我会写文章了。漂亮的小本子上，有你方方正正的字：天上有月亮和星星。这些字都是你从其他书里一个个找出来再一笔一画仿出来的。

你长大后，能否成为作家我不知道，但你心里只要有作家的情怀，这就够了。

四

所有的人都在回复你的信息：宝贝，好好读书。好好学习。你给所有的人发了个笑脸。

你的启蒙，是一只会讲故事的"小白兔"。那些儿童小故事你并不在意，天天抱着它，你喜欢盯着《迷你特工队》的故事听，听着听着，你就会扬起嘴角笑，一遍又一遍，你百听不腻。阿婆只是不解，只要睁眼，吃饭、上厕所、睡觉你都离不开那只"兔子"，直到有了"小雅"，你才不再依赖那只"兔子"。

靠在床头，借着暖暖的灯光，我们讲睡前故事，是你最幸福的时刻。你最要听的是儿童故事集，而那些绘本故事，一遍之后，再听你就会说太幼稚了。只有汽车、跳舞、动物世界里的故事除外。去上海前，你带的是《智者纳旦》的绘本，这本和信仰有关的故事，你居然会爱不释手。

你的兴趣广泛，看见别的孩子戴着头盔背着小手鱼一般地穿梭，你开始了轮滑，摔过、怕过、哭过，但你一直没有放弃过，直到现在轮滑也是你的最爱。然后，你喜欢上了尤克里里，再是乐高、画画、围棋，又爱又恨的跳舞是你一直的纠结。你怕疼，每次跳舞前，你就开始心绪不佳，心事挂在脸上，连饭都吃不下。"我们不跳了，好不好？""不要。"可是你又害怕。"我们让老师轻点按好不好？""好。你和老师讲。我怕。""我们自己的事情自己说。"你说好。每次去，你都是这样，非要阿婆送，你会让阿婆抓住你的小手为你祈祷，你相信自己是上帝的天使，你相信爱的力量无所不在边。楼下的小雪开始了放弃，阿婆纠结之后决定，将此当作你成长中的小小磨难。有一天，你忽然对我说："阿婆，我不怕了。我真的不怕了。"那一刻，阿婆的心一松，我们又上了一个台阶。

你没出生前，阿婆就买了《规则》这本书，全家人都看了，达成的共识是：爱而不宠，有约束，尊重个性，不放任。昨天和你谈心，你说阿婆有点严，又很温柔。你问为什么？你还小，希望时间能教会你慢慢懂。比如你最爱的冷饮，你可以做到别人给你坚决不吃，你会告诉别人：妈妈说不能吃，阿婆也不同意吃。如果阿婆偶尔同意，你也只会咬几口就放弃了。在阿婆看来，天下没有笨小孩，孩子的自制力会决定他一生的成败。

五

你走了，刚才还叽叽呱呱的家静止了，你没来得及收拾的玩具成了静物。几张在张慧芷老师家临摹的画"花"儿开得真艳，这画你可是要送人的。临走前，最爱你的燕子婆婆还请你吃了西餐。你刚过完6周岁生日。闭着眼，你吹完蜡烛，阿婆问你许了什么愿，你诡秘地看看我，"说了就不灵啦。"你不知，宝贝，你的童年就此结束。阿婆的心充满了不舍和不忍。

阿婆带着你，有时候会惶惑，好像又回到你妈小时候，重温，再现，我在弥补，过去没做到的，没做好的，我都给了你。作为你的监护人，阿婆拒绝了所有外出活动，即使外出必须当晚回家。很多人不解就不解吧，可我懂你的需求。2周半时，你做过一个眼睛的手术，住了两天医院，都是妈妈陪着你。回到家的那天晚上，你伸出柔柔的小手摸了摸阿婆的脸，你的目光定定地看着阿婆，就像一片月光融入黑暗，阿婆的整个心都温暖了。然后你安心地睡了。

满满的时光铺满了角角落落，每个角落都是你的痕迹，我的心里塞满了你的记忆。

睡前的故事书；没画完的那张纸，上面歪歪扭扭地还写着几个汉字；你东一只西一只的拖鞋；吃剩的蛋糕；地上还撒着饭粒；还有你剪下的纸屑；一只滚在沙发下的铅笔……

杨平叔叔送你的洋娃娃就像什么也没有发生似的，靠在沙发上，微笑着看着我。

阳台上，那条绿底红花的裙子一直在风中飞舞，那就是你，夏朵。

六

你出生在2014年8月。

那天下午2点多，一匹粉色的小马挂在了妈妈的产房门口。夏末的上海天空格外的蓝，云格外的白，风掀动了路边的每一片树叶，你像天使降落人间。

1周半，阿婆把你带到马鞍山。

6 周岁，阿婆把你送回上海。

临走前的那天晚上，路过你的幼儿园，好像又看见在国旗下讲话的你，我们去和你的潘老师告别。半路，大雨滂沱，我的两只手拎着东西，你举着伞吃力地往阿婆的头上举，齐我腰间的你踮着脚尖使劲地撑着那把伞："阿婆，我好累啊。""不用了，你自己打吧。""可以吗？"这样说着，你还是高高举着伞，就像举着一面旗帜，风雨席卷着你也席卷了我，我的心暖暖的，你懂事了长大了。

我听见了你稚嫩的声音：夏天的夏，花朵的朵，我是夏天的花朵。

8 月，紫薇开得正艳。

老 宅

◇ 北 川

一

记忆中的老宅，是不大的，那时，住着不到 10 户人家。

老宅四面是沟，前后是两片小树林，几间土坯房子散落其间。小树林浓密得很，即便是晴朗的白天，里边也似夜晚一样，黑咕隆咚，瘆人得慌。那时，常听老人们说，先人们早在清末民初就营建了这座宅子，后来不幸毁于兵燹。又过去了一些年头，后人们又在那老宅地上复建成现在这模样，只是已不是先前的高门大院、青瓦白墙了，唯一保存下来的就是宅子前后的两片小树林。

日子长了，林子老了，那林子里面便也生出了种种传说，说是里边藏着一些"猪精""无头鬼"之类，有时还会生出一些什么"故事"来。

那时，我家就住在老宅的最前面，两间土房子连着一间矮小的灶屋，挤巴巴的。

我家的前面就是那片小树林了，堂屋的门正对着一条窄窄的小路，小路穿过林子，一直通往宅子的出口。那时的我们，是不敢贸然出入老宅的，尤其是到了晚上。许都是怕走那片小树林的缘故，或者更确切地说，缘于老人们给我们讲的那些"鬼故事"。每每听大人们讲起林子里的那些鬼灵精怪的故事时，我们都会不自觉地往一块挤了又挤，前顾后盼，毛骨悚然。然而，像这样的"故事"，我们也果真"亲历"了一次。

北川，媒体人，安徽省作家协会会员，本文原载中国作家网、《当代作家》。

那时我们刚上了小学。一天放学回来，后院的二毛提议一起到后面的小树林里拾干柴去。当时，太阳还有一竿子高呢，加之人又多，我们便也就商定了。每人便挎着个小篮子，相互簇拥着，出发了。那是我们平生第一次没有大人陪着走进那片小树林，稀奇得要命，却又害怕得要命。

后面的小树林里，生着的多是些针叶松和落叶乔木，密密的松树枝把太阳的光线毫无保留地拒在了外边，我们好似进入了另一个世界，什么也看不清了，只是怯生生地挽起了手，屏住了呼吸，一步三回头地向前走着。林子里静得出奇，即便是一点踩碎树叶的声响，也会让我们警惕地停下脚步。越往里走，就越暗，到了"老姑碑"那地方，就什么也看不着了。我们终究再也不敢往前走，这时就听有人颤颤地说："回——回——回去吧！"说话的正是二毛。这次我们没再商定，不约而同地转回了脚步。可也就在这转身的时候，不知是谁尖叫一声："啊——你看那是什么！"声音里充满了惶恐。原来，对面的一根老枝丫上，一个猫似的东西正两眼雪亮地瞪着我们，那眼里的光蓝汪汪的，甚是吓人。喊那一声的是二毛，带头逃窜的也是二毛。余下的我们，几乎是一路哭嚎着跑回来的，后来听说二毛还尿了裤子……

后来，从书上我们才得以知晓，原来那次我们在小树林里见到的那个"怪物"，并不是"猪精""无头鬼"之类。

以致后来，每当我们说起那件事儿时，便都总是捧着肚子笑个不停，那些所谓"鬼"的故事，便也不屑一听了。

二

我家的东屋山头是一片空地，不大却很是平整，那是我们儿时嬉戏的乐土。

我们总爱在那片空地上玩那种叫"一二一"的游戏，是从学校体育老师那里学来的。我们站成一个队，每人拽着对方的衣角，尔后，由领头的那个喊"一二一"的号子，赶圈儿跑。倘若谁因没拽住衣角而落下了队，领头儿的便也就学着体育老师的样儿，罚他跑上十圈八圈的。

除了那种"一二一"的游戏，我们最感兴趣的莫过于看照相了。

那时，下乡来照相的，一是少，二是不常来，一年到头，难得来上一两次，可每次来时，却也总是能被我们"捉"到。

常来我们宅子照相的，是一个瘦巴巴的老头儿，估摸有五十好几了，头发几近掉光，光秃秃的头顶在太阳底下仿似一面镜子，刺你的眼，尤其是在他拍照时，还能"闪"一下光呢！那时大人们都喊他老赵头，我们却喊他"光明顶"。一开始，他还很不乐意我们这样喊他，但久了，便也不把我们放在眼里了。光明顶每次来我们老宅时，也总是选择我家东屋山的那片空地，也总推着一架破得快要散了架的大板车、驮着个大铁架子来。大铁架子有3只尖尖的"脚"，显得异常笨重。每每光明顶刚一进宅子，我们便前呼后拥地像迎"新人"一样，把他迎进来，间或还有人托着又尖又长的调儿喊几声："光明顶，光明顶！"且不等他把板车停稳，我们就七手八脚地把那个足有十几斤重的三脚架抬了下来。此时，他便也就笑眯眯地边和我们唠着嗑儿，边把那笨重的三脚架牢牢地支在了地上，尔后，再把那个他宁死不让我们摸一下的小"黑匣子"轻轻地放在三脚架上。小"黑匣子"通常是用一块厚厚的且脏兮兮的黑布盖着的，我们绕着圈儿看，也终究弄不明白里面究竟为何物。

开始照相了。被照相的人总是坐在离三脚架不远的地方，背对着一块不灰不白、方方正正的布。光明顶每每照相时，总是把他那光秃秃的头伸进那块脏兮兮的黑布里，用手胡乱地"抓"了几下小"黑匣子"，再听他喊"一二三"，那头伸进去的地方跟着闪了一下光，便也就伸出了光秃秃的头，冲着被照相的人挥一下手："行了。"

可那时，我们是照不上相的，只有在一边儿看的份。有时也会抽个空当儿，跑到布前面的凳子上坐着，光明顶却总是不把他那光秃秃的头伸进黑布里，且还冲我们凶巴巴地挥一下手："走开！"

于是，每当光明顶来我们老宅一次，我们也就讨厌他一次。可待他下次又来时，我们却又像迎"新人"一样，前呼后拥地迎接他了。

光明顶，已好久没来我们老宅了，可我家东屋山头的空地上，却时常响起"一二三"的声音……

三

有一年，宅子里住进了一个外来户。一家两口人，其中一个是闺女。那闺女生得很是俊俏，比我们大不了几岁，我们便都喊她"珍子姐"。

听大人们说，珍子姐的爹死得早，她是跟着娘一路讨饭过来的。她们得以住进来，据说是经过大队长特允的，说是看她们母女蛮可怜的，就让他们住下吧。当时，宅子里也有人有异议，尤其是二毛的娘。

珍子和她娘就在祥叔家的西边，搭一个茅草屋，算是住了下来，白天出去讨饭，晚上回来歇脚。日子过得酸涩却平静。

珍子，平日里穿起来似乎很不讲究，身上的衣裤都已破了很多洞，有时肚脐眼都露了出来。可这不"讲究"，却也没有掩住珍子姐那修长好看的身段，尤其是她那根搭在屁股上油光发亮的大辫子，走起路来一甩一甩的，缠绵得很。

那时，我们只要一看见珍子姐，就都要跟着她后面使劲儿地喊："珍子姐，珍子姐，你那大辫子是怎么缠的啊？"每每那时，珍子姐便也就脸通红着回转过头来，努了一下她那好看的嘴："去，去，去，你们这些破小子家问这干啥啊！"说着便又甩起大辫子快快地走远了。那时，我们便也就哄笑了散去，心里还一个劲儿扑通扑通地跳……

一天，放学回来，二毛的娘正在我家跟娘说着些什么，可看我走来，却又马上住了口。我放下书包，装着向外走远，就听二毛的娘又咬牙切齿地继续说："你看她那骚样儿，肯定是想找男人了，当初村主任让她们住进来……"随之，便听到二毛的娘一阵"嘿嘿"的笑声。

可我们却从没见过珍子姐跟哪家男人在一起过，除了祥叔去她家去得勤外。

祥叔每每去珍子姐家时，不是端着个饭碗，就是说要借什么或还什么东西，然后就一屁股坐下来和珍子的娘闲嗑："你们今天讨了些什么啊？""住着习惯吗？""这后面的小树林里可常闹着鬼呢！"……祥叔每每说这话时，还不时地朝一旁烧饭的珍子瞟上几眼，那时的珍子总是脸红红的，把头扭到了一边儿去。可每次唠不了多久时，那边的祥婶便也就吆喝了起来："你看你那熊样儿，一碗饭是不是要吃到明天早上……"在祥婶一声又一声的吆喝中，祥叔这也才悻悻地回了去，有时还会把饭碗丢在了那儿……

四

祥叔家的后面，便就是那片小树林了，可祥叔一点都不害怕，这是祥叔说的，他还常常在众人面前吹牛："那又咋了，我还常常在半夜到小树林里解大便呢!"

祥叔，几代单传，轮到祥叔这辈儿上，至今也还没有个儿子，可女孩倒是一个两个地生了不少。为此，祥叔的爹整日里在老宅里转来转去，抬不起头。祥叔也每每一在人多的地方，就冲着祥婶骂："你真没用，要你能干个啥……"那时，祥婶也总是面红耳赤，不敢言语。

祥婶是个外地人，这是听他们说的。那时，我们弄不明白"外地人"是什么意思，却知道成了他们一个带着不屑语气的口头禅。祥婶就是这样的一个女人。祥叔不光是当着大家的面说骂就骂她，有时倘是喝了一点酒，还会把祥婶关在房子里，打得祥婶哭叫得吓人。

然而，也就在这打打骂骂中，祥婶也果真生了个大胖小子。听大人们说，孩子一生下来时足有 8 斤重。喜得祥叔的爹，昂着头，绕着宅子走了 3 天。祥叔也乐得整天屁颠屁颠的，见了我们就说："你祥婶她还真有用了!"

"有用了?"

"什么意思?"

"反正我不知道。"

祥叔家要放一场电影了，说是要庆贺一下。

那是宅子里第一次放电影，也让我们知道了，这世上还有个什么叫电影。电影也是在我家东屋山那块空地上放的，且也有一块不灰不白、方方正正的布钉在我家东屋山的外墙上，只是要比光明顶的那块大得多。

天色还早呢，我们就各自从家搬了凳子，早早地坐在了那块布的最前面，候着，就像被照相的那样，背对着布。渐渐的人多了起来，可他们都冲着我们笑。也不知是什么时候了，就听有人说："放了! 放了!"随即，一个很大的声音冲进了我们的耳朵，且觉得后面的布突然亮堂了起来。此时我们才突然意识到，先前的人们是为何而笑我们了。

电影一开始放的是一些八路军在打仗，和我们平时玩得游戏都差不多，有时也能看见他们在一片空地上，站成一个长队喊"一二一"，可从没见到他们喊"一二三"过。再后来放的我们就看不懂了，就见那块不灰不白的布里，人倒是不少，可个个却像个哑巴，只有一个女人老是在说话，也还总见不到那女人长得啥样儿，说的也无非是一些什么"孕妇""难产""生男生女"之类，有时，看电影的人群里还不时冒出几阵哄笑，还有人在小声嘀咕祥叔的名字。

打那以后，我们就再也没见祥叔骂过祥婶，更没见他打过，且每每见到人多的地方，祥叔也就总是红着脸，避了开去。

五

老宅旁边有一个很大的水塘，不深不浅，清澈得很。到了夏天，二毛我们就总爱脱个光屁股跳到水塘里痛痛快快地洗个澡。

说是洗澡，那都是瞎话，无非是说给大人们听的。只要我们脱光了身子，那水塘便也就是我们的了。

一开始我们是不会游泳的，便总是叫大勇哥教我们。大勇比我们要大五六岁，那时他已上了中学，平日里是难得见他一回，可到了假期，他也便就是我们的了。

大勇不仅教我们游泳，还教我们闷在水里怎样才能跑得很远，这个比游泳要好学得多。于是，平日里我们便也总爱玩一种叫"捉水鬼"的游戏，即是闷在水里摸人，倘谁被捉到，便也即是所谓"水鬼"，于是，他便被罚到岸上去，不准他再下水，除非有第二个人替代了他。也就在这捉与被捉之间，我们个个便也成了游泳的好手。

那时，下水的通常都是我们这些男生，而瞒着大人偷偷跑来的女孩儿们只有在岸上看的份儿。有时，我们也叫她们像我们一样下水来，她们就总是脸红着，生了气似的骂我们："不要脸，不要脸！"可是骂完了，她们却又旋即转过脸去偷偷地笑了。我们便也就总是哄笑着，朝她们身上泼水。嬉闹声传遍了整个水塘。那时，珍子姐就常远远地望着我们，对着我们笑，至于她究竟笑什么，我那时是弄不明白的，只依稀地记得，她那根越来越长的大辫子在风中飘啊飘的，美得很；她那修长好看的体态，远远地望去，是那样的招惹人，那样的撩拨着内心深处那根说不清的弦。

时间久了，大人们便也就发觉了我们的小把戏，每到中午便也就紧紧地盯着我们，可是他们又怎能看得住我们呢。

直到那年夏天的傍晚，西庄的英子淹死在那塘里，大人们都说是水鬼拽的，捞上来时腿上还留着水鬼的手印呢。大人们说得神秘兮兮，我们听得茫然而惶恐。

从此，水塘里出水鬼的事儿传了开去，我们就再也没有去过那水塘。可每年到了夏天，大勇哥却依旧在那水塘里出没，有时还会看见远远站着的珍子姐和她那根随风飘啊飘的大辫子……

六

宅子的东边，有一棵歪脖子老柳树。老柳树已不知有多少年月了，反正好几个人搂不过来。树身扭曲着，皱巴巴的，似一张老人饱经风霜的脸，一根粗壮的柳树枝丫斜伸着，延至一辆破烂不堪的大车上方。

大车，旧时称马车，4个大轮子，支撑着一个大车箱子，钢铁与木头混合，显得异常笨拙却又很结实。听一些老人们说，那大车是旧时娶新人最好的交通工具。还说那时只有一些地主老爷家的千金才能坐上轿子，而我们这些穷人们能用上大车把新人驮到家，就算很不错了。但是现在的大车早已被人们遗忘到了一边儿。

可那时，我们这些小孩子们却是把这大车当成了宝贝，经常会爬到大车上玩一种"娶新人"的游戏，即是随便找两个人出来，做所谓的"新娘""新郎"，然后学着大人们的样儿，骑在老柳树那根粗壮的枝丫上，赶"马车"，放"鞭炮"，拣一些树叶当酒菜。有时还会从家拿来破盆破碗，敲敲打打，人模狗样儿的，也不失喜气和热闹。

一次，"新郎"轮到了我，"新娘"是二毛的姐。二毛的姐比我大1岁，虽没有珍子姐那修长好看的身段，但在我当时的年岁，也无法用词汇去形容那种说不清的美。一开始，我只是和她面对面地坐在大车上，装模作样，谁也不理谁，任其他人在一旁忙活着。可待"新娘"快"迎"到家时，不知是谁出了个歪主意，非让我们牵着手下大车不可。结果，手刚牵上，二毛的姐却像似抓着了蛇一般，挣脱了我的手，脸通红着，生了气似的跑回了家……

打那以后，每每在路上见了二毛的姐，她就总红着脸，快快地跑远。那时，我总想撵上她，问她怎么了。可她每次见我走向他时，就跑得更快了。我闷闷的。

一次，我终究忍不住问二毛："你姐究竟怎么了？"二毛神神秘秘地趴在我耳朵上轻轻地说："其实，我姐是不叫俺告诉你的，她不敢见到你，是因为你牵了她的手。我娘说的，小孩子家，是不能牵手的，要不，长大了就要住在一块儿去，还要像祥婶那样生孩子……"

从那以后，每每见了二毛的姐，我便也总是脸红着，再也不去撵她了。

七

珍子姐出事的那个晚上，我还正在梦里。就听后院二毛的娘在我家的窗户底下低低地说："三子他娘——三子他娘——快起来啊，珍子上吊啦!"我猛地惊醒。娘起来时，我也要跟着起来，娘却硬是不让，说小孩子看了会做噩梦的，且在临出门时，咔嚓一下锁上了门。

"珍子上吊了?"我躺在床上，闷闷地想，两个月前那个晚上所发生的事情，不禁又浮现在了眼前。

那是祥叔家放电影的那个晚上，因为后面的电影不好看，我和二毛便拎着板凳溜了出来。就在快走到我家门口时，我们看见两个黑影，正在那片小树林边拉拉扯扯，还小声说着些什么。我和二毛先是吓了一跳，可马上又壮了壮胆子，绕着黑影，溜到了他们身后不远的大车旁躲着。走近了，才看清了，其中的一个正是珍子姐。当时的珍子姐正面朝着我们，和一个男人手牵着手。那个男人真的好眼熟，却又一下子想不起来了。他们说的什么，我们听不见。然后他们就手牵着手向林子深处走去。我和二毛真想跟在后面，可随即又想起了"猪精""无头鬼"之类，便只有躲在原地，候着他们出来。可直到电影放映结束，也没有见到他们出来。第二天，依然见到珍子姐到井沿上去打水，只是她穿了一件新衣服，很美。

上学的路上，我问二毛，珍子姐昨晚和那个男人牵手了，会不会像祥婶那样生孩子?"嗯——嗯——"二毛依旧神神秘秘地点着头，并且还要我们都不要乱说，不然会挨打的。

不知娘是什么时候回来的，反正那时我已睡着了。第二天，一大早，就见二毛的娘又在跟娘神神秘秘地说着些什么，不时还见二毛的娘笑几声，间或咬几下牙。可每每见我走去时，她们就又都不说了，娘还不时白我一眼。"去，去，去，小孩子家，哪有你的事。"说着，二毛娘的脸上漾着一种说不清的讪笑。

珍子姐死了，是吊死在宅子东边那棵歪脖子老柳树上的，样子吓人得很，说是死的时候，已怀了孩子。这些都是二毛跟我说的。二毛说，他也是听他娘说，还说珍子死前都要隔三岔五地出去和那个男人鬼混，活该！"那个男的？"我和二毛相视了一下，又旋即走开了。

那是祥叔家放电影的第二天中午，我和二毛按原先商定好了的，一同走进了那片小树林。小树林里，树叶很多，厚厚的，软软的，却显得很乱，像是有人动过。在最乱的一处，我们找到了一个脖子上戴的小东西，那小东西，我们只有在大勇哥的脖子上见到过。

珍子死了，珍子的娘哭得好几次背过气去。大队长找了几个人，简简单单地把珍子埋在了老宅后面的那片小树林里，没有香火，没有纸钱，有的只是珍子娘震遍了半个宅子的哭嚎声。在埋珍子的时候，祥叔一直哭丧着脸，在珍子入土的那一瞬间，祥叔还偷偷地抹了几下眼睛……

珍子死后，我们见大勇哥就更少了，偶尔地碰到一次，大勇哥也像似变了一个人，见了我们，就低着头走远。

再后来，就再也没有见到过大勇哥。听娘说，大勇，生了一场大病，就再也没有好过……

也许，这些只有我和二毛才能知道。

八

伴着老宅，我们渐渐地长大，也渐渐明白了一些事理，可老宅却也在暗暗地变化着。

我家是第一个搬出老宅的。那是 20 世纪 80 年代末的事了。父亲在老宅前面的农地上，选了一块较为平整的地，带头盖起了 3 间平板走廊的红砖瓦房。

打那以后，老宅里的人也就陆陆续续地搬了出去。老宅，从此便少了先前的那些生气，默然了很多。

我和二毛他们，一开始还常去光顾老宅，还常去宅子里的大车上坐坐，常到那片空地上走走，虽然我们早已不再玩那儿时的游戏了。可渐渐地也很少去老宅了，偶尔去上一次，也玩不到一会儿，似乎再也找寻不到儿时的那个老宅了。

后来，那些土房子也都相继被扒掉，那辆大车也被卸成了几块，分了。我家的那两间土房子是最后一个才被推倒的，缘于伯父还在里面住着。伯父说，老宅，住习惯了，舍不得！

那些年，也许只有我去宅子最勤。伯父一个人住在里面，便想去陪陪他。每次去时，都要经过那片小树林子，可我却不觉得害怕了。伯父老了，弓腰驼背，连拄着拐杖也不能走上几步路。伯父总爱和我说起老宅的过去，说起爷爷那辈人的故事。每每说到兴头时，他老人家也总会不无感慨地说："你们没有经历过那样的年代，可要快活多了！"

然而，伯父也终究不得不搬出老宅了。那是上面来了一个"文件"，说是要把老宅规划为农田。伯父搬出老宅的那天，还恸哭了一场，当时，也不知怎的，我也跟着哭了。扒我家房子时，我也去了，在东屋山坍塌的那一瞬间，我似乎又看见了光明顶喊"一二三"时的情景，又不禁泪湿双眼。

扒完了房子，又要砍那两片小树林了。结果没几天，老宅便被推土机夷为了平地。在砍那些树的时候，有人还说，看看里面究竟有没有什么鬼东西，结果，除了珍子姐那不大的坟丘，就什么也没找着，就连那"老姑碑"也不知什么时候被人拉走，做桥板了。老宅，我们的老宅，终于寿终正寝，唯一没有带走的是老宅四面的围沟和东边那棵扭曲着的歪脖子老柳树……

老宅，从此逝去了！

再后来，我上了高中，再上了大学，转而参加工作，也难得回上一趟老家。只是偶尔听说，二毛早已结了婚，祥叔的儿子也已长成了个大小伙子……

21世纪的第7个春天里，我又回老家时，见到了从外地打工回来的二毛的姐。二毛的姐，早已变成了个大姑娘，她那修长好看的身段和那根搭在屁股上油光发亮的大辫子，仿似又让我看到了当年的珍子姐，唯独不尽相同的是她那新潮时尚的衣着和那对经过一番修饰的细弯眉毛。二毛姐见到我，早已没了儿时那份羞赧，只是眉开眼笑里似乎透着一些伤感："三子，我现在在广州的一家旅游公司里做总经理助理，我打算明年就辞职回来，开发一下我们的老宅，让它变成远近闻名的旅游景点……"看着二毛的姐，我突然冷不丁地问："还记得小时候牵手的事儿吗?"二毛的姐先是一愣，随即我们便都笑了起来。笑声中，我们不约而同地向老宅地望去：光秃秃的宅地寂无声息，四面的围沟依旧守着那方土地，歪脖子老柳树也依旧扭曲着它那痛苦不堪的身躯，只是珍子那不大的坟丘旁又多了几座矮矮的新坟……

后末日记

◇ 舒寒冰

黑土犹在，白云已飞。

白云说：末日将至，不如早归，免得到时候挤着登舟，弄脏了裙子。

黑土说：末日未至，人心惶惶，预言还是谎言？且留下来，看他们乱糟糟一团如何收场。

白云说：郎君何愚钝，贱妾独自归！

黑土说：假若我死在末日，一万年后，当灾难已成为化石，不死的你能不能在一片岩石里，认出我琥珀色的泪和温暖的抚摸？

白云说：到那时，依然年轻的你是否还爱我苍老的容颜？

2012年12月19日清晨，天气寒冷，黑土与白云生死相依，黑土眼神瑟瑟，白云身体冰凉。黑土和白云，一对可爱的新西兰兔，今年我家新添的成员。我们一家4人从寒冷的街头将它们领回家后，针对如何将它们抚养成才做了一个分工：母亲负责备食，儿子负责喂食，妻子负责清扫房间，我负责给它们取名字并教他们礼仪和文学。两个小家伙，一个黑首少侠，一个白发魔女，我先给他们取名黑山和白水，儿子认为老土，复取名黑土和白云。10日后，白云无由而飞，留下黑土与我们老少4人，十目相向，黯然神伤。

我忍痛劝黑土：末日将至，生死大梦，谁在梦里？谁在梦外？谁仍活着？谁已死去？或许白云已登上一票难求的诺亚方舟。

黑土无语凝噎。

我又宽慰，倘若末日来临，我们守在一起永不分开。

舒寒冰，中国作家协会会员，已发表文学作品200余万字。

2012 年，末日的预言，像脑壳里的跳蚤，咬不死人，但让人痒得难受。抓痒成为一种治疗，一种消费。预言中末日来临，上帝脚下无人忏悔，只有铺天盖地的末日消费，放纵与狂欢，虚情假意的恐惧与抚慰，微微的侥幸，死与不死，皆成鸡肋。

妻子将白云葬在楼顶花园一棵葡萄树下。

末日过后，难得一个阳光温暖的中午，我们将黑土放到楼顶，小家伙第一次独步天下，胆怯，惊奇，继而像个洪荒中的哲人，念天地之悠悠，且晒个好太阳。

风吹着干涩的葡萄藤哗哗作响。

2012 年，最哲学的一年，相信很多人想到过生与死、灾难与轮回、结束或开始、必然与偶然、存在与虚无、上帝或佛祖。

很多人说："末日就末日，那么多有钱人都死得，我也无所谓。"我对这话，嘴上不说，心存异见。为什么有钱人死得，我们就一定死得？

按电影《2012，世界末日》描述，有很多钱的人可以买一张逃命的船票。我看那不一定保险，按人类求生的本能，假如船里的食物吃完了，世界仍在大动荡大调整大不安中，大家就会易子而食，易手而食，易脚而食，易鼻子而食，易耳朵而食，最后满船只剩下一张张夸夸其谈的大嘴。

我的办法是，真要末日来临，行尸走肉死不足惜，最好把灵魂藏进一个金属瓶子里，封好盖子，一万年后，再等那个善良的渔夫将我从大海中捞起，放出来。吸取以前的教训，我重现人世，不再做万恶的魔鬼了，而做伟大的预言家。面对着一片洪荒，预言 500 年后江山姓李，再 500 年后，鱼长出翅膀飞上天，再以后，呵呵，大约又是 2012。

末日已过，我们一家与黑土在预言中劫后余生。写下这些文字，读与家人听，读与黑土听，家人呵呵，黑土唧唧。

是为后末日记。

这个春天的一幅画

◇ 张明润

大年三十的下午，我回到乡下老家。一进母亲房门，就见衣橱窗内原来嵌着的旧画换了一幅新的，画中是春天的景象，凸现的是春天的花和草，还有翠鸟、泛青的柳丝……这画不是买来的，是我母亲画的。母亲96岁了，喜欢画画写字，我平时总是鼓励母亲适度画画写写，这对陶冶性情保养身体大有裨益。母亲知道我今天回家，所以就专门在衣橱窗里嵌进一幅新画让我看的吧？果然，母亲和我说了几句话后，就饶有兴味地让我看她画的画，问我，画得好不好。母亲不是专业画家，画的器材也很简单，就是用小学生用的一般水粉彩笔，画在画纸上，有时甚至就随意画在旧挂历的背面。说实在的，谈不上多好，但我还是很喜欢，她的画总是让我感到一种生命力的存在，就如眼前这幅，虽然花有点俗气，但生命力无疑彰显着。我想，马上是春天了，母亲画这幅画一定也是有深意的，她一定是早就盼春天了。我不禁连声说，好，这画好！我喜欢。

傍晚，马上就是除夕了，村庄的人忙着贴对联，贴年画，做年饭，祭祖先……过年的喜庆和庄重在整个村庄洋溢着，每个人的脸上都充满了过年的喜悦。这是我再熟悉不过的画面，也是我一年中期盼的时刻，我特意赶回乡下过年，也是为了感受这种喜悦和庄重。但没想到，今年情况不同了，这种喜悦很快就被冲淡而陷入焦虑和忧伤，因为电视上正播放有关新型冠状病毒引发肺炎的消息。其实，前一天就听到武汉封城的消息，但我只是觉得，尽管如此，病毒离我们这个村庄还是很远的。但就在大年三十的晚上，村庄人

张明润，男，安徽省作协会员，发表过各种文学作品百余万字。

已经对病毒重视起来，开始关注一件事：村庄里有 3 个人与武汉有关，一个是武汉读书的大学生，另两位是在武汉打工，他们都是前两天从武汉回来的。这一身边的现实，连同电视上播放的武汉、湖北乃至全国的疫情，就像一道阴影笼罩在大家的心头。

似乎一夜之间，气氛陡然严峻起来。大年初一，村里那 3 个人在家自觉隔离，平时人来人往的村庄广场也冷静了许多。一些到池塘洗衣洗菜的女人们已经戴起了口罩。村民组长在村庄的微信群里，通知大家今年大年初一不要再串门、不要再相互拜年了，就在群里拜年吧。天气也有些作乱似的，下起了小到中雨，还有寒风，加剧了空气的冷峻。母亲耳朵有些背，但她也知道消息了，母亲在手机和电视上也看到了武汉、湖北和全国的疫情了，我听见她深深叹息了一声。今年这样的情况谁也没有预料到，母亲自然也和大家一样有些扫兴，她将准备招待屋里人来拜年的烟和瓜子收了起来，然后就坐进暖火桶里，开始打电话给各位亲戚，向各位问好后，就叮嘱大家明天不要来拜年了，听政府的话，好好在家待着。"不出门就是为防疫做贡献。"母亲从手机上也知道这句一时广为流传的话了。

随后几天，我就基本宅在屋里，一边陪着母亲，一边从电视手机上关注全国的疫情，为日渐严重的疫情焦虑、揪心和忧伤，也为那些驰援武汉勇敢地逆行在抗疫前线的白衣战士而感动、而振奋。而身边，母亲时而发出的叹息声让我感到压抑，要不是这疫情，说不定我和母亲正谈一些开心的事情，比如说说她画的画。这样一想，我便常常不自觉地将眼光投向衣橱窗内那幅母亲画的画，像在沉思着什么，又像沿着画里的景象远望着什么。这样的沉思和远望并没有一时消失，几天后我回到城里，这样的沉思和远望仍不时在我脑子里活跃着。我是正月初六回城的。我从家出门时显得有些匆忙，甚至有点慌乱，但母亲很镇定，反复让我不要急，不要忘了东西，还执意要我带上她送的一个包裹，说是她让我带回的礼物。我嫌麻烦不想带，但母亲语气很坚决，说，这是规矩，一定要带上。

正月十一，立春了。但这只是日历上的立春，真正的春天还没有来，城里已经实行了小区封闭管理，楼下小区的门口有人值班，小喇叭不停地播着防控疫情的通告。我开始上班了，单位离家有四五公里远，平时坐公交车，这个新年里第一天上班，我像平时一样去坐公交车。可来到公交站牌下时，才突然发现，现在跟平时是不一样的，大街上行人很少，车子也很少。我担心公交车可能来不了，于是准备步行到单位，但快走到下一站站牌时，有辆公交车从后面驶来，我回头一看，正是我平时搭的那路车，我看到司机在车窗外向我挥手，示意我走快点。我于是跑了几步，坐上了车。向我挥手的司机虽不知道他的姓名，但是老熟人了，因为我经常坐他的车，有时还搭上两句话。售票员也一样熟悉，我上车后，她说了句："上班了？"她戴着口罩，我也戴着口罩，回答：是的，上班了。

不上班时，我和许多人一样宅在家里，我仍然每天都专注地看电视新闻，有时也看看书，在电脑上下下围棋。但有时很烦躁，没心思下。于是就想一些别的事，往往就想到了母亲画的画，于是又陷入沉思和远望。在城里，我也时时关注老家村庄。这天，从村庄的微信群里得知离村庄两里路的一个村庄发现了新冠肺炎病人，很快，他的妻子和儿子也确诊了，他们都是在武汉打工回来的。村庄的微信群里一时像是炸开了锅。乡下也早就实行封闭管理了。我从群里看到有人发上的卡口的照片，地点我很熟悉。第二天，我又在村人发的照片中看到了熟悉的身影，我的一个堂侄戴着口罩，正在卡口值班。村庄里的人纷纷在照片下点赞，我那个堂侄媳也在后点赞，并打上一句话："老公辛苦了！"我不禁也很感动，我这个堂侄是退伍军人，我想，他一定是自告奋勇走上值班岗位的。

正月二十六，我和另一位同事也轮到被安排在城里一个小区的卡口值班，中午12点半到下午6点。负责对这个小区72户105人的进出进行登记、查验出入证、测量体温，为出入车辆消毒……这天正交"雨水"节气，但并没下雨，晴朗，温暖。不过，老实说，我有点紧张，但也感觉很神圣。我和同事认真负责，在卡口严格把关。一起值班的同事还给我拍了张值班照，发到我手机上，我看看，很像那么回事的。这天，我发现有个年轻小伙骑电瓶车，在卡口往返好几次了，他每次都规范地掏出出入证给我们看。一次，我问他怎么出入这么勤？他很平静地告诉我，他是市立医院的医生，明天就要去驰援武汉，今天做出发前的准备，所以格外忙些。我一听，心底就对这位年轻的医生顿生敬意。电视上那些在前线奋不顾身战斗的白衣战士的画面也一下又浮现在眼前。

战疫已进入决胜阶段，电视上不断传来疫情形势一天天向好的消息。而天气也越来越暖了，春天是真正来了。我住地后面是一所中学，我家的窗子正对着学校的操场和花圃。前一天，我从窗外猛然发现，学校花圃里的花开了，红红的、艳艳的，十分撩眼。但我叫不上这花的名字，我把爱人喊过来，问她可知道这是什么花？她也回答不上。我说，我们平时真是忽略了一些该知道的东西。爱人听了，也若有所思。看着那开放的花朵，我脑子里又闪现出母亲画的那幅画，我一下激动起来，马上给母亲打电话，说我家窗外的花开了，就像您画里画的那样，红红的、艳艳的呢！母亲也很激动，不停地说，花开了好，花开了好！放下手机，我又一次陷入了沉思和远望——我想，病毒是狡猾的、凶险的，但花也是终究会开的，春天也是终究要来的，而人的生命力，更是无上的。

时间都去哪儿了

◇ 董　静

时间都去哪儿了？转眼间妈妈已是 98 岁高龄了。随着母亲年岁的增高，家人越发想为老人家过一次生日，可妈妈一直不同意，每次说起此事，妈妈都是果断地反对，说自己父母在世时没有过过生日，她也不能过，不能欺祖。这也是让我们七兄妹最为犯难的一件事。

一日我去看望妈妈，大姐和我陪妈妈唠嗑。妈妈说，自己现在最喜欢回忆从前的事情。妈妈讲述了许多我们小时候的趣事，尤其说到十几年前，每到逢年过节，孩子们各自带着家人回去的幸福时光。是的呀，我迎合着，像我这样离开故乡多年的孩子，那时最期盼的就是节假日能够回到父母身边团聚。我和大姐相视一笑，彼此心领神会，心照不宣：不如这次趁妈妈生日，召集家人大聚一场。于是，哄着妈妈说准备以她的名义聚会，实则想偷偷为妈妈过生日，没想到妈妈竟爽快地答应了。

大姐让我赶快通知兄弟姐妹，征求他们的意见，哥姐们都是秒回：非常期待，完全赞同！确定人数后，虽然离日子还差半个月，小外甥和媳妇第一时间在网上预订了酒店，包下了该酒店可以容纳 31 人的大包厢；晚上，他们又开车带着 1 岁多的宝宝到专卖店订制了一个双层大蛋糕，并设计了图案。大外甥女找出老相册，挑选出一张张老照片，制作 VCR 专题片，要在现场播放。

片子的配曲，选用了妈妈喜欢的一首歌曲《时间都去哪儿了》。此歌也较为贴切，它抒发了浓浓的亲情。正如歌词里唱的："时间都去哪儿了？还没好

董静，自称城市农夫，作品充满了生活的气息。

好感受年轻就老了。生儿养女一辈子，满脑子都是孩子哭了笑了。时间都去哪儿了？还没好好看看你眼睛就花了。柴米油盐半辈子，转眼就只剩下满脸的皱纹了……"说实话，一张张老照片从眼前掠过，配上这首暖心又有一点点伤感的乐曲，真是让人心潮澎湃，感慨万千啊。接下来，妈妈开始练习《木兰辞》，她要再次背诵给孩子们听。《木兰辞》是妈妈上小学时的课文，全文 392 字，到现在还能一字不落地背诵下来，这对一个 98 岁高龄的老人来说，也是超级棒的。

2019 年 12 月 14 日（农历十一月十九日）妈妈生日这天，家人们从各地赶来给老太太祝寿。二姐和姐夫从天津来了；小哥一家 4 口从宿州老家来了；大姐、三姐、小姐、侄女也都携家人早早来到了酒店；另有 13 位亲人因工作或其他原因缺席。女儿一家 3 口因为在异国他乡，他们特地录制了一个祝福视频，我家 5 岁的孙宝在视频中说长大了也要做老师，因为太姥姥是老师呀，还用双手比画了一个大大的爱心。多么讨人喜爱的小宝贝，赢得了大家热烈的掌声。31 位家人在此欢聚一堂，围聚在老太太身边，先拍合家福；再以各自小家为单位，分别和妈妈合影；我们五姐妹以五女拜寿的方式，也和妈妈单独拍照留念，全场同唱生日歌，温馨满屋。

大姐宣布寿宴开始。老寿星站起来发表了热情洋溢的讲话："我非常高兴，我心里的高兴是用笔墨不能描写出来的。谢谢你们来，谢谢孩子们！孩子们都孝顺，我走到哪里都要夸。你们要好好念书、工作，积极向上，回馈国家，把国家建设好，希望做长辈的好好教育自己的孩子，多做好事，千万不要做违法的事和不合适的事，就说这几句。"妈妈的发言，满满的正能量。为老妈妈点个大大的赞。

四世同堂，令人羡慕的大家庭。妈妈含辛茹苦地养育了我们 7 个儿女，如今安享天伦之乐。亲人们难得一聚，其乐融融，妈妈高兴，大家开心。我们相约争取每年都这样相聚一次，亲情无价，亲情万岁。时间都去哪儿了？它在我们的幸福记忆里。祝老妈妈福如东海，寿比南山！

魏家南巷记忆

◇ 王忠辉

　　我对小巷的情结，缘于魏家南巷的记忆。魏家南巷拆了，我几次于这片荒芜的废墟前，怅然若失。曾经巷里青砖黑瓦的建筑，光滑的石砖，绿色的青苔，藏着光阴的故事。但眼前那个繁华的小街巷，已荡然无存了。那个记忆中永不淡去的魏家南巷，始终伴着我，随着我，去找寻曾经的过往。

　　这里紧靠淮河，曾是州来古国、下蔡古国的属地，民国时县城的治所。老县城中心有一条主干道叫中山街，从这个名称就可以看出这些巷子里的建筑应该是民国时期的，魏家南巷就是这些巷子里的一条，而我对它的记忆是由浅而深的。

　　我从小住在县城河对岸的小山村，河边有个渡口，连接着两岸，看河中船只你来我往，忽近忽远。东去的淮水，那时并未让我生出"逝者如斯"的感叹。望着对岸白天熙熙攘攘、晚上灯火闪闪的情形，心中有无限向往。偶尔夜半的汽笛，划过亘古时空的长鸣，常惊醒我的梦，心思更是随着汽笛声悠长……

　　小时候，我特别神往城里的街巷，尽管没有现代的大商场、游乐园（那时脑海里还没有这些概念）。过了渡口，一条很宽的河滩路通往南城门，城门过去便是一条那时候觉得十分宽阔的中山街，沿中山街东西两边是形形色色的店铺，陈旧出年轮的木质窗棂，扣着像兽环的门扉。街道上弥散着或浓或淡的中药味，玉石雕章的幌子在风中摇摆，各具特色的老字号招牌前，扛着糖葫芦、捏糖人的走贩不时穿过……

　　几个店铺中间，便有一条巷子向深处延伸。那时候很小，跟着姥爷进城，并不敢向巷子深处去玩，只向里跑一二十米，便不时回头看看姥爷，慌得跑回来。那时没上学，自然不认识"魏家南巷"这几个字，但我记忆里，魏家南巷巷口、中山街路边便是一个茶馆。河南岸的老人喜欢进城，那时农村人不叫进城，叫上街。多半是进城买点油盐之类，买好了并不急着过河回家，而是几个人泡一壶茶，茶叶两毛钱，开水不要钱，尽管喝饱，偶尔奢侈一回，点上用废旧报纸裁开包成三角形的一毛钱一大包的瓜子，拆开纸包，每人小心翼翼捏上几颗。几个人围着一张矮小的小木桌，边喝边互相交流"新闻"，或者一些逸事、传说。说着的人很投入，往往单脚放在长条凳上，一只胳膊肘轻搭在腿上，身体前倾，另一手在空中比画，说到关键处，嗓子故意顿了顿。听客们屏息凝神，侧耳倾听，欲知进展之时，看说话者停了下来，马上来了句："斟茶斟茶，先润润嗓子。"于是大家都兴奋起来，尤其听客的脸上异常满足——回到村里又是一个很好的说头。这时候，我知道姥爷会喝上半天，不喝到一点茶色看不到、每人的逸闻趣事说完，自然是不会走的，我自然不怕跑到巷子里玩，回来找不到姥爷。

　　魏家南巷子和其他的巷子一样，并不宽敞，容不下 3 个人并排而行，走在巷子中间，伸手就可以推开谁家的大门。其实这大门不用推，因为它常常是敞开的，门前两三级台阶，屋内的一切一览无余，小巷的居民，那时好像没有隐私需要保护。小巷是一个流动的市场：磨剪子、戗菜刀、换大米、豆腐梆子，赊小鸡的吆喝、爆米花的"砰砰"……经常还见吃食摊子挑在肩上，一头小煤炉子，一头小木头桌子，挂一盏洋油风灯，摇摇晃晃地沿街叫卖。两扇黑漆大门打开，站在巷子中间，朝巷子口喊一声，吃食挑子忙不迭地赶过来。民间手艺人、做小买卖的，每天在小巷穿梭。

　　我喜欢上午 10 点多钟，阳光照进巷子里，巷子里也安静了很多，朦胧着双眼看阳光安静地透过斑驳的绿色油漆窗户，看浮尘在阳光中翻舞，生命的律动能带给我恬静的愉悦。巷子里的生活，总是自由自在，那时的时光是烂漫的。

　　小时候，上街、逛巷子是很难得的，自然记忆尤深。但那时只停留在巷口。后来进城上学，遇到魏家南巷一魏姓同学，魏家南巷便和我这魏姓同学一样，走进我的生活，再也没有远离。

　　因为魏，我走进了魏家南巷深处。魏就住在魏家南巷里一个古旧的院子内，院墙上有两扇已经没有了油漆的木门，院子不大，正中间是堂屋，非常高大，旁边是厢房，比较窄小。堂屋大门是典型的过去大户人家四扇式，直通屋脊，但上半部明显是锯掉了，显得很不协调。中间两扇主门较大，两边各有一扇耳门，一副陈旧的中堂，我没敢细看，因为一扇黑漆大门旁一个正襟危坐的老者正在凝视着我，一副老花镜低垂在鼻尖，那眼神是从镜框上方射向我，我身上一阵激灵。他是魏的爷爷。手里拿着一份报纸，见我一句话没有。脸上没有一点表情，和旧木门、木板窗、老石阶、青石板路一样，都是沧桑。

我知道这古老的麻石板小巷、古老的院子，收藏着岁月的痕迹，收藏着过去的故事，也定然收藏着很多不为人知的传说。

我问魏，只知道祖上到这个巷子生活到他这一辈是第9辈，县志可查清光绪年间魏的祖上魏卓轩在魏家南巷巷口中山街中间最繁华地段开了"鼎隆"商号，据说比"祥泰"还要早一点，规模也大一点，经营南货、酱园、糕饼、茶叶等。魏家南巷东边大片土地都是魏家的酱菜园。

魏的爷爷是典型的富二代。魏的奶奶是桂集大地主千金，大家闺秀，陪嫁还有丫鬟，这在当时是何等富足的家族。"鼎隆"商号本着"忠厚传家远"的宗旨，对雇工很友善，有个管家很受敬重，尊称其为"丁仙"；对街坊也有照顾，每逢中秋节和春节前一天，免费给老街坊打酱油和醋，深得人心，生意十分兴隆。

老话说：三十年河东，三十年河西；富不过三代！解放了，一切都变了。先是东西厢房充公给他姓人住，然后1956年合作化，鼎隆酱菜店公有了，魏的爷爷成了凤台酱醋厂第一任厂长，倒也生活无忧。好景不长，后经一系列波折，魏家的堂屋大门上边被锯去了三分之一。魏的爷爷从此一句话不说，每日拉着板车做苦力给县城的商店送酱油和醋。魏的奶奶默默接受了这人生变故，信奉了基督教，终日虔诚地祷告着。

我终于懂了那眼神。魏的爷爷经历的是常人不能承受的，饱尝了人世间的冷暖与苦难！他也曾有过青春容颜，经过时代的消磨，是否模糊了过往爱恨，忘记了昨日悲喜？在他的眼里，曾经的魏家南巷何等兴盛，然而一切又都和他一样，在时光中匆匆地变老。或许他的眼里，旧房子、旧窗棂、旧的墙壁上依稀还是几十年前的荣光。荣辱仓促交替，失去的岁月，挡不住的记忆，回头就是一生。

民国的老人大都习得一手好字。这是那个时代的文脉和气血，不仅是读书人香火传递，民间百姓更是如此。我记不清魏家那副中堂写的什么，只记得对联上下联第一个字分别是：鼎、隆。那是魏的爷爷写的。现在"祥泰"老字号又重新红火了起来，魏家的"鼎隆"却成了历史的记忆。

魏对家族的历史，像对魏家南巷一样，平静而宽容地接受它在历史中的隐退，仿佛什么都不曾发生过。随着年龄的增长，我倒希望在未来的岁月里，他每天可以尽兴地漫步在幽幽的小巷，去过着平凡的日子……

远处传来一首歌《回到从前》，我知道谁也不能回到从前，就像魏家南巷。戴望舒《雨巷》曾经有过一个结着愁怨的丁香姑娘，曾经的魏家南巷又何曾没有住着一个失意的倜傥儿郎！"晚风拂柳笛声残，夕阳山外山……"歌声在继续，魏家南巷的故事还在魏姓后辈中传递。

烟雨拂过经年的记忆，原以为今生再也回不到魏家南巷。我寻访过许多小巷，可就是感觉不到魏家南巷的模样。

西天日暮，远方隐隐约约传来一声吆喝："八公山臭豆腐哎——"我的眼前立刻浮现那条悠长的魏家南巷，巷子里的风物、巷子里的故人，永远是从前的模样。只是，久远的故事，就这样随着魏家南巷的消失，散于风中，无处可寻。

黎叔只笑，不说话

◇吴　婷

天色破晓，鸟儿欢叫，朝阳升起，霞光满天之时，这个南方的小县城开始慢慢苏醒。

黎叔和那些卖早点的摊贩起得一样早，一样地开始起炉子烧开水。他蹲在蜂窝炉的旁边，一手撑着地，一手拿着一把破了边的草扇对着炉门扇火，时常被呛得满眼泪，咳不停。

黎叔也是生意人，但是他开的不是早餐铺，是书屋。

他的五味书斋在街角，毫不起眼。黎叔在书屋门口放置了竹椅和木凳，晴好的天气里，时常有人坐在那儿读书。黎叔便乐呵呵地给人倒水，他免费提供书和开水。

屋子狭小，潮湿，连扇窗户都没有，大白天也点着灯。一张表面斑驳的桌子把小屋隔成了两边，黎叔坐在桌子旁，他身后是生活区，有一个柜子和一张床，床上永远挂着雪白的蚊帐。黎叔所面对的是营业区，两排装满书的木头书架前经常站满了顾客。黎叔的书只租，不卖。

小屋的墙上糊满了旧报纸，屋里有着纸张的味道、饭菜的味道、蚊香味、花露水味、淡淡的霉味以及一种老人身上特有的味道……复杂得难以形容，这味并不好闻，可是去小屋的人却络绎不绝。她们大多是十几岁的孩子，最爱琼瑶、席娟、亦舒、岑凯伦、三毛、张爱玲、金庸、古龙……孩子们怀揣着或浪漫或豪迈的情怀，说说笑笑，嘻嘻哈哈，给本来沉闷的五味书斋带来活力。

吴婷，"80后"，现居南京，作品散见于《海外文摘》《作家天地》等。

　　黎叔通常坐在桌子后面看书，或者看着书架前选书的人。看书时，他会把书举起放在眼前，感觉都快贴到脸上了；有时，他也会把书放在桌上，拿个放大镜低着头研究半天，表情投入，眼睛里流露出渴求的光芒，似乎他想变成那道光，钻到书里去。而我觉得，他是已经看不清书上的字了。当他把眼睛从书上离开，看着书架前的孩子们时，他的眼神柔和起来，满是笑意。

　　谁也不知道黎叔的年龄，像60岁，也像70岁。他又矮又瘦，皮肤黝黑，头发花白。人很安静，他喜欢笑，笑起来脸上的皱纹都挤在一块，眼睛也眯成一条缝，那眼里的笑意却像星星一样明亮，显得清澈单纯，感觉和年龄不符。他冬天穿深色中山装，夏天穿浅灰色的短袖衬衫，黑框眼镜使他看起来有些呆板。

　　孩子们选出中意的书，到桌前，在一本习字簿上记录书名和日期，再结付上本书的费用。黎叔总会变魔术似的握紧左手伸到孩子面前，他眨巴着眼睛，笑得神秘。其实孩子们都知道他手里是大白兔奶糖，却也睁大了双眼，露出好奇的表情，配合着黎叔。黎叔用右手一个一个掰开左手的手指，表情也随之变化，脸上的笑意像是逐渐开放的菊花，越接近谜底，笑得越开，细纹也布满了脸，最终笑得露出了牙。当大白兔奶糖完全展现出来时，他仿佛是自己吃了糖一样开心。孩子们便欢呼起来。黎叔把糖发给孩子，满脸怜爱地摸着孩子们的头。他自己喜欢读书，也喜欢爱读书的孩子们。

　　很少有成年人光顾五味书斋，她们总是匆匆忙忙地路过，一脸的漠然。有些上了年纪的女人会放慢脚步，跟同伴朝着书屋的方向努努嘴或者使个眼神，便有人探头去看，她们彼此靠得更近些，比画着手势小声地议论着什么。

　　无论寒冬酷暑还是刮风下雨，五味书斋的门白天都是开着的，晚上则紧紧关着。一丝亮光从门缝里隐隐透出来，我想，黎叔此时一定是忘我地沉浸在书的世界里。

　　开始有家长警告孩子，少往五味书斋跑，宁愿绕路也不要从黎叔屋前过。

　　于是，十七八岁的女孩们便不再去租书，以过来人的口气对那些十二三岁的女孩说，黎叔是犯过错误的人，不然怎么会一个人长期住在这，又总是那样色眯眯地笑着，她们说这些的时候脸上有着成人的世故和猜疑。

　　五味书斋里再也没有孩子们发现大白兔奶糖时的欢呼，黎叔的笑脸也不再像盛开的菊花，而像是蒙上了细细的蜘蛛网。他的眼睛逐渐变得混浊起来，失去了闪亮的星星，显得苍老，倒是和年龄相符了。

在一个寒冷的冬天，五味书斋的门再也没打开过。清晨来临时，摆早摊的小贩们忙碌的时候，五味书斋门口的炉子却不再冒烟，炉子上那壶水也没"咕咚咕咚"地响过。

有人说黎叔离开小镇去了远方，也有人说黎叔离开了这个世界。

五味书斋的主人黎叔，想必也品尽了人生五味。

我偶尔会想起黎叔的样子和他那笑起来眯缝着的眼，然而他只是笑，不说话。

黎叔是个哑巴。

请你原谅我

◇ 吴新生

　　这个故事埋藏在我心底多年，有些细节不甚清晰，但一直萦绕在脑海里，它就是那样真切地朦胧着，遥远地美丽着。

　　遇见二妮，是在云南战区医院。

　　当时，排长带领我和几名战士在前线无名高地进行抵进侦察，首长通过电台要求我们在任务完成后直接赶往"前指"汇报，然后再赶到边境一个叫平寨的小山村，与先行到达此处休整的侦察连会合。想到任务已圆满完成，马上就能回到后方，不再天天啃压缩饼干，能吃上一口热饭，洗上一次澡，心情不禁高兴起来，几个月来蜷缩在猫儿洞里的心也顿时放飞起来。

　　溪水潺潺，山风习习，今天天气尚好，只见有老鹰在山顶盘旋，还有一群群不知名的鸟儿从山下往上飞。军用地图显示，我们所处的位置离"前指"还有不到 1000 米距离。山道崎岖，到处布满荆棘，我们踩着有人走过的足印小心前行，以免触碰到地雷。就在我们快到山脚时，突然头顶上响起了熟悉而又刺耳的呼啸声，接着在离我们不远的地方落下了几发炮弹。"他奶奶的又开始炮击了！"排长不禁骂了一句，他看了看周围，这里没什么地方作为掩体，于是他大喊一声："跟我来！"迅速带领我们跑出这片开阔地，但尖锐的爆炸声还在耳边不断响起，突然头顶上有东西落了下来，接着我就什么都不知道了。

　　当我醒来的时候，已躺在医院的床上，我感觉自己的右腿剧烈疼痛，身边围满了人。我努力地睁开双眼，只见他们神情都是一脸的凝重，隐约中听

吴新生，安徽枞阳人，曾参加老山地区防御作战。

见我的一位战友小声哭着对医生说："孙医生，排长已经牺牲了，您一定要救救俺们班长啊！他太年轻，不能截肢，求求您，一定要保住他的腿啊！"听到这里，一阵眩晕，我昏了过去。

再次醒来又是一阵疼痛。得知排长不在了，自己又要失去右腿，我心死如灰，我的心情糟糕到极点。从小我就是个完美主义者，我不能接受没有腿的日子，如果那样我情愿像排长那样去死。我的人生才刚刚开始，从血写请战书那天起，我就暗暗下定决心，我要成为一个传奇而不是一个传说。如今，在战场上我正好有这个机会来建功立业，我做梦都想穿着4个口袋的军装回到家乡，让弃我而去的小芹看看自己胸戴红花的模样。

我不吃不喝，我不饿，也实在是咽不下。我顾不上疼痛试图坐起来扯掉身上的针头管子，我不要治疗，我用双手捶打自己的身体。这时，只见白光一闪，她快步走过来，放下托盘，紧紧地抓住我的手臂，柔声说："同志，不要这样，请你冷静一下，坚强起来，没有什么过不去的。我叫韩二妮，是二病区的护士，有困难咱们一起来面对解决，好吗？"我绝望地闭上眼睛，把脸侧过去，任她怎样说，我一句也不想听。

过了一会儿，她不知在哪里弄来几本书放在我的床边，我扭头一看，以前读过，什么伏尼契的《牛虻》，还有一本《钢铁是怎样炼成的》，我抓起来像扔手榴弹一样丢了出去，去他的牛虻、保尔·柯察金。

她慢慢地走到门口，把书捡起来轻轻地拍打后放在我的枕边，说："你要振作起来，如果你是一名真正的战士，就要像保尔那样，不能被自己打倒。请你相信，我们一定能够给你提供科学合理的治疗方案……"任她一个人在滔滔不绝地叙说，我就是油盐不进，好像自己的腿已经锯掉了，一个人拄着拐杖行走在黑暗的孤独里。我感觉我的人生是残缺的，我的前途一片灰暗，未来没有了，一切都没有了，连姑娘也不会有了。这下小芹可以看我的笑话了，我的心又是一阵刺痛。

就在这时，我突然发现她的手里拿着一样东西，那是一直放在我口袋里、已经被小芹剪掉的半边残照，此刻，她仿佛知晓了什么。望着我，她笑了笑，把照片轻轻地放在枕边，然后握着我的手，又像是下了好大的决心，伏在我耳边说："我，喜欢你！"她的声音很轻很轻，但对我的震撼却很大很大，刹那间我气血翻涌，呼吸急促，这一刻我竟然忘记了疼痛。她的体温通过柔软手心温暖了我，我仿佛也能感受到她的心跳。闻到她身上的味道，我的心一下乱了起来，我不敢抬头看她，只觉得脸上火辣辣的，躺在病床上，仿佛打了镇静剂似的，我一动也不敢动。

"听话，等一会儿就做手术，一切都会好的！"她的声音如山间的小溪，在我的心头叮咚轻盈地流过。我能想象她一定是微笑着说的。

在那一刻，也就是在那一刻，我的心怦怦直跳。即使时隔多年之后，我心里仍然能感觉到当时的那份悸动。

"我，喜欢你！"这声音一直盘踞在我的脑海里，久久不散。一切都是那么的突然，我不得不静下心来整理纷乱的心绪。但最终，也不知什么原因，孙医生只是把我里面的弹片取出来，他并没有卸下我的腿。手术之后，麻醉剂的药力已经过去，刀口开始疼痛，稍微动一下，仿佛有一个人一直在我的伤口处磨刀。而整个晚上，二妮一直在握着我的手，在我的耳边轻轻地哼唱《月光下的凤尾竹》，这歌声像清凉的泉水一样，汩汩流淌在我的心里，我感觉身上不怎么疼了。

一切都美好起来，每天早上，睁开眼睛都是一个新奇的世界。她不知从哪里弄来许多向日葵，那些向日葵像一轮轮小太阳，照得病房亮堂堂的；又像是一个个绽开笑脸，很温暖，那么多，散发着淡淡幽雅的香气。我的心情不由得愉悦起来。她的侧颜很是迷人，尤其是每次为我打针换药时温柔专注的样子，让人怦然心动。看到她穿梭在病房里的美丽身影，我的思想不禁天马行空，我感觉，在我背后，有一双脉脉温情的眼睛，在充满希望地看着我，每一刻都是那样的美妙。我希望这样的日子能慢一点，再慢一点。我心里有些发慌，我不知道该怎样挽留住这份美好的时光。

不觉间已过去20多天了，我的身体也恢复差不多了，在出院的头一天晚上，我对二妮说出去走走，她犹豫了一下，点点头。我赶紧洗了头，穿戴整齐，照照镜子，一看帅得连我自己都忍不住嘴角往上翘。我们来到医院的后面，月光下，小溪涓涓，闪闪发光。过了小河，是好大一片杂树林，树林中央耸立着一棵高大的木棉树，虬枝错节，身姿挺拔，树下有块青石板，我俩坐在石板上，沐浴着如水的月光，晚风将她的头发吹拂，我佯装欣赏夜景，一次次偏头，偷看她如新月般皎洁的面庞。

这里离医院较远，除了偶尔传来的零星炮声，显得格外安静，我的心咚咚乱跳，像要从嗓子眼奔出来，我终于和她并肩坐在一起！她低头不语，看着地面，我想她的心情和我一样，我感觉喉咙有些发干，全身在微微颤抖。

她轻声问："你冷吗？"

"不冷。"秋夜微凉，但我感到额头上全是汗。"你害怕吧？"这里是山区，常有毒蛇猛兽，更主要的这是战区，对面的特工常常在这一带出没。"不，我怎么会害怕，就是，就是心跳得厉害。"我的声音像是在发抖。

我们坐在石板上，有好几次看见她望着我欲言又止，但我也没勇气表白，我们只说些前线战事，然后就静静地坐着，夜风徐徐，吹得人心阵阵涟漪。此刻，头顶的月色朦胧，这样的月光，隐秘的心事乱飞，可每当她抬起头来看着我，我都低下头来或者把目光移到别处。我恨自己，我有点埋怨上帝，怎么竟然把这么壮实的身躯给了我这个胆小的人。

不知何时，月亮隐入了云层，我们起身顺着原路往回走，也许是不好意思，我几次想牵起二妮的手，她都有意无意地让开了。我心里暗暗好笑，但想到明天就要离开她了，又有点伤感。到了医院旁边的机房前，她见我一路不作声，以为我生气了，嘴里小声地说了什么，但身后的柴油发电机的噪音淹没了她的声音，我没听清，见我没吱声，她双手在嘴边圈成圆筒状，凑到我耳边大声说："回头我写信给你！""啊……好！"我的心突然摇曳起来，顺势笨拙地抱住她在脸上亲了一下，转身就跑。

第二天上午，连里接我归队的吉普车早早地来到这里，我行装背好准备出发。走出病房，院区很安静，地上铺满了木棉树金黄的落叶。我用眼睛余光不停地搜索每一个角落，终于，一个熟悉的身影跃入眼帘，二妮轻轻地走到我的面前，帮我戴好钢盔，整理已经系好的风纪扣。我恋恋不舍地望着她，此刻，阳光沾满她的衣裳，白得发亮，伫立在圣洁的光影里。她璨然一笑，简直就是那个秋天最美的风景，直到车子驶离了好远，那青春的情影还停滞在路边，白大褂和漫天落叶合在一起，像是一幅未完成的油画。

蓝天高远，白云闲度，10月的老山秋香一色，昔日翠绿的枝丫已被红黄覆盖，没有枪炮的声音，此时根本感觉不到战争的气息。吉普车行驶在盘山公路上，望着窗外，脑海里浮现的却是二妮美好芬芳的容颜，心里还在回味昨夜临别一吻的情景，我又忍不住地回头往医院深情一瞥，怎么还未走远就已经开始想念了呢。

一个月后，我执行潜伏任务归来，通讯员递给我一封二妮的来信。很沉很沉的一封信，我内心的情感实在托不起它的重量。她在信中告诉我：对不起，请你原谅我！我欺骗了你，一年前我就已经结婚了，我们的感情很好，新郎你认识，他就是孙医生！

怎么会是这样，我像个傻子一样呆立在那里，我的眼泪流了下来，而我天生是个不大流泪的人。原来，她对我的欺骗是一份化了妆的温情，蓦然间，我明白了这一切。

但是，不知为什么，我心里还是很难过，真的很难过。可是，二妮，要说对不起的应该是我呀，那天晚上是我对不起你的啊！我长叹一声，遥望思念的方向，在心底轻轻地对她说：

"谢谢你！二妮，请你原谅我！"

中年滋味

◇ 王长胜

中年是什么滋味？

过去读俞平伯的作品，有印象，说是如登山到山顶："上去时兴致蓬勃，唯恐山径不敌脚步之健。及走上山顶，四顾空阔，面前蜿蜒着一条下山的路……兴致呢，于山尖一望之余随烟云而俱远；现在只剩得一个意念，逐渐地迫切起来，这就是想回家。"

前辈的感慨，很值得回味。几十年来，坎坎坷坷，风风雨雨，弹指一挥间，不知不觉间也站到了"中年"这个山顶上。

这回品味中年滋味，竟也感慨无限。

"中年"，可能就是这样一个深秋的早晨。一连几天，你都陷入了一部小说的构思、创作之中，这一天你有了冲动，挑灯夜战，一口气将它完成了。天色放亮，你搁下笔，刚想躺下迷糊一会儿的时候，突然发现女儿静静地站在你的面前。

噢！你想起来了：你答应今天去落实一家单位，让女儿去实习电脑排版操作的呀！于是，你二话没说，挺挺胸，抖擞精神，换上衣服，下楼推着自行车出门了。

谁让你糊里糊涂答应的呢！既然答应了女儿，可得当件事去办。这一刻，你再一次体会到了父亲的责任与重负，心境与腿脚同样沉重。

"中年"，可能就是那一个寒冬的午后。快过年了，一家人沉浸在欢乐之中。你采购了一大批年货推门进屋，女儿在做蛋饺，妻子在炸肉丸子。这时候电话铃响了，传来了坏消息：父亲病危……

王长胜，上海人，已发表小说、散文、报告文学计250余万字，作品散见《长江》《花城》《小说界》《青春》等，已拍摄成电影《叶圣陶在甪直》、电视剧《碧血秦淮》《苦果》等。

这消息犹如晴天劈雷，容不得你犹豫，你立即关了煤气，将所有的肉类物品都抹上一把盐，其余物品都塞进冰箱，然后锁门，携女带妻赶回上海。

当你赶到家，父亲已经悄无声息地与世长辞，是旧病复发，得了脑出血。在黄泉路上，父亲没有给你留下一句话，也没有给你增添一丁点儿麻烦，你却倍感内疚和悲伤。支撑着疲惫不堪的身子，你一边为父亲守灵，一边好言劝慰年逾古稀的母亲……

整个儿都忙完了，你真想找个地方美美地睡上一觉。然而不行，你还必须强打精神，向每位前来吊唁的亲戚好友递烟沏茶，甚至陪着聊上半天。

"中年"，可能就是另一个早春的日子。你的小说在颇有影响的文学杂志上接连发表了、获奖了；或者，你的作品被电视台拍成了电视剧。你本可以得到一份祝贺，享受一份得意。然而，在善意的祝贺里也裹挟着个别人叽叽歪歪的声音。这一刻，你本可以理直气壮地说：作家靠作品站直腰杆，是骡子是马不妨也牵出来遛遛。可是，你已不再血气方刚，你不但隐去了嘴角的那一丝轻蔑，还把到了嘴边的话全咽了下去……一次次退让，都是为了日后的厚积薄发。

"中年"，也可能是你上班路上遭遇的一次意外：你骑着自行车经过一个巷子口，突然，横向冲出一辆自行车，撞上了你。你的右手手背被那人的车把刮破了，流血了，但无大碍。你朝那人望一眼，对方是个愣头青。

你希望息事宁人，互不耽误，各走各的路吧。于是对他说："对不起，碰上你了……"

没料到，那人震惊得愣了很久，直到你离开了。他突然又追上你，对你说："师傅，你的手要紧吗？我陪你去医院……"

听了他的话，你心满意足地笑了。愣头青很拎得清啊！你的主动道歉，留给你的是多么温暖的回忆！如果当时瞪着大眼骂他，会是什么结果呢？

中年，你变得成熟，开始懂得"得理让人"，还懂得"退一步海阔天空"……

人生如登山，到了那个山顶，便注定要往下走。

下山实在不易啊！要照顾老的走好，还要拉扯小的上路，曲曲弯弯的路上少不了磕磕绊绊；下山的路上，人群来来往往，尽管你要的只是风轻云淡，可你只有谨小慎微，才能避免与别人不必要的碰撞。

都说上山容易下山难。下山，不宜再昂首挺胸、走路带风了啊！

那　月

◇叶　静

　　夜很浅，风微寒。白天没敢出去走动，浑身不得劲，到了夜晚，再也憋不住了，戴上口罩下楼遛弯。彼时，小区里几乎没什么人了，我迈开步子，迅速融进月色里。不知何处飘来的花香，氤氲在月光下，幽幽地飘到我怀里，着实佩服它的本事，即使隔着口罩，仍能从鼻尖跌落，渗入每一寸肌肤。我甚至怀疑，连耳朵都是有嗅觉的。

　　抬头，絮状的云浮在墨色的天空中，靠近月的那几朵，竟透出一些白日里的光亮，不由得心生欢喜。月是椭圆，非满月，却努力绽放满月的光。它无言，我亦无言。此刻，心中一暖，一个女孩浮上心头。

　　她叫月。

　　打我记事起，便和月玩在一块儿，虽常常不欢而散，可下回仍要撵着她玩。有时未能顺了她的意，恼了她，她便会头一甩，气呼呼地走远，还硬硬地说："不跟你玩了！"我便真的怕了，回到家，用爹的白酒杯，舀上一满杯的白糖，无比虔诚地端到她面前……在我"糖衣炮弹"的"进攻"中，月终究是抵不过，果然投降，一边舔着白糖，一边巴滋着嘴："下次再惹我，可轻饶不了你！"月，骄傲得像个圣母。我一边咽着口水，一边谄媚地笑。那年我三四岁，她也是。

　　月虽叫月，可全然没有月的安静。村里人都说她野，野得有些让人烦。月很瘦，平日里穿得像个男娃娃，衣服在身上，就像披了一片枯叶，风一吹，

　　叶静，安徽无为人，现居武汉，笔名暖秋，"同步悦读"签约作家，作品散见《散文选刊》《安庆晚报》等。

窸窸窣窣的，萧瑟得很，而这倒是方便了她上蹿下跳。月不爱干净，衣服总是黄一块、黑一块，走起路来腿子撇得很开。她的脸色永远蜡黄，笑起来嘴巴张很大，经常是嘴里嚼着饭菜，突然大笑，饭菜到处喷，在她对面的人便遭了殃。村里人常说："你瞅人家静，总是笑不露齿，学着点呗！"每每此时，我有些窃喜，便抿嘴一笑，甚至比平日里抿得更紧。月全然不当回事，依然扯开嗓门大笑。从前听到这些，是很欢喜的，如今再想，不觉惭愧起来，无形中伤了月，竟全然不知。那年我5岁，她也是。

夏日里的光景，总是美得很。知了在枝头叫个不停，我时常担心它们的嗓子会叫破，可这种事从未发生。桑葚熟透了，透过绿得发亮的叶片，那一串串或紫红或乌青色的果子便愈发诱人，成功勾了我和月的魂。月厉害着哩，她总知道哪棵树上的桑葚更大更甜。

她爬树的速度飞快，双手往树干上一搭，身子轻轻一跃，几下就蹿了上去，稳当当地坐在枝头，美美地吃着桑葚，满嘴满脸的乌青色。我穿着粉色连衣裙，站在树下火急火燎，努力调整各种姿势往上攀，不到一米便滑下来。再试，再滑下来。新穿的衣裙磨毛了，手更是磨得生疼。人立在树下，一脸的茫然和委屈。

月潇洒地卧在枝头，双腿悠哉悠哉地荡着，咧着嘴笑，牙齿都是乌青色。我恼了，恼她也恼自己。恼过后便是馋，馋得口水直咽，对着月谄媚地喊："月，也给我揪一点呗，让我也美一下。"月先是漫不经心，只顾自己美着；后来，不知是想到哪件我令她暖心的事了，竟阔绰地扔下一截带果的小树枝。我急吼吼地捡起来，吃到满嘴乌青色，同月一般。阳光透过叶片，细碎地洒在我们脸上，透亮。那是我们最幸福的时光。

村里的孩子经常玩过家家的游戏。那一段，看仙女妖精的电视比较多。过家家时，我和月都抢着演仙女，不想扮妖精。

大伙都说："静斯文，女娃相，更适合当仙女。"

月不服："凭啥不能让我当仙女？"

"哪有仙女这么野的？"

"哪有仙女穿得像男娃娃的？"

月气得瘫倒在地上哭："凭啥不能让我当仙女，一回都不行？"我们都不吭声了。过了一会儿，我蹭了一下坐在地上闷闷不乐的月："小仙女，笑个呗。""咯咯——咯咯——"月的笑声飘在村子的上空，很远很远。那年我6

岁，她也是。

月有个嗜好，捧着饭碗串门，无论晌午还是傍晚。她嗅觉极灵敏，谁家饭菜好，她便串到谁家，见到好吃的，连忙夹到自己碗里，不管别人允不允。大伙都恼了她，骂她好吃鬼，给她甩脸子，她也不计较，吃得欢快。见月如此，我是有些瞧不起的，可隐隐地又有些羡慕她的厚脸皮。

我同月恰好相反，前一刻在邻居家玩得欢快，见人家端出碗筷时，便慌忙逃走。他们常在身后唤我，让我吃些，即便心里是极想的，口水吞了许多，嘴里仍硬气地回："我不饿。"为此，也恼过自己，错过许多好吃的东西，暗地里倒羡慕起月来。

一次，我们在邻居家耍得正欢，不知谁见到月的脖颈，"哎哟"叫出声。脖子上一圈黑垢，应是许久没洗净存下来的。大伙一阵唏嘘，嘲笑她脏，顺带骂她娘不贤惠。月被生生地围在了嘲讽里。她自顾自地蹲在地下丢石子玩，置若罔闻。不知何时，她娘从人群中蹿出来，揪住她的耳朵，把她提到河边。嘴里骂骂咧咧着："脏丫头，野丫头，怎么生下你这个鬼？"一边用鞋刷，使劲在她脖子上刷。她娘刷得似乎不是月的脖子，而是一块石头。刷着，骂着，她娘竟哭了。那是腊月，河水结了冰，寒得刺骨。月的哭叫声穿透这冰冷的河面，像一把利剑穿到我心里。我禁不住打着寒战，本是撺在她身后看热闹去的，不知为何，眼泪竟掉了下来……

曾和月说过一个秘密，叫她对谁都不许说。她信誓旦旦地保证，不给人说，可一转身，就一阵风似的吹散了。那回我是真的恼了她，许久都不理她。后来上小学了，她和我不同班。有了许多新朋友，我便不再撺着月了。月还是那样，成日里吊儿郎当，撒开腿走路，笑的时候嘴张得很大。

后来，我和月渐渐长大。我去了县城读书。月读到初中，终是读不下去了，说是读满了。我每回放假回来，都听到一些关于月的消息。说是，她跟着村里人去外省配蚌，每年倒是能找些收入，贴补家用。偶尔见着她，她朝我微笑，嘴巴不似从前那般张得大了，竟多了一丝姑娘相。人比从前丰腴了点，脸色也红润了些。这样的月，我倒有些不认识了。

月的娘是个赌博鬼子，成日里赖在牌桌上，养得白白胖胖，头发在脑门上梳得服服帖帖的。她爹倒是憨厚得很，成日里待在庄稼地里，皮肤晒成酱油色。头发在脑门上汗滋滋、油腻腻地贴着，回到家对着媳妇咧着嘴笑，露出几颗大黄牙。月的娘怎么吼他，他都笑着，从来不恼。村里人笑他怕老婆，他也不管，成日乐呵呵。听人说，月的娘做姑娘时，勤快得很，嫁给她爹时，是不情愿的，嫁过来后，整个人心性就变了。

我还在读大学时，听村里人说，月要嫁人了，说是嫁给邻村和她爹一般大的男人。放假回来，我问她："你情愿吗？"她木然地低着头，没吭声。她抬头的那一瞬，我瞥见了她眼底的茫然。那年，我19岁，她也是。

订婚礼金不少，黄金首饰都配齐了。新女婿阔绰得很，不仅给月的首饰置办齐了，还给月的娘也置办了几件。她娘美了许多天，可我心里一点也不美，不知道月美不美。

出嫁那天，月的娘白嫩的胖脸上堆满了笑。她爹倒是哭了，酱油色的脸始终湿哒哒的。月没哭，也没乐，浓妆下，我看不清她的神色，长长的假睫毛，多了几份妖气，血红的嘴唇瞅着那么刺眼。月那天穿着白色的婚纱，像个真的仙女，可她并没乐起来。她被一个男人背上了一辆桑塔纳。那一刻，我真想冲过去把月拖下来，终是忍住了。耳边响起月的那句："凭啥不能让我当仙女，一回都不行？"我的眼睛湿润了。

月嫁过去后，没过几天新鲜日子，便被她男人打得惨叫，半夜的哭喊声震天响。家里有奶娃的，常被吓醒，也跟着哭嚷着。大人们慌乱地哄着，夹杂着此起彼伏的狗吠声。于是，整个村庄都陷入一片闹哄哄的境地。村里人是既同情她又恼她。就是这样一番境地，月竟稀里糊涂地当了娘。那一年，她才20岁。

后来在路上遇着她，我还是学生，一脸的青涩。她已经有了男人，成了娘。她眼底溢出的东西很复杂，我有些读不懂，但还是笑着，可总觉得那笑里浮着一丝忧伤。我心里也浮着一丝忧伤。只是，我们都不说。

不知何时，月发了狠，小时候那股野性又上来了，从那个成日打他的男人身边逃了。那个男人许是老了，打不动也追不动了，便任由她去了。听到这个消息，我竟偷偷欢喜了一阵。

月的娘竟殁了，说是在牌桌上突然倒了下去，就再也没有爬起来。咽气时，手上还抓着那些金银首饰不放。她的爹哭得很伤心，此后没日没夜歪在庄稼地里，脸还是酱油色，只是再没见他咧着嘴露出他的大黄牙，脑门上油腻腻汗津津的头发竟染白了。

月竟开始混迹于赌博场上了。她重新嫁了个男人，一个赌博鬼。月聪慧，反应又快，人鬼得很，赌博十回有八回赢。后来她自己直接开了个赌博场子，每天飘在场子上。见到她时，她一脸的灿烂，于我却是一脸的陌生。我无言，她也无言。这次嫁的这个男人倒是不打她了，只是常常打外面的人。一次把人打到头破血流，竟抓进了牢房。月沉郁了很久，路上见着了，耷拉着脑袋，无言。

许久没有月的消息，许久。我漂在异乡，难得回去一趟，回去了也见不着，即使见着了，也不知从何说起，除了寒暄几句，便再找不出话来。

村里最甜的那棵桑葚树，早些年就被砍断了。月被她娘拖到河边刷脖子时的惨叫声，早已随着那月的寒风吹进我脑海里，时时地想起来、响起来。还有月哭着说的那句："凭啥不能让我当仙女，一回都不行？"

如今，月一个人过了，带着孩子。关于她的闲言碎语不少，月不理，成日养花弄草，洗手做汤羹，没事哼着小曲，偶尔发发抖音。月越来越沉静了，越来越姑娘相了，化着淡妆，美得很。前几日，在月的朋友圈里看到她晒的一组近照，照片上的月，笑起来嘴巴不似从前那般大，亦不似从前那般陌生，多了一份岁月沉淀的美……

夜深了，云随风动，忽而飘来一片，忽而飘走一片。抬头望月，椭圆，非满月，却努力绽放满月的光。它无言，我亦无言。月光如水，远近的树木在这朦胧的光影里，静谧而又美好。我忍不住摘掉口罩深深吸一口气，去了禁锢，顿觉周身都通畅了。抬头，闭眼，朝月的方向微笑。月光洒在我脸庞，极柔，极轻……

铜城的月

◇ 秦桂莲

　　前几日应朋友之邀，参加她的聚会，其间一陌生人同我打招呼，我仅仅说了一句话，他就问："你是铜城的？"

　　我很是纳闷，几个字而已，就听出了我铜城口音？其实，有时连我自己都有些恍惚，我究竟是哪里的人。

　　我在新疆裕民生活了12年，在铜城上学4年，再以后，在天长就一直定居到现在。在铜城仅仅待了4年，可我却有着浓重的铜城口音，我与铜城究竟是怎样的因缘呢？

　　记得刚嫁人的那几年里，每到中秋，我都会和老公因了去谁家过节而争执不下。按说理应是去婆家团聚的，可我却总想去铜城娘家，感觉看不到铜城的月亮，就如同没过这个中秋。于是，每每在婆家吃了中秋午饭，我就抱着儿子大包小包地转车往铜城赶，我的脑海里只想着铜城的月亮又大又圆。

　　记忆中，铜城的中秋月亮从来就没有因阴雨而缺席过。娘家的东面就是一条小河，河水在银色的月光下波光浮动。那时没有路灯，月亮的清辉暖暖地洒在大地上，高高低低的树木、母亲的小菜地、姥姥弯腰驼背的身影，还有父亲和善的笑容、行色匆匆的脚步以及邻家花园里的花朵都分辨得清清楚楚。铜城的月亮里真就住着嫦娥和小白兔，还有高大的桂树和吴刚，我似乎隐隐闻到了月宫桂树的袅袅清香……

　　在新疆裕民的那段时间，北方人似乎不大重视中秋，至少没有像铜城老家这么隆重，所以我对中秋的印象很浅甚至没有。

秦桂莲，安徽天长人，"同步悦读"签约作家。

在那艰难困苦的岁月里，父亲一个人肩挑着所有的辛苦，放弃在裕民的安逸，为了看到家乡的月圆，为了我们姊妹 6 个有更好的前程，毅然回到家乡。为了维持生计，父亲不得不摒弃自己的斯文，靠卖苦力为生。那几年，生活的艰辛与内心的屈辱感，岂是一两句话能概括了的。那年，我们姊妹 6 个都上学，大哥 16 岁，小弟 7 岁，父母有我们这么多的"饭桩子"，可想而知，生活压力有多么沉重。但再沉重的压力都没能淹没父亲骨子里的浪漫情怀，没能剥离他对家乡月圆的浓重思念。那是我们回来的第一个团圆之月，那晚感受着铜城清辉浩瀚的月光，我想，这天空中的朗朗明月，让在新疆的父亲思念了足足有 20 年吧！

中秋节当天，父亲一早就买了菱角、莲藕、鸡头（芡实）、石榴、月饼等等敬月亮的贡品。那时初来内地的我们第一次看到生的菱角原来是淡绿色的，莲藕原来是有那么多的枝枝节节，鸡头为什么叫鸡头，没有剥离时，果真就像鸡的头呢。不懂事的我们看着油漉漉的铜城特色大月饼，看着上面的密密麻麻的芝麻，真想伸手揭点皮放嘴里。可父亲特别打招呼："这个月饼不能动，是敬月亮用的，让月宫里住的神仙先吃，他们吃过，我们才能吃。"

"神仙先吃？那我们还有的吃吗？"带着所有的疑问，迫切地等到了晚上。

傍晚，中秋节的盛宴刚一结束，父亲仰望当空升起的圆月，尔后把一小方桌端出，放在开阔的后院门外，把贡品端出来，开始了他回到家乡后的第一次的焚香敬月。仪式在父亲的带领下庄重而又肃穆，我没有过敬月的经历，感到一切都是那样的新奇。现在想来，父亲在焚香时一定在祈祷我们全家团圆、平安健康吧。

当中秋敬月的鞭炮炸响，左邻右舍的大人和孩子们也都聚集到我家的院子里，聊天说笑。我家后面的张家和那家，我们来往较多，尤其是父亲和那伯伯一样，都好朋重情，所以都很积极地顾及着大家情绪。他们两家分别让孩子把家里的二胡取来，具体曲目忘了，只记得他们深情的演绎、拉二胡的表情以及动作，真是挥洒流畅，弦音飞扬。后来张叔叔拉二胡伴奏，张阿姨唱，她夫妻俩姓氏一致，爱好一致，平时在家没事就拉拉唱唱，对于这样的"晚会"，拿点曲目自然是手到擒来。一曲《月光下的凤尾竹》，应时应景，歌声曼妙，琴声悠扬。

我的母亲和那家姨娘不会唱，但还是积极地参与到鼓掌喝彩声中，就连一向看不惯拉拉唱唱的姥姥也坐在皓月当空下，不知是欣赏月光，还是被这月光下的和谐而感动了，使"晚会"的性质更多了一份认真与动容。

然后是那伯伯吟诗"对酒当歌，人生几何……"道不尽一世的安逸，说不尽一世的清雅与风流。直到后来才知道，那伯伯真是个才子，能歌善舞，如今80多岁，依然诗词歌赋样样精通。

最后是父亲的表演。父亲的吹笛子和口琴都很拿手，他还有一副响亮的音质，因为从新疆回来，在裕民也从事过文艺演出，自然唱些新疆的欢快歌曲，由小弟弟伴跳新疆舞，动作滑稽可爱，引得大家捧腹又鼓掌。

那晚的月亮又大又圆，整个晚上有歌有舞有吟诗，有三人合演的《这个女人不寻常》，还有他们清唱的黄梅戏，一切都是即兴发挥，热闹的场面，欢乐的笑声，那氛围上的和谐之美，如那晚的月光一样，让人享受着，舒服到了极致。

那个中秋，那一晚，那敬月的场景，没有预演，一切都是那么温馨那么自然，在艰苦的岁月里苦中作乐，在寡淡的日子里阖家欢颜，邻里和睦，老人康健，纵然家贫，倒也吉祥平安。我感觉连月宫里的吴刚都停下伐桂的斧子，嫦娥也俯身聆听，在为我们点赞。

在铜城的4年，可以说是我一生中最灰暗的日子，是我举家最艰辛的几年。可如今我已经不记得风雨苦难，只记得天空中的那轮明月，让那异常艰辛的日子不再艰辛，让那段贫苦的岁月像中秋的月饼一样香甜。

时光不老，月光依旧，回首往事，30年弹指一挥间。如今日子舒坦富裕了，可张家叔叔"走"了，那伯伯家能干的姨娘也"走"了，我的外婆也去世多年。张家的棚户也随着他们的搬迁夷为平地，如今随着"创建"的节奏，环境变好了，树木错落有致，绿草茵茵，门口变得更宽阔，更敞亮了。今年的月亮还是过去的那轮明月，可已经是物是人非了。孩子们都出去发展了，姑娘们都出嫁了。当年的父辈都也老态龙钟了，但只要到了中秋时节，那特有的笑声、特有的圆月、特有的气息、特有的氛围，便让我想起多年前的中秋月圆夜。

搁笔至此，我不仅陷入沉思，为何我的口音里有浓浓的铜城口音，原来是因为父母在哪里，哪里就是我的家，无论我走到哪里，我的口音里都会有家的味道。

飘逝的红丝带

◇ 王兴付

　　我出生在皖北一个很穷的农村，小的时候，家里很穷，父母只能供养起一个孩子读书，而我家是兄妹两个，可能是男尊女卑的旧观念作怪吧，妹妹小学刚毕业，父母就让她辍学了，承担起家庭的一份重担，而我却顺利地进入了高中，而后又上了大学。

　　读高一那年，我从县城给妹妹买回来一条红丝带，是那个年代最流行的，女孩子们喜欢把它扎在辫子后面，轻飞飘逸的，漂亮极了。妹妹刚从地里干活回来，见到红丝带自然高兴极了，后来那条红丝带一直陪伴她度过好几年，见人就炫耀。

　　读大学的时候，中国开始兴起打工潮，妹妹也远离家乡到江西打工，而我不能挣钱，读书还要花钱。在她去江西打工的第一个月，妹妹就给我寄了几百元钱，还写了一封信给我，意思是她已经大了，可以替代父母供应我读书，父母太苦了，做儿女的应该设法减轻父母的负担，等等。信里夹了一张照片，照片上妹妹扎着红丝带在厂里笑得好甜，那年她 17 岁。

　　大学毕业的时候，我分配到了（其实也是自己找的）江苏丹阳的一个没落的国有企业，工资为四级工，月薪 300 元。我发誓要改变现状，打算到上海那一带找工作，可是当时连路费也没有，就决定去找我妹妹借钱。妹妹当时已跳槽到常州一家大酒店当领班，工资为月薪 600 元。我到妹妹那儿的时候，妹妹公司正举行年底联欢会，她在当主持，已经长成一个大姑娘了，尤

　　王兴付，安徽灵璧人，在柬埔寨首都金边市任一家中资企业财务主管，为国家的"一带一路"倡议服务。

其头上扎着一条崭新的红丝带，优雅的谈吐更使她艳丽逼人，就连他们公司的老总都说她像七仙女下凡。后来，靠着从妹妹那里借的 500 元钱，我顺利跳槽到苏州地区，不过 500 元到现在也没还。

后来，我先后在英国及中国台湾企业待过，最后跳槽到现在这家企业做一名小主管。我的事业越来越好了，可是妹妹的却越来越差了。因为她从事的服务行业是个青春饭的，年龄越大越不好从业。刚好我们企业执行日薪制（就是一天付一次工资），我就让妹妹到我们企业来做，当时的考虑是先让妹妹从日薪制工人做起，将来再想办法让她转正。妹妹做得很艰苦，从裁剪到缝纫、熨烫、包装的日薪制她全干过。有一次她还兴高采烈地说，她遇到我们公司的董事长了，董事长表扬了她一番。就在我们对转正抱有希望的时候，公司的一纸文件结束了为期半年的日薪制制度，日薪制工人全部解散了。那天妹妹特地打扮了一番（她怕影响我的光辉形象），到公司的行政楼告诉我这个消息。当时印象最深的是她头上高高飘扬的红丝带，只是脸上稍有一点沧桑的感觉，那一刻我的心里很难受，勾起前几次的回忆，原来那么艳丽逼人的妹妹也变老了，而我却帮不了她什么。

再后来，妹妹利用从我们公司学来的技术，自己从事裁缝工作，名气越来越大，收入也越来越高了，逐渐在生存竞争最强的苏州地区买了房子。她经常说是哥哥帮了她忙，最感激他，如果没有哥哥把她引进厂，学到了真正的手艺，她就没有今天。可我哪里真的帮过她什么呀！

已经过了扎红丝带的年龄了，妹妹再也没有扎过红丝带，可是那个扎红丝带的妹妹形象永远留在我的心灵深处，被深深地珍藏。岁月几乎抹去了生活中的一切印痕，但这个关于红丝带的故事我是不会忘记的，它时刻提醒我亲情就像是一把结实的伞，无怨无悔地为你遮风挡雨。今天是感恩节，想起这一切，把她写出来，让我在遥远的异国他乡，遥祝我的妹妹，希望她永远幸福开心。

梳妆匣

◇ 徐明怀

穿越斑斑驳驳的旧时光，搁置在老屋书桌上的梳妆匣一直在脑海里盘旋，或深或浅地留下螺旋式的印迹，它像一只甲骨上刻满生命密码的千年老龟沉睡在记忆深处，静候光阴解读……

梳妆匣又称"镜匣"，古时亦称"镜奁（lian）"，是旧时娘家给女儿的陪嫁品。其用途是放置化妆品及女子梳妆时用，所用材质多为纯木，也有藤编或竹制的，甚至瓷制的。木制的一般多用贵重木材，如黄花梨、紫檀、红木等，其价值昂贵，做工也极具精湛，结构可谓争奇斗巧，各运匠心。

老屋里的梳妆匣大小好似微波炉，略显长方体，虽年代久远，却历久弥新。粗看已陈旧，但细赏做工极其精致，独具匠心，精美绝伦。外表呈酱褐色，木制，所用材质可能是红木（我非专家，也没请专家鉴定过），上盖下盒，盖钮为银质柿蒂，匣身两侧各挂铜质拉钩，便于搬携，盖脊镌刻梅花图，匣面是两扇厚门，雕刻了许多龙凤纹、云气纹等吉祥图案，很别致，门钮为银质果什。

打开梳妆匣的上盖，一面长方形的镜子镶在盖背，照出来的人脸似乎有点泛黄（据有关史料记载，梳妆匣在古代一直沿用的是铜镜，随着技术的不断革新与发明创新，两三百年前开始使用水银玻璃镜，这么算来，这只梳妆匣可能是后来的改制品），拉开匣面那两扇厚门，门体上各置小屉两只，匣盒中有盒，且也置有小屉，像迷宫似的。每个屉面都刻有吉祥图案，且缀有极薄的铜片拉扣，只是已锈迹斑斑，錾出花纹，或蝶状，或蝠状，造型生动，

徐明怀，笔名明月入怀，江苏高邮人，中国西部散文学会会员。

铜包角镂空，做工独特奇妙。一只梳妆匣足够放满所有梳妆用品，甚至金银首饰，好似一只百宝箱。

奶奶在世时，经常坐在梳妆匣前梳理头发。奶奶极爱干净，衣着整洁，头发总是梳理得利落油亮。木梳（那时叫篦子）沿着发根一步步滑向发梢，一缕冬日暖阳穿过窗棂爬进屋来，照亮奶奶已泛白的根根发丝，像织布机上的经纬丝线，被映得晶莹剔透。最后，奶奶将头发绕成一个小球状的发髻，再抹点头油，整个屋子弥漫着油香，梳妆匣的镜子里映出奶奶白皙的脸，虽留有岁月的鱼尾纹，仍饱满圆润。

奶奶总是面带温和的笑容，中等身材，微微发福，却显得清秀、端庄、精神，手脚利索，虽不识字，但说起话来慢条斯理，颇有民国时期大家闺秀的气质。

我和弟弟那时还小，每次奶奶坐在梳妆匣前我们都会来凑热闹，蹲绕在奶奶膝下好奇地看着。有时奶奶也会用木梳在我们头上梳几下，梳齿爬在头上生硬地痛。有时奶奶一边梳理一边给我们讲着过往的故事，我们会竖起耳朵聚精会神地听着。这或许是我一生中最曼妙的时光。从奶奶的故事里我悉知梳妆匣的真实来历。

民国时期，经历了北伐战争、抗日战争乃至解放战争的旧中国，人民生活穷困潦倒，衣不遮体，食不果腹，我的外曾祖父母领着他们两个宝贝女儿从乡下来到十里洋场的上海滩逃荒谋生。外曾祖父做起了酿酒的小生意，而外曾祖母投靠到一户大资本家做了女佣。日子过得不紧不慢，两个女儿快到了谈婚论嫁的年龄，聪明、精干且识字的小女儿嫁在了上海，而大女儿（我亲奶奶）贤惠、厚道但不识字，最终嫁回乡下老家。随着战乱及政局动荡，为了逃避战乱，外曾祖母帮佣的这户大资本家去了国外，临走时赠送她一只梳妆匣，以表多年来其忠心耿耿感激之情。奶奶出嫁那天，梳妆匣便成了外曾祖母送给奶奶的陪嫁之物。

在那个青黄不接的年代，梳妆匣成了乡下婚房内最奢侈最昂贵的嫁妆，也成为爷爷奶奶最珍贵的爱情信物，给家庭带来了无比的幸福和温馨。爷爷奶奶共养了7个孩子，6个女孩、1个男孩（我父亲），一个9口之家的大家庭好不热闹。现代人养一个孩子也喊累，可那个饥肠辘辘的年代有上顿没下顿，整天为填饱肚皮愁肠寸断，然而饿着的胃似乎丝毫没有连累到那颗爱美的心。我能想象到，每个清晨，姑妈们围着梳妆匣梳妆的情景，奶奶用那一

双灵巧的手帮着每个孩子梳理化妆，扎麻花辫、盘发、剪个齐刘海……变着
花样来，梳妆匣的镜子里晃动着一张张稚嫩俏皮的脸，"咯——咯"的笑声响
彻云霄，欢乐遍布田野。春去秋来，夏至冬归，日复一日，年复一年……

　　儿女绕膝之欢也许是爷爷奶奶一生最大的幸福与欣慰，尽管日子苦涩艰
辛，大家庭却总是充满欢声笑语，激情洋溢。姑妈们个个生得端庄秀丽，清
新淑雅，气质不俗，婀娜的身姿在梳妆匣的镜子里翩翩起舞，同时也被梳妆
匣分分秒秒刻录着，刻录着她们从一个个天真活泼的黄毛丫头出落成亭亭玉
立的窈窕淑女，刻录着大家庭的幸福点滴、其乐融融，梳妆匣成了美丽的天
使，幸福的神灵。

　　经年后，20世纪70年代初，父母亲结了婚，姑妈们相继嫁出了门，爷爷
奶奶房间里的梳妆匣被搬到了父母的婚房内。尽管此时物质条件相比爷爷奶
奶结婚时要丰富得多，但梳妆匣仍显得高贵大气，特别亮丽醒目，夺人眼球，
无与伦比。

　　70年代虽有照相技术，但农村并没普及。在我的记忆里，没看到过父母
的结婚照，结婚证上只是草草用钢笔写上父母的名字，盖上红章，以此证明。
那个年代要想认识自己，看到自己的形象，唯恐只能通过镜子了，而家有梳
妆匣恰恰弥补着这一缺憾，显得弥足珍贵。梳妆匣的镜子把父母的幸福和艰
辛一一定格在岁月的长河里，如果把这些定格重新装帧起来，可以连接成一
部时光老电影，记录着生活的酸甜苦辣、时代的变迁、光阴的流逝、岁月的
沧桑。

　　1976年是中国不平凡的一年，我那时只有3岁，已有依稀的记忆，唐山
大地震震动了全中国乃至全世界。全国人民都搬离自己的屋舍以求安全，在
空旷的地方搭起棚子做临时房安顿下来，奶奶除了拿些吃的穿的等日常生活
用品外，家什几乎一律不搬动，唯独将梳妆匣随身携带着，陪我们一起度过
了许多个惊心动魄的日日夜夜。晚上，梳妆匣"躺"在我的枕边，和我一起
数着繁星，一起入眠。梳妆匣像保护神保护着我们全家，是爱的化身。它在
你生命中最艰难的时间和空间里，蜕变成一种坚不可摧的力量助你前行，永
不退缩。这种力量世世代代延续着、传承着，生生不息。

　　爱美之心人皆有之，古有诗云："当窗理云鬓，对镜贴花黄。""照花前后
镜，花面交相映。""明镜照新妆，鬓轻双脸长。"……可见古代诗人将女子梳
妆爱美刻画得入木三分，描绘得淋漓尽致。一只不大不小的梳妆匣收尽了人

世间的美和陋，收尽了尘世的繁华和凋零，收尽了岁月的安好和沧桑。

　　每年晒伏，母亲都会把梳妆匣搬置院中照照阳光（不可暴晒），以防受湿生霉。在阳光的沐浴下，梳妆匣折射出幽幽古韵之光，透过酱褐色的匣身，依然能洞察到它骨子里所焕发出的绚丽、深邃、厚重，将鼻孔凑近之，一股悠悠古木香掺和着脂粉的香味扑鼻而来，沁人心扉。

　　几年前，有人要出高价购买梳妆匣，被母亲一口回绝，老祖宗留下的物质和精神宝贵财富决不放弃。

　　岁月如梭，光阴似箭，爷爷奶奶早已驾鹤仙逝，老屋也早已拆迁，建起了新居，梳妆匣也从老屋搬到了新居。随着时代的发展、社会的进步，生活发生了日新月异的变化，梳妆匣也悄无声息地退出了属于自己的历史舞台。但它身上呈现出的品格魅力并没有谢幕，它在任何一个历史时期的舞台，扮演着不同的角色，不管舞台注入不同的时代元素、奏响不同的音符，它依旧踩着动人的旋律，翩翩起舞，引吭高歌，迷倒一批又一批的忠实观众，谱写一页又一页的华丽篇章。

　　如今，梳妆匣静守一隅，伴着时钟秒针"嘀嗒——嘀嗒"声一秒一秒地度过，任凭岁月的蹉跎、光阴的洗礼，回望着自己曾经的辉煌与燃情，细数着过往的点点滴滴，祈福着明日安好。它像一盏不灭的指航灯，照亮我们漫长的茫茫人生路，不忘初心，砥砺前行……

邻 居

◇ 张桂香

　　住我家西边的那家女主人，我叫她"大舅母"。大舅母是个极好的人，至少在我童年和少年的记忆中她是随和善良的。村里人有事儿求帮忙，她总是来者不拒，哪怕是最忙的"双抢"时候。她婆婆对此很不满，说大舅母"大忙不忙正事"。

　　大舅母的婆婆是我妈没出五服的大妈，论辈分我要叫"家婆奶奶"（外婆）。我这个家婆可是全村有名的厉害，性格泼辣、刚强，声音洪亮，吵起架来，隔壁村都能听见声儿。

　　当然，谁也不是天生爱争爱吵，她早年守寡，带大四儿一女。女儿出嫁，儿子娶妻，都是一手张罗。从那个贫苦的时代里走出来，她要是弱不禁风，孩子们想吃饱穿暖大约不易。女人的厉害，有时候是被逼的。

　　农村婆媳矛盾摩擦多，特别是婆婆料理媳妇月子，尤其容易吵嘴。婆婆嫌媳妇娇，说自己当年生孩子三天就下地。媳妇嫌婆婆把头道鸡汤偷倒给公公小叔子喝，然后兑水糊弄自己。总之，都是些贫苦日子里的碎嘴话儿，往细里说都有点心酸。家婆脾气这么厉害，自然少不了和大舅母有摩擦。有一回，不知是为啥事，家婆竟一不做二不休端个梯子要上房揭瓦拆大舅母家房。家婆说，这房子是她当年造的，她现在想拆就拆，老娘有权。还好，被我妈一把抱住，好说歹说，总算劝住。

　　如今，家婆已经80多岁，身体不好，前几年脑梗，如今说话不利索，腿脚也不便。儿子们都在外打工，老母亲养老的问题出来了。后来，弟兄几个商议，由老大夫妻俩回家照看老人生活起居。于是，大舅母和大舅从天津回了老家，一边带孙子，一边照看老人。我妈前不久还和家婆开玩笑，你当初不是要拆她家屋么，现在照顾你的还不是她。幸亏听我劝，不然现在没人要你。家婆不说话，笑了。

住我家南边那家女主人我喊她"二奶奶"。二奶奶有四女一儿，她家的女儿我都叫姨。30多年前某个月黑风高夜，她家三姨出去看场电影后竟不见了。家里人急，到处找。当年不兴报警，不然警察要来村翻八回。后来经人点拨才恍然：大约是跟人"跑"了。

所谓"跑了"，粗俗一点说法叫"私奔"。这是20世纪80年代中期年轻人对抗封建包办婚姻的一种最直接也是最激烈的方式。婚姻自由那时候在农村还不时兴，农村父母对这种挑战自己权威的所谓"自由恋爱"很不以为然，恨不得像对待秧苗里的稗子一样连根拔起。可是，石头缝里偏也会有种子发芽，当农村青年男女心里追求爱情种子要萌动时，锅盖是摁不住的。

三姨到哪里去了呢？当鼎沸的人声如潮水般渐渐退下去时，石头也就露出来。带走三姨的不是别人，恰是家婆家三儿子。二奶奶家急急调动诸亲六眷前来夺人，把家婆家锅碗盆瓢尽数砸光。在农村，砸了人家的锅就是最重的羞辱。

不过，气出过了，事情还是要解决，更何况是生米成熟饭的事。最终，男方托媒，说和，成婚。

其实我是很佩服三姨的，正是有三姨这样的勇敢者，撕开了包办婚姻的一道口子，才让自由恋爱的风从这口子里徐徐吹来，才让后面的年轻人看到一点星光。

自此，二奶奶和家婆成了两亲家。

其实姑娘嫁本村不大好，一点点磕磕碰碰娘家人就看见听见，娘家人管，不好，不管也不好。真的吵起来，姑娘自己的吵架技术也不容易"自由发挥"，吵赢吵输娘家人脸上都不好看。我妈就嫁在本村，她自己说"憋屈"得很。

三姨性格比大舅母急，这下和她婆婆之间就是生姜对烧酒，叮叮当，咚咚锵，吵不断。三姨毕竟年轻，家婆有时候吵不过也打不过，气急，就会骂到三姨娘家来。有一回，我亲眼看见家婆又哭又骂，二奶奶家关门不应，家婆竟一瓢粪泼在二奶奶家窗户上。幸好村里有人来劝，不然她还要泼满二奶奶家大门。

过几天，我妈找粪瓢舀粪浇地，左找右找都不见，却发现粪瓢躺在二奶奶家草堆头里。原来家婆的"作案工具"竟是我家的！对此，我妈颇有意见：她咋不用她大儿子家粪瓢，要是二奶奶家"反抗"，粪瓢把子被折断，粪瓢被摔坏，她们两家吵嘴，我们家还搭上个粪瓢子，实在有点冤。

二奶奶家是我们村较早有电视的人家。那个年代电视是个稀罕物儿，比现在买宝马奔驰还要浪。腊月底，家家户户忙得要死，扫尘，打年货，二奶奶家却堵一屋子人在看《射雕英雄传》。有老有小，有男有女，人群中还有一个我。那时候，我看电视要看很多人脸色，我爸我妈，还有二奶奶家人。不过，二奶奶家人很好，毕竟是这么近的邻居，不怎么给我脸色看，最难过的关是我爸。

我爸认为看电视是没有前途的，这辈子都不可能有前途的，谁看电视看出饭来吃了？遗憾的是，当一代代明星偶像靠电视这个媒介红得像小龙虾一样俏时，父亲却再也看不见。如果他现在在我面前，我或许可以和他辩一辩这个理儿：就是他不让我看电视，让我连做明星梦的机会都没有，现在只能和他一样做老师，还做的语文老师，一身酸味儿，一点都不香。然而，再也没有机会了，如今我想梦见他一回都难，他大约是忘了我这个女儿了吧。他生前时时事事让我拘束，如今却让我事事时时对他念念不忘。人生往往如此。

二奶奶家女儿多，二女儿嫁到外乡镇，那边女人作兴织网，二奶奶走女儿家顺带把织网手艺带回村。从此，我们村女人农闲时都不闲了，个个聚在二奶奶家织网，当中也有大舅母。女人织网也比赛，手慢的脸上过不去，使劲儿赶，容易出活儿。女人织网还聊天，张家山前李家山后，鸡吃稻鸭塌秧，琐琐碎碎有趣得很。我也做过网，成品由二奶奶带到集上卖，卖的钱归了我妈，我妈说留着给我做新衣服，不知是真是假。

二奶奶家当年好热闹，看电视的、做网的、串门的、瞎聊的，人来往不断。后来，姨娘们出嫁，儿子媳妇出门讨生活，家里冷清了些。今年春天二奶奶家添了重孙子，她这也算是儿孙满堂、有福之人了。她和我家婆之间的恩恩怨怨早就在十几年前偃旗息鼓。年岁渐长，生活渐好，谁还有心思吵架，都留着力气努力活着，看重孙子长大。

后来我也有自己的家，有自己的邻居。女儿上高中时，我租住在她学校附近。这一栋楼大都是陪读家庭，楼上楼下上学放学时在电梯里常遇见，脸熟，不说话。女儿要毕业时，有一天楼上一邻居敲门来我家看房子，说是楼上要涨房租，而且住太高等电梯挺费时，想往下挪挪。但最终也没有搬，搬个家挺费劲的，这一点我深有感触。近 3 年我搬了 4 次家，那些苦楚一言难尽。我搬走时，把一张带书架的大书桌送给了她。我妈舍不得，说等邻居女儿毕业后要往回讨。我暗笑，这一搬以后还能再遇见吗？

搬进新家快一年了，左右都住了人，但我都认不得他们的脸。左边那家是小夫妻带个孩子，这么长时间只在电梯里见过一次，因为到同一楼层，才知是邻居。电梯里我只看看推车里的孩子，挺可爱的一小子，女主人的脸我没看。有一回晚上 6 点来钟，我在自家墙上钻个眼儿挂幅画，邻居女子敲门来质问，说影响她孩子睡觉。她说话时我没认真看她脸，还是不知道她长什么样儿。

右边那家是个男人，一个人住，大约是外地人在本地工作，租的房。过年时候他回去了，回来后，马上有社区工作人员在他门口贴一张大红的"警告"，说是此户是外地返工人员，正在隔离，注意啥啥的。后来，这位出来进去都戴着口罩，没办法看清他的脸。诚然，他隔着纱窗大约也看不清我的脸吧。

常常想，有的邻居，一做就是一辈子。有的邻居做了好长时间，还不知他们姓甚名谁。于是愈加觉得，当我们把自己拢进整齐的高楼的时候，也把那一点儿人情的尾巴拢进了门里，捂得严严实实。

"狗吠深巷中，鸡鸣桑树颠"，这样"鸡飞狗跳"的日子现在还有我的上一辈、上上一辈在守护着。等到有一天，他们一个个都成了墙上的照片，谁还给我那个烟火味的乡村，还给我那些可爱的乡邻们呢？

丑　牛

◇　郑　龙

　　一望无际的田野上，数台大型旋耕机在疯狂地耕耘着。旋耕机身后，被掀开的泥土如翻滚的浪花，泛着黄里夹着青黑的颜色，于阳光下闪着油亮的光。大片土地很快被翻了身，速度之快令人瞠目结舌。从前，全村人大干近半月的活，如今只需要一天时间就大功告成了。看着眼前的场景，感慨科技改变生活之余，忽然想起我家的丑牛来。

　　自从土地承包到户后，村里人基本上是两家合伙买一头耕牛。我家自然也不例外，还毫不犹豫地选择了一个亲戚家。从此，两家人照料着一头身躯高大健壮、毛发整洁光亮的耕牛。这头牛非常惹人喜爱，不但力气大，能够顺利地完成所有耕种任务，而且饲养起来也很方便，还挺讲究卫生的，从不在屋内排便排尿。就这样，这头耕牛在我们两家被轮换着使用，分期喂养着，日子过得很平静。

　　可是平静的日子并没有维持多久。由于亲戚是个性情急躁的人，没有按照劳逸结合的原则，往往是急等着要把农活干完，导致耕牛数次累倒在田地里。而父亲却是个冷静且心地善良的人，历经数次思考后，还是首先提出分开的想法。其实，我知道父亲的心思，他是不愿意看到这头原本健壮的耕牛最终倒在自己的面前，那样的话，他会觉得良心一辈子受到谴责，所以希望这头牛能够尽快地找到善待它的下家。

　　一个冰冷的早晨，父亲在喂完最后一把草料包黄豆的饲料后，喊上亲戚一起，牵着吃得饱饱的牛去了集市……

郑龙，安徽肥东人，合肥市作协会员，热爱阅读与写作。

每年春节一过，春耕农事就会紧随其后到来。没有了耕牛的父亲急得有点慌，在东挪西借后，还是带着不多的钱再次去了集市。

放学归来的我，忽见一头牛拴在门前大树下，甚是喜悦。牛，独自站立在树旁。树上没有落尽的枯叶，在春暖乍寒的风中继续飘零，落到地面，落在牛背上。我来不及放下书包，好奇地围着它转了几圈，然后再仔细地打量：感觉无须踮脚，就能看到牛的脊梁；尖尖的屁股被一层薄薄的皮包裹着，如一道道山梁的肋骨根数也能数得过来；卷曲的、稀稀拉拉的毛，杂乱无章地附着在身体上，颜色竟然还是半黑半黄的，十分难看……一阵风来，牛瑟瑟发抖，它轻轻地摆动了几下尾巴，这才吸引了我的目光。仔细瞧瞧，原来那条尾巴并不修长，还光秃秃的，没有一丁点儿秀美之气，简直就像屁股后面挂着根小西葫芦；最后，我来到了牛的正前方，发现一对犄角如筛子状，而不是呈倒"八"字形，这怎么可以和别的牛干仗呢？这样的犄角能在什么时候，发挥什么样的作用呢？我越看越不如意，觉得这头牛长得实在是太丑。此时的丑牛也抬头看了我一眼，它摇晃起脑袋，扇动了几下不大的耳朵，鼻孔里呼喘着粗气，我仿佛听到了它的叹息声。随后，丑牛又把头低了下去，眼神里似乎充满了失落与不解之意。

午饭时，我无精打采地边吃边看着父亲，心里始终想着一件事情：就不能多花点钱，买一头比那卖掉的更厉害点的牛吗？这个问题一直困扰我很久。慢慢地，我不得不面对现实，勉强地接受着它，但再也没有了和小朋友们放牛开仗的想法。

在接下来的日子里，这头不被我看好的丑牛，担负起我家十几亩地的翻耕任务。

因为这头牛的力气比较小，父亲在犁田时，特意将曲辕犁的后弓加垫木楔，使前弓与地面的夹角变小，好让犁铧扎进浅土里。我时常看见父亲在干了一些活后，就卸下丑牛脖子上的"人"字形格斗，好让它在田埂上吃草、休息。在那时，放牛的活多是我的差事。

周末和下午放学后，我时常牵着这头丑牛在有野草的田埂上转悠，羡慕地看着别人骑在牛背上。父亲叮嘱我不允许和别的牛干仗，也不能让牛跨越较大的水沟，并且尽量让牛吃饱了。我严格遵循父亲的规定去放牛，可也偶有令父亲不愉快的事情发生。

鲜美的杂草，通常是生长在贴近庄稼那狭小夹缝间。田埂上的草，不知被别的牛啃了多少遍。我家的丑牛，在我努力为它寻找丰美嫩草的同时，还喜欢耍点小聪明，往往趁我不注意时，会时不时地偷嘴。曾经一次就吃了一小片水稻。当我发现时，已经晚了，丑牛一边嚼着别人家的水稻，一边昂起头来，仿佛是在朝我微笑。它来回搓动的嘴角泛着绿色水泡，浆液滴个不停。我抢起鞭子，狠狠地抽得丑牛直往后退却。打了一顿后，丑牛乖乖地站在田埂上不敢挪步。它低着头，把眼睛往上挤，胆怯地观察着我，而身上也自然留下了被抽的痕印。

回到家里，父亲把准备好的草料和黄豆放到牛的嘴边。可是这头丑牛愣是不下口，还似乎在有意躲避着父亲。这分明是想告发我。精明的父亲一看便知道牛是受到了惊吓，在检查过鞭抽的条条印迹后，自然数落一通还不服气的我。

时间过得很快，转眼就到了年底。大年三十晚上，父亲揭开锅，首先盛了半脸盆饭，然后加上不同种类的菜，端到了牛面前，像犒劳功臣一样。看着它大口地吃着，我也跟着高兴起来。温暖的牛屋里，辛苦一年的丑牛幸福地和我们一起过大年。正当丑牛把吃进嘴里的美食咽下时，我忽然发现它脖子最下方，两条前腿之间，有个较大的包囊在有节奏地晃动，便好奇起来。站在一旁的母亲告诉了我：那是因为犁田耙地活太重，玉皇大帝指派牛来到人间，承担此项任务。但是，牛也有脾气，时间久了就会不听话，还和人抬杠。王母娘娘知道这件事后很生气，随手抓起一团泥巴，把牛的喉咙给堵上了。从此，牛不再和人类辩理争吵，一心埋头干活，任劳任怨，那个包囊就是泥巴堆起来的。我半信半疑地听着母亲的话，可心里倒是渐渐地对牛产生了恻隐之心。

这头丑牛，经过父亲一年来的悉心照料，体态逐渐变得丰盈起来，走路跟鸭子似的，腿脚充满了力量，毛发也显得光亮且顺滑。根根肋骨早已不见了踪影，取而代之的是圆滚滚的肉，就连它的背也变成了扁平状。放牛时，我也爱骑到软软的牛背上了，且喜欢于十步之内助跑，一个纵身翻越，稳稳地跨骑到牛身上。高兴时，我会时而骑着，时而侧身坐着，还会趴在牛背上睡觉。在我睡着时，牛从来不会下入深沟，也不会突然快速行走。偶尔，我睁着惺忪的眼睛，坐在田埂上，牛还会来到身边，用它那粗糙的舌头舔舔我的手背或脸庞，仿若一位满怀仁慈的老人。难道牛也有爱心，也通人性？

一个浓雾遮目的早晨，父亲和平常一样，赶着牛，扛着耙，去往需要耕作的农田。走着走着，牛，突然停下了脚步，怒目圆睁，弯曲起脖子，把一对犄角平行指向前方，浑身隆起的肌腱，在积攒着所有的力量，做着随时冲向对手的准备，嘴里不停地发出响亮的"呼哧"声，这声音明显含有示威、对抗和恐吓的意味。父亲擦了下眼睛，可面前除了浓雾，什么也看不见。深感情况不妙的父亲，迅速躲到了牛肚下面，点燃一支香烟，剩下的唯有等待。经历一番对峙后，牛，终于抬起了头，它用腿轻轻地蹭了下父亲，示意可以出发了……

　　从那以后，我彻底改变了对丑牛的态度，一份感激之情于心中燃起。在我眼里，它不再是当初丑陋的模样，就连那两根近似合抱的半圆形犄角，怎么看都像天上的月亮。况且，在危急时刻，这对犄角还发挥了保护父亲的作用。它就是一头勇敢、智慧、俊美而又善良的牛！

　　每每空闲时，我总爱和牛一起到田野里走走，只是无意间觉察到它的脚步在逐渐变得缓慢。

　　细想开来，一家人生活的粮食和我的学费，没有一样不是老牛的汗水浸泡出来的。老牛默默地无私奉献着，更和步入老年的父亲结下了不舍情缘。

　　转瞬间，6 年时光悄然而逝，我已离开校门步入了社会。在一个晴朗的下午，天空零星地飘浮着几朵洁白的云，我从外地回到了家乡。闲谈中，我问起了老牛的情况，没想到父亲却用很低的声音说了句：它走了。当我从沉默中缓过神来时，父亲已习惯性地将手揣在裤兜里，转身去了别处。我又抬头看了看天空，先前的那几朵云彩早已消散在风中，没留一丝痕迹，只剩下一片空寂的湛蓝，好像它们不曾来过。看着父亲的背影，我再一次理解了他的心情。

　　旋耕机的轰鸣声，把我从回忆中惊醒。落日，正将最后一抹金色余晖洒向大地，温暖脚下的土地，而自己所面对的是在即将来临的黑暗中消逝。

　　远处，青灰色的山峦连绵起伏着，高高的山脊和缓缓的坡，恰似我家那低头吃草的丑牛。

日　落

◇　向芳瑾

人生像一场日落，带着岁月雕刻的痕迹，从容淡然，气韵天成。坠落之前的太阳充满了从容，结局已在眼前。夜色即将来临，夜晚相对于光天化日，更能给你带来愉悦，因为那是可以盛容梦魇的时间。

随着经历的增加，我们一生会失去很多东西。得积攒了多少无奈和心酸，才能让你悄声无息地放下那些执着的人和事。唯一伴随我们的是看待这个世界的方式。

越来越不喜欢付出代价去做毫无实质意义的事情，人最大的弱点就是太看重别人的看法和反应，顾虑重重，将本来挺简单的事情倒办成复杂化了。你有你的力量，不要让外界的评价影响你的内心。形式已经很不需要了，成熟就是不断抛弃形式看穿本质。于是心就是这样的，走在年龄的前面，老得这样快。与其要牺牲睡眠，顶着冷风，去看一场日出，更喜欢随性路过的时候，邂逅一场日落，开着车在日落的余晖中缓慢地行走，或者走下来独自站着凝望它很久。

每个地方的日落都不一样。曾经在北京出差时东三环的过街天桥上看到过最狰狞的夕阳，火红火红的，肆虐地侵袭着天空，太直接太恶劣，犹如生活的面目。

日落更像一个人的暮年，慢慢走向衰老直到死亡，每一个即将陨落的人生，都是孤独的，像我的父亲、我的老师，他们一动也不动的身体，停留在你眼前再也没有表情的面容一直在脑海里挥之不去，像是一轮沉静如水的夕

向芳瑾，中国散文学会会员、湖南省作家协会会员。

阳，它让你无声无息。心里非常悲伤，一切都是如此的灰暗。

一个给我骨血的男人，一个是我文学殿堂里的指路人；他们一个一个从我身边被收走了，我们再也不会有冷漠与僵持，再也不会有相逢和告别。他们已经死了，再也没有回应。当门外的天空开始发亮的时候，我看到整个县城变成了一个潮湿的容器，空空的，什么都没有。

新的一天就在眼前，我觉得再孤独，那种只有一个人的孤独，所有人都和你没有关系了，所以人都消失了。

我一直相信宿命，相信掌控着我们的巨大力量，从不允许我们违抗和逃避的力量。就像人的生命一样脆弱，脆弱得像一张白纸，在眼前轻轻撕裂，再慢慢变成粉末，飞灰湮灭，直到消失。

走过半生，逐渐明白生之必死，浮生若梦，只有把虚名放下，把得失看淡，才能向内看明自我，沿着心之所向，一路前行。

月光很皎洁，洒在露台上像倾倒的河水。深夜里失眠，独自醒来，看到窗外寂寥的大街再也没有白天的喧哗。可是寂寞袭击而来，想起来一些身边发生的爱情故事，像无限婉转的柔情，是掠过手心的一道弱光。我总是爱上同一类型的男子，和我 17 岁时恋爱时分开的男子是一样的，一样的外表和性格特质。虽然他已不在了，但他阳光般温暖的笑容和挺拔的身材，活在爱的绵延生长之中。即使我也曾尝试着和其他类型的男子恋爱过，但那通常只有两原因，他们积极地靠近了我，或者我感觉寂寞。但最后穿帮，我依旧发现他们不是我所爱的男子。这种感情是错误的，不是自己想要的，我必须要收回来。我知道我真正想要的男子是什么样的，如此确定无疑。就好像一把刀砍在自己的肋骨上，我会感觉它疼痛发生的距离，在靠近心脏边上的第几根位置。我摸得很清楚。我像一个肋骨被砍了一刀的人，每天窝着身体安安静静地走路，不让任何人看到。走在人生沸腾的大街上，只能因为自己一个人感受到的痛而感觉寂寞。

那我所爱的男子，在人群中交会而过的第一眼，便能把他辨认出来。一个心跳的距离，我相信自己的第一感觉。彼此凝视，他的眼神，从上而下，并不坦白。就如同他的心意幽微难测，试图自我隐藏，但我依旧能辨认出来。我知道自己一定是热烈而执着地爱过和被爱过。如同花期，由生到死，没有丝毫悔改。我的生命像一只容器，不停地灌注，不停地更新，不停地充盈。

一起与喜欢的人去旅行，一起去西藏，一起寻找世界最美的日落。去古老的巷子看稀奇古怪的东西，收藏的古董、小脚女人穿的鞋、古人用的钱币。看一切没有看见的稀罕玩意，甚至为了喜欢的嗜好痴迷地久久不愿离去，两个人就像一个天真的小孩子，又新奇又刺激。即使离开了，还会在脑海里萦绕好多天。

曾经在泰国芭提雅的海边等待最美的日落。黄昏的时候，一大群人开始站在海边等待最美的日落，也许最美的东西总是很少的机会被很少的人看见到，它神秘且出没无常。太阳被浓重的云层遮住了，留下的是一片逐渐被暮色吞没的海平线。我穿着长裙靠在海边的游轮栏杆上，头上戴着一朵白玉兰花，被黄昏降临的融融暮色一直笼罩在阴影里。像一个等爱的女子，让落日的光芒照耀下寻找温暖；茫然中对它心生悲哀，却没有失望。一个没眼看到日落的人，一个无法实现的约定。虽然没有等到，但依然心生向往。

我们的生活，那就是为期待而延续着，为失望而忍耐着。就像一个人想起来的爱情，之所以寂寞，是因为彼此不懂得融合。我只是一个行走着的人，一直在走。将自己灵魂的气息注入在路上。

觉得好的爱情就是两个人彼此做了个伴，想一起坐下来，看着窗外的暮色夕阳。拥抱在一起的时候觉得安全感，很平淡，很熟悉。好像他的气味就是你自己身上的味道，不管何时何地都要给彼此距离与空间。想安静的时候，即使他在身边，也像自己一个人。不会时常想起，但累的时候，知道他就是一个家。在一起有一致的品位，包括衣服、香水、音乐、食物等等。打造一个属于我们自己的一处宅院，能容俗世烟火，也能容孤单落寞，院子不必大，一半盛五谷杂粮，一半盛清风明月。屋顶要有炊烟袅袅升起，扶着暮色摇摇直上。种花养草，看四季繁花似锦。一日三餐，两人一屋，一直活到暮日黄昏，年老昏沉。还在世俗的烟火深处，守一颗初心；不要束缚，不要占有，不要渴望从对方的身上挖掘到意义，那是注定落空的东西。而应该是，我们两人并排站在一起看看落寞的人间。

喜欢落日的颜色，要么绚丽夺目，要么昏暗幽沉中渗漏出橙色的亮光，从来没有给人绝望过，多少是一种期待。如果有轮回，我依然会像爱情一样为它惊动欢喜，为它惆怅落泪，伸出手，触到的原来只是幻影。但兀自继续，自生自灭，不息不扰。

一字不识的堂姐

◇ 陈　绘

堂姐，七十大几的人。

无论在她充满笑意的眼睛里，还是在她唇齿间，总使人感到温暖。

小叔子结婚时，我抱着一岁半的女儿站在迎亲队伍里，堂姐笑盈盈来到我身边，"小绘，我是侄女她姑。"她指了指我怀里的女儿，又望了望我，笑眯眯地轻声对我说。我忙叫了声姐。她往我女儿衣兜塞了一张纸币，说是见面礼。我忙说："姐，家里兄弟姐妹多，你大事花钱，小事不用那么客气了。"她的诚意，我终究拗不过。

堂姐与姐夫是亲表兄妹，父母包办婚姻，育有 3 男 1 女，可惜女儿十几岁夭折了，姐夫天命之年也走了。听说堂姐的大儿媳是某单位的小领导，因堂姐服侍完她月子回乡下去农忙后没能去市里给她带孩子就闹不愉快了。堂姐要求把孩子接到乡下，大儿媳不肯孩子去乡下受苦，跟堂姐说："妈，你今天不来，别怪我以后不回去啊！" 20 多年了，她是这么说的，也是这么做的，直到去年才第二次回来。

姐夫去世两年多，一天她家门口停着一辆小汽车，原来是堂姐的姨侄奉母之命，接她这位姨妈去城里工作——给一位丧偶干部家做保姆。堂姐心里明镜似的，哪里肯去。毕竟家里上有 80 岁老母，下有还在读书的小儿子，二儿和二儿媳在城里做小吃生意，挺忙的，小孙女就丢家里给她带了。

堂姐做农活是把好手。初夏，白茫茫的天空，白茫茫的水田，她一个人插秧，铺着绿色的锦绣。她独自一人劳作惯了，不急不慢，整天人前忙到人

陈绘，合肥市作协会员，散文见诸《散文选刊》等。

后，回家还得洗衣做饭喂牲口带孩子。再累，她一声不吭，只要孩子们都过得好好的就成。

小儿子终于工作了，成了当地一名光荣的人民教师，可是她一点儿也不轻松。要拆迁了，考虑家里房屋平方不够，分房时孩子们要补昂贵的差价，她一面做农活，一面跑市场购买二手材料，与小儿子起早贪黑，搭建了十几间平房。那一年，她晒得像个非洲人，又黑又瘦。

失去了田地，堂姐像失了魂。她去绿化队做临时工，不论寒冬酷暑，风雪雨晴，午餐都是在野外，用酒精炉加热前一天晚上备留的饭菜。困了就在树荫下或桥洞下眯一会儿。

时间长了，胃怎么受得了。孩子们孝顺，好说歹劝就是不让她继续做了。后来，她听说我在会展中心做物业主管，跑来找我。我安排她负责领导办公区卫生清洁。她说："妹妹，我都一把年纪了，在干部面前晃来晃去总不好吧？我不怕脏，不嫌累，去展厅做，灰尘大点没关系，不能让你为难。""姐，别想太多，你清清秀秀的，待人和气，通达事理，说话有分寸，做事干净利落，您适合在办公区工作。"从此，我与堂姐朝夕相处。

堂姐有一颗温柔而包容的心。一晃她城里的孙女整10岁了，她精心准备好礼物，与孙女的舅爷爷、姨奶奶们去给"小寿星"过生日。谁知，大儿媳妇领着孩子出去，不搭理她们，故意给她难看。回来后，姨娘舅舅们气不过，数落堂姐说："你儿子孬好也是一个校长，这样不懂情理的儿媳妇干脆离了算了。""哎呀，各凭各良心，我尽到我的心意，领不领情是她的事。只要他们一家三口过好就行了。"

我当堂姐是我的长者，与她共事3年多，感觉自己成熟了许多。

爱人喝酒总让我担惊受怕。有次，参加他朋友的宴请，当着我的面，喝起酒来也不收敛，我一生气噙着泪独自回家了。第二天上班，眼睛有点红肿，没躲过堂姐的眼，只好向她说明原委，还抱怨："让我失望，太痛苦了。"她温柔地说："妹妹，别计较，两口子过日子，床头吵，床尾和，生气只能一会儿，苦是不能回味的。"我努力朝她一笑，心里涌出的那股酸味儿压了下去，一切瞬间释怀。

单位的菜总是油腻腻的，不下饭，夏天格外没胃口。她带来用白醋和白糖腌的嫩姜，再配上蒜子、红椒，那红、黄、白装在玻璃瓶里，颜色实在好看得很。吃饭时，启开瓶盖，香气四溢，食欲顿生。吃罢饭，忍不住再吃上一片嫩姜，清理清理嗓子，浑身轻盈，精气神儿倍增。那时，我期盼每一顿午餐，期盼与堂姐一起用餐的那份心情。那多彩的"佳肴"，暖胃也暖心。

保洁大姐有的满嘴粗话，遇到不顺心的事，总刻薄地指桑骂槐以解气，而她说话总柔顺而甜润。我问她为什么，她说："如果人们能把白天说的话，夜深人静时再细细品味一遍，一定会选些软而甜的话说。"这番话令我回味。

有一次，单位两个保洁员不知为什么争吵激烈，眼看卷起袖子就要挥拳了。我巡岗时正好路过，只见她走过去，在每人耳边喃喃地耳语几句，两人相视一笑，一切都像没发生一样。我问她施了什么"咒语"，她说："我只是告诉她俩：公司严令不允许打架闹事，你们俩都站在地狱边，还不快后退一步。"从此，好好说话，成了保洁部大姐们的一种习惯。

最难忘的是有次午休，公司的休息室里，几个保洁员和特勤在唱歌，堂姐也跟着哼唱。我拿起桌上的手机，找出一首来让她教我唱，她说自己一个字都不认识。我顺口问她，你不识字怎么能懂那么多深奥的道理？她说："很多道理就在头上和脚下，只要愿意，就能读它。"

堂姐很坚强。去年腊月，她孝顺的小儿可能是劳累过度，身体超负荷，一夜睡过去没再醒来。堂姐的痛没人能体会，她躺在床上，一个月爬不起来，也不说一句话。

春天来了，大儿子一家人都回来了。大儿媳跪在她身旁，泪眼婆娑地说："妈，这些年，我错了。弟弟走了，还有我们，您起来喝口汤吧，身体要紧！"堂姐轻轻地说："我没事。你把奶奶扶起来，推她到楼下晒晒太阳吧。"说完，又看了看床边的小孙子。"妈，您放心，弟弟走了，小侄子以后有我呢！"堂姐长长地叹了口气，"唉，你以后的担子重了，一个孩子拉扯大，不容易啊……"

堂姐温暖、包容、坚强，心中有爱，尽管她一个字也不认识。

旧 居

◇ 张能泉

现在，住着这样好的房子，用着这样豪华的家具，单厨具一族，就不亚于一个厨具专卖店。还有穿的，阔绰华丽。可年轻人怎么想起来穿有破洞的衣服，他们是不是听老辈人说过的，刻意地去回味历史？

思绪是神奇的，有时想起当年的住所、家具、穿着，不仅仅是记在心里、说在嘴上的凄凉，同时又是时光的弥足珍贵。那时，父母都在，由于父亲处于运动对象的原因，住校多有不便，破天荒在校外租了一处房子，住了近10年，算是旧居吧。

旧居村落不大，5户人家，没有正规村名。房子，是乡村最普通的土墙草屋，土墙没有粉饰，只有侵蚀，有无数个圆孔的墙体，凹凸不平间有缝隙。春夏之交，暖暖的太阳时，蜜蜂把这土墙当作悬停的直升机场，直往缝隙里钻。冬天，小伙伴们玩捞冰冻往墙上贴的游戏，这土墙是贴不上去的，没有一处是光滑的。

草屋，屋檐不高。

房屋，坐北朝南，4间，西边两间是单身汉房东王本善住着，东边两间是租给房客我们住着，间间有隔墙，算算，除了西数第二间由外而入的双扇大门，内部本应开3道门，可是，却隔成了4道门。由外而入双扇大门这间是堂屋，是房东的地盘。进大门，迎面是土质的香案，香案下方是4张长条凳围着一张黑乎乎的大桌子（人们称屋胆）。这间堂屋实际上成了两家共用，我们占了便宜，是两家活动最频繁最重要的地方，比如吃饭、喝茶、玩耍、谈

张能泉，安徽人，已退休，现定居合肥市蜀山区。

天说地，白天独自一人坐大桌子旁看屋外发呆，晚间点上煤油灯引来邻居众人围坐在大桌子旁刮蛋（扯淡、呱蛋）、讲故事、讲鬼故事。有个用刀杀人和甩刀误杀的讼案，就是在这儿听来的。说是原告的诉状上，诉被告用刀杀人，要求偿命。这状子落在与被告有瓜葛的一县衙录事手上，经把原字"用"字中间一竖向右轻轻拐了一笔，成为"甩"字，其意骤变，甩刀杀人。据此，县官判被告，并非故意，是意外甩刀误杀，免了死刑。旁边刮蛋中一位听了感慨说，看看，轻改一字，留命一条。

堂屋左边一间，开了一道敞开的门，无门框无门扇，是房东王本善做饭睡觉的地方，厨房兼卧室。厨房在前，卧室在后，没有遮掩。王本善虽然只身一人，做饭的灶台却是大灶，半人高，两口铁锅之间灶颈子处，安了一口焐热水的铁坛罐。后面是一张床，铺垫的是稻草，拖拖挂挂。床的下方与靠墙的小巷道里，刚好够摆一个小解的粪桶，这个地方成了它的专属地，粪桶则是不可或缺的家具之一。灶台上方吊着用树杈削制的钩子，钩着总也空空的菜篮子。一口两担水的水缸，立在紧靠门口的左边。灶下存柴不多，遇到烧稻草、麦秸秆时，秸秆滑溜，灶下就连着床了。而粮食，如米袋子放在什么地方，记不大清楚了，好像放在床头的一张最珍贵的四沿桌子下面的柜子里。如果分得生产队的山芋、南瓜、玉米，就堆在灶下旁边的地上，房东王本善善良大方，也不怕我们拿。

堂屋右边一道门，里面两间，是我们住着，这道门也是无门框无门扇。进门紧贴右边是做饭的灶台，左边隔了一道墙，因为地方不够，虽然也是半人高的大灶，却只有一口铁锅和一个焐热水的铁坛罐。左边这方墙往前走两步，再左边又开了一道门，里面摆了一张床，是为哥哥们偶尔从外地回来临时预备的。这方墙是父亲用高粱秆、竹片网成的，然后用报纸糊上，有时不经意往报纸上看一眼，上面有约瑟普·布罗兹·铁托、菲德尔·卡斯特罗、恩维尔·霍查的像。有"亚非拉人民要团结""莫桑比给人民要解放"的标题。

从大灶与报纸墙之间穿过，迎面一道门里东数第一间，是我和父亲的卧室。也是最最精要的地方，仿佛参观旧居时，对那内房都要伸头看的地方。

首先看门，门两扇，向内开，父亲神人，居然用高粱秆剖开作原料，用麻线、细铁丝编了一个既轻又扎实且漂亮的门扇。扎实漂亮，在于应用正三角、斜三角平衡撑起来，以及对称原理，视觉上看上去布局合理，别致有趣。

进了门，左上方，一张床，床上罩着一顶很大的四季不取下来的暗淡的粗纱蚊帐，父亲后来得肺结核，卧床不起，终日就躺在这张床上。我小小年纪，就担负起服侍父亲的重任，因为母亲调往外地学校，很少回到父亲身旁，哥哥们都在外地上学。

进门右边，是我的床，大哥有时从外地回来，和我睡在一起。这张床，正对父亲床约 2 米距离，没吊帐子。冬天一捆稻草铺垫，稻草上面置上一床单，床单多有破洞，像流行的破洞牛仔裤。床上方和床里边直靠土墙，那些年兴臭虫，土墙缝隙里藏满了臭虫。所以，铺床的稻草下面总要撒一些淡黄色的"六六六"粉，散发出刺鼻的不好闻的气味。

我的床头与父亲床头一边靠山墙，担着一块房东提供的木板案子，好像是捡来不用的旧肉案子，黑乎乎的，在我床头这边，案子上还有一个不规则的眼镜盒大小、像树结疤脱疤后而形成的窟窿。

案子的摆件，从我床头这边开始，方方的方盖"德士古"铁皮洋油箱盛米，高高的"人头马"大香槟酒的瓶子盛油。有一天夜里，亲眼看见一只大耗子将尾巴伸进这只油瓶里偷油吃，原来是油瓶塞白天忘了塞，精明的耗子终于发现不称职的油瓶塞子离了岗。

然后依次是漱洗搪瓷缸、一小瓶雪花膏、笔筒、墨水瓶、罩子灯，还有一只晚清漆盒当作针线盒。父亲床头，是一架矿石收音机，双耳机一戴在父亲瘦削的脸庞上，很像一特务或地下工作者。我常常坐在这案子边看书，看小说。看《钢铁是怎样炼成的》，林务官女儿——美丽动人的冬妮娅与保尔·柯察金的初恋吸引着我，有了对人生男女情感情调的初萌。

案子后边是一个木制箱架，架子上方摆着父母年轻时用的、旧社会中低阶层常用的一个偌大的旅行箱——锁处、四角镶包着绿铁皮的柳条箱，里面放着衣服与早被清洗过的全部细软家当。

早晨，从房屋——旧居出来，迎面十几米是一片竹园，郁郁葱葱。左边栽着一根去了皮的干枯的带丫杈的灰白色树干，树干与窗户拉着一条晒衣服的绳子，衣服是土布质地。土布又叫家机布，有粗细之分，粗家机布做被褥里子特别暖和，细家机布做衣服，用米汤浆过也很挺刮。家机布，是机匠在家中用织布机昏天黑地"哐叽、哐叽"日夜编织的棉布，对应的是布店卖的洋布——化纤布。

晒衣服绳的另一边是几畦菜地，一度很光鲜，由于别人家养的鸡不时光顾，鸡菜相吸，邻里相斥，后来放弃了这块菜地，成为只见畦痕长满杂草的空地。

　　门前一块地方，面积不大，是早呼吸、中眺望、晚纳凉的地方。右边近处，有板栗、柿枣、鸡爪梨3棵树，树不多，但已成气候，每年果实累累，奉献人间。左边是美丽的大河湾。右边远处是蔬菜队的菜地，绿油油一片一眼望不到边。菜地中间有一块老坟地，这家后人在坟地上栽的一棵冬青树，树荫已足足占有3分地。

　　菜地再前方，是一个较大的村落，有50来户人家，人口约200人，村名叫什么，记不清了。记不清村名，说不重要也不重要，说重要也重要。说不重要是对这个村名当时没能咬文嚼字，只模糊含混地跟着方言发音，从未书写过，叫王碾、王捻、王甸、王店、王什么。说重要是不恭不敬，名且不考，如何得体。如果叫王甸、王店，那就如同王村、王庄再普通不过的冠以姓氏的村落叫法。倘若叫王碾、王捻，就须要考证了。叫王碾，想当年此村有一方米碾子出名。之所以出名，要么是一套碾米的设施齐全；要么是碾出的米格外香甜，米段子齐壮，出米率高；要么是碾米设备的主人人缘好人气旺，故称其为王家大碾子，简称王碾。如果叫王捻，情况就不同了，好像与捻子、捻军（东捻）有关，村上人居者为民，出者为捻，后来被李鸿章淮军平定后，至今仍攒着一股气。

　　旧居的村子紧挨着一个镇子，非常近，这么说吧，菜下锅了，炒着炒着，滋滋作响，盐罐子没盐了，上街称盐是来得及的。这称盐的地方是上街头，顺其蜿蜒的街走着，便是中街头、下街头。在去上街头之前，经过镇上最大的一所医院的医院后墙，医院后墙旁边是一片水稻田，水稻田又连接着一条小河。特别处并不是没收地主家的庄园别墅用作医院，而是经年浸泡在水稻田里高大的医院后墙的下面，糯米丝砌制的陈旧而神秘的墙脚。墙脚已被掏空，不止一处两处，常年存水，从不干涸，深幽，迷幻。里面有虾、鱼、鳝、龟、鳖，而且都是虾精、鱼精、鳝精、龟精、鳖精，奇异怪诞，谁也不敢下手去捉摸。有人还编了一些毛骨悚然又引人入胜的故事。说什么，掏空的墙脚里面藏着大财主的金银财宝，太岁庚日，夜静星光，水波粼粼时，金遁银驰，踪影不定。深幽的墙脚里面连着小河的隐微深处，小河流经青阳县、五云山后通西湖湖底，白蛇、青蛇择日出没于此。

孤独的唢呐

◇ 刘建设

仰韶广场上很热闹，早晚都有人散步，一年四季的广场舞，除了雨雪从不间断，偶尔也会举行一些大型文体活动，各种轮椅也时常出现在这里。

5月的一天，广场上来了一对母子，儿子坐着轮椅，母亲在后面推。轮椅上的人很年轻，头上有一道明显的大伤疤。母亲岁数不算大，也就40多岁。这对母子的到来，广场接纳了，大家也就自然而然地接受了。

就在这轮椅进入广场的时候，广场上响起了唢呐声，那声音很单调刺耳，一听就是个初学者。唢呐声的出现，立刻引起了许多人的侧目，它响在广场的一角。那里有个凸起的小土包，上面有许多树，繁茂的枝叶遮住了吹奏者。对于这唢呐，别人可以不喜欢，可以皱眉头，但是谁也不能去干涉，因为广场是大家的，初学者也有享用的权力。

母亲推着轮椅在广场上转一圈，然后找个人少的地方，费力地把儿子搀下来。很显然，她儿子的腿脚有问题，不能独自行走，要紧紧依靠在母亲的肩头。瘦小的母亲像扛一棵高大的树木，支撑着儿子慢慢行走。他们这是在做康复训练。

他们的训练很艰难，母亲不仅要确保儿子不摔倒，还要帮助儿子挪动脚步。有好几次，儿子几乎要摔倒了，但在母亲的尽力扶持和旁人的帮助下，他又坚强地站住。他们走走停停，母亲时不时地扬起脸看一看儿子，儿子则默默地注视着母亲。母亲背着一顶草帽，可她从未戴过，即使儿子给母亲戴上，她也会迅速地取下来去给儿子扇风。母子间的交谈很少，儿子却频繁地

刘建设，回族，高级会计师，著有长篇小说《老宅》。

转向唢呐响起的地方，脸上带着一种难于捉摸的笑意，然后赶快转向四周，好像他很在意别人的目光和感受。

太阳升起来了，广场上变得很热燥，所有锻炼的人都已散去。轮椅母子也要回家了，唢呐声紧跟着停下来。

当母亲把轮椅推到广场边时，被一排停放的摩托车挡住了去路。母亲看了看四周，却没有找到一个车主。正在这时，有位先生从旁边经过，看她心急，就赶快上去帮忙，把摩托抬到了一旁，腾开一条道。

"谢谢！"那母亲很感激地笑了。

"孩子怎么了？"那人问。

"他受了伤，要做康复训练。"母亲很友好地回答。

第二天，万人广场上没有出现轮椅母子的身影，也没听到那刺耳的唢呐声，可是生态公园里却响起了咿咿呀呀的唢呐。

生态公园是利用一条小山沟因势而建的，还是个半拉子工程，沟底留有一条环形水泥路，可供游人散步。虽然这里常有人，但也不多。天气晴好时，在这里却总能看到那对轮椅母子艰难训练的身影。而那唢呐声，就时常回荡在山沟里，在任何一个角落都能听得见，孤单而凄凉。每当听到唢呐声，行走不便的年轻人会很开心，这一天他的锻炼会更加努力。

夏去冬来，年轻人身上的衣服薄了厚了，汗水湿了干了，但是他的康复成效却并不十分明显。雨中的亭子里，雪中的高岗上，微风中的黎明，晨曦中的早晨，任何时候，山沟里的任何地方，时不时地都会传出唢呐声，还是那种吱吱嘎嘎的声音。这唢呐声，并不总是天天都有，似乎也不为配合那踽踽蹒跚的学步，也许它仅是个孤独的存在。

一年后，轮椅上的年轻人扶着靠背可以站立了，可是他还无法独自变换脚步，还需要母亲的帮助，但已不像从前那样吃力了。母亲扶着儿子的一只胳膊，他缓慢地移步。这时，那个吹唢呐的人也有了进步，听得出，他吹奏的是几首旋律比较简洁的军歌进行曲。

两年后，不用母亲搀扶，轮椅上的年轻人可以自己推着轮椅抬步了。他走一会儿，歇一会儿，脸上淌着汗，也流露着喜悦。这期间，那支唢呐能演奏的歌曲内容在不断增加，质量也在提高。

……

5年过去了，生态公园里的游人没有多少变化，常来沟里散步的人基本都成了熟人。大家早已熟悉了轮椅母子，甚至见面后还会彼此打招呼。这时受伤的年轻人已经可以脱离轮椅自行跨步了，但是母亲仍然推着轮椅在后面紧紧守护着。而那个吹唢呐的人，已可以很熟练地吹出许多曲子，他吹奏的依然是军歌。这唢呐声，好像早已融进公园，成了公园里必不可少的一部分。大家早已习惯了这唢呐声，哪天听不到就会在心里纳闷，怎么没有唢呐了？那人呢？有事了？有病了？

6年后的5月，就是轮椅母子第一次进入万人广场的同一天，这对母子又出现在万人广场上。不过这次是母亲坐在轮椅上，儿子在后面推着。看得出，那个受过伤的年轻人已经康复，他身着军装，俨然一个刚刚退伍的战士。周围人的目光都很好奇，在不自觉地猜测着这对母子。6年前，坐轮椅的是一个残疾儿子，跟着服侍的是一位可怜的母亲。现在，也许大家会以为，是妈妈失去了行走能力，由儿子来侍奉母亲，这一定是个孝顺的儿子！可是当他们到达广场中心位置时，母亲从轮椅上下来了。虽然她已两鬓斑白，但是气色很好，除了满头银发，似乎比6年前更显年轻精神。

就在轮椅母子走向广场中央的时候，小土岗上响起了唢呐声，那声音高亢、激越而明亮。紧接着，从树荫里走出一队人，个个一身戎装，其中有个吹唢呐的，他边走边吹，那是一首著名的军旅歌曲《送战友》。这些人都是退伍的老兵，大家纷纷上前与伤愈的战友致敬并紧紧地拥抱。

"我们的战友汽车联运公司已经发展到100多辆车，今天正式向你发出邀请！"

"谢谢！谢谢！"

这些老战士都是汽车兵，一同驰骋在川藏线上。出事故那天，月黑风高雪又大，在撞山的一瞬间，正在驾驶的战士把生的希望留给了身边的战友，而自己却身负重伤。复原后，作为同乡，为鼓励战友康复，老战友开始学习唢呐，并用唢呐声来陪伴战友，呼喊战友。今天战友康复了，老战友们相约用这种方式来庆贺，然后一同奔向新的征程！

原来这唢呐声从来就不孤独！

加入作协的日子

◇ 杨　平

我加入作协，源于"同步悦读"。

那是 2017 年早春的一次小聚，孙仁寿老师向我推荐了微刊"同步悦读"。因为阅读，我写了读文留言，由此认识了主编白夜。不曾想，我那搁浅已久的文学梦因此被点亮。

我试着写了第一篇随笔《钓鱼亭初夏赏荷》，被"同步悦读"推出后，得到了王长胜、于路、胡静等资深作家的留言好评。倍受鼓舞的我，创作之路由此打开。之后，我陆续有 10 余篇散文、诗歌在"同步悦读"推出；另有几篇文章分别在《安庆晚报》《皖江晚报》《姑孰风》和《作家天地》上刊发。

去年仲夏时节，通过审核后，我幸运地加入了马鞍山市作家协会。在新会员交流会上，我第一次见到了作协郭翠华主席。一双明亮睿智的眼，目光温和亲切，衣着素雅，谈吐芬芳，大家风范。会上，郭主席语重心长地说："我们对新加入作协的同志一定要多包容、多关心、多鼓励，要相互学习。文字是有温度的，一个作家不仅文章要写得好，还要有情怀、有社会担当，做人第一，做文第二。"

她的一番话，有关爱，有方向，让我心里涌起阵阵暖意。

郭主席讲的"情怀""担当"，起初我理解得不深，但随着参加作协的一次次活动后，终于明白了其中的内涵。

去年初冬时节，我第一次开车和作协几位老师去和县善厚镇小学，看望

杨平，网名"品味人生"，马鞍山市作协副秘书长。

一名叫陶先露的小女孩。在车上听黄玉龙老师说，这个小女孩被当地一个拾荒者收养，过着乞讨的生活，很是可怜。郭主席知情后发动大家捐款，定期给陶先露送去生活费，让孩子有个快乐童年，可以有尊严地活着。后来，原和县文联领导徐保国介入，并通过协调相关部门帮陶先露解决了户口问题，生活也有了保障。从 2015 年至今，作协每学期都会安排人来学校了解关心陶先露的学习和生活情况。

记得那天，我们到了校长办公室后，不一会儿老师领着一名衣着朴素、个子不高的瘦小女孩来了，表情严肃，不苟言笑。当我们拿出给她带来的衣服、食品、玩具及慰问金后，她依然抿嘴低头，气氛有些尴尬。这时郭主席走上前轻轻地搂住了她，并与她低声耳语。忽然，我见到她抬起头露出了微笑，这微笑如冬日里出现的一抹暖阳，瞬间温暖了大家。

阳春三月的一天，郭主席通知我，下午和其他几位老师一起去当涂，看望一位"特殊作家"宋传恂。中午时分，天昏地暗，一阵狂风暴雨袭来。我站在办公室望着窗外想，这么大风雨还去当涂吗？忽然手机响了，妻子发来微信说，她们单位的厂房屋顶被大风掀开，车间进水了。紧接着，我们集团公司安全管理群又传来照片，采石矶收费站旁有几辆小轿车被吹翻的巨大广告牌砸中。我顿时感到了这恶劣天气的严重性（事后方知这是马鞍山建市有记录以来遇到的最强风，风力达 14 级）。

我拨通了郭主席手机，问她如此恶劣天气下午是否还去？她稍微停顿了一下说："和宋传恂说好了，他期盼着呢，不想让他失望，还是去吧，有文学关爱的力量做支撑，我们会没事的。"最后她又开玩笑地说："相信上帝会保佑我们的。"

下午 2 点出发，风依然很猛，雨依然很急。一路景象让人不寒而栗，白色泡沫夹着树叶满地乱飞，好几辆电瓶车被吹倒在路边无人问津，一个公交站台被整体刮倒，几株碗口粗细的树枝折断了横在路上，差点挡住了我们前进的方向。我小心翼翼地开着车，心提到了嗓子眼。

说来也是奇怪，我们刚到达当涂，雨居然停了，风也小了很多，些许的阳光忽隐忽现。车继续在河埂上行驶，半个多小时后终于到达了此行目的地当涂大拢乡。

我们停好车刚走进村口，宋传恂的父亲便迎了上来，激动地说："哎呀，这么大风雨你们还赶来，太感谢了！"边说边把我们引进了他们家。

　　宋传恂正在房间歪坐在轮椅上看电脑，母亲将他推出房间。当看到我们给他带来的慰问金、获奖证书、几本名家签名的集子和一些杂志时，吃力地露出了一排并不整齐的牙，用含糊不清的语音表达了感谢。

　　直到此刻我才知道宋传恂原来是这样一位"特殊作家"。他先天性脑瘫，不能行走，无法自理，曾对生活失去信心。当教师的父亲从没有放弃他，为了方便照顾，父亲把教室搬到了自己家，上课时让他坐在轮椅上旁听学习，下课后让他看一些文学书籍。当他看完《钢铁是怎样炼成的》《贝多芬传》这些励志的书后，忽然对生活有了新的认识，对生命的意义有了新的思考。

　　20世纪90年代初，宋传恂开始学习写作，经过7年多的努力，终于在《安徽日报·现代农村版》上发表了第一篇文章。这7年，对他来说是何等的艰辛和漫长。正是这种对文学的热爱与坚持，他用全身唯一能动的右手中指一下下敲打着键盘，目前已创作完成作品10多万字，并在不同媒体上发表了多篇文章。他的最新一篇关于农村选举题材的中篇小说刚刚完成，正准备投稿。我想无论是否发表成功，他的这种精神已深深打动了我。

　　那天我还听说，他是《自强文苑》杂志的校对员，已经做了3年了，多次受到主编的好评。最近他在网上找了一份兼职，每月又增加了一定的收入。这何尝不是人生价值的体现，我由衷地为他感到高兴。我想这就是文学给予他的力量吧。

　　对像宋传恂这样的作家，是要特别关心的，对其他一些有困难的作家，作协同样给予了帮助。

　　我市老作家陶继森已经80多岁了，近期由于要出版两本新书，加上中国作协会员申请等事宜，作协要与他进行联系，但由于他听力方面原因，电话中无法进行。根据作协安排，我一次次去他家，用笔和纸与他进行交流。几乎每次去与他对话都要写上满满一大张纸，虽然有些慢但很愉快。当听郭主席说，他特意打电话来表扬我时，我觉得所有的付出都是值得的。因为我知道，作家也是需要关怀的，作协就是所有作家与文学创作者最温暖的家。

　　前几日，我随同市文联及作协领导去西梁山中学，开展文学讲座进校园活动。郭主席用渊博的学识、风趣的语言给孩子们讲述了写作带来的意义和快乐，点亮了孩子心中那一个个小小的文学梦想。我也用我浅薄的知识为同学们讲写作与学习。看到同学们一双双专注的眼神、一张张青春洋溢的笑脸，伴着那一阵阵热情的掌声，我的内心充满了自豪与幸福。

　　加入作协快一年了，跟老师们一起听课学习，一起创作交流，一起参加活动，给我留下了许多难忘与感动的瞬间。

　　忘不了那一次，生病未愈的郭翠华主席脸色煞白，被我搀扶着走进会场，为"同步"文友耐心讲座的情景；忘不了那一次，身患重疾的何根松老师，在作协为他举办的作品研讨会开怀畅谈，走出会场后却累坐在马路花坛上的身影；忘不了那一次，王笋院长接知名作家朱辉来马开讲，被堵在高速路上打电话给我焦急的声音；忘不了那一次，在马洪鸣老师长篇小说《揉蓝秘境》的研讨会上，夏冰老师的精彩点评；忘不了那一次，作协年会上，群贤毕至，才华展尽……

　　加入作协以后，所经历的这些事，遇到的这些人，总是让我感动，让我乐意投身其中。究竟是为什么呢？现在我终于明白了。想起郭主席为"同步悦读"创刊3周年写的文章《在同一片天空下》中的一段话：唯文学可以救赎，救赎自己，救赎他人，救赎被卑贱的心灵，救赎傲慢与偏见，救赎我们正在丧失的信仰。生命是短暂的，但文字可以超越时空，让我们抵达彼此的内心。

　　星光不负赶路人，时光不负有心人。努力让自己活成一束光，温暖自己，照亮他人。

　　加入作协的日子虽然忙碌，但我的内心却无比快乐。这里有太多的精彩与感动。我感恩加入作协后遇见的每一位老师、每一位朋友，感恩文学，让心灵有了最好的安置，让人生有了最美的遇见！

父亲的忍道

◇ 吴显为

父亲的忍道，小时笃信不疑，大时有过动摇。不是忍字好忍字高，就是忍字下面出黄金；不是吃亏是福，就是破破财遮遮灾。听着很丰满，做着很骨感。我从小就想练武，以便除恶扬善，替天行道，干出一番轰轰烈烈的正义事业。这么一个高大上的革命理想，硬是断送在父亲的手中。无论怎样求情，他都拗着不教。不仅不教，还严令不准学。每一次求情，他都不忘宣传他的忍道："你不能学，因为你不能忍。练武的，要忍，忍常人不能忍。"

恪守忍道，父亲倒是言必信、行必果。母亲爱唠叨，怨他骂他是家常小菜。他呢，作为一家之主，没有一丁点当官的架子，捧着根黄烟筒，默默地吹着麻秆，默默地点烟唆烟，充耳不闻。家长肚里也撑船。实在烦不过，就用黄烟筒敲敲板凳头，砰砰几下算是不满；再烦不过，就冷着脸子说，你这人，少说两句不行吗。所以，家里大事小事，都是母亲说了算。父亲说的哪怕是对的，母亲不点头，也被风吹了。父亲顶多说好好好，就按你说的办好了吧，以泄怨气。

家里忍，外面更忍。队长叫看禁就看禁，叫保管就保管，叫抽水就抽水，叫犁地就犁地。好人一个，一个好人。脸总是笑，脚总是靠。挑土要堆高，分鱼要堆小。人家问为什么，他嘿嘿一笑，笑而不语。这就罢了，给人推伤接骨头，还陪茶陪烟陪着笑，出了老半天的力，一枚钢镚不收，一个鸡蛋不要。光人缘好有什么用，收粒瓜子仁也甜甜心呀。一旦母亲埋怨，他就借机鼓吹他的忍道："钱财是粪土，仁义值千金。"

吴显为，安徽省怀宁县人，高级教师，安庆作协会员。

凡事皆有因。父亲的忍道，是其一生血汗的结晶，无意间为后人留下了宝贵的思想财富和精神遗产。

父亲名国康，字洪太，生于 1923 年农历四月十二日，怀宁县洪铺镇马蹄冲吴花屋。两三岁时，我爷爷奶奶先后去世，成了孤儿。跟大哥大嫂长大，哥嫂慈善仁义，也常受冷眼冷气。怎么办？忍呗。20 世纪二三十年代，一贫如洗的大伯伯大妈，拉扯着 3 个弟弟和 1 个妹妹（父亲最小），以及自己的儿女，黄连苦见了心（芯）。如此的艰苦，为父亲播下了忍道的种子，也为其生根发芽提供了绝佳的气候和丰腴的土壤。

父亲少年时，大伯伯放眼未来，决定叫父亲学武。学了 3 年，在与师兄的对打中，不小心一棍子打伤了师兄。师傅师兄都说下手狠，不能忍，劝他休学了。父亲有口难辩，再加上大伯伯的追责，父亲"不能忍"也只能忍。当时大伯伯在安庆做瓦匠，叫父亲到安庆打豆腐。一年到头挑水、磨豆子、过豆浆，日子像磨子一样呀呀转。说不苦是假话，可父亲的忍道就像豆浆，随着磨子的呀呀转，一点一点挤出了嫩白，营养又健康。

听说景德镇挑瓷器赚钱，大伯伯叫父亲改行了。从洪镇吴花屋，到江西景德镇，跋山涉水好几百里，一根扁担两只筐，风里雨里摇晃晃，吃了早饭无中饭，窑洞柴堆就是床。这样的苦，对父亲是小事一桩。真正的苦，是兵荒马乱，路上不太平。遇到兵匪，只能逃跑，一担瓷器就差不多报销了。遇到痞子流氓，只能任其敲诈勒索，一担瓷器又白挑了。有一回，大概拿钱磨叽了，摊子就被砸了个稀巴烂。父亲收拾时，仅发现一只猴子酒壶死里逃生。孤品，多么的金贵呀！爱抚好久，实在舍不得卖，就带到了洪镇吴花屋（1958 年酒壶随父亲迁到小金洲。1998 年父亲去世，酒壶传给我，随我到了洪镇。不料，在我客厅的三角架子上，酒壶被人"请"走了。从此，那只金贵的酒壶，我家的传家宝，就再也没消息了）。

对此，我问过父亲为什么不自卫。他说有枪的兵匪，自卫是往枪口上撞；无枪的痞子流氓，出手怕造成伤亡，那也是往枪口上撞啊。一句话，出门在外，万事都难，只能忍忍忍。所以，挑瓷器的几年，父亲没赚到一分钱，却赚到了万分忍。

这还不算什么。老天爷为了更高更快更强地培养父亲，磨炼他的忍性，锻炼他的忍功，修炼他的忍道，又降下了两大劫难。1943 年，好不容易娶了马氏，马氏一两年就病死了；1946 年，好不容易再娶冯氏，冯氏一两年又病死了。祸不单行啊，掏空了积蓄不说，还欠了一山头的债，连棺材板都是借的。大伯伯大妈给父亲算命。卜卦的大惊失色，连说克妻克妻克妻，娶一个，克一个！

克妻之人，注定的苦命啊！

好在父亲已然是忍道高手，死了两个老婆，债围平了颈，该干什么，还干什么。只是闲时，独坐后山头，陪着两副厝柩（直到 1962 年我出生后的那年冬天才有钱安葬，我名字因此上了两个妈妈的碑），烟抽了一筒又一筒。大妈说："哎哟老小苦哦，要打一辈子的光棍！"

再背运，也会走一回时的。1949 年大水，漂来了一个大姑娘。那是小金洲的一户人家，破了圩，漂到了洪镇马蹄冲。他们无米下锅，只得嫁女（童养媳）。大伯伯大妈都坚决反对。克妻的命，两担米会大水漂走的。而父亲说，两担米大水漂走我认了，但这个机会不能大水漂走。于是，白花花的大米出门，红艳艳的姑娘进门。大伯伯大妈老吊着一颗心，直到 1951 年大哥出生，才觉得花两担米赚了。大伯伯捋着胡须笑道："怎么说，老小有后了，也对得起死去的父母了。"

接下来，家里依然厄运缠身。母亲一直病恹恹的，父亲大伯伯大妈就一直忧心忡忡。生下的两个女儿，接连夭折了。乌云压得两间茅屋快要窒息了。法子想尽了，最后母亲建议，迁到小金洲试试。1958 年回到了家乡，不知咋的，母亲的身体意外康复了，肚子也争气起来，一呼啦连生了两个儿子。

父亲初到小金洲，人生地不熟，又是单姓独户，自然要发扬忍道的精神了。所幸父亲最精于此道，客气点说是个七八段吧，严格点说早就九段了，恭敬点说该尊为忍神、忍圣呢。最先定居小金洲的丁家少数人，像开创我大清的旗人一样，高傲一点蛮正常，个别的有点欺生也难免。有位姓丁的，以为我家怪好欺负，欺负上了瘾。蛆，往肉里钻。闹得父亲这样的忍神，有一回也忍不住了。

起因很小。我家一只鸭，跟着丁家鸭子进了他家鸡圈。这算什么事，捉出来不就得了。哎嗨，母亲去捉，丁家女人硬是不让，还说，进了他家的，必是他家的。母亲急了，忘了父亲的忍道："昨天你去我家，那你也必是我家的吗？"丁家女人听了，一蹦三丈高："你进了我家，才是我家的！"

先语言碰撞，再肢体碰撞。傍晚的丁家墩子上，看热闹的满坑满谷。丁家男人见我母亲，竟敢到丁家墩子上吵架，胆子也太大了，尤其还敢打他的女人,这还了得。于是,他就甩了我母亲一个耳光,骂道:"你他妈的太猖狂,敢到老子家门口撒野,老子不教训你,你还要翻天!"

这一幕,正好被父亲撞见了。是可忍孰不可忍,一生坚守忍道的父亲,竟也血蹿脑门,随性甩了那男人一巴掌,把他打了个狗吃屎。

围观的纷纷说:"你姓吴的凭什么打人!"

那个被打的男人,怒不可遏,爬起来跑到墙边,捉一根扁担,发疯似的朝父亲边舞边叫:"老子今天不把你砍扁,老子就不姓丁!"

"对对!"人群呐喊。

形势危急!一旦失控,后果不堪设想。怎么办?怎么办?

遇事要忍!忍字下面出黄金!

就在扁担落头的一瞬间,父亲一挥手,顺势抓住了扁担,再一回抽,夺下了扁担。就在夺的时候,由于用力猛了一点,那人又一次狗吃屎——趴到了地下,口吃黄土背扛天。那人嘶叫着爬起来的时候,顿时张开了大嘴,愣住了!

啪!

扁担两截!两截!!!

众人顿时也张着大嘴,愣住了!

啊?高手???

高手在冰雕群中,夹起女人,嗖——,飞也似的飘走了。

有的说,父亲会轻功,能飞墙走壁;有的说,父亲是大力士,能举起一头牛;有的说,父亲一巴掌,能劈倒一棵碗口杨……

小金洲人越传越神,神得像孙悟空。这个世界最敬神。神点好啊,不止是那只鸭子送到了家里,不止是无人敢欺负母亲了,不止是痞子流氓对父亲恭敬了,不止是我们弟兄3人有了保护伞,最重要的,是我家从此才真真正正在小金洲扎下了根,成为堂堂正正的小金洲人。

母亲每每言及,脸上总洋溢着无限的骄傲和满足。

"这就是忍,忍字下面出黄金!"父亲捧着黄烟筒说。

"得了吧!你要是忍,人家会放了我?说不定被撵回吴花屋呢。"母亲瞟一眼父亲,嘿嘿地笑。

"我就折断一根扁担。"父亲低下头,默默地唥烟。

此事发生在1961年,在场者差不多都作古了。健在的,也早淡忘了。也难怪呀，岁月埋进了尘土，父亲的忍道，连他老人家的3个儿子6个孙子都视之如老古董，况他人乎。新时代，是竞争时代，是商业社会，是市场经济，比的是创新，拼的是先发，抢的是GDP。一万年太久，只争朝夕。早上栽树，晚上乘凉都等不及，还忍？怎么会忍？忍又怎么可能出RMB？房贷车贷的催命鬼能答应你忍吗？末位淘汰的紧箍咒念着你忍得住吗？

明知不合时宜，众人不屑，偏偏强力宣传，拼命颂扬，既为尽孝，又为守道。守道者，坚守的是信仰，是理想，是归宿。也请各位理解万岁，姑且听之，忍乃和之本，百忍成金也。今天是父亲节，父亲的忍道又在耳边响起："做人要忍，忍字下面出黄金；吃亏是福，破破财遮遮灾；钱财是粪土，仁义值千金……"

按中华民族的文明礼仪，3个儿子吴显杰、吴显为、吴显明，值此父亲节来临之际，在此献上最普通又最特别的祝福：祝老父亲九泉之下节日快乐，平安吉祥，万事如意！愿父亲的忍道到了天堂，继续护佑子孙，普度众生，流芳百世！

故乡的年

◇ 郭丽琼

　　我在西街住了 10 年，离开它将近一年，今天路过，西街商铺的音响还是一如既往掐准了腊月中旬这个点，又"咚咚咚锵，咚咚咚锵，咚锵咚锵咚咚锵"地响了起来，卓依婷的甜美歌声，十年如一日般的喜庆，欢快地迎接新年的到来。

　　印象之中的过年，热闹中不失雅趣，繁忙中不失轻缓，亦不失齐家的温暖欢乐。努力地想在回忆中寻找难忘的年味，似乎又有点无力，也有些徒劳。年的气息，不经意是如何渗透到身边，无论遗忘了的或者心铭记的，却又还是那么真实的存在，依然还在不知不觉中，年复一年，如影相伴。回想起自己儿时在老屋的年味意趣，似乎也只有那时在乡下的年，才是自己骨子里最深的怀念。

　　当太阳从地平线上慢慢升起，薄雾随着风轻轻散去，冬日的清晨，空旷的田野一片寂静。屋顶的炊烟，仿佛还在袅袅飘拂，又渐渐消失于老屋旁的树梢，落尽于我的眸底。腊月二十四的小年一到，村子便开始热闹繁忙起来。母辈的女人们会一大早将赖床的孩子们拖起，麻利地拆洗被子，过不多久红的、花的、带格子的，还有用各种碎布块拼凑成的百纳棉被面，一溜儿悬挂在各自家门口，自成一道风景。雪白或微黄的棉被在阳光照晒下变得蓬松柔软，为了取暖而垫在草席下的稻草也晒得非常干爽。晾晒好被子，母亲头上裹件夏天的薄衣服，用来挡住扫屋子的灰尘不粘在头发上。老屋是祖辈留下的泥坯房，外墙面可以看到与黄泥相混的稻草碎屑。父亲三兄弟各得一间厨房和一间长间。父亲他亲自砌墙粉刷，一分为二隔成两间卧室。家具不多，有两张古朴雕着精美花纹的木床、衣橱和椅子。爱干净的母亲连床都要拆开拿出去晒太阳。一直以来，我家都是村子里最干净整洁的。父亲会从长到幼合理安排我们兄妹4个，分工帮忙把屋子里的桌椅凳子等搬出到门口池塘边抹洗。到了晚上，感觉灯光下的屋子似乎比平时要宽敞，更光亮。躺在垫着松软稻草的席子上，翻身时稻草会发出"嘎吱吱"的小声响，身上盖着母亲洗干净缝好有着阳光独特味道的被子，很温暖，酣然一觉睡到大天亮。

过年自然离不开美食，虽然那时候物质匮乏，但年前每家按习俗都会尽己所能做些好吃的，年后招待来拜年的亲戚朋友。记得母亲用炒过的粳米用石磨磨成粉，芋头煮熟捣成泥，放盐、葱姜末、猪油和均匀，捏成小块搓成比筷子粗点的长条，再切成小小的颗粒状，接着就是我们兄妹几个登场了：置放三几粒于手心，双手轻揉成圆圆的颗粒，家乡话叫"米果圆子"或"芋圆子"，弄这个很耗时费力，小孩心性贪玩，几簸箕下来，小伙伴们在门外传来的欢笑呼叫声，早已把我们的心勾引飞到他们那里去了，贪快就随便一揉，不管它圆不圆了。当然这会被母亲责备，但望着我们心不在焉的样子，她也无可奈何，拿我们没法子。剩下的粉团母亲就擀成半厘米厚，切成不到两厘米的芋条备炸。起油锅，当芋圆子变成金黄色，捞起，再从锅边倒下发出"叮叮叮"的清脆声响时，证明炸好了。我偏爱吃香辣咸，最爱吃的就是它，抓把放入嘴里，嚼着非常脆，味道香郁。做三五竹升米的芋圆子得花上近一天的时间，母亲第二天接着用黏米做的"牙角钉子"，糯米糖条，面粉做的花绞子、蛋散、麻枣等，还做把白糖熬焦黄，加上少许明矾（起酥脆的作用），适量爆米花、花生、芝麻，固定在木框里擀压结实，切成小长方形的米糕。准备过年时家家都忙个不停，其他的美食就不一一详细列举了。我们家、伯母家和叔叔家飘出来的香味，弥漫着整个老屋。

小学毕业前一直居住在老屋，大门口贴的对联，父亲率性得可以，用毛笔一挥而就。邻居中有人看中想要的，父亲写好后送给他们。村子里过年很热闹。印象中从正月初一至元宵，伯母家、我家和叔叔家大多数会聚在一起吃饭。我母亲刀子嘴豆腐心，伯母慈祥和蔼，婶婶性情温婉，对母亲很包容，相处融洽，一团和气。周边人都很羡慕，说难得有兄弟妯娌之间能做到如此和睦。后来我家搬到镇上居住，伯母也随堂哥去了县城生活，叔叔则一直住在村子里，直到病逝。许是我与家乡离别得太久，岁月的风雨，洗涤得彼此之间已经快没了那份熟悉。不知老屋因面临拆迁还能撑多久，忽然的某一天，它就会被夷为平地，了无痕迹。回不去的从前，年的味道渐行渐淡，吃的喝的玩的，都没了儿时那种迫不及待的乐趣和欲望，心一旦没了家人的陪伴，没了家人之间原先固有的亲昵互动，年，也就没了爱的独有味道。

光阴荏苒，世事变幻。一年又一年，物欲让多少人利欲熏心，蒙蔽了多少人的心智，让亲情陌路寡淡。眼望着子与父相仇，手足相怨，物欲斩断亲恩，相见漠然，很想张口想说些什么，却又什么都不能说。曾经的年味凋零如花瓣，满地痍凉。年的流转，又是多少人心里的伤。周围有人已经在生活的打磨下变得失去了棱角，失去了自我，失去了快乐，只身蜷缩躲于阴暗角落，独尝酒欢。年，会让世人清晰地知道自己需要什么：可以有完整和睦的家庭，可以能去接受与回应来自父母的爱，可以感受到身边无限的美好和温暖，可以让老人安享晚年，可以做很多好的改变……

晚餐后不想乘车，于是独自沿马路散步回家。扑面而来的风，令红色围巾飞舞，感觉冷，马路上很安静。快到社保局的三岔路口，隐隐觉得路灯下有个人，这儿有些偏僻，也没见有其他行人。我小心翼翼地慢慢靠近，透过橘黄的路灯细看，原来是一带着工地头盔的男子，他席地而坐，面前堆着几拎白色透明塑料袋，里面装有一次性的饭盒与汤盒，盒子的食物很少，他手上拿着筷子，一个个打开。顿然明白，他这是在捡人家吃的残羹剩饭以果腹驱寒。经过他身边时不敢停留，加快了脚步向前走了几米，不知怎的觉眼涩鼻子酸，转身折回到他面前，将衣兜里的钱都掏给了他（没带钱包，也不多）。他抬起头看着我，这才看清楚他：瘦削的脸，风尘仆仆，憔悴带着倦容，眼神却很有神，透着坚毅，看着有四十五六岁。他不卑不亢道了声谢，打开另外一个饭盒继续他的晚餐。整个过程很短，只有几秒，我也转身继续前行。我不知道在他的身上到底发生了什么，也不知道在快过年的时候他为什么还流落于此，大城市里面的流浪汉见怪不怪，而他是孤零零出现在一个小县城较偏僻的路上。但凡一个人沦落于斯，身心定是千疮百孔萎靡不振，然而他的眼神却让人觉得他是宠辱不惊、气势非凡。予以绵薄，只愿他明早能喝上一杯滚烫的豆浆。

有很多人有着好的生活，站在幸福里却说着不幸福。或许，年对流浪的人来说是种奢望，是他对亲人的想念，也是他回家的渴望。愿年驱除黑暗与孤寂，可以给他指引归家的路途，扬起希望的风帆。对心也在流浪的人儿，包括我，我觉得，年就像爱，想触碰又收回手，任凭年在风中凌乱。太阳渐渐沉落，赶路回家过年的人，踏碎了一地残阳。

钩沉

时光不语

母亲的爱情

◇ 于 路

　　年轻的时候，我曾怀疑母亲和父亲之间是否真有爱情。

　　母亲和父亲的婚姻，是他们的父辈在抗日的腥风血雨中"许下"的。当年，抗日的烽火燃烧到胶东这片土地，我的姥爷和爷爷双双投身到抗倭的斗争中。他们一起制土雷炸敌寇，一起夜袭日伪炮楼，也相约革命胜利后让彼此的儿女结亲。

　　淮海战役后，再度负伤的父亲拖着一条残腿转业到地方，他第一次见到了小他 5 岁的母亲。第二次见面，他俩是结为夫妻。母亲是十里八乡有名的美人，长在老解放区的她，又早早学了文化，远近不乏在外有公职的一些追求者。而父亲当时却是跛着一条腿，对于他们的结合，我曾觉得和爱情无关。年少时曾问过母亲，你当时怎么看父亲？仅仅因为上一代人的"婚约"。母亲答非所问地告诉我："你爸是英雄。"这，确是真的。父亲曾是胶东司令员许世友部队的一名战士，在牙山战役中，父亲组织 10 余人的"尖刀队"杀退了两倍于我方的日伪军，战后荣立二等功，职务由排长晋升为连长……

　　我是在父母结婚两年后，在铁路一座家属院出生的。儿时的记忆中日子很清苦，但贤惠能干的母亲像一个魔法师，总能把日子过得有声有色。每天天刚露出曙色，母亲就会蹑手蹑脚起床，把前夜为父亲涮洗并在蜂窝炉边烤干的内衣裤放到父亲枕边。然后又蹑手蹑脚地拎着炉子到院门口，生火、做

　　于路，笔名于水，山东省作协会员，中国散文学会会员，《散文选刊》签约作家。本文原载《散文选刊》。

饭。母亲做得一手好面食，叔叔们常会借故到家里玩，分享母亲做的胶东大包、花卷或者带黄铬巴的玉米贴饼。当饭香钻进我们的鼻息时，家人们都陆续起床了。

那是个困难的年代。因为粮食定量、肉蛋发票，每个家庭都要勒紧腰带，我家也不例外，但母亲坚持每月给乡下的爷爷和姥姥寄钱。一次，爷爷奶奶从乡下来了，母亲变着法改善伙食，像我们以往过年一般。母亲还花了 60 元钱给奶奶换了口假牙，那可是父亲当时一个月的工资啊！一次，我饿得难受，问母亲："为什么爷爷奶奶吃得好，我们却吃不饱？"母亲沉思半晌，说道："咱们吃饱的日子在后头呢！"爷爷奶奶走后，我们的日子更拮据了。因为常常吃不饱，我和弟弟偷偷拣过邻居家丢弃的菜叶吃。到了周末，母亲会更早起床，步行四五公里，赶到郊外剜些马齿苋、灰灰苗的野菜回来，掺在饭里一起煮。而每次吃饭时，母亲会从饭锅里拨出些米给父亲，半米半饭给我们，她自己则拨些野菜。一次，父亲夺过她的碗，吼她："你不要命了！"母亲似乎很怕父亲的吼，那之后，每逢父亲加班晚归，母亲会让我们先吃，她自己仍是拨一碗野菜。一次，我问母亲："妈，你不吃米不饿吗？为啥你总让给爸爸吃？"母亲回答得亮朗："爸是养家的！"我不解，母亲也挣钱，无非比父亲少点……

"文革"后，父亲官复原职。母亲也重新任父亲属下单位一家幼儿园的园长。一些个父亲不加班的星期天，父亲会从墙上取下他那把视如珍宝的二胡，他拉，母亲唱《在那遥远的地方有位好姑娘》《一条大河波浪宽》……我和弟弟边听边跳着。

然而，日子总是跌宕相伴。一天夜里，已经睡着的我被母亲小声的抽泣声惊醒。借着从窗口照进屋内的月光，我看到对面墙壁上折射出父亲一只手揽着母亲肩头的影子。"你带头下，我才好做别人的工作不是？"是父亲的声音。影子里，母亲抽出父亲的胳膊，声音愠怒："这么多领导干部家属，为什么叫我带头？"父亲沉默片刻："国家需要。"那夜，母亲总在翻身。

不久，母亲作为精简代表坐在主席台上时，父亲给她戴上红花。在母亲带动下，单位精简下放任务完成得十分顺利。

似乎，母亲总是为父亲牺牲，而这样的牺牲和爱情有关吗？

母亲和父亲金婚那年 9 月，父亲溘然长辞。在那个令人心碎的凌晨，母亲趴在父亲身上，用自己的脸贴着父亲的脸，颤抖着变得沙哑的声音重复着那句话："你怎么舍得扔下我先去了，我的心空了，随着我的英雄去了……莲花的花瓣不会永远闭合，深藏的花蜜终于显露。"这是我听到过的最美的爱语了。

我终于确信了，母亲和父亲是有爱情的，宛如一条河流和海洋，汇入父亲的海洋的，是母亲一路缤纷的花语……

苦难的种子爱的花

—— 我所知道的石楠

◇ 赵树丛

我知道石楠老师，已经有 40 年了。

1982 年，我在山东医学院工作，在《清明》杂志上读到了石楠撰写的长篇传记文学《张玉良传》，主人翁张玉良苦难曲折的经历，深深地震撼了我。我用了一个通宵，几乎是一口气读完的。随后，《张玉良传》被许多报纸刊物转发，还被多家电台改编为广播剧连续播出。张玉良的故事，成为那个时期我们青年人激情讨论的话题。

20 世纪 80 年代初，文学界还是一个乍暖还寒的时期。一方面，粉碎四人帮后，经过"实践是检验真理的唯一标准"讨论，打破了长期以来的思想禁锢，一些国内外优秀作品重新面世，以反思"文革"为主题的伤痕文学崭露头角。另一方面，由于几十年极"左"思想影响，那些"三突出""高大全"的创作思维惯性依然处处存在。《张玉良传》描写了一个被时代和生活逼入青楼的女画家和一个老同盟会会员、民国旧官僚的情爱故事，是那样生动、曲折、出奇，还励志。令我十分佩服作者的勇气和才气，也让我记住了安徽有一个女作家，名字叫石楠。

1998 年，中央大规模异地交流干部，我从山东泰安市交流到安徽安庆市工作。安庆是石楠的家乡，也是她工作的城市。《张玉良传》就是她在安庆图书馆做管理员时创作的。到了安庆，我才真正结识了仰慕已久的石楠老师。

赵树丛，山东诸城人，在县、市、省党委政府任过职，在国家林业局任过主要负责人。现担任中国林学会理事长、亚太森林组织（APFNet）董事会主席、全国自然教育总校校长。

那年，石楠 60 岁了，仍处在创作的旺盛时期，在省市作协都有职务，还是全国作协的会员。写作、讲课、会议，各类活动应接不暇，整天忙得不可开交。但她总是对读者、对各类报纸杂志的要求十分热情，对那些青年文学爱好者来者不拒。我第一次见到她，就像学生见到了老师，而她则像是见到了久别重逢的老朋友。

和石楠在一个城市工作、生活，读她的作品就更多了，也让我更加理解了真正的石楠。

她是当之无愧的著名作家。但她既不是出身书香门第，也不是大家小姐，而是一颗苦难的种子，在大别山这块贫瘠的土地上开出的爱的花朵。

石楠的苦是与生俱来的。她出生在大别山深山区的一个贫苦农民家庭，父母在她之前已经连生了 4 个女孩，都因养育不起送给了别人。其实，那时在极度贫困的乡村，弃婴送人是经常发生的事情。如果家境极为困难，生下来的又是女孩，父母就会把婴儿包好，放在那些没有孩子的人家门口，然后点燃一挂炮竹，迅速躲到暗处含泪偷看，等待别人把孩子捡走，黯然回家，痛心不已。

石楠一出生，父亲对她的选择依然如此。

母亲急了，哀求她的父亲和祖父，留下这个可怜的孩子吧，祖母也帮着说话，一家人艰难地决定把她留下了。取名纯男，小名男伢，全家人都盼着母亲再生的是一个男孩。石楠应该是老五，但在石家成了老大，对待之后出生的弟弟妹妹，她一直作为长姐去担当，不到 8 岁就去捡木梓、放牛、割草、砍柴……

石楠的苦是从天上掉下来的。谁也不会想到，一个生下孩子都要送人的贫苦农家，会成为无产阶级专政的对象。但石楠的家庭确实就是这样。

石楠的祖父是一个铁匠，常年辗转在东流、贵池、青阳一带，以打铁为生。他一锤一锤地打下去，一分一厘地省下来，就是想买几亩田养家传后。机会终于来了。1948 年，那些被 1947 年刘邓大军建立的民主政权赶跑了的地主、富农，在黄百韬兵团的大军压境下又回来了，但这些有钱人到底还是聪明，他们已经深知国民党政权岌岌可危，纷纷把土地廉价卖出去。石楠的祖父做梦也没想到，他一生打铁的积蓄能买下几十亩好田。当他把田契攥在手心里的时候，喜极而泣，突发脑出血去世了。

石楠出生在日本侵略者铁蹄蹂躏下的旧中国，新的人民政府重整山河时，她因贫穷和地主女儿的身份无缘学堂。16 岁时，在别人高中毕业的年龄，她才进入太湖中学，中学一毕业就赶上了"大跃进"和三年困难时期。她在中学的成绩是极好的，却还是只能选择到安庆市的一家集体小厂就业，当时一个月只有 12 元钱的工资，她还要拿出 5 元寄回家帮助父母维持生计。安庆离太湖 100 公里，她为了节省车票，甚至好多年都不能回家过春节。

石楠的苦也有自我加压的苦。孩童时期，她无缘书桌，但学校里传来的琅琅读书声，像磁铁一样吸引着她。她常常站在学校围墙外听读学字，还参加过扫盲班。有一次，放牛时赶读借来的《水浒传》，牛吃了人家的秧苗，还挨了父亲的棍棒。参加工作后工资微薄，还要雷打不动地寄钱补贴父母，自己所剩无几，她首要的还是买书，经常是填了脑子，饿了肚子。

后来，她被调入安庆市图书馆当古籍管理员。已经是要养护 3 个孩子的家庭主妇，依然苦学古汉语，苦读经典名篇，几乎每天都做卡片、背诗文。还会时常写一写自己看的感想体会。她的时间，都渗透到一本又一本、一页又一页的书籍中去了。

她写出处女作《张玉良传》后，一发不可收，又相继写出了几百万字的小说散文。近年，因视力减退，又开始学习中国画。在她的笔下，墨荷、绿竹、粉桃、红橘、蜡梅，都充满了灵气。有一年她来北京，送我一幅寿桃图，至今挂在我的书房里，每每看到它，就仿佛看到了奋斗者的力量。

人性的力量就是生命的力量。苦难入心要发芽。石楠越苦越向上，越苦越向善。而文学就是一盏明灯在引导着她。苏联大文豪高尔基说过，"事业是栏杆，我们扶着它在深渊的边沿上走路"。对石楠来讲，读书就是她爱心的发源，文学事业就是她生命的栏杆。爱，对人的爱，对苦难者的爱，几乎渗透到她的全部作品中，贯穿于她的人生之路。

石楠爱她笔下的那些苦难者。她许多次文学报告的题目就叫《我为苦难者立传》。她的文学开山作品是《张玉良传》，张玉良是苦难的，又是传奇的。她写历史上的苦难者《寒柳——柳如是传》，她写有革命生涯的苦难者《美神——刘苇传》，她写生活中的苦难者《她被遗弃了吗》。她不仅写那些和她命运相近的女性，还写有名气但命运并不顺畅的名家刘海粟、张恨水、亚明，等等。毛姆说过，"作家更关心的是了解人性，而不是判断人生"，石楠就是通过作品中主人翁的苦难挖掘，去展示她对人、对人性的爱。

石楠爱那些喜欢她文学作品的读者。石是楠每一部作品面世，就会引来众多的"石粉"，每天都会收到粉丝的来信，单《张玉良传》的信件就有上万封。她会尽可能地去回复，书信是她和读者的桥梁。尽管她写的是小说，但是有些读者对书中人物情况往往打破砂锅问到底，每一次发问，她都会细心研究，后续再不断改进。我的老同事郑春林同志，在石楠家乡太湖任过县委书记，后来又是石楠的邻居，他向我讲过，对那些来拜访的读者，石楠老师都像亲人一样接待关心帮助。

其实，我也是一个受石楠鼓励帮助的读者。我是石楠文学作品的第一批读者，来安庆工作又结识了石楠老师，我们经常见面，每次聊得最多的还是一些关于文学的话题。2018年清明期间，我已经从领导岗位上退了下来，回老家为父亲扫墓之后，想到自己几十年在外奔波，不禁思绪万千，连夜写了一篇《清明·父亲》，发给了石楠老师。她说，情是散文之魂，你把对父亲的感情和对家乡的感情写出来了，这就是好文章。她还鼓励我要多写，要在刊物上公开发表。

后来，一位好朋友把我的一些并不成熟的散文推荐给安徽一家叫"同步悦读"的读书平台。这个平台聚集着一批知名作家和文学爱好者，也有很多是石楠老师的粉丝，我每次有文章发出，她都点赞，还给予热情的鼓励。在和我微信私聊中，还会提出中肯的意见建议。去年，我写长江大水，用了在网上查阅的安庆长江水文数据，她的朋友告诉她说数字有误，她第一时间转告我，我及时做了纠正。她现在视力较差，不便看太多文字，但我每次给她发东西，她都极其认真地回复、评价，让我十分感动。

石楠热爱生活和生养她的故乡故土。知道石楠苦难经历的人，都认为生活对她是不幸的，甚至是不公的，但她对故乡、对安庆、对太湖，充满着热爱和深情。用她的笔墨讴歌她，赞美她。我就是在她笔下知道了天华尖，知道了笔架村，还知道了太湖有一种野生乌桕树，它的种子叫木梓，可以榨油点灯。还结识了太湖的一批批创业者，和一些极富爱心的山村教师。去年，我为太湖的一位青年创业者汪福建写了一篇短文，石楠看后给予赞许，还推荐给《安庆日报》副刊发表。

石楠爱安庆，更爱安庆的文化事业。我在安庆工作时，整天为安庆的发展着急，从城市建设、招商引资、项目落地、大工程推进，到下岗职工再就业、农村灾后恢复重建，几乎是用尽全力。但每每见到石楠老师，她总是会对我说，文化是安庆的一大优势，文化方面要多做一些事情。这些朴实的叮嘱，也让我全方位地审视安庆、思考安庆。这里是千年古城，百年省会，历史悠久，文人荟萃。方苞、姚鼐、刘大櫆、陈独秀、赵朴初、张恨水、朱光潜，都是安庆人。在改革开放以后，这里也出现过"天云山传奇"，有过"月亮湾的笑声"，还有划破夜空一样的诗歌流星——海子。

历史的底蕴和安庆人民的文化情怀，推动我们在世纪之交做成了一批文化工程。黄梅戏《徽州女人》《我是你的一双眼睛》《知府黄干》《孔雀东南飞》，还有陈独秀墓的修缮和独秀园的建设、赵朴初旧居修复开放、安庆师范大学的建设申报，等等。

我喜欢石楠的作品，保存有她许多作品的不同版本，特别收藏着石楠的丈夫程必先生为她用小楷抄写的画魂影印本，我尤其珍爱。她出版过3本散文集，《寻芳集》和《心海漫游》都是她签名送给我的，但我没有她的第一本散文集《爱之歌》。前几天，我在孔夫子旧书网上淘到一本，最让我惊喜的是这本书虽然旧了，但上面有石楠的亲笔签名："朱瑛同学，人生的价值在于追求。石楠，九四年十月"。

石楠老师曾经说过：贫穷是我的财富，苦难是我的老师，没有坎坷磨难，就不能算完美的人生！

苦难不是石楠的选择，她是无奈的，但对爱的追求是石楠选择的，她的爱是深沉的、真诚的、厚重的，这是她创作的力量源泉，正是她文学作品的根本价值！

梁小斌，为诗歌而生

◇ 春 桃

提到梁小斌，不少人会想到他那首风靡一时的诗《中国，我的钥匙丢了》。可以说，这不仅是他的代表作，而且是当年有如横空出世的朦胧诗中影响较大的一首。"中国"和"我的钥匙丢了"，原本毫无关联的两个概念，被他就这样组合在了一起，产生出强烈的艺术冲击力。这首诗在《诗刊》发表，特别是经中央人民广播电台向全国播出以后，它真的像一把神奇的钥匙，打开了人们情感的闸门，大家在诗里找到了自己，也认识了这位工人诗人。

1998年初秋的一个下午，我第一次见到梁小斌。那天他穿着挺括的天蓝色长袖衬衣，袖口扣得紧紧的，话不多，有点腼腆，丝毫看不出是个44岁的人。因为他是我先生陈桂棣多年的朋友，记得同小斌一道来的一个人忍不住了，替小斌说出上门的缘由，希望老陈为他解决一间办公室，再装上一部电话，帮他搞个工作室。老陈苦笑道："市作协也只有一间办公场地，自己还没有电话呢。"其实那时候我们才刚刚脱贫，老陈在一套30多平方米的老房子里住了整整17年，由于《淮河的警告》得了首届鲁迅文学奖，合肥市委奖励了他一套住房，想来小斌定是听到了这个消息才找过来的。殊不知，那个年代不但作家穷，作协也穷，合肥市作协只有一个编制，一年的活动经费不到1000元；市里虽奖励了他一套新房，但他同时就把老房子交还单位，让给一位住房困难的同事了。

事后，老陈给我详细地谈起了梁小斌这个人。说他是合肥制药厂的工人，心地坦白得像个透明体，极其单纯。他不太合群，性格比较孤僻，常常习惯

春桃，中国作家协会会员，已发表出版各类文学作品600余万字，被译成英、法、德、意、日、韩、泰、西班牙、葡萄牙、印度尼西亚及中文繁体等10多种文字。主要作品：《中国农民调查》《小岗村的故事》《包公遗骨记》等。

用一种从夹缝里长出来的小草的眼光，观察世界，研究人生。说他很小就梦想做一个诗人，诗人在他眼里是渊博的人，要很有知识，所以，他特别爱学习，哪怕地上拾到一张纸片，也要看看上面有没有字。老陈还在一个杂志社当诗歌编辑时，很早就注意到了梁小斌，曾因为要发他的一组诗与编辑部主任起了争执。那时梁小斌刚入道，写了一首《无题的宣言》，"无题"其实有题，他当然不是"代圣人立言"，而是在为一代青年诗人代言。他写道：

> 清晨上班，骑上新型的小永久，
> 太阳帽下展现我现代派青年
> 含蓄的笑容。
> 闯过了红灯
> 我拼命地把前面的姑娘追逐。
> 警察同志，这不是爱情，但我控制不住，
> 是血管里蹦进了自由的音符，
> 我的灵魂里萌发了节奏。

编辑部主任认为这是"小痞子诗"，老陈一再解释，这位诗人自己并不会骑车，是一个老实得有点胆小的人，更不会在马路上闯红灯，他是在用他的诗，向传统的思想、意欲、感受大胆地挑战。后来的事实也证明，他正是带着这种"宣言"闯进中国诗坛的。

当然，梁小斌是幸运的，当他的诗受到不少人质疑时，著名诗人公刘调到了安徽。梁小斌崇拜公刘，这天，他带上许多诗找到省文联大院。他不认识公刘，也不知道公刘住在哪一幢，更不知道如何称呼公刘，当时称"先生"还不普遍，他想自己在工厂工作，称公刘"老师"或是"师傅"也都不合适。于是站在大院里傻了半天，最后竟仰起脖子对着楼上喊："谁是公刘？谁是公刘？"那天公刘看了他的诗，不仅给予了充分肯定，还把它推荐给了《诗刊》。

不久，梁小斌就以《雪白的墙》荣获了新时期中国首届诗歌大奖，他的9首（篇）诗歌和散文还被选入中学和大学的教材。

都说三十而立，梁小斌却正是在30岁的时候遭遇了人生的滑铁卢。他在诗歌创作上才华横溢，可他生存的能力却有如小学生。作为一个在全国得了大奖的诗人，开始厂里还是照顾他的，只安排他做简单的中药搅拌工作，可他常常

站在机器边上发呆，搞得厂长心惊肉跳，怕他一不小心掉进了滚缸里；然后又安排他去做更简单的扫地，每天上午从五楼扫到一楼，下午再从一楼扫到五楼，就算完成一天的工作了。可他这时痴迷写诗已是走火入魔，旷工了4个月，最后被工厂除名。工会主席冒着大雪把除名通知送到他家时，梁小斌竟感到过意不去，连说："辛苦你了!"他觉得这份通知是应该自己去取的。

　　我们那次见面之后，有相当长的一段时间，他就从我们的视线中消失了。只是有关他的一些消息，还不断传来。知道他先后从事过电台和杂志社编辑，在计划生育部门干过宣传，在广告公司做过策划，但都干不长，一直居无定所，过着清贫而又寂寞的日子。同时，发现他的兴趣由诗歌转向了随笔的写作，陆续出版了《独自成俑》《地主研究》以及《梁小斌如是说》。

　　2013年11月下旬，我突然从《合肥晚报》上看到一篇报道，得知梁小斌因突发脑梗死，颅内血栓面积过大压迫了视神经，双目几近失明，正在北医三院抢救，生命垂危。由于他没有固定工作，也没有固定收入，甚至没有社保和医保，难以承受高额的医疗费用。过去为梁小斌选编过3本随笔集的文学评论家叶匡政，以及诗人简宁和苇白，得知梁小斌的困境，当即在微博上披露，一时成为各大网站热议的焦点。很快，一场民间救助活动由此展开，短短10天时间，捐款就达到95万元!这消息让我感到震惊，又心生温暖。

　　去年，大病痊愈的梁小斌回到了合肥，他送了我一本新近出版的《地洞笔记》。这本书是瓦当先生从叶匡政过去编辑的《梁小斌如是说》一书重新修订而成。

　　从世俗的角度看，梁小斌其实是一个彻底的失败者，一个文坛长期的失踪者。但他又是一个不应被忽视的成功者，也许他除了思想就一无所有。他已经习惯于让自己沉浸在思索的痛苦中，但又决不把痛苦的思索过程交给读者。

　　前些时候，梁小斌在泷河镇政府给合肥地区的文学爱好者做了一次讲座。他口齿略微笨拙又充满哲思。在这位至今仍保有孩子气的诗人看来，诗无处不在，每天都在我们的日常行为中"生长着"，生活中的任何事物都不会"彻底融化"，都可以引发出诗性。"春天的小河不见的时候，千万不要说小河干枯了，要说小河到有水的地方喝水去了。"

　　多年不见，我惊讶地发现，他变得十分幽默，而且绝对是卡夫卡式的那种幽默。一位朋友说自己刚去了一趟黄山，他听了突然扭过头去问："黄山还在吗?"看着他那特别认真的样子，大家无不仰起脖子极其夸张地笑了起来。

母亲·簸箕

◇ 黄圣凤

一

简朴的院落，健朗的老太太，灰头巾，蓝布围裙，脸上的皱纹和簸箕的纹路交相辉映。夕阳照过来，谷子上铺满金黄，上下颠簸中，尘杂飞去，谷子变得粒粒分明。

到了皖西的乡村，"妇人簸谷图"随处可见，这是画家作品之外生活的杰作。但我家山墙上挂着的那只簸箕，对一帧帧姑娘、嫂子、大妈的"簸谷图"都只报以礼节性的笑，它只钟情于它的主人——我的母亲，一个粗手大脚的妇人。

簸箕是用竹篾编成的，用它簸掉谷物里的瘪子、壳子和杂草，也用来晾晒土地的战利品：大豆、花生、辣椒、萝卜干。社会迈着匆匆的脚步一路向前，很多农具被遗落在进军的路上，跌进乡村记忆的夹缝里，但簸箕一颠一簸地走来，始终没有却步。随便走进一户老百姓的家，都可以看到它依然忙碌的身影。

乡下，男人们下地干活，出的是硬力气，他们根本看不上这些鸡零狗碎的家务活，簸箕是属于女人帮的。"簸"是一种动作，很讲究技巧。母亲把簸箕舞起来，像一个大型乐队的指挥：麦子或者谷子，借助手的力量飞起来、落下去，一起一伏，决不会让一个音符跑到节拍的外面去。

黄圣凤，中国作家协会会员，创作作品约 200 万字，作品发表于《人民文学》《清明》《散文百家》等报刊。散文《让兄弟姐妹都开花》入选中宣部重点推荐的 51 部文艺作品。

母亲微微猫点腰，弯曲如蜜蜂要去啜饮花汁。双手握住簸箕的两边，运匀了气息开始簸动：左边一下、右边一下、前面一下、后面一下，双手力道不同，谷子在簸箕里起伏的方向就不一样。每簸动一下，谷物就顺着用力的方向，齐刷刷地抖动着翻上去。左手用力，谷子就在左边腾起，落在右边；右手用力，谷子就会在右边腾起，落在左边。像海浪，像瀑布，像顺着键盘滑下的音符，母亲的指挥棒指到哪里，哪里的音乐就飞起来。在优美的律动中，那些瘪稻子、碎石子、草梗就会很听话地列开队形，自觉地与丰盈饱实的队列划清界限。而更轻的尘土和碎叶，簸的过程中就知趣地从一个妥当的方向飞出去。

母亲和皖西乡下很多技艺高超的农妇一样，每个动作都优雅自如，每一拍都簸在节点上。她自如的臂膀和腰肢，节拍天成。在茅屋竹篱的乡舍，在绿草青青的篱边，在野花依依的院落，把自家的领地打造成舞台，自己无意中做了一个表演者：不徐不缓，沉着自信，绝无旁逸斜出的动作。无须彩排，无须伴奏，手一扬就是造型，腰一扭就是才艺，没有哪个艺术家可以把劳动的剧目演绎得如此精彩。

二

在皖西的乡村，有的是扶不起来的汉子，却很少见不能干的媳妇。

能干的媳妇是从能干的姑娘培养出来的，能干的姑娘往往有一个能干的娘。我母亲的娘是个严厉的"教授"，她不允许自己的女儿在一群小姑娘中不出众。于是，她亲自传经授道。姥姥教授开始示范：只见她左一下、右一下、左两下、右三下，用不了十下二十下，簸箕里的场面就拉开了。

母亲没有想到她看起来不起眼的娘，竟然像变戏法一样，瞬间把簸箕里的"各色人等"列开阵容。可是年幼的母亲，胳膊架不住簸箕。她学着姥姥的样子簸了几十下，但簸箕里的天空分不出三六九等，这让姥姥教授非常不高兴："现在架不住簸箕，将来怎么嫁得了人，谁个婆家要了媳妇是去吃白饭的？家务都做不来，还能当家立事？"

姥姥声音不大，分量不轻。

母亲心里听见了，耳朵假装没听见。

她望着飘落下的屑末尘杂发呆：那些东西怎么就乖乖地被簸箕"吐"出

来了呢？

你瞅着，姥姥说，簸箕三面立起，一面大嘴敞开，这叫"窝深""掌平"。窝深，不容易撒出簸箕里的家什；掌平，多余的杂物才能飞出来。

母亲又试几次，才吐了一点碎屑。姥姥帮她扶正簸箕：端平，端平！这簸箕呀，就跟你人一样，不可低头，也不能仰脖子。低头，谷物会掉出来；仰脖，杂物就簸不出去。

母亲牛劲上来了，还不信了，搞不定这笨笨的家伙。左邻大婶佝偻着腰能使簸箕，右舍阿婆抅着脖颈也能使簸箕，好手好脚的本姑娘就不行？没这道理。

这样不行的，丫头！你要把心实实地沉下来，才能把轻飘飘的东西簸出去。你现在不是簸箕没端平，你是心没有放平。

母亲白了姥姥一眼，低下头继续练兵。那时候，母亲是在私塾里已经念过几年书的女秀才了，她大脑里懂得的道理不少了。所以，练着练着就练明白了：簸箕肯定会把废物吐干净的，因为稻子那么多，稻子又那么实诚，轻薄的碎末在簸箕里是站不住脚的。邪永远压不了正！再说了，簸一遍不行，两遍不行，那就多簸几遍呗，总会簸干净的，功到自然成。

这些道理，是在母亲的胳膊疼了一次又一次，腰酸了一天又一天，被姥姥大人训了一百零一次之后悟出来的。

许多年以后，母亲对我说：人这辈子，其实跟簸箕差不多，身子摆正，心态放平，就得心应手了，该去的自然去了，该留的自然留了。好多人看到了村庄里飞舞如花的簸箕，却并不一定知晓能叫簸箕飞舞如花的理由。皖西大地上，每一个村庄，每一个院落，大约都经历过这种劳动技艺的传授、农耕文化的传承。

三

簸去尘杂，留下丰润，这是簸箕对谷物的选择；簸去浮躁，留住坚韧，簸去偷懒，留住本领，这是姥姥对母亲的选择。

之后的日子里，簸箕在母亲的手里越来越乖，越来越驯服。到最后，母亲不仅纯熟地掌握了簸的技术，而且动作中有了音乐般的节奏和韵律。姥姥成功地把母亲塑造成十乡九寨出了名的俏巴女孩，提亲的人就一拨一拨来，挡都挡不住咯。

　　母亲开始有心事了。她把摇动的心旌放在簸箕里，晃了很久，簸了很久，一直簸进梦里头。在梦里，一些面孔屑末般从簸箕里飞出去，飞出去，最后簸底亮出一汪晶莹。母亲终于把满簸的心事簸成了珍珠，有了珍珠，母亲手心里就有了宝。

　　天亮的时候，母亲告诉姥姥，那三家提亲的，我选第一家。母亲的手装在裤兜里，手心里握着昨晚的梦，她相信那个曾经给过他一个憨笑的人，手心里一定也有一颗和她一样的珍珠。

　　母亲出嫁了。她从家境殷实的娘家带着好大一个牛皮箱子，外加被褥、脚盆和簸箕，嫁给了清贫的父亲。精致的牛皮箱子只能用泥浆土坯垒砌的台子支起来，母亲却笑了。

　　选择，其实就是一个内心簸动的过程。母亲簸了好些天好些夜，给自己簸出了可以托付一生的男人。

　　母亲从来闲不住，她说她是个忙命，忙时一身劲，闲下来就害病。经年积劳让疼痛蛇毒一般盘踞在腰间，她却坐不下躺不住，菜地里草还没拔呢，小鸡还没喂食呢，俺大宝要吃糯米粑粑呢，母亲总有干不完的活。前脚把糯稻从满是阳光的簸箕中收起来，送到碾米房里去，后脚就得把水缸挑满，再把劈柴掇到灶屋去。汗珠从母亲额上冒出来，滴在泥土里，激起一缕一缕的烟尘，很细，袅袅地。

　　母亲相信，簸箕里有轻舞，更有飞扬，只要能把簸箕的春风秋雨舞起来，就不愁过上丰裕饱满的生活；只要簸得动日子的勤与简，天地不会亏着一家老小的嘴巴和肚皮。

四

　　土里刨食的庄稼人，家家少不了簸箕。簸箕既和战斗于劳动一线的犁耙、锄头、铁锹等称兄道弟，又和工作在二线的篮子、水桶、笆斗等志同道合，它和谐地融于劳动生活的前沿和后方。

　　母亲也一样，既在一线耕地插秧当农夫，又在二线喂猪烧饭浆洗缝补当妻子和母亲。三间房、一个院、一方塘、一个男人、5个孩子、数只簸箕，这是母亲全部的内涵。

簸箕跟着母亲多年，每一根竹条都被磨得铮亮。它不仅见证了一个乡村母亲劳作的本领，还成了她亲密的伴。青蛇化作簸箕，白蛇化作母亲，二人不恋断桥恋乡村。白蛇的乡居生活，怎么离得开青蛇的倾情参与。

那年月，能填饱肚子就是不错的人家了，老咸菜、酱豆子、萝卜干都是宝贝。

腊月天，家家户户腌腊菜。腌腊菜是体力活也是技术活。在刺骨的河水里洗腊菜，青翠的菜叶考验着红肿的手背；洗净晾干，簸箕支在长凳上，砧板放在簸箕里，挽起衣袖，菜刀飞舞，一切就是几十上百斤，菜刀考验着手腕；切完后撒上盐，洗衣服样一揉一搓，粗盐考验着掌心和指头。

等菜揉得湿漉漉、水淋淋了，得一把一把按进坛子里，用擀面杖捣实。弓腿、侧步、弯腰、抡臂，劲要大，力要猛，往往把人累得龇牙咧嘴，气喘吁吁，满面通红。直捣得绿水直冒，再加菜丝，再捣再杵，直到绿水冒完，直到力气用尽。

菜要切得匀称，盐要撒得适中，还要揉得恰到好处。没有一颗慧心，没有一双巧手，没有很好的技术，是腌不出一坛好菜的。臭手只能腌出臭腊菜，这成了某些媳妇大妈们心口的一种疼。而母亲的老咸菜鲜亮诱人，不酸不臭，男人和孩子本来只吃一碗饭，冲着这香辣的咸菜，也得再加一碗半碗。前村大妈、后村老婶时不时来家讨一点回去，老咸菜联络着乡亲乡情。

就凭这，母亲觉得多少苦累也值。

她愿意把一簸箕一簸箕的阳光搬回家，也愿意把一簸箕一簸箕的阳光洒出去。有了阳光，黑暗就会躲开；有了阳光，大鬼小鬼就会躲开；有了阳光，疾病就会躲开；有了阳光，母亲的微笑常开不败。

假如生活是一张铺开的稿纸，母亲就是蘸着阳光在上面书写诗篇，写着一家人的欢喜酸甜。而簸箕，它是母亲诗篇中饱满的句点，在简朴的日子里，标示出平平仄仄的节拍。

五

隔壁张大爷是竹编能手，早些年去世了，但张大爷编的簸箕，母亲一直在用。母亲还从张大爷那学会了给簸箕打补丁。巧手的裁缝，能在衣服的破洞上绣一朵花，让破洞成为一种装饰、一处景观。巧手的母亲对年复一年使用的簸箕充满了感情，她花了心思了。母亲把竹篾晒干，两面削平，用砂纸打磨光滑。在锅里放上水油，一直烧，一直烧，烧到油冒直烟。母亲用手拿着竹篾的两头，让竹篾从滚油中慢慢过一遍。过了高温的竹篾就成了紫红色，又软又韧，还有好看的光泽。母亲利用颜色的差异，用心地在破了的簸箕上补出一张"牛"形的脸面来。

有了牛脸，母亲的簸箕就抖起精神来了。它执着地认为：这是一枚象形文字，是一个个性签名，是一方主人的印章。簸箕得到了主人的资格认证，它认定自己只属于一个人。

明媚的秋夜，月亮在云朵里穿行，瓦砾下的蟋蟀和池塘里的蝈蝈低吟高歌，一唱一和。簸箕陪母亲坐在门前的树墩上，它听见母亲手下花生壳"哔哔啵啵"地响，还听见母亲在轻轻歌唱："不种谷麦没得粮，不种棉麻没衣裳。会当家的省吃穿，好吃懒做家败光，一年四季饿肚肠……"

簸箕也想唱，但它没有出声，它静静地望着自己的主人。

簸箕有一双眼睛，是的，每一只簸箕都有一双眼睛，不动声色地注视着寒来暑往，朝朝夕夕。簸箕绝不只是几根竹篾的简单排列，它带着一颗心来的。

月亮斜向了西面，把母亲的身影长长地投照在泥地上。簸箕突然发现主人原本挺拔的身躯竟有些弯曲了。

人总要老去，时光总要驰离，迟早有一天簸箕会和别的农具一起在庄稼院里被渐渐遗忘，最终落满尘埃。但有谁愿意站在时光的屋檐下，穿过风，穿过雨，穿过簸箕簸掉的石子和沙粒，去倾听古老农业身后那断尾的压抑？

簸箕站在母亲生命里，站在乡村原生态的生活里，站在故乡记忆的深处。

簸箕无语。簸箕看着一个人、一些村庄、一种文化，不可阻挡地向另一个方向走去。

六

母亲成为土地的一部分，簸箕向刀耕火种的黄昏转身。

簸箕被一根钉子沿肋骨挂住，安静于西山墙的一隅。待在墙上的簸箕据对自己境遇和周围环境的冷峻分析，清醒地发现生活真的变了。一个人怎么可以说走就走了呢？今年的腊菜还没有切呢，酱豆子还没有焐呢，萝卜干还有没晒呢！簸箕感觉突然丢掉了半条命。

　　半条命的簸箕挂在墙上，它赋闲了。赋闲了的簸箕多的是时间，多的是工夫，有闲情去思这想那。它想到母亲对稻米的虔诚，想到谷麦对土地的追随；它想到一个人的生命像太阳升了又落，却又像河水去了就不再回；它想到历史面目一直冷峻，而相思总有扯不尽的余音。

　　簸箕决定向所有美好的旧日时光致敬，因为时光赋予了它一个有爱、有智慧、有感应、有交流、有顿悟的曾经。

　　老了的簸箕，被一根钉子沿肋骨挂住，在西山墙的一隅。它并不巴望有人重新启用它，它变得非常温静。看看一样赋闲了的针线篮、筐箩、水桶和笆斗们，它笑了一笑。簸箕想，也许有一天，所有的它们都会和主人一样，慢慢消失在村庄的记忆里。

　　簸箕无语，簸箕淡定。

　　簸箕想念一个人，想念一种生活。

　　母亲淡出了红尘，簸箕成为定格的风景。

小铜炉

◇ 胡　静

那日，帮母亲整理房间，无意中发现了那只小铜炉，虽历经岁月磨难，却依然金光锃亮。它形状圆而稍扁，炉身雕着兰花与菊花，提梁刻有文竹，最见神巧处是炉盖上錾着朵朵梅花状的镂空气孔，精美至极。打开炉盖，里面仿佛还残存着当年草木灰的余香，那段用铜炉取暖的旧时光又回到了眼前……

冬日，母亲早早起床，将铜炉中的陈灰倒掉，把炭烧着，放进炉中，再罩上炉盖。烟雾缭绕中，铜炉渐而热烫起来。母亲把我们的棉鞋棉袜放到炉盖上焐，待热乎了就一一分发给我们趁热穿上。

晚上，一家人围坐在铜炉前，情感交融在炉中，烧出一股淡淡的香气来。那时的我们，最喜欢的是围坐在一起听奶奶讲故事。吃罢晚饭，奶奶把毛线缠在小板凳的腿上，我们姊妹仨立即围过去。奶奶给铜炉里添一些木屑，随即，一缕缕淡烟柔如细蛇，从炉盖上的梅花孔里袅袅升出，仿佛推开了寒冷的冬夜，推出了一扇温暖的天空。

奶奶用铜火箸儿在地上写下一个"沪"字，"这个水字旁的'沪'是奶奶的老家，奶奶生长在黄浦江边"；再写下一个"炉"，说，这个火炉的炉，左边是火，右边是户，有火就有家，有家就有希望。

那时的奶奶已年过60岁，却依然如薄瓷一般的纤丽精巧：一张白皙的瓜子脸，眉弯目长，唇薄齿密。一口软糯绵甜的江浙口音，动听至极。她一边绕着毛线，一边操着吴侬软语，说起那些还流动着血泪声香的往事。我们偎

胡静，省作协会员，有作品刊登于国家级文学刊物，曾获全国散文年会二等奖。

在奶奶膝前，张大好奇的眸，竖起小耳朵，听着小铜炉的故事，耳畔便响起远去的爷爷依旧动人的足音。

小铜炉是奶奶的陪嫁之物。江浙一带，姑娘嫁妆中必有一盆烧得旺旺的铜炉，寓意日子过得红火。彼时，年轻美丽的奶奶头戴凤冠、身披霞衣，怀抱一只精致的小铜炉，羞涩地迈过放在门口那烧得旺旺的火炉，带着对新生活的憧憬，嫁给了在上海英租界洋行工作的爷爷。小铜炉也带着喜庆与希望，燃烧了第一炉旺旺的炉火，开始了新生活。

精明能干的爷爷与心灵手巧的奶奶，把日子过得红红火火。奶奶说，那时的冬天，炉内烧的是从香药局买的炭墼，没有烟且有股幽幽的檀香味。每个冬日的夜晚，从洋行下班的爷爷都要烤着炉火，酌一壶温酒……幼时的我眨巴着眼睛，眼前浮现出一幅画面：摆满红木家具的屋子里点着铜火炉，炉中的炭火烧得浑身通红，绸幔低垂，把铜炉散发的暖气全都给笼在金装玉裹之中，满屋春意融融。爷爷奶奶穿着皮袄，坐在檀木桌边，桌上摆着银酒杯、腾着热气的酒壶和饭菜，奶奶笑吟吟地给爷爷斟酒，爷爷给奶奶夹菜……

"绿蚁新醅酒，红泥小火炉，晚来天欲雪，能饮一杯无？"奶奶轻轻吟诵着这首诗。红红的火光透过炉盖上的梅花孔，映在奶奶白瓷般的脸上。一朵朵红梅在奶奶的脸上绽放，璀璨而夺目。我痴痴地望着奶奶，深深地觉得奶奶是那么的美丽！

炉火渐渐暗了，奶奶的脸色也黯下来。1937年淞沪会战后，上海沦陷，爷爷所在的英国洋行关闭。精通三国语言、能写会算、时任洋行经理的爷爷，断然拒绝几家日本洋行的聘请，舍弃洋房和红木家具，带着奶奶和襁褓中的父亲、4岁的大伯以及随身衣物和细软，还有心爱的小铜炉，离开了上海滩。他们先回奶奶的娘家嘉定镇，又辗转回爷爷的老家安庆。小铜炉随着主人在炮火中颠沛流离，暖了又冷，冷了又暖，开始了无常的人生。

为躲避日机疯狂轰炸，奶奶一家在阴冷的防空洞中待了整整一周。爷爷把取暖的小铜炉和食物让给妻子和两个儿子，自己又冷又饿又急，染上了伤寒。战时，医治伤寒的抗菌药是紧缺的军需品，只有受伤的高级军官才能用上，别说寻常百姓了。辗转回到安庆时，爷爷已病入膏肓。他们临时寄放在姑奶奶家中的金银细软，又被土匪洗劫一空。那可是爷爷12岁当学徒一路打拼下来的所有心血呀！爷爷当即口吐鲜血，昏厥过去……

深夜，狂风，飞雪，到处一片墨黑，唯有一盏枯灯随风摇曳。炉中的炭火已烧成了灰，只有些火星儿间或一闪。弥留之际的爷爷看着奶奶怀里搂着的两个幼子，留下两行清泪，拼尽最后一丝气力，指着炉火将灭的铜炉，说出了最后一句话："把火添旺，有火就有家……"爷爷，一个正值壮年的生命如炉中那最后一道火星，倏地，灭了。

我无法想象年轻的奶奶失去丈夫的痛，也无法想象财产遭劫后的奶奶如何面对两个嗷嗷待哺的幼子，更无法想象独在异乡的奶奶在那战火纷飞的年代如何排解回不去的乡愁。只是听说，奶奶一度精神分裂，不吃、不喝、不睡，唱着谁也听不懂的家乡歌谣，日也唱夜也唱，唱哑了嗓子，唱不出一点声音，干裂的嘴唇还一张一翕……小铜炉里的火灭了，冷冷地静卧在满屋寒气、满屋悲凉中。

年幼的父亲因没人照顾，得了重病，昏迷不醒。就在父亲命悬一线时，奶奶突然清醒了。她整日整夜把炉火烧得旺旺的，把浑身"打摆子"（颤抖、痉挛）的父亲抱在怀里……冥冥之中，奄奄一息的父亲似乎感受到强烈的母爱，竟睁开了眼睛，奇迹般地活过来了，奶奶的病也奇迹般不治而愈了！

小铜炉里的火又燃起来了。没有炭，奶奶就用秸秆、玉米须、草木等生火。尽管带着让人流泪的烟气，但终究让家温暖起来了。每每此时，奶奶都会喃喃自语："有火就有家，有家就有希望。"

奶奶在屋后一锹一锹刨出了一块地，每天天不亮，就躬身在地里劳作。为了养活两个儿子，她到菜市场捡烂菜边做菜，到江边剥准备船运的树木皮做柴火，自己一直保持着一日两餐的节俭。奶奶还屈下曾经尊贵的身躯，给人带小孩、端屎端尿，并因干活认真利落，揽下了给部队洗衣、给作坊纺纱、剥花生等活儿，换得一点收入，供俩儿子读书，直到大伯当了会计，爸爸成了国家干部。爸爸说，奶奶一口珠贝般整齐的牙齿，因为每天磕上百斤的花生壳，被磨去了半截，更因为长期吸入花生壳的灰尘，侵染了肺，最终陨于肺气肿。

我无法想象奶奶吃了多少苦、受了多少难，只听说其间，奶奶变卖了陪嫁的随身首饰，变卖了她的精神信物银菩萨，甚至变卖了镶有仅存一张全家福照片的银相框，唯独保存了这只小铜炉。

后来，奶奶去了，铜炉依在。每每到了冬天，我们依然围着铜炉烘脚、焙手，感觉暖意融融。特别是下雪的日子，放学回家后鞋子总是湿漉漉、沉甸甸的，这时只要脱掉又湿又重的鞋子，坐在一条矮凳上，将脚搁在铜炉盖上，顿时，就有一股说不出的温暖从脚底涌来，很快流遍全身，那感觉惬意得很。在那没有书籍、没有电视的光景里，我常常坐在铜炉边，呆呆地望着外面飞舞的雪花，遥想着白雪公主的宫殿……

在寒冷的冬天，在没有零食的年代，铜炉不仅给我们带来温暖，也带来了一日三餐之外的美味。记得那时，我们姊妹仨常常围在炉旁，打开炉盖，一边取暖，一边将蚕豆或黄豆埋进草灰里，等到微微升起的烟雾里飘着豆儿的香味，炉内"噼噼啪啪"炸响，快速将它们拣出，吹去灰尘，稍稍冷却后，便迫不及待地抛进嘴里，又香又脆，味美至极。虽然吃得脸上嘴上都是烟灰，但是唇齿留香，兴趣盎然，成为我童年时期记忆中最难忘的美味。

如今，小铜炉已退出了人生的舞台，静默于一隅。岁月愈老，人心愈旧。在如水的光阴里，往事渐渐远去，蓦然回首，那段旧时光依然那么清澈、那么鲜亮，小铜炉的温暖依然留在我的体内、我的心上，那"有火就有家"的烟火人生依然生生不息地延续着……

在炉火旁

◇ 薛玉玉

我站在窗户边向屋里望着，腊月的雪被凶狠的西北风裹挟撕扯着，它们在墙角被撞回，于是我的身边便形成了一个风雪的巨大漩涡，呜呜作响。

我看到爷爷穿着臃肿的棉袄棉裤坐在奶奶生前曾坐过的靠背椅上，他的眼皮耷拉着，脸上的肉皮也耷拉着。好几分钟过去了，他还没有动，一下也没有。当我推门进去，走到他跟前时，爷爷缓慢睁开了眼，"呀，我娃儿回来了，啥时候回来的？冻坏了吧？"他一边说着，一边直起了身子开始捅炉火。"爷，回来好几天了，你身体最近咋样？不舒服了就要说呢。""老样子，你别看爷年纪大了，身体可是比小伙子还结实。"爷爷龇着牙笑着说，脸上的皱纹挤作一团。

炉火旺起来了，我一边搓着手取暖，一边和爷爷聊着。他问我西安现在是不是发展得可好了，说自己还是几十年前去的。"我想去一趟陕西，你说你爷能行不？"他盯着我在等待一个肯定。

"我的爷哎，你赶紧在家乖乖待着吧。"这句话一出来，他的眼神便瞬间暗淡了下来，嘴里嘟囔着："这狗娃子嫌我了，还嫌弃我了。"我赶紧安慰道："等开春暖了，花儿都开了，你再去。现在这天气能把人冻死，对不对？"爷爷不说话了，眼皮又耷拉下来，不再看我。

他似乎是睡着了，双手抱在胸前，呼吸匀称。我坐在炉子边，他的对面，就那样盯着他看。这个倔老头真的是老了，尽管他一再强调自己的身体有多棒，甚至试图挽起裤子让我看他腿上的肉，棉裤太厚实，他白折腾一阵子，

薛玉玉，"80后"，宁夏固原人。

还是没能挽上去。他不能听到任何质疑他不再年轻的字眼，他会毫不客气地当众怼回去，不惧怕得罪任何人。

村里上了年纪的人都说他有很多故事，说他从小前有书童后有丫鬟，是真正的阔少爷。写得一手好小楷，打算盘无人能比。说他脾气大难伺候，馍馍稍微扁一点都不吃。念完私塾后上了很有名气的五原书院，最后一直念到兰州去。可他终究是没念出什么名堂，匆匆娶了正值年华的奶奶——他的丫鬟，然后生儿育女，落脚于小河边的村庄。小河的对岸，是太爷爷买下的大片田地，他的计划是要用围墙将田地全部圈起来，可高大的夯土墙才砌起来不到一小半，运动就来了，铺子被砸，"薛家堡子"被分……后来太爷爷就埋在那片田地的一角，我还去祭拜过。

爷爷不会种地，干不了任何粗活，但他不接受当时政府的聘请。他固执地钻在那孔烂窑里艰难度日，好在也并没有受到任何责难。老人们都说爷爷是大文化人，可我从没见他写过一个字，一次也没有。对于过去，他只字不提。

后来叔伯们相继成家，等我能记事的时候，爷爷在街上做酱肉汤的生意，只在逢集的时候去，赚得的钱用来打酒喝，他似乎从来不操心儿女们的日子到底怎样。

他很会唱戏，还能拉二胡。但他不跟当地的戏班子有任何来往，他只是看，有戏的时候会带着我去，把小小的我架在脖子上，或索性放在戏台的沿子上。有人在夜里听到过他唱戏，一个人在漆黑的戏台上，台下空无一人。

他好酒，总是烂醉如泥倒在大街上，叔伯们习以为常，也压根不敢管，管不住。我嫌丢人也不愿意去拉他回家，无奈，我没法拒绝奶奶的一句："快去，外面冻，小心把你爷冻坏了。"我会一边拉着架子车，一边哭着骂："你个老东西，咋不喝死去呢，我讨厌死你了。"

炉火渐渐暗下去了，我小心翼翼地夹起一块煤放进炉子里。爷爷醒了，他说自己又做梦了，嘴里苦。随即又缓慢地站起身，走到床头柜边拿起有四美图的方盒子，取出两块冰糖，给我一颗，自己一颗，丢嘴里。

"你给爷掏掏耳朵?"他看着我笑着说。我推说不会，其实是怕碰他，我怕一碰他我又完蛋了，眼泪肯定会决堤。不是心疼时日不多的爷爷，而是我想起了最爱的奶奶，她总在太阳红红的院子里给老汉掏耳朵，我就坐在旁边的小凳子上，有时候会仰着头看院子一侧土垭上的那棵杏树，有时会幻想那个老窑里会不会有什么武功秘籍或宝贝。

时间不早了，我起身要回去了，于是将包里的东西一个个掏出来，"这个是奶粉，你早上起来喝一小包；这个茶叶挺好的，你就别再喝砖茶了；这个是我从西安带回来的点心，你不是最爱吃这个么。"爷爷乐得像个五六岁的孩子，"好好好，我都喜欢，尤其是这个点心。"我又掏出 200 块钱放在床头柜上，并叮嘱他逢集的时候可以慢慢转到街上去，买自己喜欢的东西吃。"我有呢，你爷爷我，钱多着呢。"他说着便将手伸进棉袄里，很吃力地掏出钱包打开给我看，"你看，这大红 100 就十几张呢，还有这么多零钱呢。我不缺钱，你爷是谁？能缺钱吗？"看着他认真又神气的样子，我突然好难过，不知道面前这个一米八大个儿的老人还能陪我多久。

"钱你拿着，没事了数着耍，不也挺好嘛。""你个怂娃娃，你以为你爷没见过钱？"

"嗯呢，我知道呢，我爷是见过大世面的人。"爷爷咯咯笑起来了，炉火蹿起来老高，映着他的脸颊，灿烂一片。

"爷爷，我夏天的时候再来看你啊。"我关上房门，走进风雪里。

夏天年年都来，我的爷爷走进了黄土里，在春天刚开始的日子里。

卖　粮

◇ 吕树国

　　1986 年，联产承包责任制实行的第 6 个年头，那一年我 10 岁，家里粮食大丰收，父亲脸上乐成了一朵大花。然而，那一年，卖粮却成了大难题。

　　那天早上，天还未亮，父亲就开始摆弄架子车，往上搬头天晚上已装在袋子里的稻子。搬好码齐捆紧，父亲叫我起床，说："跟我去卖粮，卖完粮吃馄饨吃包子！"我一听，一骨碌爬起来。去年卖完粮父亲就带我吃了馄饨包子，那神奇的味道在我嘴里香了一年。包子是米粉肉的馅，馄饨一咬一口油，一想起来就口水汹涌，今天又要吃到啦！母亲烙了两张大饼，给我一张，给父亲一张。父亲吃了，我没吃，揣到了怀里——我得留着肚子给馄饨包子。父亲在前面拉车，我和母亲在后面推。晨光熹微，父亲弓着腰，架子车的系绳在他肩膀后绷得溜直，我能想象父亲牙关紧咬、脖子青筋爆出的样子。我暗暗使出全力，父亲直了下腰，似乎轻松了一些。走过村口坑坑洼洼的小路，上了去镇上的机耕路，父亲对母亲说，上了大路就好走了，你回吧，我们中午就回。

　　到了镇上粮站，天麻麻亮，影影绰绰见粮站门口不少人，架子车也排了很远。父亲停下车，抹了一把汗，说："你在这看着车，我过去看看。"一会儿父亲回来了，后面还跟着一个人影，我一看是庄上的王木匠，看来他也是来卖粮。王木匠说："哥，听说粮价塌（降）了，今年只卖 16 块一担（百斤）。"父亲说："那可咋办？"正说着，前面不少人调转了架子车，往这边过来了。王木匠问："咋啦，你们？"有人回："东桥粮站只收 16 块一担，听说

<hr />

　　吕树国，安徽省作家协会会员，安徽省散文家协会会员。

青峰岭粮站收 17 块一担，我们去那儿卖。"王木匠对父亲说："咱也去吧。"
于是，我们拉起车往青峰岭方向去。青峰岭离此 12 里地，路难走。父亲、
我、王木匠三人两辆架子车，轮换推拉，终于在太阳一丈高时到达青峰岭。
可是离粮站尚有半里路时，先前在我们前面的那几个却又拉着满是粮食的架
子车回来了，与我们迎面。王木匠问："又咋啦?"那几人说："还不如东桥粮
站呢，价虽说是 17 块一担，可扣秤厉害，一个口袋折二斤秤，这还不说，还
要晒两个日头（两天），两个日头下去，少说也杀（少）下去 100 斤啊。"父
亲和王木匠互相看看，不知所措。父亲说："咱俩去看看到底咋啦。"又对我
说："你在这看着，我和你王大伯去看看。"父亲和王木匠走远了，我肚子咕
咕叫起来，我盼望的馄饨包子还不知道在哪里，我想起怀里还揣着一张饼，
便拿出来啃了几口，想想父亲拉了这么久的车，可能也饿了，就撕下半张重
又揣进怀里。啃了半张饼，瞌睡却来了，但我没敢睡，两架子车粮食在我这
呢。过了一袋烟功夫，父亲和王木匠回来了，看脸色，不好。于是，我们 3
个又如来时那样，轮换推拉，吭哧吭哧把粮食又拉回了东桥粮站，此时已骄
阳高照。

　　回到东桥粮站，发现粮站门口卖粮架子车比早上来时多了好几倍，我们
只好排队。时间过得真慢，父亲一会儿过去看一下，一会儿过去看一下。中
午的时候，终于轮到我们了，可当父亲把架子车拉到门口时，粮站的大铁门
"咣"的一声关上了，里面的人朝外嚷嚷："不收了不收了，下班了，下午 2
点半再来!"父亲愣在那里，深深叹了一口气。王木匠在后面骂了一声娘。我
掏出怀里的半张饼，递给父亲："爹，饿了吧，我这有饼。"父亲看了看说：
"不饿，你吃吧。"父亲不吃，我也没吃，又揣回怀里。不知为什么，我也不
觉得饿。午后的太阳毒花花的，父亲和王木匠把架子车拉到一处阴凉地，有
一搭没一搭地聊着收成之类的话题，我睡意蒙眬，就瘫在架子车的粮袋上睡
着了。

　　不知什么时候，我被父亲推醒了。父亲说："轮到我们了!"我一机灵翻
下车。我们把车拉到验粮处，一个二十几岁的戴着眼镜的白白胖胖年轻人手
里持着一根铁棍一样的东西，空心的，往粮袋上一扎，他的手里就漏出一大
把粮食。每个袋子都扎了几下，地上便有了一堆。父亲看着地上粮食，嘴唇
动了动，却没说出一句话。很快，不知从哪里冒出几个比我稍大一点的孩子，
都带着袋子、扫帚，很快把地上粮食扫走了。王木匠在旁边捅了捅我说："看

到没？这都是粮站职工的孩子，粮站职工吃粮不花钱，我们卖一季粮，就够他们吃几年。"我似懂非懂，正琢磨时，那个验粮的年轻人把几粒稻子放在牙上哒哒两下，说："你这稻子太潮了，晒一天吧。"父亲一听，急了："我在家都晒好几个日头了，你看都焦干着呢。"年轻人不理，喊："下一个。"结果如你所知，王木匠和之后来的卖粮的也都没过关，都要晒一天！王木匠撸起袖子要去扇那个验粮的年轻人，父亲眼疾手快把他拽到一边："还想不想卖粮啦?！"

眼看日头偏西，粮站又要下班了，而我们的粮食却连一粒都没卖掉，都晒在粮站的场地上。太阳下去了，父亲起身收粮食时，对王木匠说："今晚我们得歇（住）这里了，你的粮食我来收，明天还要晒，就不装袋了，就堆这里，夜露重，你先回去吃晚饭，回头来时多带几个袋子来，蒙在上面。"又对我说，"你跟你王大伯回家去，叫你娘烧些饭给王大伯带给我。"我这才想起父亲一天没吃了，我手伸进怀里，想掏出怀里的半张饼给父亲吃，可什么也没掏出来，因为下午我饿得实在难受，给吃了。

我和王木匠走出粮站，夜色笼罩下来。走到半路上，看见一个熟悉的身影向我们走来，是娘！我喊了一声："娘。"母亲看到我和王木匠，问我："怎么搞到现在？你爹呢?"王木匠说："在粮站呢。"然后把情况说了说。母亲说："他大伯，你别回去了，我饭带得多，你和他爹一块儿吃了，我带小孩回家，明早送饭给你俩。"说着把手里提溜的一个罐子递给了王木匠。王木匠接过来说："我袋子还没拿呢，大哥说晚上要蒙粮食。"娘说："还晒什么晒！他爹是榆木脑袋，粮食不好卖，明明是粮站故意的，明早你拿上两盒烟给那个验粮的，保证好使。"王木匠没再说什么，提溜着母亲带来的饭回了粮站，我和母亲回了家。

我不知道父亲和王木匠那晚在粮站是怎么睡的，可以想象，他俩一定是轮换着躺一会儿。第二天早上我和母亲送饭去，看到他俩眼睛红肿，明显没睡好。母亲本来不让我来，但我依然惦记着馄饨包子，坚持跟来了。

太阳升起老高，粮站工作人员上班了。轮到我们时，那个验粮的年轻人还像昨天那样扎了几下，说："不行，还要晒呀。"父亲迅速凑过去，掏出两盒黄金叶香烟塞进他衣兜里，说："小兄弟，帮帮忙。"那个年轻人愣了一下，反应过来，朗声喊道："上磅。"父亲露出了笑脸。过完磅，粮食要进粮仓，粮仓垒得老高，要通过一道竖起的浮梯才能上去。我和母亲把粮食抬到父亲的肩头，父亲弯下腰，试了试，确认放稳了，才抬起脚，一步一步缓慢走上浮梯。走一步，浮梯晃一下，我的心也跟着晃，不由伸出手，像要接住什么。父亲走到浮梯一半时停了一下。我在下面看到他的草鞋已烂得不像样子了，腿在微微发抖，脚指头弯曲，因为用力，脚趾头变成了青色；豆大的汗珠从他的额头滴落下来，一滴一滴掉到浮梯上，摔碎了。不知怎么的，我眼泪流了下来……

父亲没有食言，卖完了粮，带我去吃了馄饨包子。他和母亲都没有吃，只买了给我吃。而我记得，去年卖完粮父亲是吃了一碗馄饨的。一碗馄饨 2 毛钱，两个包子 1 毛钱，总共 3 毛钱。我吸吸溜溜地吃着，嘴巴烫得直歪，吃得满头大汗。我吃的过程中，父亲跟母亲算账："两包烟钱我和王木匠平分，加上塌价，又多晒了半个日头，这么一折腾，少了不少钱哩。"母亲说："别多想了，能卖掉就不错了，趁这热乎劲，下午把剩下的都拉来卖了，不能搁，看样子还要塌价。"临回家时，父亲又去买了一毛钱瓜子，带回去给妹妹。

回家路上，父亲拉着架子车，我坐在架子车上唱着属于自己的歌。父亲突然回过头，说："你小子好好念书，将来也出息到粮站上班，到那时，老子卖粮就没这么难了。"母亲笑。

最后的幸福时光

◇ 孙仁寿

那天早晨，秋日的暖阳透过薄薄的玻璃，照进了病房，一扫连日秋雨绵绵的阴霾。

住院月余的父亲，伴随着那一缕阳光的映照，脸上的气色也好多了。吃过早饭，看着面露微笑的父亲，我贴在他耳边试探性地问了一句："老爸，今天天气不错，我们坐轮椅出去转转，你看如何？"老父亲看着我一脸真诚的样子，先是愣了一下，然后微微地点了点头。见父亲点头同意，我喜出望外，赶紧给他老人家穿衣戴帽，并将在走廊上沉睡了几个星期的新轮椅推进了病房。

自父亲生病住进市中医院老年科后，我特意从附近的财贸大楼商场买来了一辆新轮椅。刚住院那阵子，因淋巴瘤造成的阵阵巨裂头痛，父亲的脾气特别不好，经常冲着我们这些护理的儿女发火。每每提到让他坐轮椅出去转转，他总是硬生地甩给我们一句"我又不是没有腿"。今天，父亲居然奇迹般的同意坐轮椅出去转转，这对我来讲无疑喜从天降。

我推着生平第一次坐轮椅的父亲，缓缓地走出医院，走向幸福路。也许是第一次坐轮椅，耄耋之年的父亲竟像孩子似的，不停地摸着、看着，时不时还故意晃两下，仿佛一切那么新奇和好奇。我推着父亲，走在这熟悉的大道上，他老人家一下兴奋起来，不时地指着这望着那，仿佛有看不完的景，说不完的话。

父亲 26 岁来到这座城市，与这座城市相生相伴一甲子。当年父亲骑着单

孙仁寿，安徽省作家协会会员，著有散文集《心河流淌》。

位配给他的那辆崭新的永久牌 28 寸自行车，在这条路上像风一样驰骋，回头率不亚于今天开着宝马车的年轻一代。我清楚地记得，有一年傍晚，夕阳叙照，微风徐徐，下班后的父亲，骑着自行车，带着我一路从江边骑到幸福路上。

20 世纪 50 年代末，大街上别说汽车，就连自行车也为稀罕之物。毫不夸张地说，当年父亲拥有的公配自行车，绝对不亚于今天的高档汽车。那时父亲年轻，意气风发，春风得意，他骑着自行车就像踩着风火轮一样，在幸福路上一路狂奔。父亲为了显示他的车技，有时还双手撒把，吓得我在后座上直喊"爸爸，我怕"。每当听到我尖叫声，年轻的父亲都露出得意的笑声。那个傍晚，幸福路上不仅留下我阵阵喜悦的尖叫声，也留下我这一生见到父亲最开心、灿烂的笑声。这也是弥留我心间最浪漫、最温暖的父子情深的画面。

今天，当我推着病重的父亲再次来到幸福路上时，看到坐在轮椅上的父亲背影，我不禁感叹。无情的岁月已将当年骑车带着我在这条路上兜风的年轻帅小伙，催生成一位耄耋之年的老人。

我推着父亲来到财贸大楼前，父亲直了直身子，伸长了脖子，抬头向高处望去。我知道，他是在寻找当年在此办公的楼层和熟悉的窗户。20 世纪 60 年代中叶至 70 年代初，父亲工作的市商业局就坐落在这幢大楼里。父亲一边向上望着，一边嘴里喃喃自语，"楼旧了，人也老了"。透过父亲喃喃自语的话音中，我听到了一位老人对曾经岁月的留恋和感叹。

在我的记忆中，父亲的一生工作是和我们这座城市的民生息息相关。他长年累月负责我市水路和铁路商贸物资的调运，当年我市许多国营商店里的外来商品，都是经父亲手上岸、进站，然后走进千家万户。从当年的市港务局八号码头，到市火车站的货运场站，到处都留下父亲骑车穿梭的身影。

看着父亲对财贸大楼的深情凝望，我突然轻轻地问了父亲一声："老爷子，你这一辈子，单位给你换了几辆自行车？"父亲听我问了这么一个有趣的话题，他会意地笑了。接着，他自豪地伸出双手告诉我："10 辆。"

我推着轮椅上的父亲，继续沿着幸福路边走边看，边看边聊。每当看到熟悉的街景，父亲都忍不住要问我，现在这个地方干什么啦？那个地方怎么变样啦？有的我能回答，有的我也一头雾水找不到更确切的答案。因为老市区，我也来得很少了。

我们沿着幸福路慢慢地走着。我们来到一幢熟悉的建筑物前时，父亲笑眯眯地告诉我："这是工人电影院。我年轻时，曾和你妈在这里看过电影。"看着父亲一脸甜蜜的笑容，我知道这里一定留下父亲和母亲青春的回忆。我将轮椅停了下来，故意问了一句："老爷子，你和老妈年轻时，也在这里浪漫过？"

"没什么浪漫，只不过看了几场电影。"父亲看似淡淡地回答，其实饱含了对母亲的怀念。"那时，你母亲就在不远处的人民饭店当服务员。有时晚上下班迟了，我就骑车来接她。有几次经过电影院时，正好上映新片子，我们就买票进去看了看。"说到这里，老父亲眼里含着泪花，我连忙拿出纸巾，他擦了擦眼角，叹了口气，"不说了，都过去几十年了。"

说完，老父亲又将眼睛的余光瞄向幸福路的拐弯角。我知道父亲急于想到人民饭店去看一看，因为那里有母亲年轻时靓丽的身影，也有属于他们那一代人幸福路上的浪漫记忆。

人民饭店是 20 世纪 50 年代末至 70 年代初幸福路上最大最红火的一家国营饭店。母亲自随父亲来马鞍山市后，不久便被招工进了这家国营饭店当了服务员。

年轻的母亲身材高挑，面庞俏丽，尤其那一双会说话的眼睛特别惹人喜爱。由于母亲自幼喜爱文艺，再加上性格活泼，为人随和，深受同事和顾客好评。父亲见母亲每天工作下班都比别人晚，就时常推着他那辆时髦的永久牌自行车在饭店门口等她。久而久之，母亲的同事半开玩笑地对父亲说，"小孙啊，是不是怕自己漂亮老婆跟别人跑了啊？"

父亲不管别人怎么说，一年四季，不论春夏秋冬，风雨无阻，坚持每晚骑车接母亲下班回家。劳累一天的母亲，坐在自行车上，双手紧紧搂着父亲的腰，脸上绽放出甜蜜的笑容。这场景，堪比当今年轻的帅小伙驾驶着一辆保时捷，接送自己貌美的妻子上下班，温馨而又温暖。

父亲和母亲在幸福路上演绎的这段浪漫爱情故事，随着 3 年后母亲的调离而结束。但多少年后，他们的浪漫故事，依然成为老一辈人久传不衰的佳话。

听着我如数家珍地讲述他们青葱岁月的浪漫爱情故事，坐在轮椅上的父亲突然睁大眼睛问我："你是从哪里听来的这些胡编乱造的瞎话？"我故作正经地反问道："你和母亲有没有这回事？"父亲轻轻地说了一句："有是有，但没有你说的那么玄乎。"我听父亲肯定了这段在我心中存有几十年的巨大谜团，今天面对故事的主人，终于有了肯定的答案。

我轻松地呼了一口气，急忙大声地说道："老爸，你和母亲的这段往事，有，这就是事实。至于是不是浪漫爱情故事嘛，那是我的二度创作，以后我还会用文字写出来，让我们的子孙后代去看、去读，让他们羡慕你们这一代人朴素而浪漫的爱情故事。"

其实关于父母爱情的故事，是我早年从外祖母断断续续的讲述中得知的，其中就包括父亲当年风雨无阻接送母亲上下班的往事。在没听到外祖母讲述父母这段轶事之前，我看到的是经常发火、吵架的父亲。我曾一度怀疑他们这一代人没有爱情，更谈不上浪漫。

然而，从外祖母不经意的讲述中，我却陡然发现，我的父母年轻时，也有过属于自己那个年代的浪漫爱情。只不过，随着时光的流逝，他们的爱情淹没在柴米油盐酱醋茶的平凡生活中。但他们心中那团爱情之火，永远没有熄灭。

在老人民饭店地址前，我和父亲足足驻留了有半个小时的时间。父亲曾不止一次地感叹，这些老店为什么不保留下来，那是我们这座城市曾经的记忆啊。

告别在父亲心中存有美好记忆的人民饭店旧址，我推着父亲走进了半片街。半片街是马鞍山这座城市最初的记忆，也是马鞍山留下不多的建市之初的一条老街。看着经过改造和商业化运作的老街，父亲仿佛又看到了当年自己骑着自行车在此购物买菜的身影。

穿过嘈杂拥挤的半片街，我和父亲来到一片柳树成荫、湖水荡漾的公园。父亲脱口说道"金字塘"。是的，父亲口中的金字塘就是马鞍山老市区唯一的一座开放式的市民公园。

为了让父亲能够静静地看一看这座曾经洒下他辛勤汗水的人工湖泊公园，我将轮椅推到一棵柳树下停了下来。父亲看到柳树下有一长椅，他执意要走下轮椅，坐到湖边那张长椅上。我小心翼翼地将父亲从轮椅上搀扶下来，又小心翼翼地将他搀扶到湖边长椅上坐下。

刚坐到湖边长椅上，父亲急忙从上衣口袋中掏出了香烟。父亲取出两只，一只递给我，一只自己点着抽了起来。

面对着一汪湖水的金字塘，父亲一边抽着烟，一边给我讲起他当年参与金字塘开挖的往事。父亲说，当时这里原先有一个附近企业排污的小水塘，水质又臭又黑。后来，经过全市人民挑灯夜战，终于将臭水塘建成了老市里最大的市民公园。不仅种植了杨柳等许多绿树，还利用挖出的塘泥和废土建成了一个小岛，并在小岛上修建了亭台。

悠悠岁月，往事历历，在父亲的眼里，这些过往经历仿佛就发生在昨天。是的，父亲这辈人不仅是我们这座年轻城市的建设者、参与者，也是见证者，更是守望者。

我和父亲坐在公园的长椅上不知不觉已有一个多小时，我们的脚下也不知不觉留下了许多烟蒂。

仲秋时节，坐在湖边，阵阵秋风吹来，虽有爽意，但时间长了，也有一丝凉意。我担心病中的父亲着凉感冒，便弱弱地说了一句："老爸，湖边有点凉，我们回去吧？"父亲坚定地摆了摆手，"没事，没事，再坐一会儿吧。"我见父亲摆手坚定，没有走意，便顺从他，又在湖边静静地坐下来。陪着他看随风扬起的柳枝，看湖中戏水的野鸭，看立于岸边的垂钓者，看漫步绿道的行走者。

我知道父亲不愿急于回到病房的缘故，因为他清楚自己的身体状况。自年初查出患了淋巴肿瘤后，父亲曾拒绝住院治疗。后在市中医院工作的孙女安排下，他才同意住院治疗。医生告诉我们，老人淋巴瘤癌细胞已经转移到脑内。

看着父亲平静地坐在金字塘畔，我不忍心再打扰他。我想让他再多看一眼这熟悉的城市山水风光，我想让他再享受一下人生最美好的时光，我更不想让他带着遗憾离开这个世界。

人生如一列奔驰的列车，再狂野也有进站抵达终点的时刻。而进站前的减速，则是最缓慢的时光，也是漫漫旅途最令人留念的时光。

我陪伴着父亲，默默地坐在长椅上，很久，很久……

此时，面对秋日阳光下的金字塘碧水，我们父子相守相依，虽彼此默默无语，但心灵守望相通。身旁的轮椅，似旁观者，又似见证者，它默默地见证了我和父亲最后的岁月。

……

记忆中的灯光

◇ 陈大联

晚上坐在书房里，拉起窗帘，将室外的寒意与喧嚣做个隔离，让自己隐没在温暖的灯光里。书桌上这盏台灯，灯头和灯座都是红色的塑料壳体，上面分别镶嵌着几朵小花，花丛里卧着一只花猫，这是女儿上中学时用的台灯。女儿从台灯下走出后，这盏灯便成了我夜晚的陪伴。柔和的灯光静静地照着台面，桌上的书本、笔砚呈现出静物写生光影，散发着时空交错的气息。

凝眸的那一刻，思绪游离很远，记忆深处，各种不同的灯光映照着曾经的日子和日子里的人，而灯光下的人，如今有的已经走远，成为光阴的过客，有的还在丈量着时光，在时光中慢慢变老。记忆中，那些灯光忽明忽暗，影影绰绰，在这个腊月的长夜，往昔的影子又从岁月河流中溯洄而至，无声无息地朝我走来。

从我睁眼的那一天起，我看见的是一盏煤油灯，那是陪伴我幼童时期的灯火。煤油灯有一个白色玻璃底座盛装煤油，还有一个形如张嘴蛤蟆状的灯头，灯头一侧有一个旋钮，可以调节灯芯的长短来控制亮度，外边有一个玻璃灯罩，起到挡风作用。那时候，我们一家住在安庆西门玉虹街路边的两间公租房里，奶奶、父亲、母亲还有我们兄妹 3 人每晚天黑了就围在煤油灯边，奶奶晚上在灯下做着针线活，母亲忙着家务，父亲陪着我们这几个小孩说着话，房间里四处漏风，煤油灯罩内的火苗一闪一闪的。煤油灯样式很简陋，光亮又那么微弱，但它总是燃烧着一分光、释放着一分热，照亮和温暖着一家人贫寒的光阴，这闪烁的光亮仿佛是黑夜天空中的星光。

陈大联，安庆市作协会员，时有散文、小说发表。

　　这时候，父亲的艰难不仅仅是生活的清苦，还有来自时局的压力。尽管新中国成立后他就读于华东人民革命大学，由此分配到皖北政府机关工作，但历史上在国民党军队里当过低级军官的污点如影相随，如同一块石板封住了父亲的人生出路。先是无辜地受一场政治事件牵连，一度身陷囹圄，被开除出机关队伍。为了谋生，只好回家干起了走街串户的小商贩，后来公私合营，被整合到一家集体单位工作。"十年动乱"中，又成为单位里整批的对象，经常遭人呵斥和羞辱，被发配到仓库里拉板车运送水果。一个单位群体中总有些势利的人，在特定的环境里将人性恶表现得淋漓尽致，不遗余力地充当着整人运动的帮凶，丧失做人的底线。在父亲的心里，常年郁积的愤懑情绪就像毒草一样肆虐蔓延，布出一道黑色屏障，遮住了眼前的光。有一次，血性漫过了他的理性，准备让那几个整他的恶人付出血的代价，当他回到屋里，看到煤油灯下幼小的我们，一股舐犊之情瞬间抹去了仇恨的情绪，煤油灯微弱的光照亮了父亲心底阴冷的一角，让他感到了亲情的温暖，一念之间控制住了心里的洪水猛兽。

　　奶奶去世后，家里安装了电灯，前后房间里都有一盏15瓦的插口灯泡，亮度比煤油灯要好得多了，但老屋很高，四周空间和屋顶的瓦面都是黑漆漆的，灯光仍然很暗。小时候我怕黑，怕一个人待在屋里，这种恐惧不仅仅来自黑暗本身，而是来自对黑暗中隐藏鬼怪的恐惧。即便灯是亮着的，也克制不住对黑暗中魅影的猜想，夜里时常做一些鬼怪之类的噩梦把自己吓醒。母亲在工厂里上三班，遇到她上中班，天黑以后，哥哥跑出去玩去了，年幼的我和妹妹不敢待在屋里，经常站在门口等着父亲下班回来。父亲带着我们坐在灯下的时候，是我最安心的时刻。父亲很疼爱我，高兴时就抱着我亲我的脸，故意用胡子戳我，我一生气，他便从口袋里摸出一个烂眼水果哄我。朦胧中，父亲的笑容融化在昏黄的灯光里，定格在我的记忆深处，似一幅暖色的油画。

　　老屋里的灯光一天天地亮着，日子一天天过去，我们兄妹3个也一天天长大，家里住房变得很挤，家庭开支也越来越多。可父亲多少年都没有调资，还要花钱抽着苦闷的香烟，母亲的工资也很微薄，一家人生活得捉襟见肘，有时候靠寅吃卯粮度过去。很多晚上，父母在灯光下为了家庭开支问题发生矛盾，母亲喋喋不休地唠叨埋怨，通常会刺激着父亲在隐忍中爆发，吵闹声让灯光下的影子变得凌乱，甚至激烈交错在一起。这样的夜晚总是让我沮丧不已，只好先溜出去一会儿，等风平浪静了才回来睡觉。夜深了，书桌上的台灯还是亮着的，父亲通过翻看史书平息自己的情绪，把自己放进历史的烟云中，转移生活的痛点，去忘记现实的窘迫。而我却疑惑着，这样一个好学、重情谊又有责任感的人，命运怎么会如此不堪？是他的不努力？还是他用不上力？为此我疑惑不解，时而埋怨，也愤愤不平。我想着长大后不能活成父亲的样子，要靠自己努力去改变贫困的生活。

当我从另一个城市回到熟悉的城市、从一条老街往返于另一条老街的时候，我已经长大了。青年时期的夜晚，灯光是昏黄的，也是孤寂的。每天从工厂下班后回家吃饭，晚上再去亲戚家的老房子里住宿，一盏电灯照着斑驳的旧墙、一张旧书桌、一张钢丝床，还有被灯光拉长的人影。虽然工作了，可单位效益差，每月上交20元伙食费给家里，剩下的也节余不了什么钱，仍然和父亲一样，口袋里紧巴巴的，工作上感觉没有多大的上升空间，我对未来一片迷茫，寻不到照耀我前程的那一束光。感情世界也是一片空白，曾经的过往遇见过一两片红叶在内心的湖面上荡开几圈涟漪，此时早已静如止水。在夜深人静的时候，我想象着，会有一个女孩在另一盏灯下为我守候，如今正沿着缘分的线路款款深情地向我走来。

我经常一个人在房间里唱着杨庆煌的歌曲《会有那么一天》："五彩辉煌的夜晚，屋内的灯光有些昏黄，我们燃烧着无尽的温暖，虽然空气中有些凄凉。会有那么一天、会有那么一天，不会一个人孤孤单单地回家；会有那么一天、会有那么一天，我们会拥有属于自己的空间；会有那么一天、会有那么一天，我们会拥有更多更好的明天……"一曲唱罢，生出一缕淡淡的感伤。

后来有一天，我一个小小的善举，引起一次神奇的邂逅，为我牵上了姻缘这根线。女友刚刚毕业分配到政府机关工作，家不在本地，当时也寄住在她的亲戚家，境遇相似惺惺相惜，"相看两不厌，只有敬亭山"，我所借住在沿江西路的房子便成了我们的约会场所，那一盏灯照见了我们感情的推进。很快就到了谈婚论嫁的阶段，我提议先将结婚证领了，关系合法地住在一起，先过渡一段时间，等单位分了房子再举办结婚仪式。一切都设想得很美，可新的问题就来了。原来，我寄住的这间房子与隔壁王家共用一个门厅进出，王家的门厅是公租房，之前我亲戚的这间房子是先租给王家住的，水电搭用他的户头，房子交给我住后，我只是一个人晚上过来睡个觉，倒也相安无事。可王家老太看到我搬进了一组家具，像是准备在这间房子里做长期扎根的样子，她便提出让我单独开门，与她家分开，否则断水断电。房子是亲戚的，我做不了这个主，便直接告诉了她。这个王老太是个河东狮子，对婆婆的态度非常恶劣，她老头子是个窝囊人，从不敢和她顶嘴叫板。果然，她翻脸如翻书，拉断了我的电线，不让我们用水，终止了之前有偿使用水电的约定。而我和女友（准确地讲是妻子）已经开弓没有回头箭，即便没有水电，也照样住了下来。那个1992年的夏天，我每晚在隔壁裁缝店里拎水洗用，没有电灯就点起了蜡烛，在蜡烛微弱而温馨的火焰里，我看到了青春的光芒和希望的光亮；房间里闷热难耐，我买来冰棒，睡觉前我们俩连吃两根冰棒，把体温降下来，竟也睡得酣然甜美。不久，厂里在宿舍区空地上为我加盖了一间半瓦房，我们很快就搬了过去，终于有了属于自己的空间。在新瓦房明亮的日光灯下，窗户上贴着的红"喜"字发出炫目的彩光，我开始了崭新的生活。

　　结婚以后，随着女儿的出生，以及工作上的忙忙碌碌，我的日子变得明亮起来。这时候，单位在新厂长带领下走出了低谷，我而立之年就被提拔到高层岗位，这也让父亲倍感欣慰，似乎弥补了他大半生落魄的遗憾。他总是说，人活在世间，要懂得珍惜和感恩。在我对社会和人生多了一些阅历后，我终于理解了父亲，他的人生是被时代的洪流卷着身不由己而已，可我却忽略了父亲正一天天走向衰老，工作忙了就常忘记回去看看他们。在2004年的时候，我遇到机会，在我住的宿舍楼下为父母购买了一套带院子的两居室房子，兴致勃勃之际，却发现父亲精神有些萎靡，带他去医院一检查，发现得了肺癌，急忙带着父亲辗转南京、合肥医院求医做了手术，出院后才搬到了我的楼下。在父亲病后最后的一年半时光里，他是痛苦的，也是快乐的，我们小家每天下班都要在他的身边逗留，陪他聊天，母亲和妻子都悉心地照顾他。一次，我出差四五天回来，一下车就看见父亲站在昏暗的路灯下等着我，我急忙上前扶着父亲慢慢地走回家中。有一回我很晚回家，站在院子里的窗前，看见书桌上台灯一直亮着，灯光下，父亲佝偻着身腰伏在桌前，一边咳嗽着，一边写着文章。他知道留给自己的时间不多了，要把自己知道的民俗史志写出来，就这样一直写着，直到生命的尽头。

　　父亲去世后，我将他的遗体运到纱帽山公墓，托人悄悄地土葬。那天夜里，遗体就停放在公墓半山腰的一间房间里，屋内一盏孤灯，照着父亲远行的路，为父亲做最后的人生告别。房子外满山黑压压的是一座座坟茔，我们兄妹竟没有一丝恐惧感，有父亲在这里，我感觉和小时候一样，周边再黑，我的心都是踏实的。

当一幕幕的往事在这台灯下倏忽重现，我情感的心弦被轻轻拨动着，流淌出《乌兰巴托的夜》般的抒情音符。这些岁月中的光影虽已渐次熄灭，但它的余温还在，就像在今天这样的夜晚，它又一次散发出自己的亮光，照亮着我的心灵。这灯光似明亮的双眸，慈爱地看着我，它让我懂得，人活一世，须怀有一颗爱心、一颗感恩的心，才能走好这条人生路。

两根粉笔

◇ 徐恩芳

1951 年，老家徐圩乡开办了一所初级小学。校舍是没收地主的大半个院子，即带耳房的明三暗五堂屋和东厢房。西厢房分给一个单身雇农了。

学校 4 个年级，两个教室，一位校长、两位老师。各班只开语文、算术两门课。堂屋做一年级教室，由徐洪颖老师教语文、算术课。东厢房做二、三、四年级复式班教室，由刘逸铭老师上语文课，吴旭初校长上算术课。

东耳房是吴校长的办公室兼宿舍；他的床就是铺在墙边地上的干麦草。西耳房是徐老师的卧室兼厨房；徐老师的床也是铺在后墙边的干麦草，前墙边砌一口锅灶。刘老师家在本村。

刚开学时，上下课靠校长吹哨子。不久，学校添置了一个小闹钟和一支手摇铜铃。预备铃声"当当当"，上课铃声"当当当"，下课是一连串的铃声。

我上学的同时肩负割草喂牛任务。每天下午挎着草筐上学校，一放学得赶快去割牛草。学习方面没感觉到丝毫压力，也没有家庭作业。

放寒假前，学校开了一次期末校会。这次期末校会，对于我们这些穷乡僻壤的孩子们来说，实在是新奇新鲜，因此留下深深的印象。

那天，在学校院子的一头，吴校长把自己的花被子盖在一张木桌上，当作会议讲台。教室里的讲台及学生的课桌、坐凳，都是秫秫秸和土坯垒砌的。学校只有一张单抽屉木桌，是校长的办公桌。

4 个年级的学生在讲台前席地而坐。校长的花被子，黑底起一朵朵比碗口

徐恩芳，女，颍上人，会计学副教授，硕士生导师。

还大的粉红色的花朵，衬着鲜绿的叶子，特别鲜亮。我们这些没离开过村庄的孩子们，从未见过这样好看的花被子。自家的被子都是自种自纺自织的粗布，也是自己用沟边生有乌桕树的沟泥染的，灰扑扑的。

会上首先表扬各年级期末考试前三名的学生。我是全校唯一语文、算术双百分的学生，也是唯一得到奖品的学生。奖品是两根白粉笔。校长高举着粉笔，喊我上前领奖。由于怯场和激动，我用颤抖着的双手把两根粉笔捧在手心里，生怕碰断了。两根粉笔对我而言，非常宝贝，哪舍得用。吸引着全校同学羡慕的目光。

当时的喜悦心情可想而知。那是我有生以来第一次获奖，在心目中是极高的荣耀。本村和邻村的乡亲们都知道我是全校"小秃脱帽——头一明（名）"了。回想起那时候的农村，一块糖甚至一块香烟花纸就能成为孩子们的珍贵礼品。真是赤裸裸的直刺心尖的贫穷。

发奖后，校长钻进讲台下"躲"了起来，大家正感到莫名其妙时，耳边突然响起过年杀猪时、逮猪、猪直着嗓子拼命大叫的声音，夹杂着两个狗"戆戆"争抢舔猪血的咬叫声。那声音非常逼真，就如在杀年猪的现场一样。后来才知道，那叫口技表演。那次只有一个表演节目的期末颁奖会，距今超过一个甲子了，那场景仍然清晰在眼前，那贴近生活的口技声音仍在耳边。

那年临近春节，乡政府给学校派了任务：要求师生与乡村干部一道给全乡的军属拜早年。各村都有人响应国家号召，参加了抗美援朝志愿军。为了拜年热闹有气氛，须表演文娱节目。学校从各年级挑选了10多名男女生，由老师带到夏桥辅导区高级小学校，跟着一位王老师学唱歌、跳舞、扭秧歌。

拜年那天，乡村干部们担着礼品，人们拿着彩色三角小旗，旗上写着"毛主席万岁！""共产党万岁！""抗美援朝！""保家卫国！""打倒美帝国主义！"……

我们这些没见过世面的穷孩子们，第一次当"演员"，心情无比激动。老师叫参加表演的同学各自提前借行头：兰士林布褂子和一条长黑纱包头巾。兰士林布褂子，虽然是土里土气的右斜襟、屹塔泡扣子，有的肘部还打了补丁，但在当时的农村算是较鲜亮、高档的穿得出去的细布衣服了。演员们穿上借来的"洋布"褂子，套在棉袄外面，虽然长短肥瘦很不合身，但一条黑纱包头巾腰间一系，也就弥补了。

老师借来粉脂给我们抹了红脸蛋。校长还用高粱秸子的瓢蘸上锅底灰，给我们描上浓浓的黑眉毛，又在女演员头发上夹插一个彩纸扎的巴掌大的蝴蝶，是老师亲手扎制的。用细铁丝在一根筷子上缠绕，制成弹簧，那蝴蝶就在头顶上不停地颤动"飞舞"，很是美观。

每到军属家门前，"咚咚咣咣"打鼓敲锣，鞭炮齐鸣，男女老少围观过来。我们在老师的指挥下开始跳舞、扭秧歌；或站一排合唱，或边扭边唱："解放区的天是明朗的天……""嗨啦啦啦嗨啦啦，天空出彩霞呀，地上开红花呀，中朝人民力量大，打垮了美国兵呀，全世界人民拍手笑，帝国主义害了怕呀！""雄赳赳，气昂昂，跨过鸭禄江……"还有老师自编的歌："今年1952年，俺给军属来拜年，拜年没有啥礼物，扭个秧歌你看看，你看你看你看看！"

表演结束后，村干部们就把备好的年货：对联、几斤猪肉、大白菜、红辣萝卜、几斤大米等，送给军属。老家当时不种水稻，过年时才能吃上白米。白米算是很金贵的礼品了。令村民羡慕的重礼——"军属过肥年了"！

给全乡的军属拜完年，已到下午两三点了。虽然口干舌燥，精疲力尽，但是心情特别激动。每当回忆那第一次表演，真是不觉神往，仍乐滋滋的。

父母听乡亲们夸"你闺女真俊，会唱会跳"，总是喜形于色。我奶奶最乐，眼睛都眯成一条线了，好像扒都扒不开。我叔叔经常"少啦少啦多啦多"地学我们唱的歌，还说扭秧歌就是锄地的样子，动不动就学着扭一两下子。

夏桥完小的王老师，自从几次去跟她学习唱歌跳舞后，她给我留下深刻印象。她齐耳短发，白白净净，身材娇小。穿着漆黑细布长裤，月白府绸短袖对襟褂，左右襟的上部都有口袋，口袋上还有闪亮的玻璃扣。第一次见到那么好看的裤褂。她穿着雪白的短腰袜，袜腰上有鲜红的提花。带攀的宽口鞋，白底黑面格外显眼。黑白两色搭配，实在是天赐。王老师的一身打扮，让我大开眼界。

从此，我的理想由原来想当拖拉机手，变成想当一名小学教师了。不料，在我小学毕业时，国家停止了初级师范招生，想当小学教师的理想搁浅了。

记忆实在是个很奇怪的东西，多少年过去了，有些画面依然清晰，仿佛一转身、一抬腿、一迈脚，就能穿越时空，重返故里，重返童年，重返……回想起来，恍若昨日。

左手指月

◇ 曹应东

我和妹妹微信视频的时候，母亲正在进行举手训练。

举手训练是脑梗病人的一种康复方式，就是用功能正常的手五指分开交叉地握住丧失功能手的手指，尽可能向前伸直肘关节，再尽可能向上举起双手，直至举过头顶。说起来，这个动作很简单，可对母亲来说却十分艰难，左手每往上抬起一厘米，疼痛便增加一分，直至疼到面容几近狰狞，疼到眼泪无声地滑落，疼到要张口欲呼却又无力张口。脑梗后，母亲左手左腿偏瘫。医生曾经说过，人的腿部神经粗壮，恢复起来得快些，而手上的神经精细，功能复杂，恢复起来要困难得多。

现在看来，也确实如此。经过3个月的功能恢复训练，母亲基本上实现了拄着拐杖独立行走的目标。但左手功能恢复似乎见效甚微，甚至连简单地动动手指也做不到。

过了一会儿，妹妹接通了手机。占住视频大部分的是母亲的左手。此时，母亲的左手正在被她自己的右手紧紧地握着，向上举起，两只胳膊因为用力抑或是因为疼痛而微微颤抖着，仿佛不是在训练举手，而是在竭尽全力地举起一件她难以承受的重物，比如命运。她左手的每一根手指，在视频里显得格外枯干，犹如冬天里皲裂在冷风里的梅枝，那满屏的褐色触目心惊，手背上的皱纹隐隐然呈现出道道沟壑之势。

我想起了那个小护士的话。那是母亲的床位护士，姓什么已经忘记了，

曹应东，安徽省铜陵市作家协会副主席，著有小说散文集《在一朵花中休息》，作品散见于《作家文摘》《演讲与口才》《青年文摘》《深圳青年》等。

只记得她的手很漂亮，手掌大小肥瘦适中，手指纤细修长，肌肤丰润白皙，就连一枚枚指甲也饱含着光泽，修饰得长短适宜。至今还记得这个护士的手，并不是因为它漂亮，而是因为那个小护士和母亲的一席话。

当时，她正要给母亲输液。母亲说："就左手吧，反正它没啥用处。"

她双手捧着母亲的手看了好长时间。我感到有点奇怪，正想问她，她却开口了。我真的没想到，她问的竟是和输液无关的事。我没有听错。她看了一下母亲的手再看一下自己的手，终于还是开口问母亲："奶奶，我老了以后，手是不是也会变得和您的手一样？"语气里充满着担忧的味道。

灯光下，和小护士的手一对比，母亲的手显得是那么的黝黑和枯干。这个小护士应该是刚走出校园吧，在她看来，手上出现皱纹和老茧是件非常可怕的事。

母亲看了自己的左手一眼，显得有点难为情，做出想抽回手藏起来的动作，但因为虚弱无力没有成功，只好无奈笑笑放弃了努力。让我意外的是，母亲听到小护士这样不礼貌的话，不仅没有恼怒，反而笑着安慰小护士说："那怎么会呢？我的皮肤天生就不好。你的皮肤这么好，所以肯定不会的。"

当时，我忧心母亲的病情，没有过多地关注母亲的手，也没有顾得上责备小护士的唐突。只是看到母亲并没有因此受到刺激，相反，一病至此还不忘记去宽慰别人，这符合母亲的性格，应该是病情没继续加重的迹象，心里隐隐竟有些高兴。

后来，我常常想，母亲其实有机会躲过这个劫的。

那天，我要是再坚持一下自己的邀请，母亲也许就不会偏瘫了。

3个月前一个普普通通的星期六，我照例回老家去看望母亲。那天所有情节都和往常一样，母亲的手也仍旧麻利着，不大会儿工夫就变魔术般地做出了一桌子菜，有鱼有肉有鸡有蔬菜。鱼是门前塘里的，肉是家养的猪肉，鸡是母亲自己养的，蔬菜是从菜园里现摘的。吃完饭，母亲洗好碗，喂好鸡，又去菜园采摘了一篮子白菜、萝卜什么的，那是准备给我带回城里的。临走的时候，我向母亲发出了邀请。周日，市里有场国际马拉松比赛，这是我们这座小城有史以来举办的第一次马拉松赛。为了让母亲有兴趣，我特意讲了公元前490年在马拉松平原上那场战争，讲了斐迪庇第斯跑出的那个悲壮的42公里195米，以便让母亲了解马拉松的由来。

我清楚母亲的习惯，她素来恋家，不喜欢出门，屋前屋后，田间地头，才是她的一方世界。她说，只有在家，人才活得自在踏实。因此，邀请母亲出门必须要有她无法拒绝的理由才行。比如过生日，比如搬新房，诸如此类的理由，即便不邀请，母亲也是必到的。在我看来，那天我说的理由也相当充足，但母亲却毫不以为然，她说，40多公里，那么远?! 有必要那么拼命跑吗？连跑都没有必要，就更不要提专程去看了。所以，我照例扭不过她。在她眼里，这样一场盛大的赛事竟是比不上她饲养的叽叽喳喳的一群小鸡，比不上她种的满眼青翠的一片菜园，比不上她和邻居大婶窃窃私语的一场唠叨。

如果那天母亲接受了我的邀请，那么脑梗发作时，我必然能在第一时间送她去医院。抓住了脑梗溶栓治疗的黄金时间，事情必然会出现转机，她就不可能偏瘫的。但是，母亲终究还是没有接受我的邀请。其实，即便是在老家，那天夜里发病时，如果母亲能马上告知我，马上去医院，也还是很有希望不落下后遗症的。可她不想在深更半夜吵醒我，硬是强忍病痛熬到天亮，将自己的病一点点地拖重，拖到了今天这样的地步。现在看来，母亲竟是错过了两次机会。

因为疫情的缘故，我大约有一个多月没能回老家去看望母亲了。先是老家封村了，非本村村民一律不准进村。接着，我在城里居住的小区也开始凭通行证出入。好在有妹妹一直在老家陪着母亲，我的心稍安了些。

必须承认，视频里的手给我视觉冲击太强烈了，让我内心震撼无比，以至于一时之间忘记了开口。那是我母亲的手吗？这手比在医院时更愈发地苍老了。我母亲的手何时成了这样？这手和我记忆中母亲的手，都已经不能说是同一只手了。

记忆中，那是个有月亮的夜晚。母亲坐在高高的谷堆旁边，她右手抱着妹妹，左手指着月亮。我双手捧腮安静地坐在她身旁，顺着她手指的方向去看月亮。月亮又大又圆，仿佛一枚锃亮的铜镜挂在高高的槐树梢头，仿佛一伸手就可以触碰到。

母亲没有上过学，不识字，能说的故事很有限。但不能否认，在当年精神和物质都十分贫瘠的乡下，正是那些有限的故事慰藉了我的童年。每次说完那些重复了不知多少遍的故事，母亲总要指着月亮喃喃地对我和妹妹说："瞧，那就是住在月亮里嫦娥，她旁边的那个小一点就是玉兔。"我每次都要手搭凉棚睁圆眼睛看上半天，但一次也没看清嫦娥和玉兔到底在哪里？只是看到母亲的手在月光下晶莹剔透，隐隐散发着温玉一般的光泽。

后来，我渐渐地长大了，走出了村，走进了城，这一路走来真的很艰难。也因为这艰难，就有意无意地忽略了许多事，比如母亲的手渐渐地苍老。

突然听到母亲叫我的声音。视频里，母亲出现在我的视野里。母亲望着我，笑着说："儿哇，你就放心吧，我每天都在练举手呢。等你过来时，我就可以亲手做菜给你吃了。你看，我举得怎样？"

视频的镜头很快再回到了母亲的左手。我听见妹妹在一旁大声地为母亲计着数，一、二、三、四……

我又看到了那只手，那只温柔地指过月亮的手，那只牵过我稚嫩小手的手，那只曾经喂养我长大的手，那只曾经为我拭过泪痕的手，那只连动一下指头都要疼入骨髓却始终没忘记为我做菜的手。随着妹妹的计数，母亲的左手一上一下地在我眼前起落着。

此刻，那只手是如此地虚弱无力，虚弱无力到连举起这样一个简单的动作都无法独立完成；那只手又是如此地充满力量，让人的心灵都不能不为之震撼。

我想回答母亲，可嗓子里发不出任何声音。有种奇怪的感觉骤然袭来，感觉世界在我眼里越来越小，而母亲的那只手在我眼里越来越大……

矿　灯

◇　马志清

矿灯，井下人的眼睛。伸手不见五指的矿井，没有矿灯寸步难行。

刚下井时，佩戴矿灯有点别扭。矿灯压着矿帽，帽箍压在脑门向下坠，蓄电瓶勒在腰间很沉，硌得难受。灯线在背后甩来甩去，总觉得身后有谁牵扯，挺不自在。

师傅嘱咐：井下不许打开蓄电瓶，也不能倒置，万一迸出火花，引起瓦斯爆炸，井毁人亡。休息时不要关闭矿灯，随时可以逃离。我明白，矿灯牵系着生命的平安和危机。

新矿灯灯泡锃亮，灯碗聚光，光束洁白，穿透井下幽远的黑暗，黑暗中嗅出腐木的气味。

这是一座河下试采煤矿。45度斜井从河床下穿越，延伸到大河对面，水平巷道浅则百米，深达数百米。广阔农田下蕴藏了丰富的煤层。煤质优良，地质复杂，岩缝里饱含有丰盈的地下水，清凉纯净。

深井大巷，必经几段砌筑的石磴，拱顶常年淋水，滴答不停，石壁缝里淤结的晶体，像白色的泪滴。行走时脚下湿滑，淋潮了衣服，模糊了矿灯。不禁暗想，头顶悬河川流不息，会不会……日子久了，也就无所顾忌。

煤矿的黄昏，喧嚣渐止，尘埃散去。矿灯攒动似天空闪烁的星斗，像城市忽明忽暗的霓虹，景象宜人。运煤机车喷着白雾，喘息着，雪一样的灯光洗刷银白的双轨。一切都很新奇，都很陌生。

暮霭降临，飞鸟归巢，在枝叶间叽喳不停。鸟们不会知道，一旦被矿灯

马志清，共和国同龄人，大学学历，工程师，高级政工师。

照定，瞬间就有被弹丸击中的可能。用矿灯去河边捉鱼，灯映水波粼粼，引来鱼群游弋。兴许，水中的鱼儿也追逐光明。

小时候，家里用的是没有灯罩的煤油灯。或端到锅台前，或挂在土墙上，随需可移。自中学起，爱看文学书籍，晚饭后，凑在灯旁阅读，不经意间，常把发梢烤焦，如时髦青年额头染得一绺黄毛，惹人取笑。点灯耗油，父母难免嗔怪几句，一赌气，索性端板凳去昏黄的路灯下看书。遇有路人见我如此痴迷，笑着走过。是讥笑？是赞许？我无须怜悯，只盼低矮阴湿的草屋下早日用上电灯。

不久，照明线拉到附近，父亲请位电工师傅，一包东海烟，少许酒菜，电线入户装上电灯。当晚，在15瓦白炽灯泡光影下看书到深夜。爽朗、兴奋、满足在心底漾起，沉醉在睡梦里。

"三更灯火五更鸡，正是男儿读书时。"时势转换，梦断云散，离别校园，我成为一个挖煤人。地壳深处，采掘工作面，电钻、风镐、风锤频频振响，让人耳鼓嗡鸣。炮声之后，浓烟呛得喘不过气，看不清粉尘遮挡的脸庞，彼此难以互认，唯有矿灯在粉尘中游动，恍若在浓雾里忙碌徘徊。

白日黑夜，往返于宿舍、食堂、井下。身心如沉重的石磨、旋转的陀螺，没有书店，没有文化消遣场所，仅有一间房，一个人的邮政所。枯燥乏味而又无奈。学业荒疏，文化知识枯竭使人空虚。彷徨、自悲、郁闷，上学的欲望沉淀，泛起，再沉淀，再泛起，心田杂草丛生。现实，我无法释然，无法违拗。

或许，我对灯光敏感，钟情。江河上不知疲倦的航标灯，点击时光流淌；繁华长街应时变换的红绿灯，约束人与车的秩序；节日七色纷呈的彩灯，烘托热闹的喜庆。灯光可以驱散心灵的蒙昧，让寡淡心境亮堂，换来恬静和温馨。

我常想，矿灯，不如宫灯炫丽，不如吊灯灼亮，也没有台灯温馨，只要充电就会释放光明。

唐山大地震，开滦煤矿井下骤然断电，几百名矿工借助头上矿灯，背负坚实的信心寻路而行，从扭曲变形的狭窄井口走出，迎来生命的晨光。

井下，倚着煤碉，头悬矿灯，阅读徐迟的报告文学《哥德巴赫猜想》。陈景润日乘天光，夜凭孤灯，攀登数学巅峰，在陡峭山岩谷缝间坠落下再升登……4平方米的陋室挤满成麻袋稿纸，百折不回的毅力，激励我近乎麻木的心境，点燃读书求知的心灯。

"黑发不知勤学早，白首方悔读书迟。"单位推荐上大学，没有抢到机会，抑或是僧多粥少，时运不济。恢复高考，没有时间复习，甚至没有去几十公里外市里报名的空闲。机缘从眼前溜走，不诉苦，没有抱怨，也没有自弃。

重新出发，认准向往的路，填补流失的空白。复习，考试，作业，论文，在自我救赎的路上默默耕耘。读书令人目光宽远，心胸敞亮，每前移一步，发现一片新天地。读书让知识和阅历得到积累，不断化解自卑脆弱的心理。荆棘、崎岖、重负收获了坚毅。

回过头看看走过的路，矿灯，陪伴我 13 年，腰间还留有充电液腐蚀的疤痕。灯光由明渐暗，由暗再明，却如芒鞋竹杖支撑我走过不寻常的路程。

我是一盏老旧的矿灯，失去光泽，遍布划痕，藏着历年沧桑，躲进秋天的黄昏。

与父亲的交流

◇ 何光建

一

漂亮的鸟儿之间，冰冷的蛇之间，没有眼睛的蚯蚓之间，聪明如人的猴子之间等等，都有情感交流和信息传递。人与人之间亦是如此。与父亲的交流，既简单，又复杂。说简单，就是两个有着血缘关系男人之间的交流，目的和方式单纯；说复杂，两人之间交流的方式、内容，传递的情感，却因双方年龄的增长、时代变迁而不断变化和改变，从单向到双向再到单向，从一方的绝对掌控和全心呵护到另一方的陪伴和祝愿……

父母亲生我养我的那个年代，许多人普遍穷困，缺吃缺穿缺钱几乎什么都缺，却从来不缺希望和盼头。自从来到这个世界上，不识字的父亲就隆重邀请附近院落里一个初中毕业的会计，给我取了一个"全有"的名字。

父亲的愿望十分朴素，全都寄托在这个名字里。

作为一个农民，父亲简单、朴素、粗暴甚至有些野蛮地认为，对于农村娃儿，改变命运只有一个途径，那就是"好好读书，考上大学，做城里人，端上'铁饭碗'"。

完美的愿望和目标，总需要务实的行动措施来保障。"黄荆棍儿出好人"。父亲的保障措施十分独特、管用，用斑竹鞭儿抽。老家的斑竹鞭，就是斑竹的根儿，小拇指粗，到处是一节一节凸出来的疙瘩，软硬合适，甩起来啪啦啪啦响，抽在身上全是青紫的血印。13岁前，父亲直接命令：每天清晨放牛

何光建，现居湖南长沙，从事宣传、党务工作。

时，必须要大声读书，如果在地里劳作的父亲没有听见读书声，早饭前就要用斑竹鞭儿抽；晚饭后，必须在煤油灯下看书写字一个小时，不准打盹儿，否则用斑竹鞭儿抽；期末考试成绩排名不在班上前10名内，用斑竹鞭儿抽。

成长过程中自有许多村野趣事，也和斑竹鞭儿紧紧联系在了一起。比如与邻居小伙伴打架，不管有理无理，回家后准被父亲用斑竹鞭儿抽得狼嚎；比如悄悄拉了一堆屎在谁家柴堆里，让谁家女主人抓了一个满手；比如嘴馋悄悄偷摘了邻居家的李子、桃子、橘子等等，被投诉后，父亲必定用斑竹鞭儿狠抽。

斑竹鞭儿，成为我儿时的心魔，甚至到了成年，偶尔还做噩梦被抽得血淋淋的。顺利地长到了13岁，自然地考上了全县最有名的初中。16岁，顺利考上了省级重点中学。到县城去上学，远离了父亲。每每在往返县城上学或回家的路上，村里人在田间地头偶然碰上了，就大喊"'大学生'回来了""'大学生'去上学了"。父亲脸上的皱纹就舒展开来，斑竹鞭儿被收起来了。

二

20世纪90年代，父亲60多岁，我呢，20多岁。父亲仍然不知疲倦地干着农活儿，把汗水和希望一如既往地揉进饱满的玉米棒子、稻谷粒、麦子穗里。我在西北念完大学后，分配到外省一家建筑企业工作，不停地从一个工地到另一个工地，把汗水浇筑在钢筋混凝土里，为生计忙碌不已。双方都很忙，很少交流，即便联系，多是打打电话，偶尔写写书信。

老家地处大巴山边缘，东邻湖北、湖南，南靠贵州，西接四川，北连陕西，地形属于典型的丘陵。在山顶上向远处望，眼里全是高百米左右的土丘，一个挤着一个。土丘被长期耕耘的农民切分成有规则的一层层、一圈圈的梯田，线条柔和顺畅。土丘之间凹处零星地睡躺着一些院落。父母所住院子，背依山，两侧是不高的土丘，房屋依地势而居似凹字型排列，整个院落就像一张带扶手的大椅子。

这里交通很不方便。古人说"蜀道难，难于上青天"，老人们也常说"看见院（院落），走几天；看见屋，走得哭"。实际上倒不至于如此艰难，但父母辈老人确实很少去县城。去县城得步行约4公里的乡村小路，然后到一个邻近公路的村头乘坐摩托车约10分钟到镇上，再由镇上乘坐公共汽车一个小时左右到县城。

虽然如此，这个院落里的人们从来没有与外界失去联系。20世纪60年代前或更遥远的年代，院落里的人们靠小马（擅长走山路的一种马，个小灵巧）驮盐运茶传信。80年代以前，主要靠写书信，急事就到镇上的邮政局发电报。90年代，村里通电话了，可以听到亲人声音的电话立即成为主要的联系工具。

老家院子里住有50来人，长年累月在外打工的就有20多人。家里只留下老人和孩子，老人种庄稼，小孩上学。双方一年见一回或几年见一回，平日里都很挂念。因此，院子里接电话的人多、次数多。有人专门安装了一部电话，做院子及邻近几个院子的生意，每次收取接电话人0.5元到1元钱不等，收入还不错。在外地的子女先打电话告诉说我是某某的子女，请老板叫其父母或小孩过半个小时再来接电话。老板就叫人一个坡头一个坡头、一个院子一个院子地传话。碰上赶集的日子，就叫过路人顺便带个口信儿，说某某的儿子、女儿打电话来了，几点几点来接电话。

父母所在的院子没有安装电话，因为邻近大山，离镇上和公路都太远，铺设电话线路的成本太高。父亲接电话要到别的院子里去，最近的一处，需步行1.5公里远的山村小路。

接个电话，天气晴朗还好，要是碰上下雨，就很麻烦。尤其是对于年近70岁的父亲，接个电话更是不易。父亲却说最好每个月至少往家里打一次电话，他不怕麻烦。为了接电话，父亲每个月在那条小路上至少往返6次，因为父亲有3个子女在外打工，两个儿子，一个女儿，一个在广东，一个在云南，一个在江苏。打电话其实没什么事，听听熟悉的声音，相互交换问候和祝福，道个平安。即便真有难事也不会说出来。记得一次父亲因病全身浮肿，几乎不能行走。那期间打电话询问，父亲接了电话，还说自己身体很好，庄稼长势、养的猪、喂的鸡等都挺好，家里一切都安好，叫我不用担心云云。事后知道实情后，不禁潸然泪下。其实当子女的也都一样。曾经因公司效益不好连续几个月没按时领到工资，在电话里还跟父亲说一个月能拿两三千的高工资，明年还要涨……

父亲接电话有两个去处，一个是黄姓老板，距离约1.5公里远，一个是兰姓老板，路程要远1公里。父亲每次接电话总要到兰姓老板家，说每次只收0.5元，而黄姓老板每次要收1元。

三

时代和年轮总是无情地把老人变成了看客，甚至遗弃。不愿意离开那片熟悉而深情的土地，父亲固执地住在偏僻的小山村里，远离时代和城市的喧嚣，外界的一切变化都与父亲无关了。到了21世纪20年代，父亲90多岁，头发全白，牙齿全部脱落，脸上的皱纹挤在了一起，活动范围主要在床上。天气晴好时，在大哥的帮助下，还能躺在院子里的椅子上晒晒太阳。

父亲的其他几个子女都在外地，起居一直由大哥照顾。在这个年代，打电话很方便，还可以视频，声音听得清晰，容貌看得真切，还能展示双方所处的具体环境。但父亲听力严重弱化，已经听不太清楚。父亲不接电话了，也害怕看到智能手机，说智能手机里面装有怪物、装有神仙，等等。

无法与父亲直接交流，大哥自然成了纽带。每周打上一次或两次电话，电话里无非"老三问"，父亲身体怎么样、饮食情况如何、在院子里走动没有……大哥害怕在外的兄弟姐妹担忧，总说父亲身体很好，能吃两碗饭，有时还到院子旁边的地里拔草等等，就安慰放心了不少。如果听到大哥说父亲感冒了等，心里便有些焦虑和不安，给大哥打电话的频次就增大。大哥说的这些话每周每月不断重复，已经成为生活中不可缺少的部分。

在这个日新月异、人人撸起袖子加油干的时代，作为子女，陪伴虽很艰难却异常珍贵。我们几人带着自己的子女，尽量在春节或国庆节假日，聚在一起，团团圆圆，陪陪年迈的父亲。

即便在陪伴父亲的日子里，父子之间直接交流也极少，更多的是帮助父亲理理床铺、洗洗衣物、理理发、洗洗脸、洗洗脚，陪着父亲一起吃饭，陪着父亲一起在院子里晒太阳。父亲什么也不说，但看得出来，有子女、孙子们陪伴的日子，父亲的皱纹要舒展得多，空气里弥漫着安详、亲情和天伦之乐。

父亲年岁高，理发是难题，因为住在远离集镇的山村，不太方便去集镇，理发师傅也不愿意为父亲一个人走一趟。任务只能落在子女们的身上。理发时，叫父亲低头、抬头都很配合，说不要动就一点也不动，温顺得像个孩子。理好发后，父亲还多次反复问，"世界上谁的权力最大?"大家都说谁谁，多数时间说是当大官的等等。这个时候的父亲就非常自豪地说，是剃头匠，剃头匠让你低头抬头你就得低头抬头，让你不动你就得不动……

有时，妻子故意问父亲认不认得她，父亲立即大声说是谁谁，妻子就很高兴，说老人家还认得出她。对于向父亲反复介绍过的孙子孙女外孙辈的，父亲经常认不出来。每次家人团圆时又不得不重新介绍一遍，父亲就老说同样的一句话，"长变了，都长这么大了，认不出来了！"

有一次，我买了"六个核桃"的饮料，父亲喝完一罐后，突然喊着我的小名，指着包装罐上的"六"字，说这个字是不是"六"字，指着"个"字，说这个字是不是"个"字。我尽量靠着父亲的耳朵，大声回答，说是的是的，父亲就笑了。

印象中，父亲是不识字的。

另一半村庄

◇ 林建明

　　"程家墩"是生产队的名字，也是对一个村庄的称呼。从红旗闸边的江堤上向西望去，村庄树木包裹，像一大团黑乎乎的森林。其实走进去，就发现它由 3 个小墩子组成端正的品字状。

　　中间有条大河，是村庄的心脏。

　　河东边的顶头横着一条人们日积月累踩出来的小路，到程家小墩时这一步宽的小道就成了分界线。线东是坟场，自南而北一大长条。每天，它们都要比村里人家先接受阳光的沐浴。

　　坟场里的树比村里的稀疏一些，却粗壮得多，以桦树为主；靠近吴家小墩这边以百果树居多，一棵一大团的墨绿，是村庄冬天里难得见的绿色。高高低低的土坟就趴在树荫下，被长满勾刺的野蔷薇、蒿草密密匝匝地覆盖着。

　　土坟里睡着的大多数也是程家墩的人。

　　小时候，我从不敢独自涉足坟场。虽然到了春天，那里盛开着村庄里不多见的粉红色、白色的蔷薇花，浓郁的花香不仅仅引来了"嗡嗡"哼的蜜蜂，扑闪着漂亮翅膀的蝴蝶，也吸引着一群衣着土色的孩子，我却离他们远远的，站在分界线的一侧远视。我能看到坟堆上被獾子扒开的深深浅浅的洞，仿佛能隐隐看到一堆白骨，我的心便开始收缩，那几天晚上便有噩梦，醒来往往是浑身大汗淋漓。

　　我不敢去的原因还源自一个传说：离坟场最近的人家，腊月底炒年货，

　　林建明，安徽散文学会会员，著有散文集《走出村庄的人》。

到炒花生时夜已渐深，女主人忽地就见到木窗边伸进一只毛茸茸的大手，似乎是向她乞讨一点吃的。女主人也算胆大，就用锅铲挑了一铲花生倒过去，没想到也顺带铲起了滚烫的沙子。一声凄惨的叫声后，伸进来的手不见了。

这个新闻第二天一早就传遍了村里的角角落落，也成了大河边洗衣洗菜女人的谈资。传说有名有姓，我拾鸡屎时从那扇窗户后面走过好多次。这个传闻便增加了我内心的恐惧，尤其到了夏日，小伙伴说能看到坟场里点点鬼火，助推了我柔弱的惧怕心理。

但我不得不去坟场，像不得不面对一条难以逾越的河流。7岁那年的冬天，奶奶的双眼在一个寒冬的早晨永远闭上，她被4个壮汉从村西抬进了村东。

奶奶去世后的第一个清明，我开始走进坟场。为这个清明，父母已精心准备了好多天。因为知道家里拮据，母亲不得不拔些嫩草掺杂些米糠，想催家里为数不多的老母鸡下蛋勤快点。

清明节还没到，父母已准备上坟。一大早母亲就去街上，买回半斤肉，三四条小鲫鱼，在锅屋里准备饭菜。父亲在堂屋也没闲着，他细心地刮完胡须后，去锅灶里掏点青灰，寻一块平整点的地方洒上。再将买回家的裱纸裁成三份，一叠叠平铺在青灰上，然后一手握着纸冲子（圆铁管，下面镶嵌着回字形的铁片），一手提着木棒槌，"叽叽，叽叽"依次在纸上敲下铜钱的印迹。

我什么也不用做，一会儿去锅屋闻闻那难得一次的菜饭香味，一会儿又看看父亲手中的活完了没有。待母亲将三碗菜、三碗饭、三双筷子摆放进一个大竹篮子里的时候，我知道就要去坟场了，当然不会忘记带上火柴。

3月底的乡下，村外的油菜花开得灿烂，村里的树枝上才懒懒地抹上点绿色。我跟在父亲的后面，像牛的尾巴，不远不近，若即若离。

在奶奶坟前，父亲指着左右隔壁的坟对我们说是谁家谁家的，像是在说一件并不遥远的往事。我们认真地聆听，虔诚地跪拜。短短几个月的时间，我就忘记了自己曾在奶奶灵柩前号啕大哭的模样。几个月的时间似乎让一个孩子变得成熟，我知道睡在家里是休息，睡在这里就不会醒来。于是我便知道，自己再也吃不上奶奶偷偷带回来的糖果，挨打时也得不到奶奶的庇护了。

后来每年的清明、冬至都要去，渐渐知道这坟那坟是谁家的祖先，就像熟悉村里的邻居一样。平日里，每当坟场有密集的鞭炮声响起，就知道又有人从村里搬到那边去了。有人去世，那是别人家的伤心事，我们没有体会，只知道跟着去看热闹。

父亲50多岁时开始置办老屋（寿材）的材料，20世纪80年代末他托人从江南购回了上等的阳山杉树，架空堆放在家里。他一直认为，在林家，活到50多岁的人寿命是长的了，只是过了一年又一年，他的身体都硬朗得很。在他80岁过生日时，我们回去才请了木匠师傅，赶在生日之前做好了两副寿材。

叔叔（父亲的弟弟）去世对父亲的打击很大。在坟场，他站在墓穴旁见棺椁被泥土渐渐掩没，默默流下了浑浊的眼泪。次年冬天（2017年），父亲也闭上了一生没戴过眼镜的双眼。只是父亲没有睡进他精心置办的"老屋"，也没有抬进东边的坟场与叔叔为邻。因为殡葬改革，他被我们送到了村里的公墓。

这尘世，无所谓样样如意。

置身于丛林深处，能闻得到鸟语花香，触及到阳光雨露；置身于乡野能感受到人间烟乡，乡俗民风；村庄依旧是村庄，土地依旧是那块土地。我，不再是少年，青春一去不返。

但无论漂泊何方，大地都是永久的故乡。

秋　红

◇　吴　俊

　　秋红离开人世间整整 30 年了，她孤零零地躺在大山深处。自从哥哥病死，嫂子改嫁后，即使清明冬至，再也无人来过这里。

　　2007 年 4 月，我因事去长沙。适逢清明时节，沿途墓地，祭扫纷然。听到爆竹声声，看见纸灰飞扬，我心潮腾涌，彻夜难眠。次日便乘车去了湘西的桑植。多方询问，才找到秋红墓地。

　　我拨开半人深的蒿草，发现周围用石头叠起的坟冢，中间土层已经塌陷。于是在山坳里一户人家借来砍刀畚箕，清除坟冢周边蒿草，将塌陷处填土筑实。摆好祭品之后，我便静静地坐在秋红坟前，直到夕阳西下。

　　暮春的晚风吹得山间草木沙沙作响，仿佛午夜里女子悲悲戚戚的呜咽。我心中无限惆怅，面朝孤坟，往事历历，不禁潸然泪下。

　　我是那年秋天与她相识的。或许是冥冥之中的安排，朋友委托我为他公司翻译了一份技术资料。我已得到优厚报酬，本不该再接受他的宴请。无奈慷慨大方的朋友反复邀请，盛情之下，只得前往。

　　那天酒足饭饱之后，我竟又鬼使神差地答应了朋友去娱乐会所的邀请。原因是朋友坚持己见，非要我这个榆木疙瘩也去享受一下现代生活不可。

　　我生性内向，不善言辞。无论怎样推辞，拗不过他。就这样，我在缩手缩脚还带有几分腼腆的状态下被带进那种场所的。

　　我的行为举止在这种环境里显得很不自然。那种不自然使我说话都结巴起来，我的双手都不知道如何去摆放。

吴俊，安徽安庆人，曾在空降部队服役多年，现从事教育工作。

知道那会儿我的感觉吗？简直像光天化日之下在大街上裸体行走一样。当时场子里的人，包括一个个花枝招展的按摩女，一眼就看出来我是个十足的、可怜兮兮的乡巴佬。

女服钟员遵照我朋友的旨意，边说边将302室的号牌连同我这个木头人一道推了进去。我不知所措，像傻子似的呆立那里。房间狭小，只有一张按摩床，一个挂衣架，别无他物。当然，按摩床边，还有一个年约十七八岁的妙龄少女。

"上钟了，衣服脱掉。"一个冷冰冰的声音。

"你要干嘛？"我的双腿突然颤抖起来。

"你说干嘛？来这里装什么君子！你们有钱人来这里不就是享受女人按摩吗？"

有钱人？我算哪门子有钱人！我母亲长年卧床，药罐为伴。我可怜的父亲，勤劳忠厚，每日起早摸黑，面朝黄土背朝天，在那贫瘠的土地上为家人刨食，为子女供学。仅靠这几块土地显然是无法做到的，无奈，目不识丁的父亲在忙完农活后，不得不去几十里外的小城干那种非技术性的、工资低廉的苦力活，来支撑我读完大学。

为我求学，为家庭生计，父亲的背驼了，头发白了，皮肤粗糙干裂。他那严重缺乏营养的脸上，显得蜡黄。在这摇摇欲坠的家庭环境下，我唯一要做的就是拼命读书。

4年后，我终于以优异的成绩熬到毕业，顺利地在一家公司找到了一份理想的工作，圆了我那可怜父亲的"望子成龙"梦。

我最大限度地节约，除了留点生活费外，我把工资全部寄回，为母亲买药，为家庭还债。至于卡拉OK厅、洗脚房、按摩院……我长这么大全然不知道是个啥样子。可以说，现代人罗曼蒂克的生活方式几乎和我是脱节的。我仿佛是一个现代的古代人。我告诉这女孩：我不是有钱人，我家里很穷；我不是来按摩的，我是来吃饭的。

"我这里又不是饭馆，吃啥子饭？这里是供有权有钱人来享乐的场所。是按摩院，懂吗？"

"哦，对不起。我……我说错了。我是和朋友们吃完饭过来的，我是陪他们来的。哦不，是他们非要我陪他们来的！"

"什么乱七八糟的，快点！你一进来我就计钟了。到时别说不够钟哟。"

听口气，这女孩生气了。

"对不起！我可不想按什么摩，我走了。"我便说便去开门。

"不准走！"我顿时吓得僵在那里了。那瞬间僵住的造型，肯定会使人想起那停止转动的木偶，想起静立在蜡人馆里的蜡人像，想起挂在研究所里的木乃伊标本……

稍停，我惊慌地转过身来。害怕至极，什么自尊也不顾了，"叭"的一下跪在地上。

"姑娘，您看到了，我站在那里动都没动。求求您，放我走吧！"

这位表情冰冷的女孩脸上蓦然间闪过一丝笑容，语气也和缓了些："你快起来。谁不让你走了？我是说下钟时间还早着呢。你这会儿走了，老板要扣我钱的。"

"哦，是这么回事呀。那我等下钟再走吧。"

听女孩这样说，我才放下了一颗惊恐之心。我突然感觉她应该不是坏女孩。竟大着胆子问了一句："您是湖南人？"

"嗯。你去过湖南？"

"没有。上大学之前，去过最大最远的地方就是我老家的县城。"

"那你怎么猜到……"

"哦，我们大学里的湖南同学多着呢，他们的口音和你一样的。"

说来真怪，那天我俩竟然聊了很多，聊得开心投缘，仿佛是久别重逢的好友。

她是湘西人，兄弟姐妹多。一场飞来横祸，姐弟死了。悲痛欲绝的父亲在大山砍柴时又摔下来，虽保住了性命，但从此瘫痪卧床，家庭重担压得瘦小的母亲喘不过气来。

为给父亲治病，她小学毕业就辍学了。哥外出打苦工，她在家帮母亲做农活。白天山上劳动，晚上灯下编筐，还是无法支撑这支离破碎的家庭。虽家境贫寒，15岁的她却出落成这大山里最标致靓丽的女孩。

初秋里，三叔来了。他告诉母亲，帮她在外找了一份工作，不用日晒雨淋，经济待遇可观。那天，三叔出手真大方，给她买了一套时装，还给母亲丢下500块钱。第二天，就把她带走了。

她第一次出远门，第一次坐火车。两天一夜的远行，她并不感觉累。她兴奋激动，觉得大山外面的一切都是那么新鲜，那么美好，她对未来充满希冀。尤其想到日后挣钱能为家庭减轻负担，为母亲排忧解难，她心里仿佛灌了蜜儿似的。这些都得亏三叔，以后可要孝敬他。母亲常说，受人滴水之恩，当以涌泉相报嘛。

三叔把她安排好之后，准备离开。她急着问三叔，什么时候去上班？她初来乍到会做吗？三叔笑着说，会做，会做，小女孩都会做的。三叔叫她别急，莫想家。要听老板的话。他也会时常来看她的。

三叔走了，从此不见踪影。

那天傍晚，老板娘拿来了服装和化妆品：黑色蕾丝超短裙，花格式长筒袜，意大利红色玻璃鞋，还有香奈儿唇膏与法国香水。

"把这套衣服换上，待会有姑娘来给你化妆。今晚就要上了。"

"今晚上班？上夜班吗？"

老板娘笑道："对，这里都是夜班。"

"谢谢老板娘！我有衣服。我还带了一套旧衣当工作服哩。"她边说边从包裹里拿了出来。

"那咋行呢？上班时要穿得俏些，客人才喜欢你呀。"

"老板娘，我没懂你的意思。不过您放心，我保证老老实实干活。"

"哎！你叔没对你讲明吗？这里姑娘都是专为男人服务的。"

老板娘一边说，一边拿出一沓钱。

"这一万块钱全是给你的。因为你是新茶，有个老板已预订了。把衣服换上，8点派车送你过去。"

"去那里干啥？"

"当然是陪夜哟，就是陪那个大老板睡觉呗。你16岁大姑娘了，难道这还不懂？"

她一听吓哭了。

"我不要这钱。我不干！"

"你自愿来了，说不干就不干？那是不可能的。"

"三叔只说来这上班，我不知道做这种事。行行好，放我走吧。"

"放你走？这可不是你家随进随出的菜园门。而且，你叔拿走了8000块钱介绍费，还了再说。"

"要是逼我，我不活了！"她发疯似的哭喊着，绝望地朝墙壁上撞去。

老板娘担心闹出人命，终于改变了面目，缓和了语气，好生相劝着。并承诺她还清这笔钱就可离开。

"那就给普通客人捶捶背，捏捏腿，这该行吧？等哪天想通了，你就吱一声。"

从那以后，她做起了按摩女，但也受尽了白眼和侮辱。她告诉我，"这工作也是提心吊胆的。客人常常提出过分要求，还有出格的动作，不时地骚扰。这里打着按摩幌子，实际是肮脏场所。姑娘们白天睡觉，下午3点开始化妆。其工作就是坐台、援交、陪夜……我宁可死，也不愿意。"

她不同那些自觉自愿的按摩女，别人可以外出，她是不可以的。老板娘怕她逃跑，专人看管，她没有人身自由。

这种场所的术语真多，什么点钟、坐台、援交……受过高等教育的我顿然感到这人世间竟是如此的陌生，梦幻迷离。

真怪！从那次和秋红聊天后，心里滋生出某种说不出来的味道。每天除上班外，头脑里全是秋红的影子，就想和她聊天，想和她会面，哪怕是远远地看一看她。为了见她，我竟然主动去了按摩院两次，直接点钟秋红。然而家庭贫穷，每月我把工资寄回家后，身上所剩无几，想频繁见她是做不到的。

我第三次见到秋红时，她情绪极其低落，叹气连连。她对人生充满了绝望，她似乎撑不下去了。为了病危的父亲，她担心自己将不得不走那条不归路。她告诉我，为救父亲，她要挣钱，叫我别来找她了。待还清三叔拿走的钱，挣够父亲一万多元手术费，她将永远离开这肮脏地。她说我是好人，以后决不要再来这种场所，莫被环境污染了自己。

听罢秋红一番话，我心中难过、害怕、自责。我为秋红的遭遇而难过，我为她将要前行的路而害怕，我为无能为力的我而自责。面对困境中的秋红，我一筹莫展。

俗话说，无钱逼倒英雄汉，何况秋红是一弱女子。怎么办？我内心在矛盾着，在斗争着。不！我要设法借钱帮助她。哪怕用一辈子去还债，我也在所不惜。我决不让她走上那条绝路。我劝她莫急，然后问她父亲的手术时间。

"医生说，最迟不能超过两个月。否则……"秋红说时，泪水顺着面颊泪泪流下。

"秋红别急，两个月内我一定将钱凑齐。"

"2万块钱在哪去弄？现在万元户还上报纸呢。"秋红深知筹这笔巨款的难度。那段时间，我跑遍了大街小巷，问遍了亲朋好友，吃尽了无数次闭门羹。有钱的不愿借，愿借的却无钱。一个半月过去，东借西凑才近 3000 元钱；我也跑了多家银行，不仅手续烦琐，而且非实物担保不可借贷。我家土墙茅屋，风扫地，月点灯，岂能抵押贷款。我忧心忡忡，长吁短叹。万般无奈，只好厚着脸皮去求助我的大款朋友，他对我的做法感到无比惊讶。

"那种女子的话也信？你太痴情了。听过'婊子无情，戏子无义'这种话吗？"

"不借没关系，请不要侮辱她。"我很气愤，转身就走。朋友拉住我，打开保险柜，拿出了两沓钱，同时从办公桌屉子里抽出了一本社会生活类刊物。

"这是 2 万块钱。看完这类报道后自己做决定吧。我是怕你为一红尘女子毁掉一生，不值得。到那时，你对得起父母吗？再说，你平时涉入社交圈子小，不了解那种场所的女子，演技特高，受骗者多。"

我看完了刊物上的这类报道，细想着朋友的"金玉良言"，头脑中竟然浮现出了另一种类型的秋红。我终于放弃了初衷。

3 个月后，秋红死了，是她的好友刘妹儿来告诉我的。为救父亲，秋红应允了老板娘。当她还清债务，拿着救命钱返回家时，父亲早已命归黄泉。秋红万念俱灰，当夜跳进了山下的深水潭。

刘妹儿还带来一个包裹，里面是秋红给我织的一件毛衣，毛衣里有一块绣着鸳鸯蝴蝶图案的手帕，手帕里包着 5000 块钱。刘妹儿告诉我：这是秋红 3 年来的积攒，是留给我为母亲治病的。她说人越穷时钱越难借，叫我别介意。她叫我认真工作，好好活着……

听着刘妹儿讲述，我泪水频流，心在滴血。我的五脏六腑仿佛无数把钢刀在里面搅动。我自私，我薄情，我无主见。我竟是这样一个男人！不，我算不上一个男人！我多想在无人的地方，像伤心欲绝的女人去大哭一场。天地知道：秋红的死，留在我心中的悔恨，会很久很久，直到我生命的终结。

"秋红，我对不起你！"我深知，青春湮灭，逝者已矣，一声"对不起"岂可忏悔。

我站在秋红坟前，百感交集，感慨万千。

灯

◇ 陈　振

在岁月的长河里，人需要一盏灯，引你前行，为你指路。

我的母校在淮河支流西淝河边一个不大的村子东头，由一座寺庙改建，门口有一座同样久远的古井。

听老辈人说，小村过去寺庙林立，香火缭绕，尤以母校旧址的寺庙香火最盛。我上小学时，古庙山门上的石刻"圣旨"早已不见了踪迹，只留下两排古旧的房子，土墙草顶，内墙用和着小麦脱粒后的麦壳和剁碎的麻丝的黄泥粉刷而成，颜色发黄、暗淡，十分粗糙。夏天草木茂盛，雨水充沛，教室里时不时会给同学们来点"惊喜"——从墙根爬出两只蝎子或是百足虫，抑或从房顶吊下来一条蛇，吓得男同学心惊肉跳，女同学花容失色。

老建筑、土房子，就难免有一些怪诞的传说。对于20世纪80年代末上小学的我们，没有欣赏恐怖故事的新奇感，只有发自内心的惶恐和焦虑。我们披星戴月地从村子西头赶到学校早读，就听到高年级的几位男生绘声绘色描述自己"离奇的经历"："唉，吓死我了！你知道吗？我刚才在路上正走着，突然一阵黑风刮来，我就看见黑蛋家屋后面两只狐狸在打架。一身的白毛，眼睛闪闪发亮。我吓得赶紧跑，跑了一会儿回头再找，就找不到了……""你说的这算什么！我刚才在教室后面看见一个白胡子老头……"几个男生七嘴八舌，越侃越荒诞。黑魆魆的教室，加上他们绘声绘色的故事，早把低年级的学生吓得嘤嘤直哭。

陈振，安徽凤台人，小学教师，业余时间热爱创作。本文荣获第二届安徽省校园读书创作活动教师组一等奖。

班主任老陈老师知道后，忙出面辟谣，严厉批评了造谣的同学。这些话像一阵风来去匆匆，却在我的心里留下了阴影，心里对早读也有了抵触。

那时的农村没有通电，蜡烛也还是奢侈品。家里富裕的会每天带上一根蜡烛，往桌上一粘，伴着摇曳的烛光大声朗读。有同学会把家中的油灯带来，光线就会明亮很多。我家只有一盏油灯，大肚子，细脖子，像农家做瓢用的葫芦。灯身油光发青，下有底座，早已不见了玻璃的本色。灯身上方是金属的灯头，棉灯芯从中间穿过，浸在煤油里。灯头上有向上伸出的三根"爪子"，托起玻璃灯罩。每天父母要在灯下干活，我是自然不敢要求带到学校的。

每天的早读，别人的桌前灯光明暗闪烁，我的桌前只有一个个拉长的影子。心里想着种种怪异的传说，小小的心里装满无助，只能把头深深地埋进臂弯。一天，陈老师走到我跟前，看看我的课桌，立刻明白了怎么回事。他轻轻地拍了我一下，拉着我走进了他的办公室。

说是办公室，其实兼顾了卧室的功能，一床一桌，几把小凳子，门外支起一口土灶，十分简陋。陈老师变戏法似地拿出一个空墨水瓶和牙膏袋，用剪刀剪下牙膏袋的铝头，把一根粗棉线穿过铝头，下面用牙膏袋的铝皮包上，放进墨水瓶。接着，陈老师拿出煤油桶，往墨水瓶里加满煤油。待棉线完全浸透煤油，用火柴点燃，一盏自制的简易煤油灯就奇迹般地做出来了。陈老师轻声地说："拿到教室读书去吧。"我赶忙拢住火苗，小心翼翼地捧到了教室。

这盏简易的油灯，伴随我度过了余下的3年小学时光。油灯的灯焰虽然很小，我心中的"灯"却熊熊燃烧起来，促使我成为一名教师——小陈老师。

2003年，秉持着心中的那盏"灯"，我考进了县城一所小学任教，成了一名名副其实的"孩子王"。

有一年，我新接手了一个二年级的班级。9月1日上午，到校报名，我按照报名册上的名字组织学生报名。到了下班时间，只有一名叫阳阳的男孩没有报到。我准备联系他的家长，但报名册上留的信息十分模糊，电话也变成了空号。下午4点多，我正在上课，门口走进来一位怯生生的小男孩。孩子们大声喊道："阳阳，你终于来了！"我连忙制止了孩子们，向阳阳点点头，说："快回到座位吧。"阳阳低着头，默默地走向后墙角落的一张桌子前坐下。

我开始静静地观察阳阳：蓬乱的头发，似乎几个月都没有理过；脸瘦瘦的、黄黄的；浓密的眉毛下一双虽疲惫却不停扑闪的眼睛。看到我在观察他，阳阳的头更低了，原本就十分矮小的他几乎和桌子齐平了。上课期间，他就静静地待在那个角落，既不举手，也不说话。这是一个怎样的孩子呢？

下课回到办公室，我向一直教阳阳的数学老师了解阳阳的情况，她说："这是个可怜的孩子，父亲去世，母亲离家出走，他跟着七八十岁的爷爷一起生活。爷爷照顾自己都成问题，更别提照顾阳阳了……"听到这里，我在心中断定：阳阳的迟到一定是有原因的，我原谅了他。

谁知第二个星期的星期一，阳阳又迟到了。我特意等到下午放学老师和学生都离开后，把阳阳叫到办公室。办公室灯火通明，阳阳走进来，大概是不适应这么明亮的光线，不经意用手挡住了眼睛。我在桌子边放了一把椅子，阳阳乖巧地坐了上去。"今天怎么又迟到了？"我用柔和的声音问他。然而回应我的只是他稍微抬起的头，然后又很快低了下去。我又问了一遍，他还是没有说话。我拍拍他的肩膀，说："好吧，既然你今天不想说，就以后再说吧……"他像得了大赦似的走出了办公室。这到底是个怎样的孩子？我决定从他的爷爷那里了解一些情况。

第二天傍晚，忙完了一天的工作，我按照报名册上模糊的地址，七寻八拐，终于在郊区河滩上一处简易的窝棚区找到了阳阳的"家"。说是家，其实只是几块石棉瓦围成的"盒子"。远远望去，阳阳正在门口玩着石子，屋里亮着昏暗的灯光。走近阳阳的"家"，一股说不清道不明的味道扑鼻而来。阳阳见到我十分紧张，大概没想到我会找来吧。他怯生生喊了一句："陈老师……"这还是第一次听到阳阳开口喊我，我微笑着说："阳阳，别紧张，陈老师只是来看看你爷爷。"

阳阳的爷爷闻声从屋里颤巍巍地走出来，把我请进了屋里。阳阳的爷爷同样十分黑瘦，胡子蓬乱花白，身子佝偻着，还不停地咳嗽。他招呼我坐在简陋的床沿上，问道："陈老师吃饭了没？"阳阳连忙跑过来嗔怪地说："爷爷……"我明白阳阳的担心，说："陈老师还真没吃饭呢。怎么？阳阳不欢迎陈老师在家里吃饭？"阳阳不好意思地笑了，说："陈老师，您坐一会儿，我去给您和爷爷做饭去。"我要去帮忙，阳阳连忙摆手，说："陈老师，我什么都会做。"多懂事的孩子！

趁着阳阳做饭的时间，我跟爷爷谈起阳阳在学校的事情。他说："真是苦了我这小小的孙子啊！那么小的年纪，本来该是在爸妈怀里撒娇的，还要照顾我这糟老头子……"我不是个感情用事的人，但在那一刻，我的眼泪却在眼眶里打转。一口气吃完阳阳在油腻的灶台上做出的面条，我搂着阳阳的肩膀说："阳阳，老师会永远和你在一起！"我想让他明白，老师不会嫌弃他，老师会永远和他在一起面对所有的苦难。

离开了阳阳的家，那昏暗的灯光在我的眼中却越来越亮。

此后，阳阳终于愿意和我分享他的快乐、他的痛苦，和同学的关系也越来越融洽，或许，他把我当成了朋友吧。傍晚，伴随着办公室温暖的灯光，阳阳成了我的"常客"。我与他一起谈学习，谈理想，谈亲情，我有时会向他说起工作中的烦恼，更多的时候，我更愿意充当他忠实的听众。

5年后，阳阳小学毕业，在离开校园前的傍晚，他又一次来到我的办公室。"我舍不得您，陈老师！您知道吗？看到您办公室的灯光亮着，我的心里就踏实。"我故作轻松地说："放心，陈老师的灯永远为你亮着。"其实，我又怎么舍得我的学生们呢？

30年间，煤油灯变成了电灯，唯一不变的是爱的传承。灯，跳动的"外焰"是温暖，内敛的"焰心"是热爱！

江　湖

◇　钱社教

　　这一天，其实是个极其平淡的日子。

　　小区外残存着一小片被开发商忽略或者遗忘的林子，这里栖息着一群鸟。小区里的人恨不能砍了这片林子，是因为这帮早起的鸟们也会让他们早早醒来。它们或呼朋唤友相谈甚欢，或为了一只虫子大打出手，争吵激烈……我之所以不那么讨厌它们，是因为它们没对我构成太大的纷扰——我起得比鸟还要早。

　　这天我依然起得很早，站在阳台上漱洗的时候，我听见了第一声鸟语，我想这应该是这群鸟们的起床号。阳台外，遥远的天际已经开始泛白，清晨的天空，那是一种摄人心魄的美，星星在朝霞里若隐若现，云恣意地变幻着自己的身形，忽如彩带，忽成鹤形，忽如天马行空，忽成烟雨朦胧……于是，生活不再单调，如同此刻这多彩的天空。

　　出门下楼，出楼梯口的刹那间，一道黏乎乎的线绊住了我，于是我望见了那张网，那张蜘蛛辛辛苦苦织了一夜的网。网中我能望见两只垂死的蚊子，一只蚊子正用细长的脚竭力帮助另一只正在堕入网中的蚊子解脱，那另一只似乎已经挣脱出网。很快我惊异地发现，它嗡嗡地又飞回来了，义无反顾地再入罗网，我用一分钟的全神贯注见证了两只蚊子在葬身蛛腹之前的胜利突围——从此这个世界上又多了两只幸存的蚊子。

　　如果，这尘世间的万物果真有轮回之说。我宁愿相信这两只险些成了蜘蛛美食的蚊子，它们的前世也许就是两条鱼——两条相濡以沫的鱼。烈日下，

钱社教，安徽桐城人，安庆市作协会员，1988 年开始发表作品，多篇作品见诸省市报刊。

垂死的两条鱼渴望着，那厢遥远的天际款款飘来的一片云……这是一片雨做的云。它们相依为命苦苦支撑着，是因为它们虔诚的笃信，这片云会让它们抵达神往已久的天堂——那片会赐予它们无限生机和欢乐的江湖。

晚上下了场不大不小的雨。窗外，雨扑打在窗棂上有一种"雨打芭蕉"般的诗意。通常，我很喜欢枕着这样的夜雨入眠。清晨与两只蚊子的邂逅以及一整天关于江湖的遐想却让我了无睡意。一旁的妻子倒是睡得非常瓷实，很久没有这么近地仔细打量过妻子了。酣睡中，这张被岁月折腾得满是沧桑的脸上有些许笑意，这是她梦中的牌局又和了吗？

记得不久前妻子有意无意地跟我说："你那么喜欢写，怎么就没能让我也走进你的文字里呢？别忘了我可是你生命中的一部分……"我略显诧异地看了一眼妻子，好奇是什么让人到中年后的她变得愈发的时尚和浪漫……

我和妻子第一次见面是在媒人家里，她给我的第一感觉只有朴素这两个字，衣着半旧不新，随意扎起的马尾因为蓬松而显得有点任性，还算周正的脸上略含羞涩。我实在记不清当时我们都说了些什么，只依稀记得全是一问一答式的，依据她教书的这份职业，我一厢情愿地认定她应该是个斯文人。

距离这次见面还不到一个月，我们就约定了婚期，可谓是"闪婚"。然而，就在我哥打算第二天去她家商定结婚具体日子的这天，我开车出事了。我清楚地记得那是个大雾弥漫的清晨，我驾驶的卡车带走了一个横穿马路的老人。这意味着我的驾驶证将被吊扣，甚至将失去这份在专业运输公司开车工作。要知道，在改革开放初期的八九十年代，开车还算是一份挺不错的职业。我的家人在得知这个消息时，用"乱作一团"来形容一点也不过分。晚上一家人愁眉不展地围坐在一起，我哥问父亲，明天还去不去？父亲长长地叹了口气——去试试看吧。一家人认为这门亲事要黄也是情理之中的事……我哥第二天是硬着头皮去了她家的，却是满面春风回到家中，于是一家人又开始欢天喜地忙了起来……据我哥后来描述，当他把我开车出事的消息一五一十地告诉她和她的父母时，预料中的场景并没有出现。而是在短暂商议后，我的岳父异常淡定地对我哥说——照办，那个注定要成为我妻子的人说——认命。

于是在这年北方人过小年的这一天，我骑着一辆破旧的自行车迎娶了我的妻子。

接下来的日子，我只能用异常艰辛来形容了。因为不能开车，我只好回到乡下务农，原本指望只是暂时的几个月，怎么也想不到这一待就是一年多。

这一年多的煎熬，让我觉得仿佛是过了漫长的 10 年。从风光体面的驾驶员沦落到面朝黄土背朝天的种田人，这有很大的心理落差。关键是我从小被奶奶宝贝似的宠着护着，很少干农活，记得每回母亲差我干活都会招来奶奶与她的激烈争吵。母亲在与奶奶吵完之后，总是这么跟奶奶说——你会害了他的。不曾想，母亲的话这么快就应验了，一个成了家的年轻人是不可能成天游手好闲无所事事的，那些干不好甚至不会干的农活让我吃尽了苦头。但我应该感谢这一年多的历练，正是这段炼狱般的日子，让我在以后的岁月里从不言苦也从不怕累。每到夕阳西下时分，我总是热切地望向妻子从学校回来的那条路，当路的远方出现妻子骑着单车风尘仆仆的身影，那份欣喜与感动真的难以言表。她是来分担我的苦和累的，妻子干活的娴熟度显然比我高很多，我干不完的活她很麻利地三下两下就能搞定，她会从学校带回报纸和杂志，甚至还会带回帮我燃烧寂寞的香烟……

　　应该说，当年我的妻子遇见我是一件非常倒霉的事。她除了要负担她的那一大家子，又多了我这个累赘。那段时日，她的学校同事们只知道她结婚了，她的丈夫是个开车的。她那强烈的好胜心是不能让同事们知道我开车出事正在家务农的这个现实，可想而知她当时是承担着多大的心理压力。偶尔她也会让我现身她的学校，到学校前我需要跟新娘子一样被她装扮一番，以至我出现在校园里时衣着光鲜神采飞扬，怎么也看不出这是一个落魄之人——这比做个演员演戏还难还累，我去过一两次就再也不想去了。要想彻底改变这种状况，我得拿回被吊扣的驾驶证，我得回原单位开车。而这些都需要我和妻子城里乡下不停地来往奔波，我们找一切有可能帮到我们的人，我们放下所谓的自尊去见识那无数张冷冰冰的面孔。刻骨铭心的一次是去城里我的一个远房叔叔家，那天傍晚我和妻子空着肚子骑行三四十里路找到他家，他们一家正用着丰盛的晚餐。我们说明来意后，我那叔叔慢条斯理地一边仍旧吃着饭一边淡淡地告诉我再回去等等。也许是我们的到来影响了他们一家人的食欲，以至于外面雷声阵阵，明知我们没带任何雨具却也不肯借我们一把遮风挡雨的伞。黑夜里，我们顶着狂风暴雨艰难地骑行着，有几次妻子险些被呼啸而过的汽车带倒，一身泥泞疲惫不堪的我们回到家里已是深夜。我们泪眼相望，我想说我们分手吧，我再也不能连累你了，却被妻子一个坚强无比的微笑挡了回去……这一刻，我们是那烈日下垂死的两条鱼。

　　人生在世，没有过不去的坎。那厢，终于飘来渴望已久的那片云。妻子在得知我又能回去开车了，那份欣喜是我一生都难以忘怀的。

自此，我只能用"否极泰来"这个词来形容我们全新的生活。我们从最初租住一小间房子的一无所有，到拥有一套甚至两套属于自己的房子，我们赡养双方父母的同时，还在为我的两个妻弟殚精竭虑地设计着未来……这其中我的努力工作固然重要，但更多的还是妻子的精打细算勤俭持家。

我们而立之年才有了儿子，妻子钟爱儿子的程度可想而知。当年我的岳父岳母心疼我们，说我们负担太重，要把儿子接到乡下帮我们带，因为我有被奶奶溺爱坏了的历史，所以我不赞同这种隔代教育模式。还有，每周才能回家看一次儿子的妻子，因为觉得在精神层面上亏欠了儿子，她就最大程度甚至无原则地满足儿子的物质要求。渐渐的，儿子变得特别任性，我担心儿子被宠坏了，却被妻子说成是多余。我们长期斗争的结果是在儿子上五年级的时候才回到我们的身边。每次激烈争吵之后，我们都痛苦不堪。我似乎望见一边相互撕咬一边相濡以沫烈日下的那两条鱼，每当我们萌生出江湖两相忘的念头时，我就会想起那条乡间小路上风尘仆仆骑行的身影，想起那个暴风骤雨的夜晚……心顿时如同被鞭子抽打过后的疼痛。

这种煎熬持续到儿子上大学那一年奇迹般的戛然而止。妻子仿佛一夜之间又重回到我们刚结婚的那段岁月里，甚至连那以往总是强悍霸气的眼神也柔软起来。由于我所从事的工作教学任务十分繁重，妻子承揽着家里所有琐事的同时，还细致入微地关照着我的饮食起居，甚至学会了按摩。每当我腰酸背疼身心疲惫地回到家中，她会为我捶捶背，揉揉肩……她包容了我的所有嗜好——烟、酒、茶、书、足球和写作，如同我包容她的唯一爱好——闲暇时打点小牌消磨时光。我想了很久，妻子的改变很大程度上是因为生活压力的减轻，她曾经支撑着的那个家，已经让我的岳父称心如意，没有什么可操心的。我们有相对稳定的工作和收入，足以维持波澜不惊的平静生活。还有就应该是人到中年后的那番大彻大悟。

"相濡以沫，不若相忘于江湖"——只一个"忘"字了得，莫非几千年前的庄子就通晓了鱼的七秒记忆？正是老庄这套貌似超然洒脱的理论怂恿了无数的劳燕分飞和支离破碎。好在更多的中国人还是活在孔子的世界里——他们相信坚持，相信磨难之后的日久弥坚，更钟情于风雨过后那条大美的彩虹……

于是，我又望见了两条鱼，两条相拥相嬉在同一片江湖的鱼快乐地游向远方……

老家的煤油灯

◇ 刘灭资

　　读巴金的《灯光》，文中一位友人的故事让我一直难忘。这位友人怀着满心难治的伤痛和必死之心，投到江南的一条河里。到了水中，便很快失去知觉。醒过来时，他发觉自己躺在一个陌生人的家中，桌上一盏油灯，眼前几张诚恳、亲切的脸。他感激地想着："这人间毕竟还有温暖。"

　　在老家，油灯曾陪伴我很多年，油灯就是煤油灯。记忆中，油灯有两类，一是豪华型，一是简约型。豪华型：灯芯为棉绳，灯头铜制，四周有爪，旁侧装有小齿轮，以控棉绳上下；灯座内注油，棉绳吸油；灯罩玻璃制造，防风增亮，又称罩子灯。简约型：取墨水罐一只，在罐盖上打孔，用铁皮或牙膏裹紧棉绳，入孔，罐中注油，阖盖，待棉绳吸足油后，点燃。

　　我家人多，灯也多。厨房里最先亮灯，灶台上一灯如豆，各种炊具只看见轮廓。揭开锅盖，水气上扬，灯光摇曳，人影散乱。此时，灶膛火旺，人面红亮。堂屋桌上，灯罩明亮，灯舌闪耀。父亲洗掉脚上的泥浆，换上鞋端坐桌旁；孩子们望着桌上的菜肴，等奶奶说开饭；妈妈一面端菜一面说慢慢吃不要抢。

　　黎明即起，每天都是新的。下地的下地，上学的上学，洗衣的洗衣，各奔东西。落日牛羊归，犬吠人喧。掌灯了，窗子外映射出一片黄晕的光，窗子内一家人聚在一起，就是一副温馨的油画。晚饭罢，洗漱毕，画面上的人物形态有变化。父亲在灯前摆弄着手指，墙上便出现各种手影，有狗、虎、鸭、鸡，孩子们每每睁大眼睛，连连惊呼。妈妈就着灯光，纳着鞋底，动作娴熟，面带微笑；祖母体衰，坐而假寐，鼾声轻小。

　　山区有小水电了，小镇拉起电线了。电压不稳，15 瓦的电灯泡，一会儿明，

刘灭资，教师，南京市作协会员。

一会儿暗，还限时。用惯了油灯，端到这，端到那，方便。每间房里一盏灯，简便的，如豆的火焰晃动着，夜色摇曳着。罩子灯只有吃晚饭前或来客人时才点亮；另外，它还有一个功能，就是烧蚊子。夏天蚊虫多，老往帐内钻。一盏灯在手，灯罩靠近，迅速举起，蚊子就戏剧般落在罩里，一时很解气。

因为高考，我便拥有一盏属于自己的油灯。灯是自制的，简约型。罩子灯，亮堂，费油，撤去。堂屋内，一个人，一盏灯，一桌书，一个宁静的夜晚，或凝神远思，或奋笔疾书，成了时光中的经典造型。灯离我很近，有时会烧皱头发；灯光很小，我在墙上的身影却很大。夜深了，万籁有声，庭阶寂寂。夜凉了，有人给我披上衣衫，是祖母。年长后，读《项脊轩志》，看到写"大母"一节文字，便泪落连珠子，长号不自禁。

高考太难，交上答卷，我以为就没有我自己的事了。17岁了，应该赚工分了。生产队长让我回家看书以便考取大学，这样就少一个人吃队里的粮食。后来，有消息说我考取了，名字上了红榜，红榜贴在县十字街上。回到学校，班主任为我填写志愿，说上师范大学不要家里花钱，且每月还有生活补贴。填完志愿后，我依旧去河边挑沙，一（立）方沙可以卖1.5元钱。一天傍晚，回到家中，我发现罩子灯调得大亮，桌上还加有一个菜：毛鱼炒辣椒，这可是我的最爱。父亲拿出一个信封，递给我录取通知书，我要上大学了，一家人喜形于色。父亲对我说："明天你和你妈去外婆家报喜；后天去我朋友家，他小孩明年高考，让你说说经验。"

要远行了，行李箱里有瓜子、花生、山芋干，还有煮好、剥好的鸡蛋。灯下，妈妈把一叠钱装进我的口袋，然后用线把袋口缝好。第二天一早，外面是黑的，家里是亮的。吃过饭，奶奶、妈妈站在门口送我。走出好远，我看到家里的门窗一直亮着。羊肠小路上，父亲让我走在前面，他担着行李走在后面。天气有些凉，天边还有月亮。我听到鸡鸣，我走过小桥，桥上有霜。

远方，灯如海，夜如昼。我扑在书本上，就像饥饿的人扑在面包上一样。我喜欢唐诗宋词，景仰李白杜甫，"露从今夜白，月是故乡明""仍怜故乡水，万里送行舟"，江流浩荡，必有一泓来自我的故乡。我读鲁迅、读巴金，喜欢百草园、喜欢《家》。第一次读《灯光》，就忘不了，作者笔下的油灯就如同我家的煤油灯一样，晕黄，温暖。今生今世，漂泊成了我的宿命。后来，我又到了更远的地方。行行重行行。回家，我不会走错路；离家，我不会迷失方向。因为，在心里，有一盏神灯为我点亮！

乡村驴推磨的往事

◇ 汪晓佳

前不久拜读了《人民日报》"大地"副刊刘庆邦关于"推磨"的大散文。读着读着，便把我也带进了那个"推磨"的年代。在文章里，刘庆邦主要是写他小时候，是如何大多数时候很不情愿地协助大人用人力推磨的，而我经历的却是用驴推磨的情景。

20世纪60年代，我小的时候见证了农村驴推磨的一幕幕场景，每每回忆，不禁觉得趣味横生，意境绵长。

时兴生产队的时候，每个队的饲养室内，除喂了十几头牛马，还有三四头驴子。这驴子，个儿没有牛马那么大，所以，地里的犁耕耰拉基本上不让它们沾边，主要用于各家各户推磨之用。不过农忙的时候，也会偶尔把它们拉出来与牛马配套下地干活，它们和高大的牛马挤在一起相比，活像个小脚女人似的扭扭捏捏、羞羞答答，好像也并不能使上什么力气。但是，它们与牛马拥来挤去地相互摩擦着身体前行，却也能给牛马们增添一些干劲。

那个年代，农村还没有电动磨面机，吃面全靠磨推。村里生活境况好一些的家庭，马鞍过底内侧都会有一个磨坊，一间屋那么大，一盘石磨置放在中间，逼逼仄仄的空间只能走开一头毛驴。磨坊的主人，几乎每天都会接待前来推磨的人家，所收入的，也就是推磨的人家留下了的一磨眼、一磨底的粮食麸皮，以用来饲养家中的鸡鸭猪狗。他们家喂养的家禽家畜，明显地要比一般人家喂养的膘肥体壮、滚瓜溜圆。

需要磨面的人家和磨坊不成比例，所以磨面的人都要事先预约磨坊，在

汪晓佳，原皖北煤电集团宣传部副部长，安徽省作协会员，出版个人文集3部。

那儿排队。从生产队牵驴，也要和饲养员事先打招呼，不然，要想什么时候就什么时候去推磨，那是不可能的。俗话说，"东西地，南北拐，是人都有偏心眼"。多少有点势利眼的饲养员们，即使你和他最早打了招呼，他也会把好使唤的驴留给生产队的干部家属或者关系比较好的人使用，你所牵到的那头驴，只能是那些使奸要滑的主儿。

这驴能使奸要滑到什么程度？且看：你从饲养室牵出它的时候，它就是赖在地上不起来，非得用脚踢它几脚，或者用棍子抽它几下才起来；就是起来了，也是使劲往后退；到了磨道给它套驴套的时候，它使劲地昂首甩头，就是不让人给它套；蒙上眼睛，哪怕蒙眼布露了一点点缝隙，它都会冷不防地用眼睛的余光偷吃磨盘上的粮食；你若抽打它，它会"牵着不走，打着倒退"，甚至撅蹄子踢你，要么干脆就躺在地上赌气不起来，有时还会仰起脖子，撅着嘴"嗷嗷嗷"地大声嚎叫，叫得人震耳欲聋，心烦意乱，哭笑不得。

这时，性急的推磨妇女，干脆磨也不推了，索性卸下这犟驴的套具，骂骂咧咧地把它送回饲养室，再从饲养室牵来一头，或者从另外已经推好磨的磨坊里，把一头好驴私下里给"截流"过来，以便完成剩下的所有工序。

鸡鸣狗吠、烟火缭绕的村子里，每天都会听到推磨的妇女时而高亢、时而低沉，从磨坊里传出来的虽是几乎没有词语的随意小调，但听起来却是那样的悠扬悦耳、心旷神怡，那抑扬顿挫的哼调里，既能对辛劳的驴们作精神上的鼓励，也洋溢着对生活满足、希望和憧憬的心情。

推磨的妇女们，头顶一张破旧的粗布毛巾，腰间系着一条打着多处补丁粗布的围裙，随着不断地在簸箕里来回地用竹箩筛面，不多时便会眉毛、鼻子、耳朵上，还有浑身上下的衣服上，都会落下细细的、白色的面粉细末，不得不出来拍打掉，再进磨坊继续干活。倘若遇到夏天，那些面粉细末则会和汗水黏稠到一起，任凭怎么拍打都无济于事，只得强忍着，待到推完磨以后到门口再一次性处理。出来后，衣服上抖落出的未被黏稠的粉末，竟让凹凸不平的泥地上一片洁白。

后来不知什么原因，生产队的驴们越来越少了，许多农户牵不到驴，就发动家里的人替代驴推磨。刘庆邦笔下的"人推磨"，说的就是这件事。有个发生在当年我们区委书记身上的故事，每当想起来我都忍俊不禁。一天，区委书记一身窝窝囊囊的打扮去基层微服私访，被某村社员误认为是外地的流窜人员，就让他去磨坊推磨，他推不动，社员就打他，打他他也不说自己是区委书记，仍然使劲儿地继续推磨。直到生产队干部闻讯赶来，才解了他的围，从而让这位从枪林弹雨中过来的区委书记，知道了农村竟然还有"人推磨"和打人现象……

过去，农村的一些人喜欢拿驴跟人开玩笑，见到十几岁青春懵懂的小男孩就说，我给你介绍一个对象吧，东庄上"槽头站"的闺女，会干活，就是脸和耳朵长得有点长，脚也有点小。见有的孩子红了脸，信以为真，大人就忍不住对着孩子哈哈大笑起来，就跟孩子揭开了"谜底"，说那是驴！

现在回农村，早已见不到牛马驴了。磨坊也不见了踪影，见到的却是散落在长满野草的墙角旮旯一面面生了苔藓的磨盘，它们或卧着或半卧着，身上落满了日积月累的灰暗尘埃，几只家禽和麻雀在那上面走来跳去，成了它们嬉戏休憩的场所，留下它们坨坨黑白相间的粪便……

别说乡镇街上，现在就连有的村子里也有了机面房，拎一袋粮食过去，很快便能把一袋子暄软的白面粉拎回家，吃面方便极了。但大家都说，不知为什么，机器里磨出来的面粉，怎么吃都吃不出来原先用毛驴推磨推出来的面粉味道了。也许，这也是现在生活水平逐年提高，味蕾的要求也越来越高和隐隐产生的乡愁、乡情缘故吧。

乌溪水镇

◇ 程三武

半个世纪之前，为照顾年迈父亲，安徽财政学校毕业时选择了南京近邻、芜湖地区当涂县为安身立命之地。当涂地处宁芜铁路中点，交通优势、经济优势均佳。

我被安排在乌溪镇瓦业社任会计。瓦业，字典解释：以砖瓦沙石为原材料，播洒汗水与技术的行业。通俗地说，就是手持泥刀走天下，砌墙、垒灶、盖房子，酷暑三伏、严寒三九都在流汗的建筑业。此地称那些为养家糊口从事瓦业的人为泥瓦匠。自古及今的泥瓦匠们，是百姓居家生活中必不可少的好帮手。

那个年代，城乡居民户口固化，几乎不流动，谋求个正式工作也不易。何况"老三届"一个不落地下放广阔天地"接受贫下中农再教育"；艰辛的新中国成立之初，我们心安理得接受这样的分配。临行时，双亲告诫：身稳口稳，处处安生；何地黄土不埋人。

清晨，自当涂县城南关挤上了满载乡民的小火轮，横七竖八的扁担箩筐中寻得一席之地，逆青山河 30 华里至青山街，肩背手提行李下了船。环视四野，油菜麦苗织成的绿色地毯铺向远方，一望无际直到天边。远处近处都是绿色的风景，感觉飘浮在一片绿海里。路在哪里？路在行人的借问中。顺着当地人的指点，人在画中行，画在心中移，徒步沙石公路南行 20 余里达亭头镇。

继而，换乘人力驱动的木船。蓝天下的小船不停地变换方向，时而漂移在宽阔的水面，看见惊起的水鸟躲入芦花丛中；时而行进在窄窄的小河，听见船夫与擦肩而过的舟人欢声笑语。夹岸芦苇水草已更换冬装，微风中摇曳，时不时遮挡了向后移动的田园村舍。桨橹声里的一叶扁舟，沿着弯弯曲曲河港湖汊转悠。直到天边最后一抹晚霞落去，相距县城不足百十华里的乌溪才露其尊容。

初冬的江南，溪柳依旧炫耀着绿色的身影，港湾内密集的柳林互相掩映，交错盘结的古柳倾身探向水面，柔软的枝条抚摸着一湾清水，乌溪内河码头即位列其中。这里是小镇百姓迎来送往之地，历经岁月沧桑，承载着太多的惜别与欢聚。也是人们一次次出发、一次次荣归的起点和终点。

举步踏上了这片陌生的热土，等候多时的瓦业社主任拍手叫好、眉开眼笑，匆匆走出柳林帮我接提行囊，其真诚和热情瞬间拉近了我们的距离、温暖了我的心；手脚利索的几位师傅一通打理，未来的栖身之窝即布置一新。值此，我就是安家落户的乌溪人了。

长江中下游平原，沟渠纵横，地势平坦。若站在诗仙李白守望之地——当涂的青山之巅远眺东南，绿水透迤、波光粼粼。乌溪就坐落在水阳江与丹阳湖拥吻之处，四面环水的大公圩南大堤怀抱里。水镇，东与江苏高淳守丹阳湖相望，不远的东北就是水光潋滟的石臼湖；南隔水阳江，与宣城、芜湖两县鸡犬声相闻。此乃《三国演义》中声名显赫的江东，历史上直属太平府。上至达人、下到黎民，万众企盼的太平景象，在此年年岁岁演绎。

发源于天目山、黄山的一脉脉清流，流出沟壑峡谷，汇合成滔滔不绝的水阳江。黄金水道自东西流，通江达海，自古以来就是惠荫苏皖的经济文化长廊。她将崇山峻岭中的竹木柴炭、茶叶竹笋，顺流而下聚集到乌溪的外河码头，由水及岸，承接转移至扬子江畔。交易的前沿阵地堆满优质大米、新鲜鱼虾。吆喝声、讨价还价声，终年不绝于耳。雨水丰盛季节，帆樯林立、竹筏木排鳞次栉比。

乌溪内河码头联系着百千河港湖汊，蜿蜒到圩内的小桥人家和沃野良田。一望无垠的乡野，星星点点的村落，遮风挡雨的门前树木林立，屋后蒹葭葱茏，水鸟翔集。

水乡泽国的男女老少皆娴熟游泳驾船，每家每户必备扁舟，少则一叶多则数条，是采撷林林总总水中食材和出行的大物重器。生活所系的丰富物产，也促进了饮食文化的蓬勃发展。民间的豆制品、豆制酱闻名遐迩，既下得市井也上得了厅堂；腌制的生姜、黄瓜、莴笋精美可口。红菱茭白和出水鲜藕，一经巧妇能手烹饪，立成别致的农家味道。

盛传，每当春夏，外河涨水高于内圩时，"都门"（外河、内圩互通节制水流的闸口）缝隙漏水处，密聚嗜水的鱼群，跳跃翻腾却无人问津，好动的青年人井中取水似的一网网打捞。突然有一日，龙卷风卷走农家"屋上三重茅"，裸露在光天化日下的房梁挂满了一排排咸鱼腊肉羊腿，引来乌鸦老鹰飞舞盘旋。

勤劳善良的百姓与水相依为命，不仅逃脱了三年大饥荒的厄运，还营救了外来饥民。靠山吃山、靠水吃水的江南鱼米之乡，上苍赐恩施福略见一斑。故而，此地寻常百姓从不清贫。

拥有秀丽风光和富饶土地的乌溪，坐享两省四县引发商机的得天独厚优势，外河占有水上商道，内圩具有远近物产，顺从其美为商贸港湾。凭借发达的水域，水起风生；传统作坊、大小店铺，沿大堤东西近一华里；引芜湖、合肥、南京商客蜂拥而至。街头有塔、有亭、有学堂，也有香火不断的土地庙、仙姑庙，应运而生的有茶楼酒肆、澡堂歌榭10余家。因水成邑、因水而兴，虽非通都大市，其繁华却自有特色。

此地口耳相传：大明皇朝朱洪武一统天下后，欲选址建都于此，先有大公圩13道都门，后才有明皇都13城门；乌溪都门与南京中华门方位一致云云……

倘徉在被历史和传说深深磨光的石板路上，仿佛穿越了岁月隧道。老街青瓦粉墙参差，千百人家勾画出厚重的乡愁。左顾右盼的一砖一瓦都延续着过往，斑驳墙体诉说了乌溪曾经的风雨华年，感受到浓郁的古风雅韵。

每地都有不吃官粮的文化人，默默无闻地坚守传统的"仁义礼智信，温良恭俭让"。他们自谋生路，主营刻章制印，代人写信立约。大凡逢年过节、婚丧嫁娶庆典，抑或置产修造、上梁破土，少不了砚田笔耕的文化人。乡亲们尊其为"先生"。"先生"两字在老百姓心中是有重量的，虽衣冠平常，居室与周邻无异，登堂入室则有乾坤。摆在台面的笔墨纸砚，掖在内室的对联字画、古籍善本和名家碑帖，掩饰不住久远的来历，彰显出深厚的文化底蕴。这些智慧的结晶，历经风雨仍熠熠生辉，在那个年代，不说冠冕堂皇话却给了庇护，手下留情就是老百姓对"先生"的回报。老百姓算计着过日子，但在为人处世上，绝大多数计算的同样是"仁义礼智信，温良恭俭让"。平易近人的乌溪，民风淳厚。

　　来此不久的冬月里，雷鸣电闪、大雪纷飞。潇潇洒洒的雪，屏障了世间的喧嚣，不一会儿就将大地勾勒出一幅黑白水墨，雪压琼枝将绿野粉饰成童话世界。此时的乌溪恢复宁静，美得素雅、清欢、自然。

　　可想而知，春风又绿江南岸时，绿草繁花、啼莺舞燕在天地间展开，无边无际的绿静静地等来一片片油菜花的金黄；日渐东升或晚霞夕照，碧波荡漾中的小船撑出柳荫，最能显现烟雨江南特有的浪漫和诗意；盛夏时节，接天莲叶下隐藏着进进退退的小船，不乏月下菱歌泛夜的景象，采莲采菱，荷叶田田的欢乐。荷尽已无擎雨盖的秋冬，收割打鱼采藕，喜见万物归仓。恬静的乌溪，四季皆好，四面八方都是美。无论何时，你都能寻找到属于自己的温馨时光。

　　雕塑大师罗丹曾说过，"世界上的一切事物都是美，若你有一颗美好的心灵，便能发现美的所在。"富甲天下的鱼米之乡，碧波绿柳中的水镇乌溪魅力四射，令我在短暂的逗留中永生难以忘怀。即便是水乡"匆匆过客"，依然撒落一地沉甸甸的难分难舍心情。辞别50载，忘了岁月变老，对于曾经生活在那里的人来说，昔日的一切皆成过去。愿那里的人民安居乐业，世世代代永守水乡的原始生态。

手 表

◇ 胡银福

　　手表与闹钟一样都只不过是一种计时器而已，只是手表戴在手腕上的确还有一种装饰的功能。不过，人们历史上倒是有"穷玩金，富玩表"的习惯说法，也真的就有那么一些人在把玩着几万甚至几十万乃至上百万一只的名表。当然，只要它的来路正当渠道又正常的话，那它也就是一种无可厚非的高消费行为。

　　反正我这辈子没有也不准备奢望戴上什么金贵的名表，我所佩带过的手表都从来没有超过几百块钱的价格，但每一块我曾经佩戴过的手表都毫不例外地给我带来了许多珍贵的记忆和无比的不舍⋯⋯

"钟山"表

　　在我们小的时候，手表可是大人们珍爱着的宝贝玩意，是属于"三转一响"四大件之一"转"的东西。那时也没有电子表这一说，只有清一色的机械表，品种也只有 30 元一只的半钢、40 元一只的全钢"钟山"牌和 90 元一只的半钢、120 元一只的全钢"上海"牌的等少数几个老牌子。

　　1980 年放暑假的时候，我从城里就读的专科学校回到乡下那已失去了父母亲的家里。临近开学的一天，嫂子将我唤到跟前："福子，现在都是吃公家饭的人了，应该有块手表才是啊。"（那时我们上学，国家每个月发 17.5 元的生活费）嫂子郑重其事地从怀里掏出一块"钟山"牌全钢手表，小心翼翼地

胡银福，四级高级警长，一级警督，中国警察协会文学艺术分会会员，安徽省公安作家协会会员。

戴在了我的左手腕上。那闪着银光的表芯配着黑色尼龙表带很是抢眼，凑到耳边，更是"滴答滴答"的清脆声此起彼伏。当时的我连声"谢谢"都没顾上说，就心安理得地戴上这块属于我人生的第一块——"处女表"，便开学报到去了。

后来，还是无意之中听哥哥对我说起：这手表可不好买，是嫂子半夜里赶到南京手表厂门口排队到下午才买到的。而嫂子那天身上揣的就是哥哥那个月在社办单位的全部工资42元。除了买手表的40元和来回的车票路费，嫂子那天的伙食，就仅仅是她从家中带在衣兜里的几根煮山芋……

"上海"表

1985年的春天，跟我一起在哥嫂面前长大的小姐姐要出嫁他乡了。临出家门的时候，小姐姐拉着我的手含泪将一块崭新锃亮的"上海"牌全钢男表换走了我那块"钟山"牌。这两种手表除了外观上的一些细微区别外，最大的不同就是后来者发出的声响已不是"滴答滴答"的慢摆音，而是"嚓嚓嚓嚓"的快摆声。

原来，当时在农村来讲各方面条件都很是优秀的小姐姐没要婆家的任何条件和彩礼，只是不容置疑地提出要一块"上海"牌全钢男表的小小要求，而且还是特意以自己手腕粗戴大表适合来作为理由的。我戴上这块当时要花费我整整3个月工资总和的"名表"，很是沾沾自喜了一阵子……

"警用"表

随着时代的发展，各种电子设备铺天盖地，先是花花绿绿的电子表一抓一大把，后是BP机、手机清一色地都有了计时的功能。手表单就计时的功能与作用来讲，已越来越对人们变得可有可无起来。就在我也准备把那块手表收藏起来留作纪念的时候，一天在办公室阅读《人民公安报》的我，无意间就被最后一版的一幅图文并茂的警用表广告所吸引，我竟心血来潮地立刻就汇380元邮购了如今戴在我手腕上的这块警用表——它也是我此生第一块自己花钱所买的手表。

这块警用表是指针式带双日历的电子表。说它是电子表，只有亲自佩戴它的人才清楚，因为它放到耳边已是静静的不发出一点的声响，而且不再需要天天上发条。不过它的外形其实就是一款时尚的机械表，表盘中央的商标处被一枚熠熠生辉的小警徽所取代，不锈钢的表带一端镶嵌着一面小巧玲珑的立体盾牌，一端则牢牢地镶嵌进了一枚袖珍式的指南针。好多不知真情实底的朋友，都以为我戴的是一块货真价实的大名表，有几位还要用他们的手表和我换而被我婉言谢绝。最为特别的是这枚小小的指南针，它在我的日常工作和生活中可是发挥了许多意想不到的作用与效果，好几次将差点迷路的我带出误区，化险为夷……

　　说真的，手表的功能和价值其实与它的价格高低是没有太多必然联系的。我就钟爱每一只我所佩戴过的手表，因为它们在真实、准确地告诉我时间的同时，还都给我带来了许多的温情与思念。尤其是这块并非名牌的电子警用表，它不仅在时刻提醒着我的警察身份与责任，还会不失时机地为我指明前行的方向，使我永不迷航……

那片雪花

◇ 王崇彪

晚来天欲雪，让我想起了那片挥之不去的雪花，这片雪花里有我的十弟。

十弟名崇改，是我大伯最小的儿子，他在我们叔伯弟兄中行十，名字大约是儒雅的大伯依照"文革"初期的"斗批改"取的。又听说他原名与房下的一位兄长相重，故取"改"。

我少年时就到城里桐城中学上学，接着负笈合肥，后来又分配到江南，同十弟的接触并不太多。

那年春节，我带着妻和一周岁多的儿子回家乡，见到了数载未遇的十弟。他浓眉大眼，长出了络腮胡子，已是一个 20 出头的孔武后生。因家中困顿，初中毕业后他就在工地做工。我握住他手时，发现他手心硬硬的，我知道这是老茧。他特别喜欢孩子，对我儿子说："来，让椒椒（桐城对叔叔的称呼）打扛肩，带你扯花去！"回来时，儿子骑坐在他的肩上，手里有一枝红梅，不知打哪里摘来的，大约跑了一些路，所以十弟嘴里呼呼地哈着热气。梅上还有余雪，他的头发也沾了从梅上落下的几片雪花。后来听说，谁家的孩子他都喜欢，他常常伏在地上，像头小牯牛让孩子骑在背上挥着手喊"驾——"。

1996 年，我回去探望生病的长兄。那天我在十弟的家门口，见到了有些尴尬的十弟。他已为人父，弟媳秀外慧中，与他很是恩爱。只是有个瘦瘦高高的半百长辈，竟在一旁声色俱厉地训斥他："我到今朝也不愿意小女儿嫁给你！看你家那几间土坯房子，歪歪倒倒的，跟你还享么子福?!"十弟恭恭敬敬地站在边上，一个劲地陪着笑："嘎公（即外公，以孩子称之）嘞，莫生

王崇彪，安徽公安作协会员，马鞍山市作协会员，发表小说、散文、报告文学等数百篇。

气，我会把房子盖起来的。"后来，我对十弟说："你丈人也一点不给面子，当着来人也这般数落你。"十弟依然笑着，说："老丈人骂了不就骂了，哪个眼睛水都往下流，他也是想我好嘛。"

2008年，我回桐与兄弟姊妹给父亲做80大寿，在家中摆了几桌寿席，亲朋好友都参加了，酒喝了几十斤。不大饮酒的十弟也小酌了几杯，满面酡红。这时他已盖起了三开间的三层楼房，房子里不仅安居有伯母（伯父已过世），还住着另外两位老人，这就是他的岳父岳母。须发皤然的丈人满脸笑吟吟的，见人就夸他的女婿："都讲女婿半个儿，我说女婿胜儿子。想不到，我和老婆子这下半生，还是享了这女婿女儿的福！"经过询问，我才知道，这位老丈人两个儿子都工作在江南都市，次女嫁到中国台湾，长女又是个哑巴。两位老人又不习惯儿子所在的城市生活，最后他们还是被小女婿接到家里，和和睦睦地安度着晚年。十弟对我说："过去家穷，尽孝不够，现在条件好了，就应该多尽点孝心，老岳父也是父，丈母娘也是娘啊。"

我自以为读过孔孟的老幼之道和现代的"道德经"，但真正理解什么叫尊老什么叫爱幼，应该还是从十弟这里开始的。

次年新春里，我搭乘马市老乡的专车回到故乡探望生病的老母。几天后，老乡因急务突然要返回，他对城关不熟悉，让我在高速路口等他一道回去。兄弟姊妹都上班去了，我便步行到南山路等士，恰被十弟看到了，他马上骑来摩托车。我说："天冷风大，又要下雪了，我还是打的走吧。"他不高兴了："你不会嫌我不是四个轮子吧？"我只得立马坐了上去。到了高速口，老乡的车尚未到，十弟却坚持陪着我。待我上了老乡的车，他向我挥挥手，才突突开车走了。天上开始飘起了雪花，我转过头，看到一片片雪花落在他的头上，落在他的后背上，好似腊蝶飞落，直至融进我的心里。

2017年正月初二，依乡俗我回乡拜父亲的新灵，妹妹说："十弟生病了，是肺上毛病，前不久做了手术，还进行了化疗。"我听后心一沉，如同掉进了冰窟。第二天我去看他，包了2000块钱，他不接。我说："你当我不是亲兄弟？"他虽很憔悴，但脸上却仍带着微笑，说："人吃五谷，没有不生病的，但我知道我不是一般的病。不过我不会悲观，我会笑着过好每一天。"

在他的病床两侧，还有两个长相相似的小伙子在细心服侍着，我不认识，一问才知道是他哑巴大姨姐的两个儿子。在城里上学时，家在老远乡的他们先后住在十弟家，十弟视他们如同己出，关怀备至。他们后来考师范、走上工作岗位，也把十弟当作最尊重的父辈。得知他得了不治之症，他们哭得特别伤心，哭声都惊动了四邻。亲情是可以从上往下传递，也可以自下往上回溯的。

十弟的乐观和微笑，让病魔退避了3年多。哪知今春他在雪地里跌了一跤，跌折了胸骨，病灶迅疾转移到骨头上并恶化起来。庚子二月二十一日，他知道走到了人生尽头，仍面带微笑，轻声对旁边的亲友说："我唯有两个遗憾，一是未能为老母送终，二是不能亲见小儿子的洞房花烛……"我的伯母已92岁，思维还很清晰，听后老泪纵横。而十弟风华正茂的儿子，此时尚远在西藏值守。时值疫情弥漫，我也没有回去。这天晚上我在单位值班，天上打起了雷，似有几片雪花飘在我办公室的窗前，细看却是新开的杏花。

前天，七弟崇先在朋友圈发了一首七律诗，悲悼十弟灵归龙窝（安葬），并配了七八张花鸟画。原来这些花鸟画都是十弟的创作，大多是多年前在生活窘困时搦管所写，也有为抱病期间吮毫绘就。想不到几十年来，不论面对贫穷还是疾病，十弟一直抱着这样艺术的情怀，而我这个所谓半个文人全然不晓，其实我对他了解太少了！

我不懂字画，但我从他画作中看到了鹰马塞外、烟雨江南……这是一种妙造自然的美。我想，如果不为生活所困，自幼得到很好的艺术熏陶，他一定会在绘画艺术上有所造诣。

今夜，寒风剪剪，冷雨开始淅沥地下，但我却看到了细雨夹杂的雪花，那是李太白的"孤飞一片雪"吗？这一片雪花里，应该有十弟脸上浅白的微笑。

兰　姑

◇　张　梅

那个初夏的黄昏，从母亲的电话里得知兰姑的丈夫因病去世了，曾经那么健壮的一个人，忽然就有些感慨和难过，为兰姑，为世事的不可预测。

兰姑是我的亲姑姑，在日复一日、年复一年的岁月流转里，我已经有些淡忘在家乡那个遥远小镇上生活的她了，母亲的提及忽然让我对她挂念起来。想想，我们已有好多年没有碰过面了。

兰姑叫白兰。她是家中大人中的老小，而我是小孩中的老大，她只比我大9岁。小时候常是她左右地带着我，我想，当时我比同龄的小孩识事，也许是受兰姑的影响。

兰姑小时身体不太好，因此上学较迟，8岁那年右手小指得过骨髓炎，病愈后，小手指一直是弯曲的，像一个天生的"兰花指"。后来奶奶安慰她说，女孩有这种娇贵的指，大半都是清闲享福的，兰姑便不怎么计较了。

15岁那年，兰姑似乎在一夜间茁壮起来，身材曼妙，容颜水灵、艳丽。那时她上初一。兰姑很聪明也很爱看书，她常常给我讲那些美丽而浪漫的故事，这令我对她热爱不已。大了些的兰姑开始向往小镇以外的世界，因她没有去过小镇以外的地方。那时我常想，兰姑要怎么样才能去到外面的世界呢？但我相信她是有出息的，因为她的功课一直是挺棒的。

可是，随后发生的一件事，却改变了兰姑的命运，至少我是这么认为的。

当时兰姑所在的那个镇中学，离家较远，走学很不方便，兰姑要求住校，奶奶坚决反对。而此时学校发生的一件事，彻底中断了兰姑的求学生涯：班

张梅，医生，江西省作家协会会员，多次获全国征文比赛奖。

里一个和兰姑同龄的漂亮女生自杀在家中。经查后得知，那个女同学和一个外地来的老师有染，怀孕后不知所措，于绝望中寻找了如此的解脱。

当事人得到了法律的制裁，可班上大部分女生在家长如古镇般老旧的呵护里，还是惊惧而茫然地退学了，这当然也包括兰姑。

从此，兰姑日日在家中眼巴巴地看着我背着书包上学，脸上一脸的迷惘。看来，她想依靠读书走出小镇的愿望是破灭了。

19岁那年，兰姑出落得更有型了，她的美里有一丝淡淡的忧伤，像朵丁香花，很难叫人不心动的。有女待字闺中，远远近近说亲的便络绎不绝，可兰姑一再地推诿，以至奶奶后来生气了，她说你再不嫁就成老姑娘了（当时在小镇，女孩至20岁基本上都会结婚的）。兰姑才答应了另一个镇上曹家的那门亲事。因曹家答应等兰姑过了门，就把她弄到镇上的供销社做营业员，这在当时看来是一份挺不错的工作。

现在想想，兰姑当时还向往着外面的世界，一条路走不通了，她想寄希望于另一条路：找个能带她到外面的男人。可这样的男人始终没有出现，她也就死心了。

那个健壮而憨厚的小伙子，家里人都叫他小曹，我就叫他曹。兰姑多少有些不快，我才懒得管呢，在当时他可是我的死敌，因他的介入，兰姑就要成为别人家的人了。

初春，兰姑订了婚，按照镇上的习俗，兰姑得了很多的聘礼，有各型皮鞋、各色毛线、各款在当时最盛行也最时尚的布料，那些舶来的名字，叫得人心生神往。记得我曾向兰姑提出过一个很贪心的要求，我要她把那块据说从日本进口的墨绿色布料给我做衣服，遭到她拒绝。她的小气在当时很伤我的心，那时我最大的希望就是快快长得和兰姑一般大，找个婆家，然后得一大堆令人眩目的属于自己的东西。

在一种物质前所未有的满足里，兰姑很开心，也很幸福，她开始淡忘了她少女的苦恼，对小曹也热爱起来。

那时，偶尔我还跟着她睡，她晚上大部分时间织着各色毛衣，并用剩下的毛线给我织了一双手套。如此小恩小惠并不能消解我对她的记恨，小小而尖酸的我开始挑剔起她的幸福来。

兰姑还照常给我讲着听来的故事，不过题材变了，是民间爱情传说。她当时的这种自我陶醉的叙述并不能满足我的好奇心了，我说兰姑，你和曹之间为什么就不浪漫呢？我甚至没看到过他给你写过一封信。

兰姑就很尴尬的样子，她说常在一起写什么信呢，况且我从来都没给他写过呢。我说那你就写呀！

兰姑后来真的就开始写信了，因为有一段时间，小曹出外，兰姑就定期地给他写信，写过后的信就放在枕下，我常偷偷拿出来看。信上是些娟秀而绵密的字迹，有些我似懂非懂，不像在写信，倒像平时和我讲故事一样，有一种对未来日子的浪漫向往。

一次兰姑发现了我偷看她的信，她就很生气，告诉了奶奶。我说这有什么呀，我又不是看小曹的信。奶奶向来是很袒护我的，嗔怪我一声"小精怪"，就问姑姑小曹来过信没有？兰姑不作声就走开了，我知道她一半是生我的气，一半是生小曹的气。

兰姑后来不要我跟她住在一起了，自那次后，她对我爱理不理。一个星期天，我正在做作业，兰姑很高兴地拿了一封信走到奶奶那里，奶奶关切地问，小曹来信了？兰姑羞涩且兴奋地点了点头。

我从兰姑的背后看到，那展开的信笺上有行字，特别醒目："亲爱的白兰妹妹"，看得人心里柔软。兰姑发现我在偷窥，便故作嗔怪。我说有什么嘛，人家不过关心你而已。于是，我和兰姑又重新和好了。

另年春节兰姑便要出嫁了。那天天气很好，家里一片喜气，兰姑打扮得非常漂亮，那是我见过的最美丽的新娘。想着兰姑从此就要成为别人家的人了，我忽然就伤感起来。兰姑看我不作声就含泪搂过我，"梅，姑姑从此后不能再陪你了，记着要好好读书，帮姑姑看一看外面的世界……"

当兰姑的背影终于随迎亲的车队渐行渐远时，我忍了好久的泪就长长地流了下来，心里一片空空的感觉至现在都有。现在想来，兰姑至出嫁之前都没有放弃过她的奢望，只不过当时她只能在一种宿命里无可奈何罢了。

随着兰姑的出嫁，随着岁月的流逝，随着我的远离家乡，我和兰姑几乎很少见面了。记得兰姑婚后去了那个镇上的供销社，上过一段时间的班，后来便不去了，自己在家做些小买卖，因为头胎生了女儿，便一直变着法子生，直至生了一个儿子。

姑父去世后，我不知兰姑怎样负担起这一大家子。家里人都陆续迁到了县城，兰姑一直生活在那个小镇上，5月我回家时去看望了她。兰姑的变化很大，虽有年轻时俊俏的影子，但当时曼妙的身材明显地臃肿起来，脸色也有些憔悴，呵斥孩子们的声音大大的。

　　见了我，兰姑有霎时的恍惚，默默地拥着我好一阵。姑父去世了，她有些悲伤，但更多的是一份漠然，那份漠然里有几许沧桑和无奈。她在那个她生活的小镇上开了一个不算小的百货铺，房子是自己的，一共两层，上层住宿，下层临街经营，经营得好的话应该可以保证一家人的生活。她一边用那个有"兰花手指"的手找回顾客的零钱，一边说，大妹不得不让她辍学了，店里、家里都需要人手。其余的孩子得让他们把书念出来，他们得去见识外面的世界。

　　还是那句最熟悉的话，兰姑却念叨了半辈子，宿命的无奈里有几许酸楚和希冀。我说兰姑要么这次跟我到外面去散散心，兰姑说不了，很少出门的，一闻到车上的汽油味就头晕，我也认命在这个窝窝里了，也蛮好的。

　　一旁的大妹瘪了瘪嘴，显出一种不屑来。大妹是兰姑的大女儿，16岁，和当年的兰姑一样俊秀，只是多出几分不羁。兰姑上楼后，她拉着我的手说："表姐，不如这次我跟你去省城一趟，看看外面有什么时新货，这小镇里的东西我真有点看不上。"

　　我笑着点了点头。大妹缠着兰姑答应后就满心欢喜地走了，一会换了件漂亮的白色连衣裙下来，在楼梯口望到她的那刻，我仿佛看到当年的兰姑隔着长长久久的岁月向我走来，我的眼睛不由地湿润了。

　　临上车，兰姑悄声对我说："大妹这丫头不安分，你得尽快让她回来，我少不了她的。"车徐徐启动，兰姑还怔在那里，她一直挥着手。后来，我看到她用手擦眼睛，也许是有尘沙扬进了眼里，也许是流了泪吧，我的眼睛也生生地痛了起来。

远方

时光不语

泥土的芬芳

◇ 姚　岚

泥土总是让人永远亲近并怀念的。它犹如亲情，越久越醇厚。

每年的 4 月，人们都会从遥天远地的地方赶回有着无边泥土的老家。中国的清明节，感恩与祈福，千百年的延续，自然深深植根于我们的灵魂深处。

在乡下，有泥土才有田地；在城里，有泥土才有花圃和草甸，才有绿化率。绿化不仅仅是栽几棵树，种几畦草，还要看栽的啥树，种的啥草。桂花、香樟、银杏，这是装点城市小区的常见树种。若再有些亭台楼阁，水池喷泉，土丘沟壑，水里红鲤悠游，树上黄鹂婉鸣，那自然更好了。

城里的房子越来越高，离泥土越来越远。人又不是鸟雀，没有长翅膀，整日待在半空中，接不上土气，总有不踏实的感觉。夜静更深，躺着，耳朵里满是汽车驶过水泥地面的摩擦声，脑海里满是迅疾的气流。而自己就置身于这些气流和噪音之上，悬于半空。失眠一直这样紧跟着我，摔也摔不掉，撵也撵不走，实在叫人苦恼得很。便常常不自觉地立于窗前，远眺，视野里全是屋顶，屋顶上全是太阳能热水器，十分刺眼；唯有俯瞰，空地上绿树百花，喷泉环水，馨香弥漫。

我买房子，不太看房子本身的质量，而喜欢看小区里留有多少泥土。"香樟里那水岸"，这个小区的名字很不错。可惜，它只对了一半，有樟而无水，也不是理想的地方。阳光花园临江而立，园内绿树花草，丘壑起伏，错落有致，但暗红色的外墙，给人阴郁高深之感，也丝毫不"阳光"。那都是些高档小区，绿化自然很不错。我早先住的菱湖新村，却有着与乡间割舍不了的

姚岚，中国作家协会会员，安庆市作家协会主席，现居安庆。

"泥土气息"，现在住的谐水湾，自然有水，遗憾的是，泥土虽然不少，但花草的品位与搭配却略有逊色，仿佛是在规划上欠点火候。

安庆的城里，遍寻之后，几乎就没有一个较理想的住宅小区。偶尔空气中还能闻到一股浓重的怪味，那是石化厂的副产品。居民们对此无可奈何。我的支气管炎愈发严重了，吃了许多药，仍不见好。这令我更加怀想着乡下，那泥土的气息和芳香，还有年迈的公婆见到我就笑逐颜开的面容。

无边无垠的油菜花，把一个金黄色的春天镶嵌在我的视野。老公的老家在宿松县复兴洲区。那是个土肥水沃的地方，随便撒下一把种子，不几天就见青苗蓬勃。婆婆家的房前就是菜园，矮矮的围墙，几块青砖随便码起来的。大蒜葱绿，菜薹苗壮，灰包、水芹、芥笋、韭菜、萝卜……时兴菜样样不缺。每次我来看公婆，都只要临时到菜园里摘一把青菜，就着井水洗了，上灶一炒，那个新鲜味，吃了上顿还想下顿。临走，婆婆还跨进菜园，扯出一大捆大蒜，抖掉泥土，要我带上。公公说，索性把根须剪掉。他果真拿了菜刀，蹲在菜地边，一棵棵切掉根须，又一点一滴把老叶扯了。公公年逾八旬，容颜苍老，视力不济，听觉不行。一生生养了6个儿子，供养儿子们读书，繁重的体力劳动，早透支了他的健康。平时很少做家务，农闲时喜欢打打小牌，一日三餐离不开酒瓶。以往，婆婆总不敢在亲戚家留宿，说是公公不会做饭。在我的记忆里，公公是不怎么做这些家务琐屑的。

我喝着水，蹲在公公身边，看他切蒜须，扯老叶。他的动作迟缓，但那份慈爱，那份喜悦，我能真切感受到。一瞬间，我有些恍惚，似乎身边蹲着切蒜须的就是我去世多年的父亲。一种久违的亲切感，弥漫我的全身。

人都说，生儿子只有名气，生女儿有福气。儿子们大了，各自成家，飞得远远的。老人们头疼脑热的，谁也够不着。父母生日，有多少人还记在心上。公婆周年劳作不息，种菜种地，并没有给我们多少负担。倒是婆婆，年过花甲后还要为念中学的孙儿们操劳着，把不会烧饭的公公撂在家里，在中学的边上租间小屋，照顾着他们的吃喝拉撒。这一陪就是好多年，孙子一个接一个，一年又一年，婆婆就这样陪伴着孩子们顺利完成了他们的中学学业，一个个又远走高飞了。

那些年，婆婆虽然远离了熟悉的故土，但在陪读的空余时间，居然还到山上开荒种菜。那种对泥土的留恋已经根深蒂固，融进了血脉，而她从小养成的勤俭习惯，无须高大上的理论说教，自然而然就那样潜移默化地影响着她的儿孙们。

有两年，婆婆听说葛根粉好，还跟着别人一起跑到山上挖野葛根，一点一滴洗净，锤碎，沥出葛根粉，自己舍不得吃，分给每个儿媳。夫从老家回来，又带回一袋子芝麻，说是婆婆给我的。见我长年便秘，叫我多吃芝麻。夫把芝麻洗了晒，我有些吃惊，怎么给这么多啊？她就那么一点地，能种多少？是不是全给我了？我眼前浮现出她在地里忙碌的身影，撒种、锄草、收割、打籽……这得经过多少工序，经过多长时间，才能有这一袋子的收成。

父母对子女的情意，远比泥土还要深厚！

每天清晨，芝麻的清香总是将我的思绪带往丈夫的老家：那片无边无际的小麦棉花地，那条看不见首尾的江堤，那温暖芳馨的泥土，还有在泥土地上永不停息劳作的婆婆……

从宜城出发，向西过皖河，经望江县华阳镇，沿着江堤，过杨湾闸、小孤山，继续西行七八公里，就到了一个叫复兴镇高屯社区的地方。这里四季葱绿，春日菜花香，夏季棉叶茂，秋天白花密，冬来麦苗亮。

每次回去见到公婆，他们满脸的欢喜，总是早早准备午饭。我时常跑去厨房，钻在柴火灶前，塞一把柴火，或是到锅台上，掀开锅盖，炒几下，同婆婆说几句家常话，问她还缺些啥。她总是说："不用不用，都不缺。"婆婆从来不向我们索要什么，也从来不向子孙们诉苦。无论谁回去了，她总是抢着要做饭，尽管年近八旬，只要天气晴好，就从来没有见她歇息过一天。虽然每次回去与公婆相处的时间不长，但吃着地道的锅巴粥，柴火灶烧出的土菜，总令我倍感香甜。

旷野无遮，泥土温厚。踏上这片泥土，嗅着这种亲切的气息，心里愈发踏实起来。

在长岗遇见乌桕

◇ 苗秀侠

在初冬，在微凉的风里，红通通的乌桕树，站在长岗的红石桥边，驻足在明丽的焦湖之畔，俏立于华侨城空港国际小镇滨水艺术馆水天相连之间，与我眉目传情，和我互致问候。长岗的乌桕，带着属于长岗的气质，用她小小的红掌，抓过一把香风，在空中拍出碎碎的声响，撑出醉醉的艳红。

在长岗遇见乌桕，犹如青春时光里遇到一场爱情，令人怦然心动，情不能抑。

其实，对长岗乌桕的初识远在 8 年前。那会子，长岗只是一个乡镇所在地，没有空港经济示范区这样响亮的头衔罩着。那会儿，骆岗机场依旧延续着迎来送往的空中交通，而新桥国际机场，尚在梳妆打扮还未揭开神秘面纱。那会儿，合肥市区的西北方向，越过植物园、董铺水库以西，是一片田园沟渠，是乡村阡陌，是鸡鸣犬吠，是菜青稻黄。彼时，我刚刚获取千辛万苦考得的机动车 C1 驾证，正是技痒手生前途渺茫的热恋期，逮着谁车练谁车，不管颜值，无论品牌，只要是 4 个轮子，抓住就能上路。适逢周六，练手的渴求不可遏止，于是，截获友人一辆老骥伏枥之爱车，摇摇晃晃上到长江西路高架桥上。那会儿西高架通车不过一年有余，还处于新鲜味道十足状态。走完高架，继续向西。练车的本意是围着大蜀山周边随兴而行，后来心血来潮，何不去看看曾经考试的驾校考场呢？仿佛偷窥一段旧情，看到一条向北的路，就拐了过去。结果是驾校考场没找到，偷窥成空，而路痴的样貌精彩呈现。

苗秀侠，中国作协会员，《清明》杂志副主编。出版作品 400 余万字，曾获老舍散文奖、安徽省政府文学奖、北京文学奖、安徽省"五个一工程"奖等。

肯定是迷路了，从仪表盘显示的公里数来看，再朝北跑，就到长丰了。好在是深秋，沿路好景致，晚稻已有了属于晚稻应有的雍容华贵，禾穗低眉垂颈，孕育丰收。而一座村庄旁边，一片长着艳丽红叶子的树木，把天空铺出半边醉红，惊艳得我猛踩脚刹，流连驻足。

那是乌桕。

是长在长岗的乌桕。

是放鸭人告诉我这地方叫长岗，那红色的树叫乌桕树的。放鸭人扬着长鞭，吆喝着一群情绪高昂的麻鸭，在阳光下款款走过，走到乌桕的背后，走到红色的光晕里，留下一片热闹。坐在田埂边，凝视着乌桕树。阳光穿透它的艳红，打在人身上，散发出浑厚的香气，就有了几分醉意。在长岗遇见乌桕树，使我的迷途之行多了诗情画意，给生手上路的前途竖了一座新地标。便记住了长岗，记住了那个有着丘陵地貌的村镇。和乌桕无声对视，这些美丽的树，活跃在四季的风景里，而此刻，是她最美的盛世，美到无以言表。一直坐到日头偏西饥肠辘辘，才依依不舍离去。回程时出奇地顺利，路痴现状全部归零，在导航欠发达时代，凭感觉左挪右拐，居然就找到了长江路，找到了回家的方向。

从此，长岗的乌桕成了脑中永恒的影像。

时隔 8 年再来，长岗已经变了模样，而乌桕依旧。仍是那片艳红，仍是传达着柔情醉意，仍是立于高岗之上、杂树之畔、沟河之间，望穿湖水而初心不改色泽不变。

长岗的变化，与合肥空港经济示范区的建设有关。当 2013 年 5 月 29 日 22 时 22 分骆岗机场空中交通宣告关闭，当首架飞机于 2013 年 5 月 30 日从新桥国际机场腾空而起，长岗，也开启了她与时俱进的前行脚步。随着长岗集老街道的整体搬迁，长岗，将被一座新城所代替。

乌桕却不变，她保持着最初的模样。她的艳丽，她在深秋或初冬时的优雅醉红，照亮了长岗人的每一个白天和夜晚。

在长岗之北的红石桥畔，乌桕立于杂树丛中，仿佛鹤立鸡群，她乖态的容颜，尽管被庞杂的枝丫遮蔽，却淡定地擎起应有的姿态，红出半片天空，给古桥添色增彩。而立于云水岗北的文旅项目院中的乌桕，则有着居家贵妇模样，她艳而不俗，媚而不妖，使得一院子花草争相应和，摇曳多姿，生机盎然。俏立在华侨城国际小镇的乌桕，远眺焦湖，占据天时地利人和，可谓得天独厚；她临水照影，顾盼生辉，红出无声胜有声的艳丽傲姿。

　　建设安徽内陆开放新高地、田园生态空港新城、云水港北生态文化村、国际小镇，致力打造长三角区域门户枢纽、科创型临空产业集聚区、国际生态宜居精英航城，这是合肥空港经济示范区的发展理念并已逐步实施。此刻，屹立在合肥西北的空港新城，拥有畅快的空中通道，必将成为科技、电子商务、文化旅游等产业重镇。

　　在长岗遇见乌桕，在长岗见证时代的发展、经济的腾飞。长岗的乌桕，带着长岗的气质，吮吸这片生机盎然土地的养分，擎出一蓬蓬艳红，为空港新城的发展造势。

　　长岗的乌桕，仿佛一颗颗红通通的真心。

回不去的徽州

◇ 谢燎原

　　从山峻岭里的古徽州，是一点一点被凿开的。如同一个神秘的城堡，被人从外面好奇地张望、探掘，于是，城堡被凿开了一个洞、一扇窗、一扇门、一堵墙。这越来越大的破拆力，当是来自岁月，来自外面延展至徽州的路，还有路的衍生意——文明的进程。

　　明清时代的古徽州，向外辐辏着一条条狭小的山间古道，古道蜿蜿蜒蜒，迤迤逦逦，坎坎坷坷，却也四通八达。春季里雨水丰沛的光景里，参天大树都能捆绑成排，顺着河流从水道飞流直下，漂流到沿江各处，这便是水路。

　　这些古道和水路，都是古徽州伸向外面的触须。即便是现在，走在徽州古道上，仿佛都能听见徽商们脚踩落叶的嚓嚓作响的脚步声。

　　那时候的徽州，山路崎岖，道阻且长。数百年的徽商步履，就是在这样的古道和水道上，用一双脚走出了——从贩夫走卒到无徽不成镇的商贾大业。

　　当年的皖赣铁路，虽然修建了20多年，但它和新中国成立后修建的多条公路一样，于徽州，都是里程碑的跨越。至于颜值最高的高铁线——合福高铁的通车，似乎将古徽州城堡的最后一截古墙也拆掉了。古老的徽州再也没有地理上的隔绝和藩篱，它鲜活地展现在世人面前，也欣然地接受了无数游人漫漶般地涌入。

　　高铁真是快捷，它让我们没有来得及欣赏路边的山水，几乎是打个盹的工夫，就到了古徽州的腹地——屯溪。曾经的万水千山呢？坐地日行八万里，如同相对论，距离没有了，它稀释了徽州特有的神秘以及需要遥看的美。

　　我不止一次地坐高铁来到了屯溪。走在屯溪街上，真是有点惊讶地发现，说徽州话人的越来越少了，断崖式地减少。

人们高声地说着普通话，那普通话虽然不是字正腔圆，但它可以给人带来底气。在一家中年夫妻开的蔬菜店里，看到夫妻俩间都用普通话交谈，看他们说得特别自然，没有一点忸怩作态，甚至都不准备用徽州话将交谈内容隐私一下。

时尚高雅文明的普通话，就这样蚕食鲸吞、排山倒海地淹没着徽州方言，并惯性地继续着。典雅生动匠心的徽州方言，渐渐出现在段子里，出现在舞台和视频上的小品里，和其他的地方方言一样，被注入了戏谑的成分。我们坐在台下面笑着看的，正是过去我们满口说着的话语啊！那时候，我们说着方言，空气一样地自然芬芳，满口噙香，我们自己竟然没有感觉。

在城乡接合的公交上，还可以听到老人说徽州话，自然流畅生动，属万籁之一，听起来如沐春风，让人立刻感到自己身处何处。

何止是方言，徽菜也与时俱进地不那么重味重色了，它放下了名菜系的身段，清淡了许多，改变了许多，融合了许多。到底是健康重要、市场重要。

渐渐少去的徽派古建筑，成了游人熙攘踏入瞻仰的活化石，它凋零的同时，也被修葺，如同上了年纪的老人，安了支架，置换了股骨颈，镶了假牙，画了淡妆，继续工作。

虽然不是重要的历史遗存，修旧如故，是可以让人们拂去沧桑看到她的模样。

但，站在她的门外，早已经听不到几代同堂的童叟欢语，居住功效带来的元气已经很少，它将担起的是博物馆的功效。

古徽州早已没有了，它承载着的乡愁和古中国基因般的文明，都可以在电子档案里找到。但经过几百上千年的徽州文化浸淫过、孵化过、发酵过的看得见摸得着的民之俗和徽之习已经一缕一缕消失殆尽。

放电影似的，眼前出现了一个镜头：一个冬天的午后，天渐渐地黄了。一幢徽州老宅门口，一个背着孙子的老太太仰头看看天，嘴里喃喃地对孙子说起了一首徽州民谣：

落雨了，落雪了。

过年过节了。

四季冰壶沟

◇ 魏振强

据说桓仁县冰壶沟的溪水每到立冬后就开始结冰，直到来年的 6 月才会融化。这么算来，一年中将近一半的时间内，冰壶沟呈现的是另一种面目——一条蜿蜒曲折、藏头护尾、若隐若现的冰带，像天上飘落深山中的一条丝巾，绕着老秃顶子（东北的很多地名总是略含诙谐的趣味），悬挂在幽深的沟谷，藏在草木和岩石缝隙之间，闪着浅蓝色的幽光。

水以冰的方式存在，与人以睡眠的方式活着，本质上并没什么两样。人在睡梦中会微笑或者惊悸，水也会，只不过人不懂也看不见冰的情感迁移。冰壶沟的水沉入梦境之后，像是困倦至极后的酣睡，风也唤不醒，雨也喊不醒，能叫醒它的只有太阳。而太阳也会犯迷糊，冬日，它高卧在厚厚的云层背后，即或瞄上冰壶沟一眼，也是漫不经心，浮皮潦草。周遭安静极了。那些高大的树木袒露着一身筋骨，直挺挺地指向天空。路过的风，没了树叶的衬托和配合，也就没了捧哏的搭档，怎么使力，也难以制造出更大的喧嚣和阵势。雪花纷纷扬扬，铺天盖地，落在树杈上、草丛间，落在冰壶沟悠长的梦境里。一些树枝架不住蜂拥而至的冰雪，咔嚓一声，一头栽在雪地上，正在觅食的野兔吓坏了，匍匐在厚厚的雪面上，滴溜溜地转动着眼珠，等它壮着胆子迈开脚，眼前无边的白让它更加昏了头，它深一脚浅一脚地爬行，像是个孤独的旅人。兔子找到家的时候，天光将近散尽，春天总是姗姗来迟，又似一现的昙花。姗姗来迟的还有太阳。它从睡梦中浅浅地醒来，稍稍活动

魏振强，《安庆晚报》副刊部主任，安徽省安庆市作协副主席，出版有散文集《茶峒的歌声》，有作品入选小学语文课本。

一下筋骨，隔着云层，隔着层层叠叠的树木，看着冰壶沟睡梦酣甜，自己也就睁一只眼闭一只眼，假寐一般耷拉着眼皮。草根等不及了，攒着气力，从雪地里往外拱，树枝上也有嫩芽冒出，在风中颤动。只有进入夏季，太阳才想起自己该干的事情，它像一个冲动的汉子猛然杀出，一声震吼，似剑如戟，刺破云层，刺向冰壶沟，那些晶亮的冰，遽然惊醒。于是，在这寂静的深山，在连绵20多公里的空谷，响亮的炸裂声此起彼伏，然后碎成一大块一大块，再是更多、更小的一块块，如同脱去棉衣棉裤的孩子，一下子放开了手脚，你推我挤，身披碎金般的阳光，随着水晃荡，又复还原成水。

我没有看到冰壶沟的溪水结冰的盛大场面，以上的描写纯属于想象。想象可能与真相差距千里，也可能逼近真相。无论怎么说，在寡淡的生活之余，胡乱地想象一个远方的景点，就像想象一个心仪已久却又素未谋面的朋友。

幸运的是，在想象之外，我真切地看到了这位"朋友"的另一副面孔。

是仲秋。我们往冰壶沟里走，路两边是收割过后的田野，一排排草垛蹲坐在地里，像是疲倦之后的休憩，也像是在怀想曾经的盛年。鸟飞来飞去，在草垛间、稻茬间，低头觅食。一阵风过，它们又扑棱着翅膀，呼啦一声逃走，立在不远处的枝头，转动着小脑袋四处张望，却是惊魂未定，又腾起身子，扑向对面的山。山，有孤零零的，是从尘世逃逸的高人；有携手并肩的，是相看两不厌的情侣；还有一排排的，是正在阳光下闲聊的乡邻。草垛、飞鸟、山，这些从远古走来的事物总会让人内心安稳。阳光明晃晃的，照在身上，不温不火，却有贴心贴肺的暖。同行者正兴致勃勃地翻越山脊，去看东北抗联的遗址，我一个人落在后面，不紧不慢地走。两边是斑斓的山，高大的桦树黄得敦实、沉稳，落叶松绿得浓烈、厚重，冷不丁有一两棵纤细的枫树在山坳或山坡上突然跃出来，抢镜似的，抛出一大片红。

脚边就是冰壶沟。岩石黝黑，似乎摸一把就会染黑了手指；水，浅浅的，捧一把在手心，可以看到阳光跃动；更惊艳的，是溪水里的叶子，多是枫树的叶子，朱红、嫣红、深红、水红、橘红、杏红、粉红、桃红、玫瑰红，还有黄色的——鹅黄、茶黄、杏黄、驼黄、姜黄……岩石上也落满了各色的叶子，像是一幅幅精致的油画。阳光洒在溪水里，洒在明亮的叶子上，水里有光，叶子上也有光，我的心里也有光。

我坐在溪水边，想，要是有几个好友在这里饮酒闲聊，会不会是人间第一等美事？

又是一阵窸窸窣窣的声响，树上的叶子惊慌失措般地纷纷逃离树枝、树梢，像扑腾腾飞离的鸟儿，路上的叶子也滋滋地翻卷着，似数不清的蝴蝶翩翩起舞，有的钻进了树丛中，有的飞到了岩石上，更多的是扑到了冰壶沟清亮的溪水中。水，是从天上来的，先是来到老秃顶子，再来到冰壶沟，从山巅、山涧一路奔波，采蓝天白云，披日月星辰，荟鸟语花香，最后又收下缤纷的落叶。那些叶子在水面上沉沉浮浮、摇摇晃晃，像是水上绽出的一朵朵花。

我不知道冰壶沟开花的时节，是不是它最美的时刻。但冰壶沟的风肯定知道，它头顶的太阳和星星肯定知道。

无论如何，叶子把自己交给了风，就像人把生命交给了时间，都是顺理成章。冰壶沟的风没有辜负那些美丽的叶子，它把那些叶子又交给了溪水；那些溪水，一路上开着花，歌唱着，流向远方。

寻梦陈桥驿

◇ 李长在

　　我打小就知道有个地方叫陈桥驿。小的时候，陈桥驿是个传说。人到中年，陈桥驿是个谜。到了老年，陈桥驿成了一个梦。

　　今天，我沿着传说中的指引，怀着对陈桥之谜的好奇，走进了我的梦。

　　陈桥驿在开封北边，离开封直线距离仅有十几公里。但是陈桥不属开封市管辖，而是属封丘县管辖。陈桥驿本来在黄河南岸，因为黄河改道，把它甩到了黄河北岸，甩给了封丘。如果不是黄河改道，今天的陈桥驿没准儿就是开封的一个开发区了。

　　驾车出了开封城向北走去，穿过我的家乡水稻乡，约莫半个小时就到了黄河岸边。虽然还未到汛期，但河水已成渐长之势。滔滔黄河水，裹挟着厚重的泥沙，打着漩涡，发出闷雷般的呼啸，万马奔腾般滚滚东去。这滚滚的黄河，经历了中华民族的酸甜苦辣，见证了人间兴亡和朝代更替，淘尽了千古风流人物。

　　黄河上横卧着一座浮桥，过了浮桥就是封丘地界了。沿着北岸黄河大堤，下行七八公里，就到了赫赫有名的陈桥驿镇了。村口巍然屹立着一座石牌坊，牌坊梁柱上雕刻遍布，顶端是两条腾云驾雾的龙。牌坊上方中间是"陈桥驿"三个金黄色大字，庄重不失洒脱，隐隐间似乎有一股天子气派。

　　走进陈桥镇，先寻老陈桥。据史料记载，唐代有一个姓陈的商人出资在此建桥，方便了过往行人，此桥便命名为陈桥。后来北周朝廷在这里设置了驿站，很自然地就命名为陈桥驿了。我问几个路边摆摊的年轻人，陈桥在什

李长在，曾任淮北市委常委，淮北军分区司令员。

么地方？年轻人回答说，这里就是陈桥啊！我说我找的是姓陈的造的那座桥，年轻人竟然回答"不知道"。

在一个老者的热心指引下，先直行后左转，终于找到了陈桥旧址。当年的河流早已成为平地，在路边一户农家门口，静静地躺卧着一座拱形砖桥。桥上面长满杂草，桥四周一片荒芜，很难把它和想象中的历史遗迹联系起来。在我的想象中，这里应该是一条弯弯的小河，河面上一座古色古香的石桥，桥头竖立着一座亭子，亭子里立一块石碑，亭子外边有几棵饱经沧桑的老树。这一切，原来只是一个梦。

陈桥驿历史上曾是开封北通燕赵的交通要冲，有过一时繁华。随着历史长河的沧桑巨变，陈桥驿早已风光不再，沦落为黄河岸边一个不起眼的普通乡镇。如果不是1000多年前在这里发生了一场惊天动地的事变，到现在能有多少人知道陈桥驿呢！

公元960年，后周恭帝在位，恭帝只是个8岁的小孩子。赵匡胤担任殿前都点检，军权掌握在他手里。

大年初一，接到边关急报，契丹联合北汉，出动大兵南下犯边。小皇帝吓得六神无主，急令赵匡胤率兵北上抗敌。

大年初三这天，赵匡胤奉旨带兵北征。当晚走到陈桥驿，人困马乏，就在陈桥驿扎营休息。据宋史记载，当天晚上，赵匡胤多喝了几杯酒，在驿站沉沉大睡，突然被兵马嘈杂声惊醒。只听窗外有人喊叫：如今皇上只是个小孩子，我们前去打仗，立功也罢，战死也罢，有谁知晓？不如拥立都点检当皇帝，我们也有个盼头！

赵匡胤开门出去，只见众将领齐聚门前，大家一起跪倒，齐呼万岁，有人将一领黄袍强加在赵匡胤身上。赵匡胤再三推托，将士们其意已决。在推托无效无路可退的情况下，只好从众所请，答应当皇帝。这就是"陈桥兵变，黄袍加身"典故的由来，是宋代官方的版本。赵匡胤下马时是将军，再上马就成了皇帝，宋朝300余年帝业，就从陈桥驿开始。陈桥驿随着陈桥兵变永载史册。

但是后代学者对官方版本并不认同。他们以丰富的资料、严密的论证对官方宋史提出了质疑，认为陈桥兵变是一场蓄谋已久的阴谋。

兵变当晚，将士们公开串联，人声鼎沸，声传数里之外，而赵匡胤却在呼呼大睡。配角忙里忙外，主角却在梦中。这可能吗？

　　我们姑且相信陈桥兵变是一场随机发生的偶然事件，但仓促之间黄袍从何而来？须知那个年代黄袍由皇帝专享，私藏黄袍犯了灭门之罪，谁有那么大的胆子在千军万马中把一件黄袍藏在身上？

　　陈桥兵变发生后，赵匡胤并没有继续带兵北上，而是回到开封举行了登基大典，契丹和北汉的军队也没有乘机南下。事实证明，北兵南犯本来就子虚乌有。

　　兵变将领逼迫后周小皇帝让位给赵匡胤。小皇帝想拖延时间，说急切之间没有准备禅位诏书。这时就有大臣从怀里掏出拟好的诏书，说早就准备好了，你照着念就行了。这岂非不打自招！

　　……

　　我带着这些疑问，走进了赵匡胤陈桥兵变黄袍加身处。这里是省级文物，占地约 60 亩，绿瓦红墙，前后三进院落。现存遗迹多为清代建筑，有山门、大殿、后殿以及左右厢房。大殿里供奉有赵匡胤坐像，威风凛凛，仪表堂堂，神态庄严中不乏杀气。

　　头进院落中最惹人注目的是一棵老槐树，相传当年赵匡胤的战马就拴在这棵槐树上。这棵槐树 100 年前就已经枯死，但依然树干遒劲，昂首屹立。20 世纪 80 年代，从树根处又长出两棵新枝，现在已经长有两层楼高，枝叶繁茂，覆盖于枯死的树干之上，老干新枝相映生辉，实现了一个生命的生生不息，也完成了一段历史的上下传承。

　　我到树前不由得肃然起敬。光阴似箭，世事无常，1000 多年过去了，这棵老槐树成为当年那场兵变唯一幸存的目击者。也许是为了给历史作证，它不肯倒下高贵的身躯。微风吹来，树叶哗哗作响，好像在向世人诉说，可惜我们听不懂它在说些什么。

　　不过，我倒是似乎从老槐树的诉说中听到了一些什么。历史总在迷雾中，正史和野史总是相去甚远，即使真相大白，同一件事也是见仁见智。正因为如此，中华五千年文明史才会丰富多彩。如果每一个事件都清清楚楚、明明白白，未免就寡淡无味、黯然失色。再说，历史学家还靠什么吃饭呢？

美在远方

◇ 苏金文

有些不在眼前的事物，总觉得美。

有一年夏天在宏村，偶遇李冰冰，发现她个不高，人长得也一般，不觉其出众。但在太阳圣火的一段广告中，突然发现世界上还有如此美丽的女子，清水出芙蓉，天然去雕饰。

还有，南京寺庙很多。"南朝四百八十寺，多少楼台烟雨中"，是杜牧说的。就因为此，我便去南京。栖霞寺、鸡鸣寺……跑了个遍，一点都没感觉到烟雨楼台的空蒙意境。

这可能就像小茶说的，生活中很难看到诗意女人，也很难看到诗意男人，但一些充满诗情的东西确实是他们搞出的。

上有天堂，下有苏杭。杭州去多了就觉得平常，与其他大城市相比，一样的建筑，一样的街道，一样的人群。就因为柳永的"有三秋桂子，十里荷花"，招惹得金主一心一意要立马吴山。完颜亮对"三秋桂子，十里荷花"的胜景像着迷一般，朝思暮想。他派了一名画工，扮作金朝使节施宜生的随从，在南宋秘密绘制了"临安湖山城郭图"。命画工把此图绘在大厅的屏风之上，并画上他策马立于吴山之巅俯视临安城的画像，并题诗于后：

万里车书尽混同，江南岂有别疆封。
提兵百万西湖上，立马吴山第一峰。

苏金文，安徽作家协会会员，安徽散文家协会会员。著有诗集散文集《静水流深》、长篇小说《春水微澜》等。

不久，金主挥鞭南下，直取临安。要不是金朝内部发生政变，完颜亮在扬州被部将所杀，他还真差不多就能见到"三秋桂子，十里荷花"了。

说距离产生美，显得太平淡了；说人心好奇，显得太庸俗了。家乡有八公山，历史传说很多。刘安聚贤处，八公因炼丹而飞升，并无心插柳地炼出了豆腐。公元 383 年，谢石谢玄亲率 3 万东晋军队，在此击败了前秦几十万军队，以少胜多，留下了"风声鹤唳，草木皆兵"的典故。这样的山也算是名山了，可我没有认真地游览过，相反，倒是周边县市的人络绎不绝地前来。

前世有约，今生只为见你。好像美一直在远方，今生也停不下寻觅的脚步。我总是不断地想象出远方给自己怀念，怀念久了，便想去远方。

在富春山住了一段日子，还特意翻阅了吴均的《与朱元思书》：

风烟俱净，天山共色。从流飘荡，任意东西。自富阳至桐庐一百许里，奇山异水，天下独绝。水皆缥碧，千丈见底。游鱼细石，直视无碍。急湍甚箭，猛浪若奔。夹岸高山，皆生寒树，负势竞上，互相轩邈，争高直指，千百成峰。泉水激石，泠泠作响；好鸟相鸣，嘤嘤成韵。蝉则千啭不穷，猿则百叫无绝。鸢飞戾天者，望峰息心；经纶世务者，窥谷忘返。横柯上蔽，在昼犹昏，疏条交映，有时见日。

说实在的，我抵不过这种文字美色。今天的富春山水，虽不像文中描述的那样美丽，但依旧山清水秀，倒不失为一个好去处。不过我想要是在这住久了，美可能又在远方了。我到现在终于明白了：美在远方。远方是什么？远方就是人的心灵。

无论是空间的远方还是时间的远方，无论是在艺术家的心里还是在普通百姓的心里，远方都被心灵的斧头加工过雕塑过。它被删去了丑的部分，留下的全是雕琢打磨过的美丽。

若有人今天还去雕塑一个断臂的女人，那塑像无论如何都不会被承认是维纳斯。因为维纳斯属于古希腊，是时间的远方美神。

女儿在荷兰留学的 4 年里，中间只回来两次。因为她知道我们家穷，没有多余的钱供她飞来飞去。如果不是国家公派，靠我们自己，根本就不可能到那么遥远的地方去读书。正是因为她长期不在身边，反而感觉她什么都好。漂亮、懂事，特别善解人意。时间久了，似乎也成了远方女神。去年 4 月，她终于如期完成了学业，顺利通过博士论文答辩，国家资助也到期了。正准备回国，欧洲疫情开始蔓延，在那段日子里，她没有感到紧张，反而一直在安慰我们。经过一番周折，终于买到了机票，7 月飞到了广州，再隔离 14 天，8 月才到家。真正回来了，才发现她也会烦躁、生气，偶尔还会耍点小性子。我开始怀疑这还是视频里的那个她吗？等到她上班之后，周末接她一个电话，觉得女神又出现了。

据说瞎子阿炳，天天演奏着他的《二泉映月》，住在同一街上的人都烦了。可一旦阿炳离开了人世，再也听不到他那如泣如诉的二胡声了，许多人又伤心难过，流下了眼泪。阿炳成了他们的远方，成为美丽的音乐高山。

远方有多远，没人能说出它的时间距离，也没人能说出它的空间距离。它应该是人们心灵上的距离。每一个心灵都需要在这样的时空距离上奔波。一个一个的远方，一次一次的远方，都是灵魂坐标，散落于星空大海，美丽山河。

台湾作家三毛初到周庄，泪水涟涟。原始而古朴的周庄成了三毛美丽的远方。她的眼泪代表了一种怎样的情感呢？我曾经在另一篇文章里做过如下猜想：她最初的感动可能来自脱离大都市喧嚣后的那份宁静，随即又被周庄安宁古朴的民风感染，心灵深处闪现出了桃花源般的情感归宿。三毛最后还是离开了，因为她的远方更远，没有终点。

我从来没想把远方等同于理想，因为理想的指向性太过明显，往往带着终极目的。而远方则更加随性，更加自由，更加契合人的心灵世界。

生活还在继续，远方还在远方。我在一次次的远方早已撞得遍体鳞伤。即使如此，也此心难改。虽然算不上一个文人，却也想用笨拙的笔雕琢出远方，给向往远方的人向往。

文章会说话

◇ 马丽春

我最早写文章，不为文学，只为挣稿费。生存第一嘛。

我当时一个师兄，在学校里经常收到稿费，每有稿费来，便请我们吃饭，这就让我很羡慕。于是，我也试着投投稿。我的投稿命中率还可以，10 篇稿件投出去，约能刊出 7 篇左右。当时的稿费也还可以。研究生毕业我去医院上班，第一年拿到的工资是 90 元，而我当时的月均稿费是 100 元。

因为每一笔稿费我都有记录，所以一年下来，我可以统计一下，这便有了月均稿费之说。

为什么命中率并不低呢？并不是说我当时的文字有多好（我写的是医学方面的文章），只因为，我对目标刊物都做过分析研究。研究他们的栏目，研究他们的用稿特色，于是便写相应的稿件投出去。我当时就住在省图书馆对面，可以经常跑去看各种刊物。

有准备地投稿，比无准备地写稿，是不是要好很多？

可以诚实地说，正是稿费的刺激才是我写稿的真正动力。记得有一次从没上过门的亲戚上我家来，我正在写稿，大量的资料摊开着，剪报也铺一地，来不及收拾，就这样和人家见面，把我窘得像什么似的。我最早写药膳养生食疗这类文章，而且很快就有一点知名度。我家中这一类型的藏书，很快超过中医学院的图书馆。

所以，有备无患一点都没错。

现如今，自媒体、公众号等平台满天飞，发表文章已无门槛，稿费似已

马丽春，新安晚报《徽派》主编，安徽散文随笔学会副会长，《绿潮》主编。

成了稀罕物，让人有今夕何夕之感。而年过50的我每天一早也还在继续写文章，也许是因为习惯，也许还有内心的需要。写作其实并不容易，有的长文章，从采访、查找资料到写作、修改、最后完成，要费时数月甚至一年数年的。我手头就有一篇7万字的长稿，到现在还没完成。这样的写作之所以能坚持下来，只是因为研究和写作本身，会有很多快乐。而一个高难度的文本，别人都望而生畏，而有人却能坚持下来并想方设法去完成它。完成了，你的写作便上了一个台阶。

匠人精神，在写作上也是非常需要的。

如果总是满足于轻松写作、浅度写作（经历见闻那是最好写的，回忆回忆往事谁不会），不给自己设置门槛，不逼自己往高处走，老是在熟悉的领域里打转，不碰陌生题材，就像画画的人，一天到晚都画差不多的东西，那么，哪怕你技术无比熟练，也是没多大意思的。因为你在重复自我。

有一位大画家看了学生的画展后说了这么一句话：不要画油掉了，要忘掉技术。

熟悉的画法，熟悉的题材，画多了就画油了。要把技术忘掉，面对每一个对象，都用陌生的眼光去打量它。

写作写油了恐怕也不少。因为浅度写作是舒适区写作，没有难度，写写就会写油掉了。我就看着一位作家写油掉的。原来对他文章非常欣赏，但10年看下来，他的写作还是老腔调、老笔法、老题材，那个花腔他耍得无比熟练，耍多了便耍油了。

所以，写作时忘掉技术非常重要。要敢于去碰新东西，只有新素材、新写法能激发你写作冲动，而有难度写作则倒逼你进步。

像我这样的写作者，如果不去开辟新战场，那是非常危险的，也是很容易油掉的。所以，后来我转身研究书画。抛弃原来的写作，转移到新战场去。去年写包公，又是一个新战场。写包公的很多书都写油掉了，没什么新意，都在重复。我便试图换一种眼光去写他。避开舒适区写作闯一闯雷区，一度非常困难差点写不下去了，但别开视角最终柳暗花明，发现了很多别人没发现的地方，这就是写作带来的快乐。

我现在更喜欢研究型写作。我在研究中找到发现的快乐，这个是我目前写作的主要推动力。比如我耗时很多仍在整理的《萧龙士年谱》便是这样。这种研究，可以锻炼脑力，长知识，拓宽写作范围。而一个年谱的完成，则会带来大量的写作素材。比如我同事章玉政，写刘文典已写出名了。他由刘文典的写作又旁及别的民国人物，手里攒的资料足够写另外一个人物了。所以找到一个写作富矿，深挖下去，必会带来意想不到的收获。

如今发表文章，经济因素被降至最低。但我女儿，她是指着这个生存的，所以她写小说，还是有稿费这一原因刺激的。文学刊物因为有国家养着，稿费也越来越高，千字几百已很正常，甚至有千字千元的，如当年《知音》《家庭》开出的稿费（这两家刊物稿费当时是最高的，高稿费曾诱使我不少同事献身其中）。但大部分写作者，在文学写作庞大群体中，要挣点稿费，也还是十分困难的。

对写作者而言，这既是最好的时代，也是最坏的时代。写稿很难挣上人民币了，只能在朋友圈里转发转发，刷刷存在感而已。

可到一定时候，朋友圈也会厌了你，"天天炒剩饭，谁看啊"。所以爱惜羽毛的人，就会不断转移战场。写小说不成写散文去，写散文不成写诗去，写文章不成画画去。有朋友以前是写杂文写散文的，也写得蛮好，现在有了小儿，天天写首儿歌献给儿子。这个转身很漂亮。我喜欢看这样的诗，不为功利，只为热爱。

只要是热爱，没有功利心，那出手的东西就会好。诚实、质朴，不花哨、不玩字眼，朴素而温暖。那样的东西，谁不喜欢呢？从文本后面，看得到那一颗纯净的心。

我做编辑时，那是报纸最繁荣的时代——厚报时代。有一天出100版200版的。平时36版、48版、64版很正常。副刊通常都会有几个版，还会有周末特刊。副刊上有专栏有连载，还会有读书版、月末版什么的，征文也很多。有一度我热衷于邀请名家写稿。可只一年，我发现名家稿亦没多少好的（他们通常一稿会几投，还会提出不低的稿费要求，还不准改动什么的），反不如自然来稿，后来便不再约他们。

那时来稿很凶猛，每天几十封很正常。有本地、有外地的，甚至还有海外来稿；有在职官员，有退休官员；有农民工，还有下岗工人；大学教授冒出来给副刊投稿的也很多。有一位科大教授，名字就不说了，他在学校里讲课水平很高，粉丝不少，但高校外的粉丝剧增，却是因了给我们副刊写稿。我给他开了专栏，他写剑桥写哈佛，那是独家稿件啊。当时有几个人去过剑桥去过哈佛做访问学者呢？没有几个吧。写稿熟了后，有一年我在网上跟人打架，他还挥刀上阵，只一顿狠骂，便止住了纷争。而当时还在东京当日本大学教授的施小炜先生（后来是村上春树作品中文译者之一，现已回国），也是我们副刊的专栏作者，包括他夫人乐风女士（她后来也翻译过村上作品）。包括六六，现在的名编剧，她的小说成名作便是在我们副刊上连载的。

那时候的副刊真是好稿泛滥啊，想想都怀念。

有某官员为了上我们的版，找了上上级领导不算，还亲自投稿给我们，可我们的编辑就把他的稿子压着。实在很一般嘛，怪不得编辑。

其实做一个好编辑，不光要有大浪淘沙的眼光，还要有及时抓住作者的能力。如果让好稿从你眼皮底下漏过，那是不可原谅的。

那时候，还不是网络时代，虽然网络已稍稍开启了一扇门，但门还没洞开，还不到家家有网的地步。记得我买的第一部电脑，花了1万多块钱，还是杂牌军，请了一个大学老师组装的。可只用一两年就坏了。女儿当时还是小学五年级学生，也在各论坛鬼混，所交朋友全部年长于她，且来自五湖四海。看着好文章在论坛里此起彼伏地出现，她的写作不进步不可能吧。

我们当时的来稿中，手写稿仍然很多。我迄今只保留一封手写稿，方英文的，他是陕西作家。保留这封底稿的唯一原因，是因为他的字实在太漂亮了。方先生，我昨天（2019.2.5）刚刚加上他的微信。他朋友圈里只给看3天的，但只这3天朋友圈看过，便让我对方先生肃然起敬。

好文字是什么？哪怕只写100个字，也会让你肃然起敬那一种。所以，热爱文字的人，珍惜你出品的所有文字吧。干干净净的，有思想，有个性，有境界。

有人喜欢在文章后面附上一篇长长的自我介绍，又是这个又是那个的，书也跟着一长串。我觉得没必要。我看你文章就够了。如果文章不好，简介再好也枉然。是不是？如果文章很素朴，内容很劲爆，没有自我介绍，我也会百度你的。简单的开场白让人动心，干净的简介却留住读者。

文章会说话，大家都懂。作者的才华、思想、境界、经历，一切都隐身在文章里面。还需要简介吗？世俗生活中你什么样子，我也不需要太了解。至于铺陈太多的书目，也没必要。你如果真出名不需要介绍。比如余秋雨，还要简介吗？如果短文章都写得很烂，那一长串书名能说明什么呢？岂不做了自我暴露？能用一行字做自我介绍，我以为够了。

还有，有人喜欢装，喜欢炫，喜欢用典，喜欢华丽的字句，那是古人早已用滥的东西，新文化运动就是革这种文体的革命，没读者会真心喜欢。鲁迅先生作为新文化运动一员主将，开辟了文体新风。鲁迅文章值得精读、细读、反复去读。每一次读，都会有新收获。还有那些经过新文化新思想洗礼的大家们，他们的文章都是朴素而真诚的，有人性的温暖，有见识的超绝，有境界，有格调，有沧桑，有温情，这就够了。

回头过来说编辑。

对编辑来说，不仅仅是编编稿那么简单。如何处理稿件也是很重要的，甚至非常重要。不放过任何一篇好稿，这是其一；遇到好稿必须第一时间全力推出，并且不惜版面，这是其二。作为一个编辑，这样去处理稿件，我认为是必须的也是应该的，这也是我一直遵守的。我视之为编辑操守。

编辑还要有策划能力。不能守株待兔，坐等自然来稿。所以好编辑不仅仅只是会编稿那么简单。

做过编辑的人都知道，稿件只要好，不光文字干净、内容好、没有错别字、标题好，甚至连标点符号都很准确，不劳编辑什么气力。只要你把它挑出来，配好图，发出去即可。

那么，好稿是什么呢？走笔至此，也呼之欲出了。

《新民晚报》"夜光杯"是国内纸媒中的王版副刊。赵超构先生很早之前给副刊定的位，到现在他们还在遵守着。我们办副刊时也拿过来用了，只7个字——开门见山说故事。

这几个字很好理解。短文章一开头就要破题，不要绕来绕去把读者绕晕。单刀直入，进入正题。这是近乎新闻的处理方式。新闻写作，有不少是值得写作者借鉴的。很多大作家，原本便是办报出身，比如张恨水比如金庸，他们写的东西广受欢迎，这和他们熟悉新闻写作是有关系的。他们谙熟读者心理，知道读者想看什么样的东西。这点很重要。在消息写作中，一开头（叫导语）就得把新闻要素（时间、地点、人物、事件）用最简单的语言交代出来，切忌啰唆。然后进入叙事模式。

叙事模式是有讲究的。很多人说不好故事，或者说不会说故事。

读者耐心是有限的。叙事要干净，信息量一定要有，甚至密集。现代人诱惑太多，阅读耐心非常有限，这就很考验作者的内功了。注意一下电视剧的镜头，几分钟（最多5分钟）必须切换一下镜头。文章也一样。文章怎么切换？各种角度之间要切换。切忌平铺直叙。

　　文字要有语感，要长短句搭配，要有一点文白兼杂，甚至掺杂一点鄙薄之语。没关系的。混搭的文章最好看是不是？一味雅，不宜长只宜短。长文章一定要有荤有素，而且文章段落之间要有起伏盘旋、错落有致。既要有大线条推动情节进展语境切换，也要有细节的丰沛和展开。但细节不能太琐碎，易吓跑读者。细节和线条的比例如何去处理？多看看好文章就悟出来了。文本张力，真正体现作者的内功。总而言之，一篇文章要经得住细品，要留得住读者，要有回味，要有新鲜感，不能让人家清亮亮地一眼看到底。如果有出乎意料，那最好不过。

　　重复的字眼尽量避免，行笔要自然，不要在文章里玩弄小聪明，以为读者智商皆不及你。

　　尾要收得住，要有余味。

　　如时间从容（不是为赶稿），写完后建议放一放，然后再拿出来改。

　　最后建议，看看村上春树的一本书《我的职业是小说家》，是施小炜先生翻译的。对写作者，应该会有很多启发。

美丽的中文永远不老

◇ 邹　彬

　　20 年前，一间乡村的砖瓦房里，一个少年正在听春雨轻敲瓦片和窗棂，在一部新买的散文集子里细细地品味云情雨意。窗外，隔着淅淅沥沥、密密麻麻、连连绵绵的雨珠，有谁在喊我？

　　20 年后，在春光明媚的日子里，一个中年人却在如往年般地等一场春雨，想在绵绵的春雨里重温那些关于方块字的极美的经验和记忆。春雨没来，他甚至不敢动笔，因为找不到感觉，生怕找不到感觉的文字表达不了他情感的千分之一。

　　20 年，在余光中先生的感觉里，是厦门街的雨巷走了 20 年与记忆等长。于我，却是在骏马秋风冀北杏花春雨江南的文字走不出去的 20 年。

　　20 年，足以改变很多事情。20 年前喜欢的，20 年后未必。包括自己的一些文字。20 年前以为情深似海的表达，20 年后却觉得是为赋新词强说愁而已。然而，《听听那冷雨》却陪我深情走过每一个雨季，陪我从少年走向青年，又从青年走向中年。于是常想，那字里行间究竟有一种什么魔力，可以让我年复一年满怀渴望地接受那场文字雨珠的滋润和洗礼？

　　其一，在于余氏笔下的文字美感。余氏说：凭空写一个雨字，点点滴滴，滂滂沱沱，淅淅沥沥，一切云情雨意，就宛然其中了。视觉上的这种美感，岂是什么 rain 什么 cloud 所能满足的？余氏对母语的痴和爱，还有自豪，由此可见一斑。是的，每一次翻开他的《听听那冷雨》，我都相信美丽的中文永远

　　邹彬，广东河源人，诗作《咏梅——兼至某人》参加中国新人新作大赛荣获佳作奖，并被收藏于中国现代文学收藏馆。

不老。

细细品味《听听那冷雨》，发现余氏对李易安有着特别的偏爱。比如"轻轻慢慢轻轻""清清爽爽新新""滴滴点点滴滴"，大家一眼就可以看出这些句子是化用了"凄凄惨惨戚戚"。余氏对中国传统文化造诣很深，对传统诗词更是熟稔在心。"只是杏花春雨已不再，牧童遥指已不再，剑门细雨渭城轻尘也都已不再"，余氏，唯有余氏，才会听雨之际伤感之余一下子写出那么多的古诗佳句，而又牵动着你我的感觉。古典诗词的意趣在滴滴点点滴滴的雨声中表现得淋漓尽致。读着这样的文字，我当然相信美丽的中文永远不老。

其二，在于字里行间处处漾动着的迷人乡愁。余氏在此不外乎借雨抒情，将自己身处孤岛不能回大陆团聚的思绪深情倾诉。余氏用文字的雨珠，淅淅沥沥淅淅，弹奏出一曲动人的思乡之曲。把自己古屋不再的乡愁，前尘隔海的叹息，都付予那多情而且痴情的冷雨。读着这样的文字，我深信美丽的中文永远不老。

"那里面是中国吗？那里面当然是中国，永远是中国。"这是余氏的中国印象。"雨打在树上和瓦上，韵律都清脆可听，尤其是铿铿敲在屋瓦上，那古老的音乐，属于中国。"这是余氏的中国记忆。"而无论赤县也好，神州也好，中国也好，变来变去，只要仓颉的灵感不灭，美丽的中文不老，那形象磁石般的向心力当必然长在。"这是余氏的中国认同。读着这样的文字，我坚信美丽的中文永远不老。

当代著名作家木心曾说："我愿活在方块字里，也愿死在方块字里。"如果大家知道木心其实曾在美国生活了20余年，如果大家知道这是木心晚年说的一句话，一定会更加理解他对母语和祖国的那份深情。走过了千山万水又千辛万苦的旅程，蓦然回首，却依然爱得那么无悔那么决绝，让人唏嘘不已、肝肠欲断、泪流满面。

岂止是余光中和木心，我们读于右任的《望大陆》、席慕蓉的《长城谣》、纪弦的《一片槐树叶》，读到的又何尝不是一往情深、感人肺腑的乡思乡恋呢？那个年代，纵使海天茫茫，关山重重，故园依稀，他们的乡愁却是如此的真实而又浓烈。深沉的原因呢？因为他们血系中都有一条黄河的支流，他们都是屈原与李白的传人。

是的，余光中等人的乡愁，是一种乡思，是一种眷恋，更是一种超越了政治纷争的乡土情结和乡情文化。虽为乡愁，却在温暖了人间的同时，亦慰藉了我的心灵。毕竟，在某个特殊时候，每个人难免都会孤独。柯灵说，辽阔的空间，悠邈的时间，都不会使乡土之情为之褪色。艾青说：为什么我的眼里常含泪水，因为我对这土地爱得深沉……由此我更加坚信，美丽的中文永远不老。

一个古村落的思绪

◇ 夏　树

一个星期参加两个会。一个在海南的海口市，另一个在广东的德庆县。

两个会中间，空出一天时间来，本想在海口多待一天，在海边上溜达溜达，看看椰子树。但东道主忙得很，他们要马不停蹄赶到三亚去办汽车展。我们只好提前赶到德庆，这是粤西一个很有文化底蕴的农业大县，和县农业局的同志商量，想利用一天时间去看一个村庄。

金林村，是德庆县一个有名的古村落。县农业局的同志很想让我们去看看这个村子。派了一个高高瘦瘦的小伙子当司机兼向导，他是一个乡镇的办公室主任，在县农业局挂职，一看就知道是那种特别会来事的青年人，他一路走一路说，对古村落的情况了如指掌。

金林村坐落在西江岸边、大山深处，古树参天、曲径通幽是这个村给我们的第一印象。村上的人说起村史，颇感自豪。从隋末起就有文字记载，至今已有1700多年历史，是古康州的四大名乡之一，现存古祠堂15座，古屋200多间。

抗战时期广州沦陷，日寇向西江进犯，广东省立肇庆中学被迫停课疏散。金林村的村民们顶住压力冒着风险，腾出祠堂和自家房屋，接纳了这所学校，从1939年到1945年一直在村里坚持办学。一个有文化的村落，总是有许多关于文化的趣事。在村委会办公室，也是村民办事大厅，村上的人拿出一本诗刊给我们，他们介绍说，这是村里一位退休教师办的，主要刊登村民的诗词作品。

夏树，高级记者，4次获得中国新闻奖，享受国务院特殊津贴专家。

　　走出村委会，村上的人一再要求我们去看看他们村的"无人超市"。在村西头的一条老街上，街道两侧的地面上，整整齐齐摆放着一个个竹篮子，里面装着已经捆好的一把把蔬菜、一包包其他农副产品，篮子上都绑着一个小牌子，上面写着几元一把（包、个），无人看管。买这些物品的人，看好了自己拿走，把钱放在篮子里的纸盒子里，也有的是铁皮的旧茶叶桶。

　　因为村上的人叫它"无人超市"，我们误以为是近几年才兴起的，不承想这个"超市"始于抗战时期，一直延续至今。一位老者介绍说，封建时代村民自给自足，把家里富余的农产品不看成商品，只在邻里之间作为相互馈赠之物，哪家临时没有蔬菜吃了，打声招呼，可以随便到邻居家的菜地里拔几颗，并没有买卖的情况。到了抗战时期，肇庆中学搬到村里来了，大量外来人口涌进村里，就逐渐形成了农产品市场。但农民不肯因售卖农产品而耽误田间劳作，就放个竹筒让购买者自己把钱放进去。

　　从这个古村的"超市"，我想到了中国农民的质朴，他们原本是最讲究亲情和乡情的，"亲帮亲、邻帮邻"就源于乡村。不知道从什么时候起，农民的这种情感，或者叫情怀，开始异化。发端于抗战时期的金林村"超市"，能够持续到今天，这里面一定是有深层次原因的。我问村上的人，20世纪60年代，粮食紧缺的时候，这个"超市"是否存在？他们面面相觑。

　　村头有一条小河，清澈见底。河边有一棵千年古樟树，枝繁叶茂，树枝上系着许多红布条。村民们正在河上安装风车，乡村旅游让村民尝到了甜头。政府已经花了上千万为他们修路刷墙。

　　在远处的田地里，有一大片枣园。枣园的旁边是农民的菜地。有一位老奶奶和一个中年男人带着一个很小的孩子，在菜地里忙活着。我们顺着田埂走了过去，刚到边上孩子突然哇哇大哭起来。那个中年男人一边和我们打招呼，一边走过去抱起孩子，用褂袖子给孩子擦眼水。

　　老奶奶跟我们说，她今年80了，前年老伴得了癌症走了。她有两个儿子，这个是大儿子，虚岁也50了。还有一个小儿子40多岁，没有娶到媳妇，一直在外打工，长年不回来，她现在就跟着大儿子生活。大儿子前些年在广州一家企业当保安，这几年打工挣不到多少钱，他就回来了，本来有一个女儿，已经上小学三年级了，这不，政策放开他又生了一个男孩。老奶奶说，他媳妇在村上的科技园里打工，他在家带孩子和伺候她。你们看，她还能走能行的，还能帮着儿子搞搞菜园子。唉，他们这日子过得紧紧巴巴的。

　　地里的活干完了，我们提出来想跟着一起去家里看看。过了一条马路，就到他们家了。正屋三间，两边各有两间小屋，正屋的中间堆了十几袋稻谷。大桌子上放着一个尺寸不大的旧电视机。电饭锅里还剩了不少米饭，小桌子上有两碗中午吃的剩菜，一碗是萝卜烧肉，一碗是青菜。多长时间吃一次肉？每星期都吃一两次。

　　两扇木门上写满了漂亮的粉笔字，有古诗词，也有数学演算。这不像三年级学生写的？是她写的。是不是学习成绩很好？老师说她是尖子生。唉，哪有钱供她上大学啊！她学习成绩好，一直是我们家的一块心病。同行的小沈一直在劝那个中年男人，告诉他现在有助学贷款，扶贫政策越来越好，一切都会好起来的。

　　可能没有人不希望自己的孩子学习成绩好，但在这个古村落里，一位憨厚的农民，把孩子学习成绩好看成是一块心病。我们很想见见这个孩子，等了很长时间。无奈，天色已晚，我们只能起身告辞了。在返回县城的路上，我的脑海里闪现出摄影家解海龙在金寨拍摄的那幅著名的"大眼睛"照片……

小路与远方

◇ 张道德

1

上中学时，通往学校的路有两条，一条是由南向西走的大路，另一条是由西而南的乡间小路。

很多个日子里，我都是用脚步，早晚丈量着这条学校与家的乡间小路。这条小路弯曲如蛇，长六七里，匍匐于分水岭上，穿越纵横阡陌，嵌入村庄沟渠。

这条路上，目光常与水稻、油菜以及花生、芋头等庄稼相接，目睹她们从下种、成长到被刈割的历程。路边不知名的野花摇曳多姿，被我随手揪下把玩，亦不知其数。

上学的路，得走 40 分钟。小村很小，同龄人中当年仅我一人考上此校，因此，我的中学之路有点类似于天涯孤旅。

初一初二年级，我是走读生，没有住校。每个晨曦，我得背着黄书包，越过鼾声四起的村庄，踏上通往学校的小路。每个夕阳西沉的时候，我又背着书包，像头晚归的牛犊，回到家里。

2

那条路上，我曾追逐着天空中翻飞跃动的蜻蜓，迷恋于池塘边专注捕食

张道德，安徽省肥东县人，中国散文学会会员、安徽省作家协会会员、基层公务员。在《人民日报》《散文选刊》等报纸杂志发表文学作品若干；已出版散文随笔集《我心我诉》《草木本心》。

的青蛙。

为了捕捉一只停在树丫的大蜻蜓，我悄悄地掩到树根下，然后踮起脚尖努力向蜻蜓栖身的位置探去，然而海拔不及，没够着。又弯下腰来，再纵身一跃，没想到蜻蜓悠悠地飞走了。双脚落地时，一只脚不幸踩上了一块砖头，身体失去平衡，摔了个四仰八叉。脚脖子崴了，一瘸一拐回到家里，没敢和父母说实话，只说跨越一个田缺口时，眼睛正看着书本……

在小路行走，必经一口水坝。那口水坝在彼时的我眼里不亚于一片天池，尽管我没见过天池是什么样子的，却在心里笃定水坝的面积已经大得让自己失去想象力了。水坝似乎从未干过，不仅鱼虾成群，还有野鸭阵阵群起群落。每当夏季洪水季节，大坝泄洪时，大堤开挖了一个很长的口子。为了不让大鱼溜走，泄洪口上一连扎下数个大"麻笼"（麻绳结成的大渔网）。那"麻笼"网口巨大，足有 5 尺开外，负责固定两端的木桩有碗口粗、一人多高，扎在水口就是一网打尽。我蹲在堤坝上，目不转睛地盯着洪水浩荡而下，不断有胖头、跳鲢、鲶鱼陆续栽入网中，少年的心激动不已，就差手舞足蹈了。然而，我也不知道当时在为谁而激动，但我很清楚：那些落网的鲜鱼，没有一条属于我家。

一个周末的下午，放学归来较早，我走到水坝边的一个拐角处。清澈的水面下，成群的小鱼正摇头摆尾，嬉戏其间，时而浮出水面，时而静停不动。哈，这些个小精灵，这一回，大概伸手就可以捉些的吧！

放下书包，整个人趴在埂面上，双手呈八字形插在水里，一动不动，静等鱼儿过来。等啊等啊，小鱼总是在不远不近处撒欢，手边怎么也够不着。终于，有几尾小鱼很散漫地从周边游了过来，眼看触手可及，我的双手猛然抄起水面，以迅雷之势试图把小鱼从水中捞起，然而不知何故，抄了一脸的水，还弄湿了衣服，就是没有捞到哪怕半条小鱼。

欲悻悻而走之时，却在不远处看到，一只大青蛙潜伏在岸边的浅草丛中，正全神贯注地盯着水面。心中窃喜，逮个这家伙也不错。青蛙，在我的家乡叫田鸡，大青蛙叫蛤蟆，蟾蜍叫赖得猴。青蛙，是夏日的乡野里的音乐大师。至今不知，蛙声为何那么激越高亢，且整齐而有节奏，像是不知疲倦的交响乐，惊得夜空中满天的星斗不断地眨眼，一颗颗像是动了春心纷纷下凡似的。眼前的青蛙，是那种绿背大蛤蟆，像只老虎蹲守暗处。

曾有诗《咏蛙》云："独坐池塘如虎踞，绿茵树下养精神。春来我不先开口，哪个虫儿敢作声。"我意欲捉住这只"老虎"，哈哈。

我蹲下身来，蹑手蹑脚绕到青蛙后面，试图偷袭得手。我弓着腰，双手呈鹰爪式慢慢向前伸去，眼看离青蛙越来越近，以为这下该是十拿九稳的事了。没想到，青蛙看似很安静，实际早有察觉，当危险正在靠近时，突然一个起跳，瞬间没入水中，只留下一圈又一圈小水花在眼前晃荡了几下。俄顷，那青蛙竟在不远处的水面上又冒了出来。可以想象得出，这家伙是在嘲笑我的愚笨呢！

书上说，青蛙视力不好，只能看见眼前活动的物体，现在看来，并非如此啊。我茫然地看着水面，弓着的腰身僵成了虾米，伸展的手臂定在空中，成了不会捕蝉的螳螂。

<h2 style="text-align:center">3</h2>

小路的某一段，穿行于老家的田野里。老家是个小村，耕地集中在村西，我家分的地也在这片。有时放学回家，赶上家人在田野里忙着，也会加入到劳动的队伍里，只是那时年少，其实所能帮的忙实在有限。

有次，放学归来，父母带着姐姐正在抢收油菜，我也跃跃欲试帮忙割点。父亲慢慢伸直弯曲的腰杆，用手往田埂上一指："喏，那儿有把镰刀，看着割点吧。"

眼看着大片的油菜秆渐渐被父母放倒在地上，我却艰难地与每棵油菜搏斗。为了加快速度，我也学着父母的样子，左手摁住一大把油菜秆，右手往根部割去。没想到双手协调配合不够，左手摁的位置偏低，右手的刀角度稍一偏上，一不注意就将左手食指划个大口子，顿时鲜血直流。我立即扔下镰刀大喊一声："手指头断啦！"

父母闻听我狼嚎一般的声音，冲了过来。父亲急匆匆撕下一块衣角，快速把我的伤口扎紧，然后背着我直奔乡村诊所。母亲则不住地数落："屁事不能干，还尽出纰漏，赶紧滚走！"

我的左手食指被割伤，最终结痂成了一个鲜亮的 L 型疤痕，至今伤痕依旧。

那些年，奔波在那条小路上，若有若无中，父亲似乎给我灌输过一个梦想：跳出农门。

　　然而，上学路上的那串脚印，显然刻得浅薄而且歪歪扭扭的。直到那一年，家里突遭变故，才猛然醒悟，那个梦想一定要实现，因为那几乎是两代人共同的使命。

　　祖祖辈辈面朝黄土背朝天的日子，曾在父亲这一代有过短暂的改变希望，然而也仅仅是希望。

　　在那个积贫积弱的年代，20 世纪 50 年代末，父亲以全乡第一的成绩考取县城中学，继而又在学业中段被破格转为师范生，意味着 3 年后就将成为一名端"铁饭碗"的人民教师。然而，造化弄人，师范学业还未结束，一纸红头文件，父亲被"精简下放"。已经快速奔跑在"逃离故土"路上的父亲，忽然强制停摆——犹如高速行驶的汽车，被猛地拉下制动闸，全身急剧地颤抖了好几下，才慢慢趋于平复。

　　父亲逃离农村的希望化为肥皂泡，当接力棒传到我的手上时，从我背起书包上学的那一天起，就肩负着父亲如山一般厚重的希望。然而彼时的我，并未真正理解父亲的一片苦心，学习并不用功，成绩屡屡让父亲失望。

　　初三的那一年，父亲突然罹患重病不治，英年早逝。那年，我平生第一次体会到了什么叫痛苦，以及无助！也许一夜之间，心中的梦想变得异常清晰。从此，走在家与学校的那条乡间小路上，不再是个左顾右盼、无忧无虑的少年，而是个满怀心事、肩负使命的潜行者。

　　幸运的是，我所读的张集中学，在 20 世纪八九十年代是全县的一所名校。当年，每年能考上十几甚至二三十名中专生的初级中学，就是非常牛的。张集中学就是全县为数不多的"牛校"之一。是父亲的远见，让我跨区域报考了此校。

　　现在想想，当年父亲让我到这里读书，实际上是为我人生的小路铺下了关键的一块基石。

4

　　小路犹如一条弯弯的长弓，一头拴着我家小村，一头连着沸腾的中学。终于有一天，乡间的小路目送我走出家门、离开校门，直至淹没在人潮涌动的社会大门里，走向远方。

　　"所谓父女母子一场，只不过意味着，你和他的缘分就是今生今世不断地目送他的背影渐行渐远。"作家龙应台的这段话曾经打湿过我的双眼。只不过，父亲最终没能亲眼目送我走向外面的世界，而那条小路应该不会忘记。

我从那条乡间小路走来。30 多年了，我不停地穿行在外面的世界里，脚下的路看起来是越修越宽，但似乎都缺少了某种温度，而那条伴随我中学生涯的乡间小路，时不时地跳入脑海之中，令我在瞬息之中依然能感知其跳动的脉搏，那些嵌在泥土里的呼吸也从未停止过。

我知道，这些年来，城乡发展变化很快，那条小路也因土地整理，早已失去了原先的模样，一任秋茅疯狂地覆盖。小村变化很大，但依然固守在原地。而那当年名噪一时的中学虽然模样还在，但已是人去楼空。宽敞明亮的教学楼改作他用，估计也是必然的归宿。

有人说，"成长的代价，就是失去原来的模样。"那么，容我还是把小路的模样刻在心里吧——这条小路，记得我是怎么出发的。

设若哪一天，我忘记了小路，远方也就被我丢失了。

探秋焦岗湖

◇ 徐瑞成

秋　荷

生长在焦岗湖畔，算是与荷有缘的人，无论你是喜荷，还是不喜荷。

不知从什么时候算起，焦岗湖就因荷而闻名，并赋予荷有四德：清香、洁净、柔软、怜爱，荷花已然成为焦岗湖无可替代的景观。若要到焦岗湖赏荷，夏天固然是领略花事最繁盛的时候，然而，秋日亦是观赏花况不可错过的时节。甚至，秋日赴焦岗湖赏荷更有一番别季没有的情致。

站在湖畔，只需那么轻轻地放眼一望，满湖秋荷，开合舒卷随天意，真美原来是自然。那夏日里还未来得及释放的荷花此时尽情绽开迷人的笑颜，在田田荷叶上翩跹起舞，演绎着出水芙蓉罕有的娇媚。那已经盛开过的荷花则已结出丰硕的莲蓬，瞧那垂头酣睡的姿势，就像母亲怀中的爱子偷偷做着甜甜的梦。更有那秋日才含苞未放的花骨朵儿，矫情地把脑袋伸到高处，探寻可有来此传情表意的蜻蜓。这个季节，真是花有花之风采，果有果之内涵，叶有叶之品位，缤纷世界，各领风骚。

爱荷的人永远不会嫌荷。卓而不骄，逊而不俗，此乃荷的品性。在那些高洁自恋的狂热荷迷中，把自己和荷花联系到一起并表达高洁志趣的第一名人应是屈原，他在《离骚》中写道："制芰荷以为衣兮，集芙蓉以为裳；不吾知其亦已兮，苟余情其信芳。"人们对荷花的厚爱，对荷花文化的意念定格和诗意延伸，并没有在屈原自沉汨罗而消亡。后人把隐忍、遁世、寄情、寻胜

徐瑞成，淮南市作家协会理事，淮南市宣传文化系统拔尖人才。有若干集子出版。

的身心修为作为洁身自好的基础，朝朝勤拂拭，莫使沾尘埃，启导一种正心、修身、齐家、治国、平天下的向善模式。此时，又蓦然记起郑板桥《秋荷》中的语句："秋荷独后时，摇落见风姿。无力争先发，非因后出奇。"荷之谦逊退让，充分跃然于纸上。

我曾频频为荷而来，俯瞰身姿与荷对语，轻嗅荷的清香，竟不忍采撷半片花瓣，只想用心呵护那一片芬芳的荷的世界。晴日朗照下的秋荷，已经是风韵无极，更妙的却是下点小雨。那顿挫有致浸适着生命高洁的屡屡荷音，恰似从遥远的地方传送来的丝竹的婉婉穹音，让人尽享，又激人浮想。在秋雨的抚润里，秋荷洗尽满身铅华，自有别样的典雅与端严，又有不同的柔媚与娇灵。为荷，我愿采撷一缕阳光，用荷的禅语来丰腴贫瘠的思想，倾我一世的芳华，静待来世的百年，邀明月共眠，与清风相伴，让如莲的心清净无染。

闭目自思，或许，500年前，我就是佛前寂寞的那一朵荷。

秋　苇

焦岗湖湿地的美若有十分，芦苇定会占三。设想，浩渺的焦岗湖里没有一片芦苇，那整个湖面定然要失去三分之一的美。沿着航道撑着小船向深秋划去，这个季节不容小视的，是那些临水而生的芦苇。

秋日的天空，豁达、高远、开旷、辽阔。6万亩焦岗湖，广阔无垠的芦苇荡，明暗相间，深浅交错，像起伏翻腾的海浪，像落地不散的云朵，像阳春留守的残雪，像披纱穿裙的舞娘。进入芦苇荡，那是怎样一幅壮观的生命的图画啊？漫天的芦苇荡，簇拥的芦苇荡，迷离的芦苇荡！芦苇就是这样彼此关照，遥相呼应，只把柔韧的腰身弯到有几分悲壮的程度，忽又坚挺起来，然后随风继续那哀而不伤、伏而不倒的生命律动，或微倾，或俯仰，或坚挺。但是，你很难看到单根芦苇独处的身影，它们天性喜欢汇聚，抱团丛生，繁衍成庞大的群体，整整齐齐，密密匝匝，决不会空闲半寸土地，也不会浪费一丝阳光，平地蹿起几米高，将河洲湖滩牢牢控制在自己的脚下。记得一位善写诗的朋友说，芦苇跟夕阳最般配。仔细思量，此言甚是，无论是远近的衬托，抑或静动的搭配，都堪称绝配。

芦苇不逊蒹葭，但也颇具风味。走近它，你能听见湿地深长而细微的呼吸，你能感受到一种只有从风浪和霜寒中一路走来才会有的那种深沉忧郁，而依然保持着成熟之美和内涵之真。尤让人心动的是，在芦苇丛中随时可见大雁、野鸭、白鹭、沙鸥成群出没，与芦花相映成趣。芦花轻盈至极，在风里有一种无法言喻的温柔。难怪晚唐被誉为闽中"文章初祖"的黄滔道出了那句"世人谁到此，尘念自应忘"的感慨。

不知何故，忽然想起了清朝著名的苇间居士边寿民，虽境遇困穷，却坚守寒士情操。他在苇滩上构筑草堂，题名为"苇间书屋"，深入凫雁出没的草泽，以大自然为粉本，在苇间书屋对景写生。在这个栖息地，边寿民做着自己的梦，把笔下之物对象化，赋予人格力量，饱含血和泪，为后人留下了《苇间主人泼墨图》和《苇间书屋图》两件巨制。郑板桥曾题诗赞曰："画雁分明见雁鸣，缣缃飒飒荻芦声。笔头何限秋风冷，尽是关山别离情。"边寿民哪是在作画，他分明是在泼墨人生啊！

芦苇，柔弱里蕴涵着刚强与坚毅，朴实中透着平凡而自由。余亚飞诗称："浅水之中潮湿地，婀娜芦苇一丛丛。迎风摇曳多姿态，质朴无华野趣浓。"现在，我正站在这一丛芦苇中，倾听它们无语却清晰的声响：如丝，若弦，又像在水一方的伊人。此时耳畔，悠然响起《诗经》中的绝唱："蒹葭苍苍，白露为霜，所谓伊人，在水一方。"于是，我与朋友邀约，来年秋天霜降过后，我们还要来焦岗湖看芦苇。

秋　水

湿地之著，尤在于水。焦岗湖的秋天，最让人心仪而怀想的，莫过于那蓝天笼罩之下的一湖碧水，温润、柔和、安详，让你在举目俯首的瞬间明白诗人李白笔下"明湖映天光，彻底见秋色"的绝妙。

当焦岗湖真的呈现在眼前的时候，我知道，我们看到的仅是属于焦岗湖的只鳞片羽。焦岗湖湖面宽阔，湖汊众多，九曲连环，枝蔓相扣，温婉至极。秋天的焦岗湖犹如一幅永不褪色的山水画，唯美而动人。一舟一楫，述说着千年的企盼；一花一叶，张扬着亘古的渴求。它荡漾的姿态，亦真亦幻；它哺乳般的深情，溢满温柔。怪不得有位大诗人会发出如梦似幻的感叹："为了留住你渐渐隐去的身影，虽然晨曦已把梦境细细剪裁，我还是久久不敢把眼睛睁开……"

　　焦岗湖，华东最后一块生态湿地，每当风物变幻，便气象万千，或烟波如诉，或云影如栖，或舟楫如描，真正享有"华东白洋淀"之美誉。而其美丽的湖面风光，诸如摇曳的芦荻、安详的渔家、碧波的湖水、自由的飞鸟，几乎可以处处入画，圈点成诗。我有时很纳闷，偌大的一块湖泊，就像处子一般，静静地蜗居在淮河的臂弯里，全然没有林语堂所言的"秋扇、红叶、荒林、衰草"之秋凉。

　　早就听说，焦岗湖的前世是一座名门望族的府邸。那宏大的气势、别致的格局和新颖的构造，曾令王公贵族、富商大贾为之倾倒。哪知世事无常，仅仅一夜之间，竟然天塌地陷，沉为水乡泽国，目之所及，一片汪洋。从此，繁华落尽，如梦无痕。唯有一湖碧蓝的水域，蓝得纯净，蓝得深湛，蓝得恬雅，并随着岁月渐渐淡化了千百年来的世事盛衰与功名进退。

　　这个秋水怡人的季节，焦岗湖暄气初消，葭正苍，鱼正肥，芦花皎洁，是最佳的休闲去处。一条黛色的环湖小道，恰似一条长长的丝巾慵懒地搭在焦岗湖的周边，让这个略显腼腆的湖泊，飘逸出一种温婉的秀美。当你伫立一湖秋水的岸畔，你会顿悟，生活原本就是这样波澜不惊，就是这样柔和安谧。凝望那秋水，会让人洗去隐匿心间的污垢和尘土，让人驱逐灵魂深处的物欲和念想，正所谓"秋水文章不染尘"。

　　谁也说不清楚，究竟是这块湖泊滋养了周边的原野、村庄和居民，才有了如此显赫的焦岗湖版图，还是因为这周边原野、村庄和居民的守候，才有了焦岗湖今天迷人的模样。

秋　蟹

　　几笔秋风，再夹杂几场秋雨，秋便真的来了。秋天的焦岗湖物产富饶，品种繁多，其中尤以螃蟹最著，这个季节正是饕客品酒尝蟹的好时节。

　　焦岗湖水域数百里方圆，水草丰茂，气候得宜，是螃蟹定居生长的最为理想的家园。焦岗湖大闸蟹的形态和肉质，在螃蟹家族中与众不同，其青壳白肚，金爪黄毛，且肉质膏腻，十肢矫健，历来被尊为蟹中之冠。早在明末清初时期，这里就终日帆樯如林，商贾云集，成为淮河流域有名的鱼蟹闹市。说来也怪，螃蟹样子虽怪异，但不仅食客看好，还颇受诗画名家的喜爱。唐代诗人皮日休曾提笔赋诗："未游沧海早知名，有骨还从肉上生。莫道无心畏雷电，海龙王处也横行。"诗句将蟹貌雕绘得淋漓尽致，入木三分。其后，明代画家徐渭曾作《黄甲传胪图》以描意趣，齐白石也曾作《袖手看君行》来表志好，观其风骨，名不虚成。可谓是辞之待骨，如体之树骸；情之含风，犹形之包气。

俗云，"西风起，蟹脚痒，金秋正好吃蟹黄"。记忆中的秋蟹，是家宴的味道，弥漫着浓浓的亲情。每逢秋风送爽、菊花盛开之时，正是蟹上市的旺季。焦岗湖渔民中有"九雌十雄"之说，意即农历九月吃雌蟹，农历十月吃雄蟹，这个时候膏足肉厚，滋味甘腴，虽八珍不及。此时，缓缓掰出蟹胃，蘸上渔家人自己制作的姜丝糖醋，一大块入口，且咀且嚼，就是一个鲜字。更有技艺高超的食客，一只蟹吃完后，能够把它的壳重新完整拼接起来。难怪现代大才子徐志摩把"吃蟹肉"和"看荻花"并列为秋天不能错过的风雅之事。

持螯把酒，是古今文人向往的一大快事。清代文学大师曹雪芹在《红楼梦》第三十八回"林潇湘魁夺菊花诗，薛蘅芜讽和螃蟹咏"中，把大观园中的螃蟹宴和人们啖蟹的形态描绘得形神俱备，令人喝彩。该章回通过贾宝玉、林黛玉、薛宝钗的赋诗咏蟹，写尽了螃蟹的本质属性和寄托的思想感情，令后生拍案惊奇，叹为观止。如今，如果邀三五知己，择某个良辰汇聚焦岗湖，在细雨飘飞的渔家船里持螯夜话，尽管世事沧桑，那份流露出来的愉悦情致，也多是心中珍藏着的三分明月。正所谓"一手持蟹螯，一手持酒杯，拍浮酒池中，便足了一生"！不过，蟹性凉，品蟹，一对足矣；酒伤肝，饮酒，微醺最好。

我甚至觉得，秋蟹，那是此生都不会厌倦的美味，无间南北，不分雅俗。

秋　寨

古镇千年，看水上人家，桨声灯影，谁之妙笔；扁舟几叶，借天边晨曦，采菱捕鱼，皆由我心。此联着墨素简，至为凝练，最是焦岗湖渔家风情寨的传神写真。

秋天的渔寨，薄雾中披着一层神秘的外衣。遥遥望去，芦苇丛中散落的渔家船帮，就像秋天夜空中忽显忽隐的星辰。据闻，焦岗湖里的渔家多是200多年前从江苏迁徙而来的后辈，他们颇为看好这块水域，终年盘旋焦岗湖，世代以打鱼为生，如此繁衍生息。或许是湖水造成的"隔离"，焦岗湖有着"十里不同风、百里不同俗"的特点，至今仍保留着古老的民俗民风和原汁原味的渔家情调，其中尤以一年一度的荷花节日和划船赛事最为热烈。外来客人进了焦岗湖，眼瞳先被染亮，心即随之醉矣。

自古以来，有水便有船，有船便有家。如果说，难诗难画的焦岗湖，像是极细的工笔在淡青绢本上点绘的一柄团扇，那风格迥异的水上人家，就是这团扇中最生动的角色了。焦岗湖内的几百户渔家虽飘摇不定，但各自距离不远，遇事可遥相呼应，在渔火明灭和涟涟一水间，歆享着他们独有的渔家乐趣。通常情况下，渔家大船不随意走动，附带的小船可即时出行，过着晓迎晨风、晚送夕阳、夜看明月的悠闲生活。相传，宋代大文豪欧阳修被贬颍州太守期间，就被焦岗湖渔家风情所醉，与弟子苏东坡到此搭台结庐，授教焦岗湖百姓，并借助焦岗湖美景写下了13首脍炙人口的《采桑子》以抒怀。"行云却在行舟下，空水澄清，俯仰流连，疑是湖中别有天"就是焦岗湖的真实描述。焦岗湖的渔家也有看起来荒诞不经的事，比如至今还流传着五大怪事：锅门嘴子露在外，生个孩子系上带，男人结婚就变懒，荷花能看不能摘，湖内荚瓜无后代。此话乍听起来觉得奇特至极，但仔细了解却发现有很多故事。

有人说，焦岗湖是一架长年不衰的古琴，浩渺的碧水，轻轻缓缓地弹奏出了百折千回的美韵。此言不虚。除了大自然湖光天色和鱼蟹丰饶的赐予，焦岗湖的水上人家还能悠悠奢享那种滤却人间喧嚣和世事杂乱的静美。这个时节，若是来焦岗湖游赏，那一定要到渔家小住。这里，四面青纱围绕，纵横的河汊，广阔的湿地，成群的珍惜候鸟，让你享有独一无二的水上兵寨和渔家风情。并且，你还有机缘在渔家大哥的指导下亲自摇橹、撒网、抛锚、下笼，从这些渔家最平常的生活细节中感受到别样的幸福。渔家乐，怎一个"乐"字了得！

仁者乐山，智者乐水。在渔歌唱晚中，我愿化为一只小船，永远停泊在静谧的焦岗湖畔。

秋　姑

焦岗湖，一个深秋觅梦的地方。曾几何时，这里竟被世人遗忘，如今重被世人追寻。焦岗湖的许多姑娘，就是游人梦中的红莲。如此一来，焦岗湖就更富有诗意与色彩了。

曾有人直言，焦岗湖的夏荷固然摄人心魄，但是秋姑更让人魂牵梦绕。于是，许多游客赴会焦岗湖，一半是为了赏荷，但多半是希望逢着一个像丁香一样结着爱恋的姑娘。在焦岗湖，秋天的姑娘凿实与别季不致，她们着一身蓝色的印花衣褂，绾一束乌黑的精致发髻，绽一脸深浅的迷人笑靥，既不像夏天那样烈放，亦不比冬日那般收敛，举手投足，一眸一笑，便风情万种，无不流露着水一样的柔顺、风一般的怜爱、雾一般的轻盈。于是，有人这样评价道：焦岗湖的朦胧，一如女子朦胧的情丝；焦岗湖的秀气，一如女子妩媚的脸庞；焦岗湖的灵动，一如女子含情的双眸。

还是那句民谚说得极恰，一方水土育一方人。有着千里淮河的润养，那焦岗湖的水更加清如碧玉，蓝似水墨，犹如温热的血脉一般默默养育着这方的姑娘。这不暑不寒的秋季正当其时，瞧那：湖中小桥，一叶旗袍，秋姑踩着幽怨的唐诗款款而来；岸边小径，一把纸伞，秋姑踏着清雅的宋词缓缓而来；苇中小舟，一曲歌声，秋姑踏着明捷的清韵轻轻而来。这些姑娘们，既有大家闺秀的明朗，也不乏小家碧玉的媚态，于淡泊中体现柔情，在矜持中显示神秘，那份温爱和怜楚，足以消磨男人们的万丈豪情，让你在温柔如贴中沉沉醉去。

谈起焦岗湖的秋姑，就不得不提及古代旷世美人红莲。北宋时期，杨家将焦赞之孙焦炳钦曾在此任府尹。皇上御赐夫人名叫红莲，容色绝丽，肌肤胜雪，娇美可人，不可逼视。据说，她深情一望，可让千山游子流连忘返；她低眉一笑，能让万帆过客魂牵梦绕。红莲看不惯焦炳钦纸醉金迷、好逸恶劳之品行，终在一个鹅毛大雪的冬天，她一气之下投湖自尽。后来，在她投湖的地方破冰而出一朵红莲，娇艳无比。人们都知道，此花定是红莲夫人的化身，竟没人愿去采摘。

"在那淮河流过的地方，有一个美丽的焦岗。一网撒开鱼欢跳，小船摇来花鼓腔。"这首传唱许久的歌谣，每天仍然在焦岗湖上飘荡。如今，在荷花淀的栈桥，在芦苇荡的高亭，在湖畔人家的酒楼，在水城云台的观台，你会看到许许多多像红莲一般的女子摇着小船唱着歌谣过来，又摇着小船唱着歌谣过去，拖起一水长长的波纹，成为一行永不衰老的灵动的诗……

扬州慢

◇ 陈向东

万米高空的茶香、鱼香和红袖香

飞机机舱广播里在说，现在是在 3 万米高空，我不信。民航机能爬得那么高？超常规，爬得越高，肯定摔得越糟。

读安徽省作家协会副主席、青年散文大家胡竹峰老师的散文集《闲饮茶》。

胡老师的文字似拙非拙，清瘦幽远。入世又出世，有民国的味道。

茶香袅袅间，发现有红袖添香，原来对面是空姐的工作座位。想起那年在魔都，公司里一海归说，旅行中我现在的座位极佳。那空姐，那腰肢，那长腿，那才叫佳人如梦啊。隔得那么近，四目相对，容易对出故事来。

恍恍惚惚间，又读到了书中安庆市作协副主席、青年作家魏振强老师的轶事，那个嘻嘻哈哈的老魏还会烧鱼？难怪经常看他在马路牙边和中年女鱼贩纠缠嘻哈。

男人一认真，铁棒磨成针。胡竹峰说的。

忍俊不禁。

有茶香，鱼香，还有红袖香。

书，看不进去了。

忽然，飞机落地了。

晚霞，消失了。

陈向东，男，桐城人。出版有散文集《飘逝的红霞》。

马年正月初八夜

马年正月初八夜，申城飘雪。

胶州路弄堂一小饭馆，门可罗雀。

昏黄的灯光下，一个老男人在独酌，有点微醺了，目光迷离，空洞，无奈。

老男人想找我说话。我也想一人喝点酒了。

去隔壁便利店拿了瓶石库门老酒，红标，20块8毛，一摸口袋，一堆鼓囊囊硬币，清空，20块7毛，全给女店员了。

"少一毛算了吧？"

"不行，不好出门的哦。"

后来大概看我一脸真诚才罢了。

屋外，大雪飞扬，似碎片，像鹅毛。雪下得那么深，雪下得那么轻。

屋内，两个老男人在独酌。

不好出门的哟。这里是上海。

2003年夏的那场雨

夜里，见到才女芳芳发的一组秋游图。

一水的娘子军，群芳在斗艳。

安庆小妹就是耐看、好看，个个像玉一样。

又见到了久违的双丁路1号老同事晓青老师。晓青一袭斜纹长裙，素、雅、静，很亲切。

2003年初夏，我因故暂别了双丁路1号，办毕手续那天，人很恍惚。想想昔日同事们狐疑不解的目光，人尽中年，还要去漂泊流浪，下个月的社保还没有着落，一片迷茫，恐惧。

室外，天破了，大雨在倒。

我在雨中浑然不觉，在梦游。突然，头顶上多了把伞，一看，是晓青老师。

"看你淋的，去哪儿？"

"公交站。"

"我送你一程吧。"

"把你淋湿了。"

"没事，前面就到了。"

我们还说了什么，记不清了。

雨越下越大，在街上织起了厚厚的雨幕，对面马路上人影朦胧。在公交站，望着晓青老师消失的背影，我鼻子发酸。

2003 年初夏那场雨真大呀！

17 年了，我一直记得，暴雨中的那把伞。

不如归去

那些年，原本有好多机会，厚着脸皮，找那些名师大家们讨要幅字或画，可能是从小字就写得不好，不懂，就没兴趣，也就罢了。

这唯一的一幅字，是那年学兄、合肥文化人、出版人房总回乡，安庆市书法家协会主席王泽辉先生请他吃饭，房喊我去蹭饭，房兄是枞阳人，枞阳大萝卜吃多了，圆润，鬼精得很。席间，房兄请王主席给我写了这幅字。

这幅字放在书柜里一放 10 多年，都差点忘了。前些天发现字被虫子蛀了好多洞了。赶紧送到装裱店里裱一下了，不然对不起王主席。一裱效果也就出来了。王主席的字线条简朴，拙中见润，平淡中见深厚。王主席懂我，好字！

那夜，酒喝到一半，王主席还喊来一个人，安庆文化大家胡寄樵老人。这是我第一次也是最后一次见到胡老。胡老大头大脑的，满面红光，精神得很。我们一起吃鲍鱼，大口喝金门高粱酒，老头子特平和，不像我现在经常能见到把自己弄得像神仙天师的好多人。胡老跟我们侃陈玉成英王府，侃恩师林散之，闲话。

后来，胡老夫人也来了，喊胡老早点回家睡觉。胡老夫人年轻时也是个玉人儿呀！

好多年过去了，某次回乡，在一友人办公室玩，友人送我一本胡寄樵老的作品集，像砖头一样厚。方知胡老成就如此之大，心生懊悔，当年要是找胡老讨幅字多好，要是刻个章那更好。可惜胡老已故去了。

这世界变化太快，一不留神昨天就成了历史。当历史与我们擦肩而过时，请留住它。

仙寓山

◇ 王 巍

　　"在离这很远的地方，有一座山，孤独的人在那里唱着歌。"母亲的故事总是这么开始，也是这么结束。

　　我反问母亲："什么是山？"

　　母亲说："是宏大而让人崇敬的东西。"

　　长大以后，我去过太多的山。出名的、没名的，险峻的、连绵的，雄伟的、秀气的，我都喜欢。

　　我从来没想过去征服它们，相反，我对它们心存敬畏。

　　母亲曾经说，每一座山都住着一位神佛。我总是幻想，神佛是什么样子，是不是一缕白云，青松流水，或者幻化人形，鹤发童颜。成年后，读了书才知道，神佛并非庙里塑的那般，他们只是人，解脱的人而已。

　　父亲一生从事教育。从他的学生取得的成就来看，我觉得他的人生是成功的。后来他病，不能行走，这十几年，从门庭若市到门可罗雀，我问他："你孤独吗？"他告诉我："人生所有的绚烂，最终都以孤独来偿还。"

　　父亲有一本仙寓山的画册，里面画的都是白云苍狗，浮山略水。我问，喜它何处？他答，此间有禅意。我又问，何为禅？答曰，不过是让你安静。

　　那时的我还有个青春的尾巴，背起背包，毫无牵绊，一头扎向画册里的地方。

　　这里的天很低。繁树满山，映衬于云霞下，青和白分不开来，就像毛边纸上的墨迹，你中有我，我中有你。一路探幽而去。栈道下溪水飞溅，爬满

王巍，安徽省作协会员，中国金融作协会员，安徽金融作协副秘书长。

青苔的山岩，到处都是闲时的鸟雀。我拿出相机去拍，肩上却落了一只翠绿的蝴蝶。这蝶，怕有多少年没见到人了。它不动，我也不动，就这样享受这岁月静好。坐了须臾，又踱步到廊桥那边，泥土里零落二三人家，倒像是群山的摇篮。小街头俱是烟雨打旧了墙头，锈迹斑驳，我却恨不得它再旧些，哪怕茅舍疏离。村后亦是绿水缠绕，仰首看岩壁上挂的瀑布飞流，内心却愈发静了。三五步外，光着腚的孩童在游泳、嬉戏，身体透明的鱼从人腿间穿过，逍遥无羁。立在溪边，风也自在，水也自在，旧日里那一切繁华、一切烦恼，却与我无半点关系。

这是怎样的世外桃源。除了日照，基本感觉不到时间在流逝。我不知道拿什么形容我的情感，只望着半山的云发呆，直到夕阳西下，空自感叹，多少回晚霞，又多少回断崖边。还未一盏茶的工夫，一轮明月在两峰间跳了出来。茅檐下一清瘦老者推开院门，问客从何处来？又往何处去？我答，自然是来处来，去处去。呵呵一笑，便似相识很多年。

我把照片带给父亲看，父亲问，好在哪里？我说，有禅意。父亲问，何谓禅？我答，大概是喜悦吧，对众山的喜悦，对众生的喜悦。

从那时起，我有了写作的冲动。搞写作的人，大多性情中人。性情生烦恼，还是烦恼生性情？反正就是烦恼多，终日谈禅也无用，就像解脱不了的人才求解脱。

光阴荏苒。在我们完全没有做好准备的时候，父亲突然辞世了。那时我才知道，父母的爱比山还要宽。

我一直理解不了，有些人父母离开了，可以大吃大喝，无动于衷。难道他们真的长大了，或是参透了，悟开了。我仰天长叹，只盼神佛能够看到我的苦。

我随苏北采风，二上仙寓山。恰逢小雨。云很霸气，把山拦腰截断。雨是粘的，粘在须发间，又汇在皮肤，像是穿在了身上。将军涧的水清波翻滚，我被雨淋得无助，只好缩在村头廊桥上躲避。偶然间看到一个穿白背心、摇着蒲扇的长者，差点认作父亲。父亲现在在哪里？会不会就住在这魂萦梦系的山中？但看涧水一路东流，就像岁月一样无法回头，涕泪皆下，思绪万千。在这个离神佛最近的地方，我却无法解脱。

记得一句诗："我曾踏月而来，只因山中有你。"

我写了一篇不算长的文章，名字叫"桥"。

时光压着我们前行，就算悲伤也要走。但越往前走，越知道岁月的凶残。

父亲去世后，我成了母亲的精神支柱。她只要在街头看到白头翁妪携手而行，就会泪流满面。

母亲是个很自律的人，自己能解决的事，从来不麻烦别人，哪怕是自己的儿子。我能做的，仅仅是每天给她一个电话，聊聊吃些什么，可曾温暖。

母亲说，想和朋友去仙寓山避暑。

我和朋友开车送她。

从来没想过，一个不是故乡的地方，能反复去三次。人生的虚无，让我不得不相信缘分。

又入到那座白云缠绕的小山村。这一路，雨水追着我们，追进车窗，追进山谷，追进云间，又追进屋门，追进纱窗，不依不饶，酣畅淋漓，仿佛要洗去所有的纤尘。

山间的云低到眉梢，被风催得飞速地奔跑，就像那些释然的忧伤。这里是旅途还是归处，我已无法分辨。

人生有太多的美好，人生也有太多的遗憾。可为什么越是美好的地方，越让人感到虚无。

母亲打着伞坐在院落里看暮色将至。我问母亲，喜欢这里吗？母亲说，喜欢，此间有禅意。我问，何为禅？母亲答，大概是放下吧。我又问，你孤独吗？母亲说，孤独是人生的常态，从现在起，我必须去适应它。

我咬着牙走了很多路，脆弱到一句话可以泪流满面。

一夜的时光，只睡到一半。天光放亮，我推开了屋门，却被眼前的世界惊呆了。水声潺潺中，抹了云雾的群山探出头来，仿佛一群淡施粉末的娇俏女子，无限地缱绻温柔。云起云落间，灵魂逐渐清澈起来，宛如这群山的清晨。

我和母亲作别。后视镜里母亲始终挥着手，我偷偷抹掉眼睛里讨厌的东西。

母亲似乎迷失在山水之中了。

我总在电话里问她何时归来。她说，过完这个夏天吧。

那个名字叫烟花的台风缓缓过来了。

母亲微信里写来一行字："我这里下雨了，那里呢？"

我猝然忆起，在离这很远的地方，有一座山，它的名字叫"仙寓"，那里的小路上，开满了鲜花。

有个朋友说也要去仙寓山游历。

我对他说："如果看到我的母亲，就请你一定告诉她我的名字。"

朋友问："你母亲什么样子？"

我回："非常淡然，非常安详。"

红槠与青藤

◇ 杨　光

　　我家窗前有两棵树，一株红槠一株樟木，还有一根青藤。就是那根藤，你看见了没有？说实话，这座老屋里所有的人都关心过窗前的红槠、香樟。没人关注那根藤。那是根"旁若无人"的"野藤"。

　　2002 年，父母亲住进佳山新村 32 栋的"老屋"。那年他们从纽约州归来。窗前已经有了这株红槠。一株矮矮的灌木，不成"丛"……

　　那一年的有一天，我下班回家，看到父亲站在红槠树旁忙着。浑身是土，满手是血。我这才发现，那株红槠被一根青藤缠绕着，分不清你我，父亲企图把"他"从"她"身上拉开，而那藤有刺。红槠木已经长成一人高……

　　几天前我夫君告诉我窗外"有人摘红槠花"！我急忙下楼查看。噢，又是"那根"藤蔓被"生生"从红槠身上扯开了——没有人摘花。红槠树已经高高耸立，我家（二楼）窗外已是红云一片……

　　何必呢？"藤缠树"，多奇妙的景观！让那青藤陪伴红槠木不好吗？

　　如今一看到红槠，我就想到母亲。不仅仅因为母亲最后的时光我只要陪她外出，就为她（与树）拍合影（最成功的就是与红槠木的合影）。父亲离开了，父亲生前也是日日关注红槠关心母亲。

　　母亲貌美如花又自幼体弱多病，惹人爱怜。"你长大了，要好好地待她"——这是当年我外婆对我说的话（我很听外婆的话，只要我在母亲身边就是我烧饭。从我 10 岁那年起）。母亲年轻时喜欢音乐，年老了追求养生，不单为自己，她大部分心思用在为丈夫（也是积劳成疾的病患）康复上。

杨光，一缕七彩阳光，女，定居中国马鞍山。

父亲一辈子呵护母亲，母亲一辈子跟随父亲——从南到北，从国内到国外。在我外婆口中是她自己"把最疼爱的女儿"介绍给"这个好男人"。在父亲生命的最后时段，严重的脑出血"后遗症"令他失语失忆，但是没有丝毫削弱对母亲呵护的那片纯真……

我脑海里时刻浮现这场景：颤巍巍地下楼，扯开藤蔓，为那株红檵，手掌心都是鲜血，摔倒在地……父亲也不能容忍任何一个外人纠缠母亲，甚至包括我……

红檵木红火火地绽放，芳华永驻。树下那株根脉相连的藤蔓也仍然会钻出头来纠缠。关注红檵木的眼睛容不得青藤，不过香樟只是笑眯眯地看着，什么也不说。

追求，追随，相依相伴，坚守一生。红檵木，香樟树。父亲走后，母亲也去了，走得很安详，告诉我"我去看你爸"……

"最后的时光"我陪伴着母亲，她清醒时不允许我去南屋居住，叨咕着"你爸，晚上会来"，而半夜她又会找我（她随时要找我，我住的西屋从来不关门），问我"敏（妈嘴里的我爸），在哪里?"……父亲的忌日8月22日，母亲9月1日，时隔两年。

我的他，伟岸高大、才华横溢，我亦习惯率性而为，不受约束。我很期待能另有异性作彼此知己，"60岁以后的生活怎么过?"——找老伴儿啊! 以前一切都很慢，两个人守望一生。如今网络纵横，一二知己不够用——"老来伴儿"应该是一个群体一个团队。

目睹父母亲相依为命的晚年生活朝朝暮暮，虽然我和丈夫是"随叫随到"，还是觉得他们有些孤独寂寞（我是60周岁才得以退休朝夕陪伴他们）。

讨教过专家，说是藤缠树，可以相安无事的! 藤蔓植物是精灵，缠绕树木，不比树木高，不会造成树木缺乏阳光；藤蔓植物靠自己的叶制造营养，主要靠自己的根在地下吸养分，藤蔓植物的根浅，树木的根深，与树木争夺不了多少养分，不会造成树木缺乏营养；树木的营养包在树皮里，藤蔓植物的假根到不了树皮内，吸收不了树木的养分。

我的植物朋友噢，既然身为藤蔓，就要攀岩附壁，选择希望，顽强拼搏——墙壁上的藤蔓噢，春深似海，这个夏天，看你的啦!

我家窗外，除了红檵、香樟，还有青藤……

　　古人云："独行而无友，则孤寂而烦忧。"60岁的人生，能结交到的朋友应该就是"老伴儿"，包括微信朋友圈里意气相投的"微友"、K坛里常常听你唱歌朗诵的"歌友""诗友"、美篇里的"美友"。

　　随着年龄增长，你会发现：重要的人，越来越少了，剩下的人，也越来越重要了。珍惜身边的"老伴儿"们吧！

官渡河，荡漾北国江南的甜蜜记忆

◇ 裴　军

　　花时间和心思亲近一条河流，慢慢地就听懂她的倾诉，捕捉她的细腻情感，建立彼此的心路联结，纵然离开她的距离再远、时间再长，那条河依旧摇头摆尾鲜活在心中。每当夜深人静，看见她像母亲一样轻轻地走进房间，慢慢地贴近枕边，咬着耳朵诉说心语。这是流淌在生命中的河流，打小我就躺在她温柔的臂弯里，喝着她甘甜可口的乳汁，听着她波澜不惊的涛声，与她奔流不息的脉搏一起跳动，领会她殷切的叮咛。这条河就叫官渡河。

　　官渡河是小潢河最顺畅柔美的一段音符。她敏捷地跳下大别山北麓的层峦叠嶂，一头扎进豫南低山矮丘和狭长平地的怀抱，一路上或九曲回肠，或轻舟直下，或金戈铁马，或轻歌曼舞，挽着塝墩塆园的壮手臂，扯着畈洼冲寨的瘦衣襟，拽着岗坡围店的粗裙袖，搂着河湖堰坝的淡云烟。流过龙、虎山后，进入了开阔平缓的地带。她慷慨地敞开胸怀，用清冽甘醇的奶汁哺育两岸的勤劳子民。这一段的河面清澈见底，倒映着天光云影，流速迟缓缠绵，像如歌的行板。水滨沙白树绿，无垠旷野泼碧，多情鹊鸟吟唱，河中白鹭自在觅食，鸳鸯悠然嬉水，鱼鳖竞游沙底。缤纷四季是官渡河奉送的靓丽名片。早春二月，油菜花沿着河岸绵延伸展，人们高一脚低一脚地在霁麦青青的地里放风筝，而风筝们醉酒一般在天上飘摇着，最后一头扎进了油菜花的金黄里。孩子们光着小脚丫，踩着笑声，携着花香，不知疲倦地追逐春天。岸边白杨树的新叶在艳阳里闪亮，生动得像笑脸。一串串素净清香的槐花像淘气

　　裴军，诗人，发表作品 200 多万字，出版小说、诗集各两部。

的村姑，冰清玉洁般倒挂在枝头上，等着春天来选秀。大片雪白的梨花在河边走着猫步，一场风雨过后，白雪就铺满了大地。蜜蜂们追逐着田野里涌动的紫云英花香。官渡河以繁华和曲线为美，像一条闪着光的花草蛇，正扭动着细蛮腰，由着性子在春天深处一路爬行。而最为人称道的是河岸四季的醉人色彩：暖春红桃、白李、菜花压弯了沿河绵长的风景线，炎夏黛山、绿秧、粉荷填满了两岸阔大的取镜框，爽秋白云、稻黄、金桂铺展开一望无际的丰收景，寒冬红日、白雪、灰兔勾勒出一派静美的素描图……儿时的官渡河向游人铺展开清纯美艳的人间画廊。

官渡河自古就是"智慧之河"。儿时，后岗的同宗长辈当起了乡村播火人。夏日傍晚，当村办小学院里合抱粗的椿树上倒悬的一段钢轨被敲响时，他匆匆走出教室，从教室门外捎上预备好的秧耙，跑到自家的稻田里耪一会儿秧。直到半轮太阳沉到燃烧的河水里，他才急匆匆走出秧田，顾不得洗脚，拎上圆口布鞋，一路踩着血色残阳，径直来到垮中家访。他在池塘边的石条上洗脚，蹬上圆口布鞋，沙哑的鸭嗓音缠绕着弓着身子的柳树，学生听到他的声音，纷纷从柴门后闪出来，众星捧月地围着他，他一个个地询问作业完成情况，叮嘱孩子们要好好读书，不然，就对不起门前泛着文化和智慧波澜的圣水。他说，春秋时，大圣人孔子路过，还下到河里，撩起一捧清水，洗尽一路征尘，他的高徒子路曾在河边打听渡口。能一睹中国文化圣人的容颜，这条河有福啊！两个双籍进士司马光、苏轼都是在河北岸金榜题名的。少年司马光破瓮救友，成为家喻户晓的佳话。1083 年 9 月，苏轼因乌台诗案被贬官，在官渡河岸边的净居寺小居，妩媚的波光抚慰了被贬谪的一代大文豪，真乃官渡河之幸啊……他叮嘱："你们要以圣人为榜样，努力读书成才！"他突然收住话锋，一本正经地问："呃，有谁知道这河名与'官渡清波'的来历吗？"孩子拨浪鼓似的摇头，转而盯着他，他笑说，据清代两朝帝师胡煦之子、名仕胡季堂考证，此处埠口系自豫达楚的通衢驿站，从元代起，官府为了解决通行和公文传递问题，在此设立渡口和渡夫，因此而得官渡河之名。河北岸有楼名为"大观"，俗称之为"望水楼"。说到这里，他摇头晃脑，情不自禁地诵起了清代胡季堂的《官渡清波》：

城南咫尺当官渡，利涉无须问浅深。

云影四时潆水底，天光一色映波心。

青陂野墅千村聚，彼岸慈航万众寻。

试上大观楼上望，南山远黛翠来侵。

他背完说："你们记住喽，'官渡清波'就打这儿来的。"此刻，他混浊的两眼突然熠熠生辉，似乎面前站着这群孩子中将来就有孔圣人、司马光、苏轼和胡煦……

官渡河见证我苦菜花般的童年。我老家就在官渡河北岸上。河是我童年的中心，围绕着那一泓碧水，就是一抹青山、一片绿野、一头大水牛、两个女人和几个小玩伴。刚记事时，每天妈妈和叔伯大姐带着我和一群孩子，乐呵呵地赶着浩荡的牛群一起渡过官渡河。每当涉水时，妈妈总是让我趴在大水牛宽阔的脊背上，寸步不离地守护在我身边，叮嘱我说："我儿莫怕，有妈妈守着你呢。"而大水牛既有灵性，也通人性，乖巧且温柔，从容镇定地驮着小主人，慢悠悠地蹚着漫过肚皮的河水，我明显地感觉到一股清水在撩着我的小脚丫，怪痒痒的，这让我很惬意。在妈妈的精心授意下，大水牛有意放慢脚步，还不时地回头瞥我一眼，唯恐让我受到惊吓。等大水牛爬到南岸的沙滩上，妈妈向河对岸沙滩上简单地一挥手，大姐姐一声吆喝，一群黑魆魆的水牛、淡黄色的黄牛和乳臭未干的牛犊蜂拥着跳下水来，河里立即发出了"扑通""扑通"的击水声，吓得河里的鱼虾箭一般的四下逃窜。村里的男孩子们屁股蛋上一丝不挂，像是水猴子般扑进河里，他们前呼后拥，互相追逐着，不停地用小手拨拉着水面，争抢着打水仗，浑身上下湿透。不一会儿工夫，人和牛群都齐聚到银白色的沙滩上。牛群不停地抖动着身体，顿时，沙滩上水珠四下飞溅。妈妈和大姐姐清点了一下人数，沙滩上的牛群开始蠕动，自觉地排成一队，向河对岸的青草坡上走去。稍大一点儿，我和小伙伴们常在河边玩水。河面随着季节时宽时窄地变化着，只有一河清水的颜色永远不变，水绿得是那样的可爱，一直绿到人心中。沿河两岸都是银白细腻的自然沙，双手捧起沙粒，让绵软的沙缕一直从手缝里滴下去，直到细丝线断了，才肯松手。这成了那时温馨的回忆。

官渡河馈赠童年丰盈的美食，河岸上长满了免费"零食"。小伙伴们发现长而尖的绿叶草时，立刻围拢过来，"嚕嚕"地拔出几枝毛尖草，麻利地剥去外皮，把里面嫩绿的东西抽出来，一把塞进小嘴里，边嚼边赞："喔，真甜，香！"大家正吧唧着小嘴，眼尖的小伙伴在草蓬间找到繁星般散落的野草莓。

大家一起蹲下身子，像采摘珍珠一样拾起它，捧起河里的清水，用心洗净，一仰脖丢进嘴里，连声感叹道："真酸，好吃！"河岸山坡上散布着野桑树，树枝上晃悠着一嘟噜一嘟噜的桑葚。小伙伴们笑嘻嘻地争摘着果子。很快，细嫩而黧黑的手掌中堆满了桑果，到河边用水淘洗干净，美滋滋地享用。吃完一瞅小手掌，惊问道："咋就变成紫红色呢？"大家在河边摘食拐枣、毛桃、野葡萄、野山楂、野板栗、野草根、灯笼果……只要不偷懒，小肚皮很快会被撑得鼓囊囊的。

　　早晨或下午，水面上漂浮着灰云朵一样的麻鸭，河面覆盖着"呱呱"的鸭鸣，朝晖夕照下它们不停地拍打着翅膀，矫健的双腿划拉着波光粼粼的水面，贴着一河清水互相追逐嬉戏，想到它鲜嫩可口的肉质，我就忍不住流口水；河水中跳跃着密密麻麻的大青虾，摇头摆尾地游弋着大个儿鲤鱼、大大咧咧的胖头鲢鱼、抖动着大嘴巴的鲶鱼，穿梭着尺把长的青背大鲫鱼、急脾气的肥鳡子；水底爬动着几尺长的黄鳝、粗壮溜圆的泥鳅，最有趣的是那群油头滑脑的老鳖们，到了夏天，他们齐刷刷地爬到沙滩上，在水滨自觉地排成一长队，让又毒又辣的太阳舒服地晒着脊背，一听见岸边有脚步声响起，就呼啦啦地扑进河中，一眨眼就消失在水底。逢年过节，尤其是过生日，活蹦乱跳的鱼鲜就变成了香喷喷的美食，一股脑儿地摆上了桌面：美味可口的麻鸭、营养丰富的青虾、鲜嫩清爽的鲫鱼汤、秀色可餐的泡椒鲢鱼，尤其是四大名菜，如赏心悦目的香椿炒鸡蛋、口味地道的泥鳅拱大蒜、甘醇肥美的老鳖下卤罐、汤鲜肉嫩的腊肉炖黄鳝招我喜欢，一口气能吃得小肚子滚瓜溜圆。

　　我欣赏爸爸在官渡河里捉鳖的绝活，更喜欢瓦罐卤鳖的味道。爸爸将一根细长的白尼龙绳固定在两块木板上，尼龙线上每隔均等的距离就拴着一枚明晃晃的小铁钩。他把从水塘里捞出来的蚌壳用力一掰，只听得"咔嚓"一声脆响，蚌壳就一分为二地被掰开，他麻利地扯出壳里滴血的蚌肉，用剪刀将蚌肉剪成等分的碎块，又将蚌肉挂上小铁钩，马上闻到一股刺鼻的腥臊味，爸爸说："老鳖就好这口！"他将小铁钩上缀满蚌肉的尼龙绳一字长蛇阵般撒在河面上，就雕塑般坐在沙滩上等待着，用金黄的麦秸草帽遮住火球般的日头。过了一会儿，就用一支带有铁钩的长竹竿挑起河中的一个木块，迟缓而有节奏地收拢尼龙线，每当看到尼龙线的小铁钩上晃悠着又大又肥的老鳖时，都会引发我的惊叫。很快笆篓里就会装满了贪嘴的老鳖。而妈妈早就笑眯眯地等在门前，从爸爸手里接过笆篓，熟练地将一个个老鳖剖开、淘洗干净、剁成大致均等的小块，加点油盐和蒜苗，放在油锅里爆炒一下，装入瓦罐中，然后置于灶台下的火灰中温火慢炖。大人们并不急于食用，而是到晌午才分享。这期间，最煎熬的是我，总惦记着灶台下的瓦罐，偏着小脑袋问："妈妈，老鳖炖好了没，想吃！"在北京有一家出售这道菜的菜馆，门口连个招牌都没有，生意却好得不得了。我偶尔拜访一下，不是为品尝卤鳖的味道，主要是闻一闻扑面而来的馨香，听一听不含杂质的乡音，温一温官渡河畔的流金岁月……

官渡河见证了我儿时的读书时光。我决定要用读书的办法，像当年的孔夫子一样蹚过这条大河。一天早晨，我从自家晾晒场上扛出小半布袋稻谷，沿着官渡河南岸的沙石公路，三步一停五步一歇，挪了十几里地，气喘吁吁来到人声嘈杂闸山店的市场上。一位脸上漾着笑意的中年妇女听说我是要用换来的钱买书读，一把拉过我，在我的小脸上亲了一下，啧啧连声说："乖，大娘支持你，给你赏钱！"称完稻谷，她给了我几张簇新的毛票，临了还向我手心中塞了几个亮锃锃的钢镚，说："孩子，赏你的！"我接过钱，窃窃地说了句感恩的话，一路前行，穿过西拐子鸡肠般的街巷，泥鳅般钻进人流，一路小跑来到了筒子街，看到离光山一高不远处的两层楼的新华书店，像是见到了紫禁城里的金銮殿一样，心快要跳出了胸口。很快，我就站在与我一般齐的柜台前，踮着脚尖儿，盯着满架的新书，眼睛里直放金光，不知道要买哪一本好。一位蓄着波浪发、馨香四溢的女售货员乜斜着身旁的小顾客，但还是热心地请旁边的一位戴眼镜、清瘦、中等个儿的老师帮助我，那位老师抚摸着我的脑袋说："这么小就爱读书，将来会有出息的。"听了他的话，我的心里美滋滋的，这位素昧平生的人为我竖起了读书上进的风帆。于是，我顺利地买到了《新华小字典》《成语小词典》和《唐诗三百首》等几本工具书。为奖励自己，我还用未花完的钱买了一只南大河林场产的鸭梨。那梨个儿大，圆溜溜的，分量足，汁液也多，那是这个世界上最甜的梨。回家的路上我美滋滋地啃着梨，心里却盘算着该如何去消化这几本书。那时，我要承担家庭的一部分生计，所能做是就是到官渡河岸边青葱的秧野的田埂上放牛。晨曦初显，我挽着裤腿，穿过草尖上挑着晶莹剔透的露水珠，两只小脚板踩着瘦弱碧绿的田埂，一只小手牵着勾在大水牛鼻子上长麻绳，让大水牛在芳草萋萋的田埂上悠然地啃着，另一只小手捏着小板砖般的《新华小字典》，在秧鸡的深情鸣唱中不知疲倦地朗读着；大水牛吃饱了，就躺在官渡河里惬意地泡澡，悠闲地晃动着长尾巴，扑打着叮咬它的一群蚊蝇，而我手捏枯树枝，蹲在细柔绵软的沙滩上，不厌其烦地翻阅着方正厚实的《成语小词典》，认真地写着里面的词条；在河畔打猪草时，小背篓里总要装着《唐诗三百首》，歇息之际，我依在小背篓上，双脚沐浴在河水中，振振有词地背诵着古诗名句。有时妈妈笑眯眯地出现在身后，我就央求着她："妈妈，这句诗是什么意思啊，您教教我吧！"官渡河的潋滟波光清晰地映照着我弱小的身影，温柔欸乃的涛声忠贞地伴和着我稚嫩的书声，而水面上展翅翱翔的水鸟放飞我的诗和远方。

官渡河时常勾起我对她的牵挂。上初中那会儿，在家门口的官渡河上修龙山水库。水库横在龙山和虎山之间，正掐住一河的脉门。周末时，我随民工送施工用料到工地，只见干涸的河曲人头攒动，风摇彩旗，机器轰鸣，电线杆上的喇叭群震得地动山摇，呈现一派气吞山河的气势。上学离开时，龙山水库已然修好。我登上山顶眺望，看到了孕妇似的水库碧波荡漾，水面闪烁着耀眼的金斑，点点飞鸟踪迹，道道青山黛影，水库俨然是捏在官渡河手里的一串湛蓝色的念珠，真是美不胜收。离开官渡河多年，总在打听她的情况。族兄在电话中唉声叹气地告诉我，曾几何时，官渡河变得破衣褴褛，千疮百孔，断流的河道上到处都是采砂点，河道深一块、浅一块，凹凸不平，河岸上没有护坡，到处可见养殖场、烧烤摊，挖砂船在河道上日夜不停地挖掘着，往日优美而曲折的河岸线不见了。昔日的望水楼遗迹尚在，但一川清水却没了。闻此言，我不禁为官渡河揪心起来。几年后见到出差的县领导，再次向他打听起官渡河来，他喜形于色地说："嗬，现在的官渡河美极了！"原来，为管好这一汪碧水，县里相继成立了官渡河建设指挥部和管委会，从京城请来了高端设计院的专家，经过现场深入调研，重新对一带两岸三片区进行了全面的规划设计，筑起了坚固美观的防波大堤，建起了宽阔敞亮的沿河大道，充分整合空间资源，合理调配产业布局，使这条智慧之水焕然一新，古时的"官渡清波"再一次焕发了青春活力，又涌现出了"水巷阡陌""曲水芦汀""春耕秋实"等特色景点，官渡河已被打造成了名副其实的幸福河。闻此言，我怦然心动。眼前突然浮现一川河水，两岸锦绣，万顷阳光中绵延七彩花海，花丛中缕缕炊烟升腾，我的乡愁也扶摇直上。我心想，真该回去看一看了。

一条小路

◇ 汪文涛

　　山后有一条幽僻深长的小径，得空的时候，我就来走走，一个人，什么也不带，以最浑朴自在的态度走一走。其实路边没有什么好看的风景。榛莽丛树，野草离披，不知名的花花果果零星地缀落着，偶有一两棵遮阴的高木，几只鸟儿飞来停一下脚，又相互呼叫着飞走了。沙石和着黄土踩成细弱的小径，细瘦的小草侵占了路面，踩了又长，长了又踩，永远那副焦黄倔强的样子。加上点薄薄的日光和山里渗过来的野风，拂得草木尖子微微地波动，荫翳洒满一路。路曲曲折折的，曲折才深长，转过一个弯角，又是一节足可徜徉的细径，望见前方树木遮断处，会是通向何方？一方潭影清光，绿碧自寂寥，还是一崖悬空，路断人绝？要不天地垂落，遥见一片山坳村落炊烟？

　　走在这样的小径上，总有一些莫名的希冀和惆怅。

　　我不知道这条路是谁最初踩出来的，他为什么要踩出这样的一条路。是望见顶上的一株风景或者水流岩石用好奇心探出来的？是在一个黄昏暮晚要急急地赶回家闯出来的？要不然是珍惜山中的一小块田畴或者一些鱼禽花果一次次趟出来的？这个人有一颗不安静的心。开踩这样的一条路是需要信念和勇气的，一定有一种力量强烈地鼓动着他，他肯定收获了一些他很珍视的东西。他会一直记着开路的沉痛吗？还是得鱼忘筌？世间的小路何止千万径，每一条都记录着感人的故事，其实我们都忽视了，只想着奔向目标，它所通向的繁华销金窟。路途上的人和事竟都烟消云散了。

　　在那洪荒古远荆榛遍地的时候，几个裸身的汉子扛着弓矛竹尖蹚进了山

汪文涛，中学语文教师，作品散见《人民日报》《语文学习》等。

里。没有路，只有一串野兽的踪迹，他们追踪寻觅，忘路之远近。一挂野果被拿来充饥或者装进囊袋里，一只孵窝的野鸡被活捉了，一个有点腻性的男人喜欢上一株妖艳的花，山头上雷火烤焦的野兽引起了领头人的沉思。他们惊喜地向部族的人述说着山中的故事。更多的人来了，甚至带着全族的人向更远的山里探寻。如爪牙般四伸八出的小路给了他们许多的惊奇和智慧。他们还发现了湖泽，发现了小片或大片的田畴平原。他们迁移、定居，移栽了稻粱果木，养起了禽鸟鱼虫，建起了村落、集市，过着天上人间的生活。在一个风高月黑的深夜，从斜刺里另一条小路上杀过来一群人，抢人财物，淫人妻女，吞食了一切。几个从灰烬里爬起来的男人和女人趁着黄昏暮色闯过一排排荆棘，慌不择路地逃向一个不可知的地方。多少年后，他们在远方建起了城市，有了凤阁龙楼雕金绘彩，有了珠玑罗绮物华苒苒，有了风荷梅影玉树琼花，有了曲院歌台漱玉辞章，有了灞桥烟柳红楼绮梦。几片南风醺醉了的纸片飘落到干荒的北原，被一群游牧的捡拾了，露出垂涎的眼光。翻过几重山岭，越过几条大河，这群人跟着牛羊踩踏的路放了一地的狼烟，卷没了一路的繁华。穿惯了宽袍大袖步态龙钟的人再也找不到逃生的路，抱着小皇主跳进南海的滚滚波涛。一条小路上走走停停，打打杀杀，一路的莽撞和迟疑，一路的歌吹和烟尘，风染出悠悠岁月，绵绵情恨。

也有些人流连在小路上。陶渊明不走长路了，停了下来，树一椽茅屋，织几双芒鞋，随处巡游踏春践秋。他扛着锄头到豆田除草，挨到夜晚才牵着月亮回家。秋天的篱笆墙上开满了金黄色的小菊花，他抱着酒壶就着花瓣自斟自饮。有时到山里看看泉水的涨落，云烟、花草的讯息，倚着松树给自己画一幅小像。苏东坡放一只小船到绝壁之下，摸一摸 800 年前那场大火熏烧的痕迹。月亮升起来的时候，乘着酒兴跟人谈一些水与月的神神叨叨的话，说到不高兴时哭一声，说到高兴时笑一声。有时到山中石板路上走一走，山中天气阴晴不定，他一路走一路吟啸，沉浸在自己痴痴癫癫的情绪中。陈子昂离开营帐，踏着荒原昏色，一路的奔走。他想探探这条前人走过的路。四野深幽寂寥，连一枚野火都没有。站在早已倾圮坍落的幽州台上，天地苍黄，遥遥无际，不见前尘，不知归路，悲从中来，发出贯通今古的啸叫。在一个秋日的长长的下午，阮籍爬上那辆老旧的驴车。宿醉未醒，百无聊赖，任由驴车在荦确不平的山路上颠簸折旋。他不知道哪条路到江海，哪条路到京城，遇见的都是断崖深壑。孤鸿翔鸟的号鸣深深地打痛了他的心。在卷着落叶的秋风里，他失声痛哭。有人在岩扉松径寂寥徘徊，有人在青苔溪涧弹琴啸歌，有人骑着瘦马在西风古道上踯躅而行，有人拄着竹杖在烟光凝紫的暮山数着闲云潭影，有人在初日高林里寻觅花木禅房，有人在古树急泉的西溪踏访入云的小径。错歧纷出的小路上演绎了多少牵人衷肠的情和事，像一本本书，层层叠叠堆放在路边，任随时光去风化。我当然希望它们能氤氲成融合的风月，熏染一个个路过的人。

此刻，我走的这条深长幽僻的小路，只有寂寞的日光和风。小径通往的高处，有一座简亭，我想把它称作"回云亭"，山气偶来，缥缈往复，欲去还望。过往的声息都成了这把烟云吗？

亭中可望山外楼宇林立，通衢大道，夜光流彩。多少条小路辐辏在那里，多少条汗血淋漓的脚杆到此才稍稍洗濯。风尘落尽，清光如玉，每一个安恬的睡梦中不再有惊悸彷徨，逐渐滋润的肌肤和肥软的身躯浮泛出油润的莹光。艰辛开始披上裙纱，血汗炼成了油彩，古道口的那场依依挥别渐渐干瘦成木乃伊。西楼上咯血成愁的凝望呢？刻印在诗词里的秋水砧声呢？漂没在酒楼的灯火、耽夜的歌舞、床头的调笑中。夜空晃荡着粉黄色的声浪，轻盈而又慵懒。没有告别就没有了行走，我不知道会有多少条小路的故事在这里终结，我不知道削平了胼胝的手足可经得起下一趟山路的跋涉？站在"回云亭"，我有些感慨。

苏格拉底的麦穗

◇ 书忘带

有一次，古希腊哲学家苏格拉底的 3 个弟子向他请教，怎样才能找到自己理想中的伴侣。苏格拉底就让他们去走麦田埂，去选择麦穗，并告诉他们只许前进，不准往回走，且仅有一次机会选择一支最大的麦穗。

第一个弟子没走几步路，就看见面前一支又大又漂亮的麦穗。于是，他便高兴地摘了下来。但当他继续往前走的时候，却发现前面有很多很多麦穗比他摘的那枝还大还漂亮。可老师有约在先，只能采一枝，于是他只好带着遗憾走完了全程。

第二个弟子吸取了第一个弟子的教训，每当他要采摘时，他总是提醒自己再等等，后面一定还有更好的，千万不要着急。结果当他快到终点时，他才发现自己手中还是两手空空，机会全被错过了。

第三个弟子吸取了前两位弟子的教训。他决定对麦穗进行比较后，再决定采摘。于是，当他走到三分之一路程时，他便把麦穗分出大、中、小三类；当他再走到三分之一路程时，再验证一下自己的分类是否正确。这样，到了最后三分之一路程时，他选择了属于大类中的一支美丽的麦穗。虽说这不一定是最大最美的那一支，但他满意地走完了全程，而且找到了自己认为满意的适合自己的麦穗。

人的生命历程就是一个不断地走麦垄、摘麦穗的过程。虽说条条大路通罗马，但在人们面临多条路口进行选择的时候，人们往往是迷茫的、犹豫的、困惑的。实际上，说要去罗马的人多，而真正到达罗马的人只是极少数，大

书忘带，本名杨立群，毕业于南京大学。

多数人在通往罗马的途中，要么误入歧途，要么半途而废。

如果你走的是自古华山一条路，那你别无选择，要么不走，要么一条路走到底。

彼得原理告诉我们："在一个等级制度中，每个职工趋向于上升到他所不能胜任的地位。"换句话说，人生、职场就像一部长长的云梯，大家都想往上爬，而且想爬到自己力所不能及的位置上。

但当你站在云梯的半中腰，上下打量那些往上爬的人们，你就会明白一个道理：其实，爬到顶峰的只是极少数，大多数人都在爬梯子的过程中被摔下来，或者中途退了下去。那么，究竟什么是你最大的麦穗呢？——不要在意别人如何选择，更不要在意别人怎么说你眼前或者手中的麦穗是大是小，只要你觉得它是你最喜欢的、最想挑选的，那么，它就是你眼里、手上和心中最大的！

有时候，在别人眼里看似一条山重水复的羊肠小道，没有人愿意走，你却走了，而且坚定地、快乐地走下去。你将会发现，前面不远处，一大片柳暗花明的麦地上，正长着你想要摘的那枝。

小镇温泉

◇ 利益平

海南岛的温泉闻名遐迩。由于地处热带，又位于欧亚板块的东南边缘，这一地带地质运动活跃，地下潜藏地热、温泉能量充沛，全岛已知的温泉点有近40处，兴隆镇就是其中之一。

朋友告诉我，到了海南没泡温泉，等于没来海南。于是，我们乘坐环岛动车直奔兴隆。

当我们在兴隆小镇上一个叫太阳岛度假酒店的地方住下时，很快发现这里是个"候鸟"集聚、适合养生养老的生态小区。

走进这片隐蔽在热带植被中的小区，顿觉这里宁静而生机勃勃，天蓝地绿，处处林荫。首先映入眼帘的是绿茵茵的草坪广场，旁边即是两个连在一起的露天温泉池，十几栋二层农家小楼半圆形地围住温泉池。池后是个不小的鱼塘，里面有几十只黑天鹅在曲项对歌。池塘对面是植被绵软、小河弯曲的田野。

一对对、一群群的住客在散步、聊天，听口音几乎都是岛外来客，多为北方人。据说冬天到此的"候鸟"主要有两类，一类是在兴隆买房自住的，一类是租房过冬的，其他的就是匆匆过客了。

飞到兴隆的"候鸟"多半是冲着这里的温泉来的。

这里的温泉分布广、质量好，号称"世界少有，海南无双"，富含矿物成分，温度高达80摄氏度，有极强的疗养功效，尤其对皮肤病、关节病和神经衰弱症等有治疗作用。

利益平，现居上海，安徽省作家协会会员。

　　我住的房间正对着露天温泉池。午休后，住客一个个披着白色的浴巾从房间里闲庭散步般地走向浴池，那种从容，那种休闲，如同山坡上散养的羊。

　　泳池里的水碧蓝见底，有人在挥臂畅游。我就直接泡温泉了。

　　温泉池不深，冒着淡淡的轻雾，散发着浓浓的硫黄味。我仰首躺下，抬眼看，天空又蓝又深，如絮的白云从眼前一朵一朵飘过；侧身看，池边椰树横斜半空、榕树露根如栅、金竹挺立摇摆、槟榔秀如美女，还能看到一个个结在树干上的不能吃的铁西瓜在诱人显眼，那些在树上晃动的挂葫芦好像随时会落入水中，树下面簇拥着一团团不知名的奇花异草……

　　我闭目浸泡，似有温煦融化之感，如有甘露淋身之快，仿佛置身于仙境，不禁感叹：嗟呼，人生何乐之有？知乐而乐矣。养生何福之首？唯泡于温泉之中耶。

　　我看到池中矗立着一个蘑菇形状的柱子，顶上冒着热气的泉水顺着边缘披洒而下，池中的温泉随之慢慢升涨。哦，真是个好办法，原来是这样将80℃的温泉降到能够人用的，通过控制它的流量和速度而掌握池中的水温，这就不需要掺和自来水降温了，保证了温泉的原汁原味。这和那些弄虚作假的所谓"温泉"相比，有天壤之别。

　　小小温泉池，在员工天天冲洗护理中，你方洗罢他来泡，天南海北，八方游客，宛如人生舞台。

　　"小伙子，你今天刚来的？"朦胧中听到一个声音，透过热雾，看到是身边一位白发苍苍的老头儿在向我这边看，我乐了："老人家，我不算小伙子了吧？"老人用手指向后梳理着银发，呵呵笑道："你满头乌发，还不是小伙子？你知道我多大啦？"我极认真地打量良久，老人身板硬朗，精神矍铄，于是有点把握地说："老人家，贵庚70多了吧？"老人笑而不答，他身边的老太太忍不住接话："他呀，91啦！"我惊讶之余问道："老人家，你们还跑到这里当候鸟？"老太太指着老头的膝盖说："这是他打日本鬼子时留下的伤疤，至今还有块碎弹片在里面不能取呢，冬天到这里泡泡温泉好多了。"

　　池中多为老人，由此引起一阵骚动，敬佩之声，感叹之声，顿时在弥漫的水雾中响起。有的激情不减当年，抒人生豪情；有的谈古论今，纵横天下大事；有的拿前辈对比一代新人；有的怒责无道之人，有的怨伐歪风邪气；有的则语出老庄，淡看红尘……

　　突然，池中鸦雀无声。一位青春靓丽、身材修长而丰满的姑娘缓缓走入池中，只见她掬起温泉泼向胸前，顿显肌如凝脂，肤白如雪。当青春沐浴温泉时，青春便随轻雾溢彩；当温泉拥有青春时，温泉便有了活力生机。姑娘随手推波，舞水掀浪，扭腰摆泉，笑声喷语，满池的人顿觉池若荷花摇摆，泉如甘露飘香……泉的柔，人的美，在眼前浑然一体，妙不可言。

池中的年轻男性像接到指令一样，迅速向她靠拢，老人们一笑了之，也有个别中年男子高山仰止般的一声长叹……

我注意到有一对病歪歪的老人默默无语。男的高瘦而面色蜡黄，女的矮小而身体蜷曲。他们泡了半小时，艰难地要起身。男的几乎不能站起，女的躬腰过去搀扶。我忙起身帮忙，男的朝我点头微笑，女的说声谢谢。我问："老人家多大年纪啦？怎么没子女来照顾呀？"老太太答道："哦，不大，他才86，我才79，家里2个儿子4个女儿，都忙着呢，把我老两口送到这里，留了一张银行卡就走啦。"我问："他们放心吗？"她答："放心，这里不仅有温泉理疗，吃住方便，还有老年活动室，小镇也好玩，门口就有夜市、大排档。"

老人忽然朝我笑笑："你们在这里住几天就不想走啦。"

看着老两口佝偻着身子，拖着不利索的脚步，相互搀扶着走走停停的背影，我的眼睛湿润了……

这里，是候鸟温暖的家。远方的候鸟在这里舒翅展羽、避寒驱湿。温煦的太阳将孤独变成了欢乐，和谐的氛围把寂寞变成了诗意……

第二天午后，淅淅沥沥下起了小雨，我把浴巾往头上一披，径直奔到温泉池中，紧贴在喷洒温泉的蘑菇亭下，侧看风打芭蕉，雨落海棠，低视池承雨珠，天露点泉，真切地体验到一滴雨水一朵花是何样的意境；头顶凉风冷意，身浸温存水中，同享冰火两重天，别有一番情趣……

海南的雨就像一阵风，说来就来，说走就走。天黑时，风雨早已不知去向。只见夜色中繁星银河，皓月当空，温柔的月光毫不在意地又洒向大地，照亮了瓷砖曲垒、深浅有别的泉池。我悄然下楼，再次走进几步之遥的池中，静静泡在水位已深的温泉中，感受万籁寂静之悦，览影影绰绰之美，听虫儿稀鸣之趣。

温泉在体肤上缓缓流动，把我带进一个空灵境界。我仰望如练碧天，扫视阑干北斗，陶醉于月光，心静如水，无尘无烦中想起了孩提时代，月光照在故乡水边轻轻微摆的杨柳上；想起了新兵入伍后，月光照在探照灯阵地果实累累的荔枝树上；想起了山丹导弹打靶那年，月光照在戈壁滩哗哗作响的白杨树上；想起了初进军校时，月光洒在五角场薄雾飘动的操场上；想起了在复旦大学进修时，月光斜落在古色古香的红墙灰檐上；想起了上国防大学时，皎洁的月光泻在那琉璃泛亮的礼堂屋顶上……不由感叹月光依旧，岁月如流。

　　月色勾魂，夜幕下暗香流动。温泉的缕缕轻雾似乎在月光下画着无声的乐符，夜色裁出丛丛叠叠的椰林剪影，每栋小楼已灯火映窗，远处传来的阵阵歌声把我带进无边的思绪。

缓步于熟悉而陌生的诗意之路

◇ 蒋宜茂

世间凡有生命之物，生长与渐次成熟是其最重要的特征。人生亦是如此，从青少到年壮、从成熟到身老，概莫能外。

"吾十有五而志于学，三十而立，四十而不惑，五十而知天命，六十而耳顺，七十而从心所欲，不逾矩。"这是《论语》中孔子的自评，每每读来都甚觉豁达通透，随着年岁的增长，越是深以为然。

学诗习诗亦是如此，纵观业内行家里手，无不是由拙到精、从精返璞，先是技法的成熟，再有境界的提升。

少时，诗是生活的憧憬

对年少的我而言，诗歌承载着我对生活的憧憬，既在生活中感知诗意的景象，也通过诗去突破枯燥生活的平凡。

我是"从弥漫着泥土味的乡村走来"的人，自小生活在农村，生长于一个物质、精神都比较匮乏的年代。按照这样一个脉络，年少时本应和诗歌无缘。因为机缘巧合，小学五年级时，偶然得到一本《唐诗30首》的小册子，里面选编有李白、杜甫、王维、陈子昂的诗，这对于年少时的我，无异于如获至宝。每在放牛闲玩之时，都要拿出来囫囵吞枣诵读。

当时，我并不知道为何对这本小册子兴趣浓厚、爱不释手，或许是一份注定的缘分，在不断地反复诵读回味中，种下了对诗歌热爱的种子。现在想

蒋宜茂，中国作家协会会员、中华诗词学会会员，出版诗集《窗外》《向青涩致敬》等。

来，这份热爱或许自有其必然性和偶然性。必然性是物质与精神普遍匮乏的大背景，和内在求知求进的激情所构建的看似比较强烈的冲突；偶然性则是个人与诗歌的不期而遇，尤其是王维的细腻和李白、陈子昂的豪情，完美地契合了自己少年时的焦虑和洒脱。所以，册子虽小，诗作也不多，却是平凡生活中的一束微光，照耀着我美好的向往。

慢慢地，我不再满足于读，也开始尝试着写。诗以言志、诗以抒情、诗以明理，我学着把朦胧稚嫩的情感、想象投射到自以为的"诗歌"之中，以自己的青涩书写，抒发着对生活的热爱。第一次发表诗稿的往事，记忆犹新、至今难忘，是在县里办的《丰都文艺》报上。当时，收到了编辑部寄来的样报和一元钱稿费，我兴奋地交到父亲手里。父亲消瘦的脸上流露出满意的笑容，说这钱挣得容易，叫我少干农活，多写一点诗去卖。

确实，相比那时不足一元钱一斤的猪肉来说，这钱，是挣得相对容易。但是我心里更是清楚，写诗又岂会比干农活容易。工作以后，有缘见到时任《丰都文艺》的主编，谈起往事，才知道自己的稿费原本只有几毛钱，是编辑看我是一名高中在校学生，才凑足一块，以资鼓励。这给当时的我以莫大鼓励，一直激励着我更加自觉地在工作生活的间隙去学诗、习诗。

壮年，诗是生活的积淀

参加工作后，先做中学教师，后从事基层管理工作，诗歌也不得不被渐渐暂时搁置到了一边。虽是如此，但它并未完全从我的生活中消失，反而是在一段沉寂之后，随着历经的磕磕碰碰与积累的人生阅历，又成为我对生活的几多积淀。

积淀了真情。从前的少年悸动如今已有些淡然，不再是"不敢与神女相拥，却有初恋般邂逅的心动"。转而变成了亲情一般的绵延，觉得"与诗的拥抱不该停歇"，"眨巴着眼睛不肯熄灭"。在欢娱、伤感、起伏、闲暇之时，都会不经然想起诗歌。在这些时候，诗能带给人心灵的慰藉和人生的活力，犹如一个红颜知己，在人生路上相扶相呼，相互鼓励、慰藉与眷顾。

积淀了本真。诗是一种艺术，也是一种技术，二者之中又常是技术趋熟在前，艺术成长较慢，以致免不了会经历一段炫技阶段。然而，生活会打磨一个人的棱角，也能剥去所有外在的华丽衣裳，经过不断洗练之后，剩下的才是自在的本真。我手写我心，我心抒我情。一人一诗，风格各异。我最早接触的诗歌体裁是古风，较为钟爱的也是古风，也乐于把古风当作自己表情达意的载体之一。古风诗简练、古朴、真切，或豪情万丈，或连绵不绝，终不失其纯真古朴，或许这也是诗与书写者的共同成长。

积淀了传承。我喜欢现代诗，且经历过一段古、新诗之间的短暂割裂。学习了一点传统，为了让自己写的东西体现"现代"，便不去触碰传统。而后来终究发现：少了传统的给养，只会让直白的抒情和无味的自白将自己浮在水面。这种书写中的短暂割裂正如年轻人的叛逆，既急于反驳父辈的观念，又找不到自身的根基，或许也只有伴随着岁月的积淀才能逐渐成熟，才会慢慢学会如何在继承传统中创新。

积淀了精神。诗从来都是一种充满魅力的表达，"撩起世界神秘美丽的面纱，使熟悉的事物变得陌生起来"，把眼前的画面、景物、人事，通过诗人的感悟、体验、经历，转化为情意、理志、意趣，其本质不仅是个人情绪的宣泄表达，更是内在精神的宣扬彰显。情绪具有个体性、经验性，但其升华为精神时，又具有了普遍性、感染性，使这些本属于个人的生命体验与生活、工作感悟，成为被他人感受、理解的情感与经验。借助岁月的重力，把自己下沉到生活的海底，这样才能打捞起最深层、最纯真的情感与体验，这样的诗稿也许才会更具魅力。

现在，诗是生活的回归

逝者如斯夫，韶华不可复。历经岁月的风霜之后，开始向花甲之年靠拢，再回首往事，诗歌或许将成为一种对生活的回归，对诗意的追求，也不过是"形追其简、意求其凡"罢了。

贺拉斯说："一首诗仅仅具有美是不够的，还必须有魅力。"诗因声韵而美，凭境界而魅。平仄合序、音韵和谐、对仗工整，确能彰显声韵之美。年轻时还有心气追逐，现在看来，则更喜欢回归质朴，但求形追其简，格律声韵当是促进诗歌成长的阶梯，却不能以形害意。文重意，诗重境。诗的魅力更多源于反思与启迪，源于意趣与境界，唯有此，诗才是值得人品味的。而这种反思启迪又绝不能自命玄奥，意趣境界也不可故作深沉，而要返璞归真、意求其凡。古人说大道至简，诗理何尝不是如此。

　　诗既源发于诗人的热情，也抒发着诗人的热情。在我看来，一首诗之所以能灵光一闪、跃然纸上，促成这一切的，当是诗人内在的热情，对生命的热情、对生活的热情，以及对诗歌的热情。同时，为诗也尚需一颗善心，要心地干净，不容杂尘，并且越是久经生活历练打磨，越应愈发坚定纯真，通过内在的善良与悲悯，把自身与世界联系，否则其诗必然是孤单的、孤立的。王国维说，"词人者，不失其赤子之心"，大抵也意在于此。

　　我学习写诗，更是享受其过程，让脑海中每一帧画面和心中每一份情感都"天真"地涌现出来。正如已出版的诗集《窗外》所想要表达的那样，一首诗更应该像一扇窗，诗人推开它，能看见他所钟爱的生活，读者推开它，能看见诗人的内心。南飞秋雁、老井黄牛，这是我儿时的记忆，而我也希望它能唤起读者对故土的思念。长夜伏案、旅途风尘、如画乡村、人勤春早、风雨潇潇、人情沧桑等等，是我生活工作中的点滴，希望能唤起读者对岁月的共鸣。我把对故土的思念、对工作的感悟、对基层群众的丝丝情感、对生活的零星感触，力所能及地用诗歌书写出来，希望能用心记录下山川的绮丽与凶险，描绘出乡村的幸福与艰辛，挖掘出生活的真谛与诗意。

　　这是我诗歌的起点，更希望能回到少时的初心。在我心里，诗歌是神圣的，宛若深沉的大海始终在那里。我一直敬畏着诗歌，无论是其深邃或宽广，我都无能一探究竟。尔后，但求仍有些余力与激情，继续"衣带渐宽终不悔，为伊消得人憔悴"便好。

有温度地生活

◇ 丁玉玲

今晚看到一篇文章，对作者佩服不已，文章触动了我的心弦，我感同身受。

先说一说文章里的故事吧。

作者的母亲总到一家很贵的蔬果店买蔬果。对于女儿的疑问，母亲回答说，这和钱没关系，自己是喜欢在那儿买东西的氛围。那个老板娘很和气，细心周到，认得每个顾客，帮着顾客选果蔬，边选边相互聊着家常。老板娘知道母亲腿脚不太好，前段时间托人给她找了一个中药偏方，很管用。母亲说，生活需要温度的，人和人从不认识到熟悉，就是一种生活温度。

喜欢生活温度的，还有同事小郁。每隔一段时间，小郁都会从单位对面的一家小店带回一堆衣服。那家店里的衣服比别处要贵。问其故，小郁解释说，她喜欢在那家店里买东西的感觉。那家店装修得有味道，家常又温馨，女孩店主自己煮咖啡请小郁品尝，还送给她两幅自己绣的十字绣，很精致。小郁说，自己家在外地，在这里没什么亲人，所以喜欢和一些原本陌生的人慢慢熟悉起来的感觉，比如服装店女孩、小区门口水果摊老板……和他们熟悉，让她在这个城市有一种归属感。

母亲和小郁让作者动容，并感慨：去超市买菜，在网上购物，确实省了一些钱，但同时也省掉了人与人之间的温度。

看完这篇文章，我心里也特别感慨，自己和这两个主人公像极了，经常做着和她们一样的事情，以至于有时朋友说我"傻"。其实，谁又真的傻呢？只是，我一直没找到用哪个词语表达这种状态更准确。现在才发现，原来我是个有生活温度的人（多么自恋）。

前年，身体原因休息了一段时间。之前每天总是来去匆匆，终于有时间可以放慢一下步伐。楼上楼下的邻居都不熟悉的我，突然觉得生活对我如此陌生，有些不适应。

一次和母亲一起买菜，一路走来，很多人和母亲打招呼。我很惊讶，一个外地老太太，来此时间不长，怎的如此受欢迎？从社区门诊到理发店，哪哪遇到的都是洋溢着的热情。我们家里也通常是高朋满座：一会儿是她的老同事过来坐坐；一会儿是推销产品的在家里殷勤荐购；一会儿小区阿姨来送自家做的面点小吃；一会儿孩子同学的家长来看母亲。平时，家里整天有别人送来的各种新鲜时令东西。母亲节，有人专程给母亲送来了康乃馨。我好佩服母亲的人缘，同时也感慨，自己老了，会有这么多朋友吗？

母亲通常对人热诚，心里不设防。推销的来我家，肯定不会失望而归。买来了东西，母亲却只有三分钟热度，通常会闲置，或者新鲜两天就过去了。一开始我们很抵制，劝说无效后就习以为常了。母亲和推销的人认识了就不忍推却，或者觉得这个人很不容易，于是就买人家的东西。慢慢发现，有的人竟成了母亲的朋友，对母亲是真心感激，他们再来的时候竟然不是推销产品，而是来看望母亲，还帮着分析一些东西有没有必要买。推销员都能被母亲感化成这样子，或者说被她发掘了心里本来也存在的温度，我一下子明白了，为什么母亲来这里时间不长，竟然有了那么多的朋友。

潜移默化，我慢慢发现自己也变成了这样。有的时候，明明知道买一些东西商家会赚不少钱，可是几句温馨的话，就让我无法拒绝，或者本意买一个，最后变成买几个。身体不适那阵儿，内心无助感很强，忽然联系上很久没联系的一位同学，特别高兴。知道她在做养生，就赶过去找她，后来发现喜欢上了那里的环境，远离单位，远离过去的圈子，听着大家七嘴八舌地分享各种有趣的事，觉得生活真好。过了些日子，我竟融入了这个完全不一样的圈子。生活中类似的例子还有很多：因为和美容师熟悉了，非要等到她上班才去做美容，给她涨一点小小的业绩，虽然这里价格不菲，离家还远；和健身教练熟悉了，很痛快地续费了健身卡；习惯了一个老师剪发，不管他价钱涨得多高，因为彼此了解，依旧追随着他；理疗师虽然年龄小，可是认真刻苦，我就特别愿意帮助其尝试。这么多的温度生活让我体验到生活中的乐趣，自己也少了过去的漠然，与人交往时潜意识里都是热情。

就这样，结识了一些不一样的人群，也体会到了不一样的快乐：有的圈

子能随意说笑，有的圈子可以倾听谈古论今，有的圈子讲讲家长里短，有的圈子说说闺蜜的知心话，收获了很多的友谊和温暖。正因为如此，去做美容，美容师在能力范围内赠送了美容项目；健身教练成了朋友，互相聊天很随意很开心；理发老师剪起我的头发分外热情；理疗师为我理疗的时间明显比别人长很多。虽然这些都是时间、金钱换来的，但是因为熟悉了，就不考虑再去有所更换，自己多付出一点也并不介意。虽然也遇到过一些行骗的，但我遇事情依旧选择信任别人，当朋友看待对方。我想，这就是我自己的生活温度，我无意中变得和母亲越来越像。这也是这篇文字开头提到的两个主人公使我有很深共鸣的原因。

生活就是这样，你付出了温度，就会收获同样的温度。那些有温度的瞬间，使得我看到窗外明媚的阳光而格外欣喜，手握一杯暖暖的咖啡而非常惬意于那溢满房间的醇香，感动于凉风初起的日子仍能收获满怀的温馨。我们这样看似傻傻的一群追逐"温度"的人，不是真的"傻"，这些人所体验的，在看上去漠然的现代人人群中，或许正是一种唤醒温暖的生活方式，也许还可算作一剂置换冷漠的"药方"。我知道自己注定会继续这样有温度的生活，温暖自己，也温暖同行的人。

麦儿的期盼

◇ 叶　子

　　夏，在阳光的炙烤中，追赶着悄悄退走的春天脚步，以她的满腔热情急切地向我们迎面奔来。一望无际的田野，从满眼的翠绿逐渐染上了夏日阳光的颜色，金灿灿的直晃人眼。日渐饱满的麦子，羞答答地低垂着眉目，像极了待嫁的新娘，又急切又害羞地期盼着心仪的人把她领回家。

　　虽然各种收割机器已整装待发，可她们心中却有一丝淡淡的忧愁，怕那如孩儿脸说变就变的天气。

　　夏季的天气，总是让人捉摸不定。本来骄阳似火，转瞬间电闪雷鸣；原本艳阳和风，顷刻间大雨倾盆。其实并非麦子们娇气，经霜侵雪打，她们未曾低下头颅；历冬寒春凉，她们早已成熟淡定。麦子们担心的是，如今的乡村留守的几乎清一色的年老妇幼，若遇极端天气，不知能否安然归家，颗粒归仓。

　　麦儿们在心底深深地为置身的田园母亲叹息，更为那奔波在田园里的老迈身影叫屈。视土地如生命的老人们，本该享受儿孙绕膝的晚年之福和天伦之乐，却不得不在打工潮的浪涛前无奈又无力。他们不懂什么城乡一体化，只是不舍守护一生的土地日渐荒芜；他们体谅儿女的不易，背井离乡，抛家离子；他们明白，那几亩薄田根本无力承受当下所有的消费支出。而他们唯一能做的就是，尽可能不拖累儿女，用那沉重而蹒跚的脚步，丈量着家乡每一寸土地，佝偻着已不挺拔的身躯，吃力地劳碌着，匆匆忙忙从早到晚，不敢停歇地奔忙于深爱的田园中。

　　————————

　　叶子，本名史太叶，农民，淮南市作家协会会员。

那弯成弓形的身影，让麦儿们万分不忍，但它们更为自己和伙伴们担忧，它们不知道，当有一天，这些老迈的身影真正地老去，它们还有没有机会再亲吻深深爱着的土地，还能不能在田园的怀抱中繁衍生息。

每当夜深人静、万籁俱寂，她们分明听到干裂的田园隐隐地低泣。她们知道，虽然有她们为伴，可田园却是寂寞的。如今的田园，已鲜少听到各种悦耳的虫鸣，少了几分喧闹和热闹。不知名的小昆虫不再欢叫，蟋蟀（蛐蛐儿）之间再没有了窃窃私语，那天籁之音——蝉鸣，更是难以听到。这些可爱的虫儿，早在虫蛹时就成为人们餐桌上的美味。"知了"这种小东西，怕是将来的孩子们就不知为何物了。

麦儿们知道，田园是忧伤的。如今的田园少了那机警俊俏的野鸡家族在田间地头追逐嬉闹声，也难以见到那既狡猾又胆小敏捷的野兔欢蹦乱跳的快乐身影，那高亢激昂的声声蛙鸣也几乎已销声匿迹，"青蛙王子"的身影几近匿迹。即便不讨喜的蟾蜍（癞蛤蟆、癞猴）也难见踪影，那让人生惧的各种蛇（长虫）也不知道藏匿在何处……没有了它们，田园早已没有了往日的喧闹和生气。

麦儿们更忧心自己的不幸命运。作为田园的爱子，她们现在也没有了往日欢欣的心情。各种害虫更是肆无忌惮地侵蚀，撕咬着她们的身体。加上化肥农药的过度使用，让害虫少了许多天敌。这些害虫都有了超强的耐药性，蹂躏着麦儿们，让它们的身体伤痕累累。看似肥胖的身体，却少了一份强劲，甚至失去了天然的食用价值，只能沦为了廉价的牲畜饲料。麦子们更为那刚吐芽的小伙伴们担心，那幼小稚嫩的身体，能否经受住生命历程中各种侵蚀和打击，娇弱的小生命也许会面临和遭受自己同样的命运吧？麦子们真的很担心。

他们不甘心，在日渐板结的田园上，只能静静地而又显得有些焦虑地等待着、祈祷着、渴望着。

麦子们等待着那年轻力壮和青春靓丽的身影，渴望他们能回望故土，恋上这片生养他们的土地；

麦子们祈祷着田园不再低泣，让年迈的身影得到片刻的歇息，让麦儿茁壮，豆儿健康，瓜果香甜；

麦子们渴望着寂静的田园有虫鸣，有蛙声，有各种小动物喧闹的嬉戏声，让我们赖以生存的土地恢复往日田园美丽的模样，让家乡的土地多一分希望，少一分沉寂。

　　麦子们想着想着，不由自主地唱了起来——

　　　风吹麦浪沙沙响，
　　　田园孤寂添忧伤。
　　　老少妇幼殷殷盼，
　　　远方游子早还乡。

蒙古马

◇ 成　龙

　　说起马，对于我这个生活在草原的人来说并不陌生。从刚学骑马的恐惧，到独自乘马驰骋大漠的骄傲，是与马结缘非常美丽的过程。但对马，特别是蒙古马，从历史、文化的角度还缺少更为深刻的了解和认识。一个不熟悉北方游牧民族历史、文化、习俗的人，是很难从真正意义上走进、了解、熟悉蒙古马的。蒙古马像一条古老的河流，每一个浪花与涟漪都诉说着蒙古高原各部族的兴衰；传唱着蒙古大漠各部族的历史和文化。追溯蒙古马的祖源，要穿越 2000 多年的历史时空，春秋战国时期崛起于蒙古高原的匈奴先民，最早将蒙古高原的野马群族驯服畜养，使其成为蒙古大漠游牧民族忠实的伴侣。从此，蒙古马与大漠游牧民族结下了不解之缘，共同普写着游牧民族的历史与文化。由于它的先祖来自蒙古高原的野马族群，故名"蒙古马"。蒙古马体形小，体魄强健，狂野有灵性，有极强耐力，能抵御酷暑严寒。我们日常生活中骑的马，都是马倌或善骑者驯服的马。也就是牧人所说的第三鞍子的马。马倌驯马极具观赏性。初上笼嚼野性十足，不服骑手指挥，扬蹄嘶鸣，前跳后踢尥蹶子，狂奔中突然止步，如急刹车，左躲右闪，总之，黔驴技穷才会服从骑手指挥。第一次驯完放归马群，过些时日，再次骑驯要比初驯温顺些。等到第三次骑的时候，有些经验的一般骑手都可以骑了。牧人视马为宝，为了得到一匹良驹，不惜一切代价踏破铁履去苦苦寻觅。蒙古人更是以马为友，他们祖先曾骑着马四处征战，创下了辉煌的业绩。他们以马头为尊，严禁打马头，不准辱骂马，不准俩人骑一匹马。他们还给马起名字，为马刷洗身子，

成龙，内蒙古包头市达茂旗人，旗作协会员，牧民。

视骑乘为掌上明珠，定为家庭成员之一。蒙古马不需要华丽的马厩，广袤的草原就是它们生活的乐园。

乌珠穆沁马是较典型的蒙古马，体格强壮，抗病耐劳，善于长途奔跑，适宜作战行军。蒙古马的种类很多，除乌珠穆沁马外，还有上河马、乌审马、三河马、科尔沁马，等等。马是群居动物，每个族群只有一匹儿马，其余都是骒马。族群之间的关系非常微妙，平时都能和睦相处，只有在骒马发情时节，儿马会跑到别的族群搏抢发情骒马。族群里的小马驹长到2岁时，儿马会将其赶出本群。被赶出群的2岁骒马会被没有血缘关系的儿马收留，而被赶出去的2岁儿马只能到处流浪，等到五六岁自己雄壮的时候再搏抢骒马，组建自己的族群。蒙古马是蒙古大漠的灵魂，是草原牧人的图腾。蒙古人以马为主题的赞歌、民间传说、寓言故事、雕塑、美术等数之不尽。还有许多与马有关系的节日，如赛马节、马驹节、马奶节、神马节，等等。成吉思汗的坐骑叫温都根查干，一身雪白，四蹄纯黑。成吉思汗就是骑着他的温都根查干，从世界的一个偏远的角落，利用他的闪电战和包围战这一创造性的进攻战术，在25年的时间里征服了比罗马帝国400年征战还要广阔的土地。为了纪念这位卓越的蒙古帝王，他的守陵人（达尔扈特人）寻遍了内蒙古大草原，在盛产名马的乌审旗终于找到了温都根查干的替身。听马的主人说：这匹马是阴历三月二十一日出生，马诞生时门前湖面上升起一道彩虹。成吉思汗的守陵人听后，立即上前参拜"神马"，笃定这就是苦苦寻觅的"温都根查干"了。因此，每年的阴历三月二十一日定为神马节。马驹节、马奶节都是草原牧人庆贺丰收的节日。

草原上盛大的节日如那达慕（汉语游乐的意思）、祭敖包等都离不开赛马。赛马、摔跤、射箭是草原汉子竟显英雄本色的三技。那达慕是蒙古人心中一曲悠远的古歌。有史可查的最早的那达慕活动，是公元1225年成吉思汗征服花剌子模，为庆祝胜利，在布哈苏齐海举行的盛大的那达慕活动。赛马是速度与激情的展示。而套马是勇敢、力量、技能无雕琢本能自然天成的综合性马背功夫的展现，极具观赏性和艺术性。每年四五月青荒交替的时节，草原上牧民们都要举行一次打马鬃、烙马印的活动。牧民们把这一天看作一次盛大的节日。他们身着盛装从四面八方赶来。附近的牧民把各自的马群集结在这个青草勃发的草原上。人群中最吸引人注目的是身穿色彩艳丽蒙古袍的套马手。他们怀抱着套马杆围坐在草地上，用玩笑的语言相互激发着斗志。

每个套马手自诩是草原上的男神。他们身后的杆子马昂首奋鬃，喷鼻刨踢，急不可耐。等到用羊砖垒砌的篝火青烟袅袅、火舌腾起的时候，马群的主人们将各自不同符号的烙印置放其中，套马者便争先恐后飞身上马，挥舞着硕长的套马杆冲进躁动的马群。套马手首先选准目标，将烈马追赶到合适距离的时候，身躯前倾，伸展长臂，套马杆在空中闪电般划出一道美丽弧线后，一匹烈马就被缚了。被缚的烈马奋力狂奔，前蹄腾空，扬鬃嘶鸣。而套马者稳坐鞍后，后仰其身，拼力拖拽套杆。此时，一名小伙冲上前来，揪住马尾顺势一摔，烈马被摔倒在地，随后几名牧人上前按住烈马剪鬃烙印一气合成。套马分为挥杆套马和绳索套马两种。有的套马者手提笼头策马冲进马群，等到贴近烈马时，将手中的马笼头顺势抛出，不偏不倚正好戴上马头，一匹烈马就这样束手就擒。有绝佳骑手玩得兴奋，赤手空拳策马冲进马群，等贴近烈马时，伸手抓住烈马鬃毛，飞身跃起落在烈马背上，烈马受惊狂奔尥蹶子，骑手仿佛粘在马背一般，将骑术玩到极致。直到烈马精疲力乏，束手就擒。

　　我真正喜欢上蒙古马还是30年前的一个冬日。那时我高中毕业回家，对放牧没什么经验。听说要变天，就骑着我家赤马去找牛群。走了很远，连个牛影子也没见到。天气骤变，风雪交加，朔风刺骨，能见度很低，转眼间迷失了方向。当时我非常害怕，也很无奈，回家的希望只能寄托给赤马了。它顶着暴风雪硬是把我驮回了家。从那以后，我开始喜欢上了马，没事的时候总想和它一起玩。调教出来的马都能卖个好价格，我家赤马也不例外，买主拉走它的时候我无奈地落泪了。时间如梭，光阴似箭，正当我将它忘却的时候，某日，大赤马风尘仆仆跑回来了。见到我像久别重逢的挚友，虽没有热情地握手与热烈地拥抱，但它的脸额不停地蹭我的身体，眼里充满泪水。我摸着它的鬃毛，看着它满身做苦力的痕迹，心里非常难受。它喝了很多水，来到它熟悉的草原，又嘶鸣又奔跳，它原本就属于草原，可人类却把它当作农具使用。几天后，赤马的新主人找来了，见到它就破口大骂，将它拴到马桩上要实施"家暴"。我奋力阻拦，并开导它的新主人：你不能打它，要与它和睦相处，建立感情，它非常有灵性，也通人性，如果你经常打它，有机会它就会跑掉，那样多麻烦啊！大赤马跟着新主人走了，至于它以后的命运如何，我不得而知，只有牵挂。今天，蒙古马在草原上传统的实用价值日趋渐少，逐渐成为北方古老游牧民族的历史记忆和文化的象征。

我在岳西等着你

◇ 叶胜梅

大别山南麓，天柱峰之西，碧波荡漾的衙前河畔——岳西，我的家乡，期待一场美丽的邂逅。我在岳西等着你。

如果你踏着春风，在阳光明媚、草长莺飞的季节来，我会陪你去看杜鹃花。那一片姹紫嫣红啊，是花的世界，花的海洋。从山脚到山顶，一路攀爬，你的眼里，充满了惊奇与讶异。你心潮澎湃，激情满怀，正想赋诗一首。“呀，当心！别踩到了兰花。”我急忙拉扯你。兰花，如谦谦君子，温润如玉，不争奇，不斗艳，不经意间就会出现在草丛里，树荫下，一蓬蓬，一簇簇。山坡上，田野里，镶嵌着一块块翡翠，满目清幽，那是茶园。轻轻摘一片嫩芽，放进胸前的竹篓。“且将新火试新茶。”茶叶在沸水中翻滚，似兰花绽放。饮一杯翠兰，如烟雨婉转，胜饮美酒千般，醉了天堂。

如果你顶着烈日、冒着酷暑而来，我会带你去石关、鹞落坪或牛草山。夜晚，我们坐在高高的山岗上，数满天繁星，看万家灯火。月亮在白莲花般的云朵里穿行，听你讲外面的世界，听我说家乡的故事。笑声惊动了栖息的小鸟，它们拍着翅膀、叽叽喳喳，仿佛在抗议：“这么晚怎还不睡觉？”

清晨，陪你一起看日出。天空刚现鱼肚白，村庄在沉睡，小鸟、蚂蚁、虫子也还没醒来。万籁俱寂，沙沙沙，沙沙沙，只有我们急促的脚步，发出轻微的声响。不知不觉，衣服、头发、眉毛都凝结了一层薄薄的水雾。你忍俊不禁：“哈哈，你是白发老太婆。”我噘着嘴：“你是白胡子老爷爷！”“嘘，快看，太阳要出来了。”放眼望去，茫茫的天际弥漫着一层轻轻的白雾，白雾

叶胜梅，安徽岳西县人，安庆市作协会员。

里有一片淡淡的云霞，云霞中出现了一个若明若暗的球体，挣扎着，跳跃着，燃烧着，终于，球体摆脱了云雾的缠绕，冉冉升起，天空已是一片金黄……

如果你在多情的秋天来，那么，我们去看红叶。山明水净夜来霜，数树深红与浅黄。空旷的田野里，乌桕树的叶子红得热情，红得奔放，明艳不可方物。你深受感染，童心大发，采一些枝条，编一个花环，替我戴好：这是皇冠。500年银杏，冠如华盖。年年静听花开花落，日日笑看云卷云舒。那一片片飞舞的小扇面，尽力展现最后的芳华。拾一片最美的叶子，放入你掌心：可做书签。金钱松大道，美丽妖娆，路面铺满松针，如金黄柔软的地毯。小心翼翼走上去，摆一个造型，拍一幅照片，笑得东倒西歪。

如果你在凛冽的寒冬来，一定要去滑雪。这是一个银白的世界，玉树琼枝，银装素裹，纯洁得像是走进了童话。请你换上雪鞋，拿好雪杖和雪橇，把身体放低，前倾，如一只海燕，掠过水面，或如一只白鸽，在低空飞翔。累了吗？去天悦湾温泉。将身体埋进氤氲的水中吧，让升腾的雾气恣意弥漫在发间耳际，让泉眼冲出的热流，刺激周身每一个毛孔，直到大汗淋漓，通体舒畅。华灯初放，农庄美丽的老板娘，早已铺上洁白的台布，摆好精致的餐具。红红的火炉上，矮胖的罐子中，咕噜咕噜冒着香气。"晚来天欲雪，能饮一杯无？"

我在岳西等着你。我们去明堂山，闲坐在海拔1000米的空中长廊，品一杯咖啡，说一段过往；我们去司空山，怀着朝圣的虔诚，寻宗问禅，看壁立千仞，听天籁梵音；我们去彩虹瀑布，惊叹阳光、空气和水编织的神话，听雷声轰鸣，看白练飞泻。我们去天峡、青云峡、妙道山、鹞落坪……

我在岳西等着你。这里有闻名遐迩的岳西翠兰，鲜嫩清爽的高山蔬菜，状如小伞的香菇灵芝，还有香榧、蓝莓、山核桃，茯苓、天麻、瓜篓子，豆粑薄如蝉翼，生腐齿颊留香……

响导铺书简

◇ 音 岚

（一）

一个打铁的铺子，一个叮当作响的名字。

沧桑的轮廓，锈迹斑斑。多少代了，淬火，锤炼，成型……项家的一对父子，隆起来的肌腱，抬高了这块楔形的黄土地。

岭脊上，铁匠铺门前的歪脖子大柳树上，一枚杏黄色的旗子，如经幡。狼烟四起，三国无双。

曹公子打马归来，磨剑，铸铁。

马蹄铁溅起的火烬，染红了夜色，染红了这片寂寥的黄土地。

炉子后面，拉风箱的年轻女子，一仰一合，动作匀称。

两个娃娃，蹲在马槽边，添草料。

一家三代，支撑起一个铺子。这片黄土地上，从此——马蹄声声，薪火不断。

（二）

响导铺，每个细节，都是一帧谦卑的剪影。

每个日子，都红红火火。都是收成，都是一种虔诚和感恩。

西山岭上，高粱满坡。东岗头，便又是一茬秋声。

音岚，安徽肥东人。一个安静的诗歌守望者。中国诗歌学会会员。

乡亲在上。五谷在上。我的州县在上。每当我的脚步踏上这片黄土地，一种久违的情结，如晨曦，如蛙潮，在心底涌动。

我能听出庄稼地里，红薯拥挤着情绪，滋滋生长。听到稻菽成熟的表情，听到苍稞饱满时的打嗝声。

棉花朵朵，如雪，四季吉祥。

雁阵声声，如歌，一片秋光。

小路的枝丫间，秋露打湿的几行浅浅的脚印，那是母亲留下的。平平仄仄的，像一行伤感的诗。

那个荷着锄头的白发老农，是我的阿爸吗？躬立的姿势，如一株熟透了的高粱。

响导铺，大别山的余脉向东延伸，牛粪燃气的炊烟下，就是我的故乡了。

不知何故，归来时，我的眼角，总是被乡愁淋湿。

（三）

每当这个季节，我愿意一个人，风尘仆仆地归来。安静地和土地待上一个晌午，听圆润润的毛豆荚，一声清脆的炸响，满地金黄。

如果还觉得不过瘾，那就对着蓝天上的云朵，大声喊一嗓子。用虔诚和真情，回应眸孔深处，那一行雁阵。

用善良和祈祷，感恩风声叠起时，吱呀一声，老阿婆就小心翼翼地收紧了那一扇柴门。

（四）

有时，我喜欢这里的暮色。

有时，我会口衔一根稻秸，在暮色里傻傻地静坐。让多情的蛐蛐们，围在我身边歌吟。

当月光从白杨树上飘落时，我的心情，如西天边的那枚星子，孤寂地，只剩下一声浅浅的叹息。

我的小小的故乡啊，每当我奔波时，累了，疲倦了，总会把憔悴的心房交给你去修复。

哪怕你的一丝丝烟火，就能让我重新燃起生命里的一束火光，让我感动和绮念。

（五）

清晨，我从熟稔的乡音里醒来。

站在铺子口前，我能看到五星红旗下，我的村委会。我能感觉到，一种欣欣向荣的氛围，一种阳光下的图腾和负重前行。

这里，是党和国家"三农"政策的前沿。甚至，从邻居王老五满足的笑容里，我读出：脱贫了，致富了，农民已真正收益了。

白墙琉璃瓦的民居，整齐干净的村容，宽阔的水泥路，公交车和小车来来往往……

响导铺，与合肥城近了，与北京近了，与党的富民政策近了。

这些，是乡土上的另一种作物，以新的内涵和意象，走进我的诗句里。

从此，我的响导铺，不只是曾经的一个打铁的铺子了，她已经从姓"项"的刀铺里脱胎换骨，成了江淮分水岭上一颗璀璨的明珠！

你来，她在五星红旗下，迎风展翅。

你不来，她站在历史的肩头，守候。

我的故乡啊，你就是我心灵版图上最美的祖国！

秋

◇ 段银玲

秋之雾

令人忘情的时节，对我来说，莫过于秋。

在这个时段里，我想有更多时光的停留，因为她处处充满着诗情画意，又总能勾起我无尽的伤怀，哪怕是一片树叶、一棵小草。今天就说说这薄雾吧。她朦朦胧胧地弥漫了整个时空，有点含蓄，有点娇羞，像是在无言地抚慰秋天无从诉说的忧伤，尤其当她落在零落的叶子上时，又变成了一层薄薄的霜衣，如一层含羞的韵，时间久了，她会凝聚成小而密的珍珠，抑或凝固成透而亮的水晶，弥足珍贵。

叶子裹上薄薄的霜衣，似乎厚重许多，少了以往那种随风而去的无助。

唉！这世间万物想必都有相互之间的依附吧，不然，我怎么常常会因太多的情怀伤感得不能自已。

我不忍用手指去触碰叶子以及叶子上那一层薄薄的霜衣，她是殉情于秋的圣灵，如赤子之心的纯，如少女初恋的痴，如九月秋水的净，不容侵染。我多想让时光静止，静止于此，风都不许有一丝一缕，雾也不能再增添些许，就守着她不增不减，不染于尘，相互守望，就在这里。

段银玲，笔名秋水、左岸，河南新安县人，三门峡市政协委员，义马市政协常委、工商联副主席。

秋之河流

河风昨日那般闷热已不复存在，丝丝逼人的凉意极像女人的情绪，翻脸的速度毫不留情。

这一条寂寂的河流也不再有昨日的欢腾，顿感无比陌生。停了的夜雨有点不依不饶，余湿像熏染过的浓妆，寂寥无比。

都说秋色是橄榄棕的化影，我顾不得欣赏，此时这一条寂寂的河流，是克莱因的蓝，再加一点莫奈的灰，像一条被天使遗落人间的丝光银带，是美丽与抑郁的吻合。

这一条寂寂的河流，她是山田的断章，决绝地把彼岸分离，我总在岸的左边。

我总是喜欢在秋色的陪伴下才能静心地细细欣赏她，周边景致尽管各有韵味，最入目的唯有这一条寂寂的河流。

记不得是哪个夏季，正是汛期，那时的水色一川混浊，迫切地勇流急下，翻卷的水波此起彼伏，水线也在一夜之间上升到令人惊心的高度。次日总是在河岸两边站满了看涨汛的人，他们唠着因洪水泛滥而酿成的惊心动魄的故事，我听了，心揪得紧紧的，从此再也不喜欢夏季，总是认为汛期是一场说来就来的噩耗，一直到今天，都不能让我安宁地度过每一个夏季。

这一条寂寂的河流和夏季是同一条河流吗？如今的净，清澈见底，像少女的眸子，像一面镜子，连水纹都不曾有一丝，我自是不忍打扰她的安宁，只有静静地守着。这一条寂寂的河流，似乎也不忍离去，因为我们是此生彼此懂得的过客，多想在彼此的生命里能有更多的停留。

秋之雁

天色和海色你是第三种绝色。

我在丘陵之巅，我在晚空之间，丘陵和晚空是我的底色。

炫彩焕然，尘埃不染。

天地之间蓦然映射浩荡画卷，呈现眼前，近可触及，远至天际，玄妙流影是书写海宇和天空的诗行，虚幻莫真是谱写缥缈空灵的鸿影，连绵不绝，雄壮广凝，如此胜景，顿觉心旷神怡。

但见一鸿飞雁，盘转半空，回旋数击，徘徊留恋，而后跃起，落日余晖中旋空而去，空留涩涩海水，波光麟碎，与那晚霞淡然于虚。

"晚霞与孤鹜齐飞，秋水共长天一色。"此景，久久驻留心际。

树对花说

◇ 吴爱民

　　一阵寒风吹过，院中两盆茉莉同时打了个寒噤。一盆茉莉对另一盆茉莉说："姐姐，立冬了，天气越来越冷。主人咋还不将我俩搬进室内呢？一点也不关心我们。哼！"茉莉姐连忙对妹妹说："哟！妹妹可别错怪主人哦。昨天你在打瞌睡时，主人轻声告诉我说：你们别着急啊！趁这几天天气晴好，多晒晒太阳。只要一降温，立马将你们搬进屋。"茉莉妹妹露出了欣喜的笑脸。"Hello，看我！"花台上传来一句金属般洪亮的声音，一盆金灿灿的黄菊花与众花儿打着招呼，然后字正腔圆地朗诵起《不第后赋菊》："待到秋来九月八，我花开后百花杀。冲天香阵透长安，满城尽戴黄金甲。"诵毕，菊花霸气地扫了茉莉姐俩一眼。茉莉妹妹用崇拜的目光看着帅气的菊花赞叹道："哇噻！好酷哦！"茉莉姐说："你羡慕别的花同时，别的花也在羡慕咱们呢。我们每种花都各自有不同的闪光点。""姐姐所言极是！夏天的时候，有好多人赞美我俩又香又白呢！"茉莉妹骄傲地说。

　　"我就是我！颜色不一样的烟火！冬天我在寒风中枯萎，春天又在春风中复活。"院墙边传来茑萝的声音。纤细的茑萝斜视着茉莉姐俩说："我不像某些花没出息，冬天还要躲进温室里。哼！""我们没出息？世上那么多人歌颂我们，还把我们唱进了金色维也纳大厅里。"茉莉姐反击道。茉莉妹指着茑萝说："你就仗着女主人喜欢你，到处攀爬欺负花，还爬到茶花头上做窝。没羞，没脸皮！你都快要见上帝了，说话还那么刻薄。哼！"茑萝道："见上帝又何惜？我花生一世，不负光阴，不负卿。足矣！""不要吵了！俗话说：'梅须逊雪三分白，雪却输梅一段香。'每种花都有长处和短处嘛。"这时院东角的蜡梅树说话了。众花儿齐刷刷地望着身躯虽有些佝偻，但枝干却十分苍劲的蜡梅。蜡梅清了清嗓子说："这院中啊，最受尊重的当属桂花树！它是这小院里的三朝元老，年龄可以做你们的老祖宗喽。平时你们听它吹嘘过自己吗？"众花儿摇了摇头。蜡梅继续道："嘿嘿！还是先说一说我的故事吧。不是我吹牛，我年轻的时候长得那叫一个玉树临风、风流倜傥啊，迷倒了世间多少众生哦。那时你们这些小花们，还不知道在哪里做梦呢。"众花儿羞愧地交流了一下眼神，继续听蜡梅讲着往日的故事。梅树缓缓地叙道："那是20年前的事了，有一次男主人的一个亲戚向他讨要我的根煎水服用，说是治疗久治不愈的风湿性关节炎。那年夏天，主人拼了命地挖我的根呀，还挖了一尺多长的主根。疼得我呀，泪水直往肚里流。我在心里对主人说，我虽有一副铮铮铁骨，但也经不起你这样摧残啊。只此一次，下不为例了。可主人认为我无大碍，第二年的夏天又接着挖，还对来家取根的亲戚说，如果效果好，明年夏天再挖点。我当时听到此话，肺都要气炸了，我在心里说，主人啊主人，你难道把'人怕伤心，树怕伤根'这句老古话抛到九霄云外了吗？后来我不吃不喝，任枝叶枯萎，一朵花也不开了。那时啊，真想就这么死了算了，反正比活活挖死强吧。主人见此情景，再也不敢向我动手了。主人意识到伤我太狠，后来拼了命地弥补。每年给我浇两次芝麻饼泡的水。可是有用吗？姑且不论我的容貌能不能恢复得了，那心灵的伤害能弥补得了吗？唉！往事不想再提了。"

蜡梅用手抚摸自己的胸口继续道："我现在时常告诫自己，一定要拔除心灵记恨的杂草。主人挖我的根也是为了治病救人。这样想也就释然了。过些日子我的花又要怒放了，将馥郁的芬芳一年一度地再次洒向人间，奉献自己的一份馨香，让世间变得更加温馨美好。""说得太棒了！"众花儿感动得梨花带雨，泪水盈盈。院西角一棵亭亭华盖的桂花树发言了："刚才，众花儿说的话我都听见了，感触良多。这里我的年龄最大，已痴长60载了。在这个世上经历过太多的风风雨雨，我给大伙儿说几句肺腑之言吧。我们每种花草树木都是有灵魂的。我们和人一样，有感情，懂感恩。我们根据自身的习性，选择不同季节开花，都是一个目的，那就是为了装点大好河山，把美丽和芳香带给人间。无论我们的生命有多长，只要我们没虚度光阴，努力过，奉献过，就死而无憾。"桂花树此刻目光有些湿润了。停顿了一会儿说："我十几岁从水阳江畔来此小院落户已40多年了。这家主人从上辈人起对我就恩重如山。十几年前有多少人慕名而来，花重金想将我买走。主人不为金钱所动，硬是将我留了下来。我时常在夜深人静之时感动得独自流泪。我唯有在金秋时节桂开二度，然后结满一树桂籽来回报主人，回报大自然。每年春天四五月份，附近林场的工人将我的籽拾去，撒满山坡，使我的后代生生不息地在大地上繁殖。这些好，我永远铭记于心。"此刻，桂树用怜爱的目光巡视了一遍众花儿，又语重心长地道："我们生长在地球上的花草树木和世上的众生，应该相互尊重，和睦相处，才能共生共荣。"桂树的一番话使蜡梅树及众花儿受到莫大的鼓舞。小院上空回荡起"沙——""沙——"阵阵的热烈掌声，经久不息。

黄山惊梦

◇ 黄照群

　　渐登渐高。越高越险。不险不奇。愈奇愈美！

　　我已登至黄山的半山腰。此处路陡石滑，难能直立，非躬腰驼背不可。翘首一望，石阶犹如云梯垂立眼前，壮胆去攀。路的一边满目奇岩怪石，有如球形有似笋状，或伸或缩又凸又凹，纵横交错立立如墙；另一边则是难测的深渊，注满了葱绿的树木和涌动的风云。探头俯视，渊底深邃，嗡嗡作响。忽有黑点闪现，扶栏定睛细辨，却是山鹰在盘旋。突闻鹰鸣，顿感心惊胆战，急急收首不复看。

　　小憩。山风轻轻拂过，汗湿的身体不寒而栗；浮云缓缓穿越，恍如濒临仙界。自娱自乐地左顾右盼期待南天门能在眼前浮现。忽然喷嚏连发，一时眼花头晕，兴致荡然无存，畏惧高处不胜寒，心萌止步欲乘缆车之意。既已至此，不上不下之间，焉能自便，后悔起初徒步攀登之冲动。我纠结驻足，阻碍身后游人，于是有人妙语启发："不达天都非好汉！"微振奋。亦闻恶言秽语："好狗不挡道！"遂气愤，循声觅人未果。但见人头攒动比肩继踵形如长龙，人人奋力攀登向上，无有反向下山者。恰闻友人于高处指名道姓狂喊大叫召唤我："加油！催促提速，他们在上方等候！"我只得挥手回应，揉揉酸胀的双腿，硬硬头皮随人流发力而上。真是，"登山日当午，汗滴足下土；腿脚微微颤，步步皆辛苦。"石阶开始曲折，时隐时现似乎直通九霄云外。面对美景，畏缩情绪稍遁，边走边转项浏览。眼前乾坤，迷蒙苍茫，绿茵葱葱，连绵不绝，铺山漫谷，难辨首尾；偶见远方几座光秃秃的山顶，好似岛礁一般身藏在绿海之中；眼下，风吹枝摇翻滚着汹涌的绿浪；阳光映照树叶闪烁着浪花般的晶晶点点。置身于此，恍如绿色海洋弄潮客，恰似巡视群峰一山神！我情绪开始激越起来。

大山用坚实的臂膀托我于天都之巅。俯视众山，群峰矮矬如沙盘；辨认山道，蜿蜒细长似飘带；山涧飞泉细瀑弯溪，粼粼闪闪清晰可辨；苍松翠绿，古树参天，随处可见；嶙峋的摩崖峭壁，葳蕤的奇花异草，涨破眼帘。昂首仰望，哎呀呀，天，原来是这么靓蓝，蓝得如此舒畅；云，原来是那么洁白，白得异常晶莹；峰峦，意外的秀；树丛，分外的翠；山花，格外的艳……呈现出环幕的巨幅锦绣画卷！禁不住心旷神怡浮想联翩……假设我擅用光谱七色，恐也难能描绘出这生趣盎然的美妙景致；如果我精通音阶七律，怕也无法谱写出与之匹配的优美乐章；即便我深谙音韵全辙，却也极难创作出完美贴切的精品诗作；倘若我穷尽手机内存，也无以摄录完整这祖国的大好河山。何故如此？实因美得无以言表！黄山集东岳之雄、南岳之秀、中岳之峻、西岳之险、北岳之幽于大成而美妙绝伦，令人叹为观山而止！难怪古人观此山发出他山无须再看之叹。夏日的太阳即便刻意美化也躲不开火辣辣的意味。我犹有"撕块白云擦擦汗，对着太阳吸袋烟"的冲动。我被山风熏陶着，感到滋润、甜蜜，大口大口地喝着，恨不得用这清纯的山风将五脏六腑的湿气浊风冲刷洗涤更换。刹那间，陡生一闪念，欲矗立于山巅对这天这山这天地之空间狂喊大叫，不吐不快！喊什么叫什么为什么？我全然不知。

3日游览之中，我想象灵感多次跳闪，仿佛觉得苍天自亘古就埋下伏笔，民族要复兴，祖国要富强，人民要幸福，黄山景点似乎就有诠释：想那飞来之石，疑为天公置下的监控，窥探岁月转换人间冷暖，翘望美好明天；猴望太平，岂不是我们祖先自古就期盼民族兴旺国泰民安；梦笔酷似创造未来文明的人们正为如何生花而握笔思量；痴情的迎客松，敞裸胸怀，伸展热情臂膀，迎迓四面八方嘉宾贵客，饱览风光后，无不坚定保家卫国之信念；团结松警示人们扭成一股劲必有改天换地的力量……高瞻远瞩的天都、莲花双峰啊，你一定铭记着秦皇汉武雄立天下的历史，你肯定贮存着外强入侵凌辱国人的凄惨图像，你何曾不为民族的落后贫穷而悲伤哀叹……但是今天，历史已经翻开新篇章，黄山披上了时代的新色彩，我们伟大的祖国处处充满明媚的阳光。任尔怎么挑剔，再也难寻觅逝去的丑陋、猥琐、消沉、迷茫的前国人形象；贫穷落后的面貌正在被我们连根拔起，让宇航员抛出九天之外。现在，我们更加精神焕发，斗志越发昂扬；不忘初心，撸袖大干，人民的期望，民族的复兴，祖国的强盛，正一步步走向更大更高的辉煌。

　　诚邀黄山作证：伟大的民族复兴、神圣的中国梦，指日可待，就在不远处的正前方！

　　沉思。我之所以能登峰置顶，领略黄山之美妙景象，继而产生诸多遐想，且又被注入奋发向上的无穷力量，还应感谢友人的召唤和妙语启发人以及恶语相促者啊！

每一片叶子都有它存在的价值

◇ 周筱青

　　窗外的雨声，不用聆听就穿窗越墙而入。天上不再有繁星，也没有皓月，连那繁华的夜景里五光十色的灯光也显得有些暗淡。不期而至的冬雨夹杂着飘逸的雪花，让我真实地感受到了冬天的存在。冬雨没有春日里的娇贵，也没有夏日里的张狂，更没有秋日里的浪漫，有的是沁人的冰冷。人们用凛冽、刺骨、刀子来形容雨天的冬夜，一点不为过。想到桥洞下的那对夫妻，不觉打了个寒战……

　　每天上下班，途径一个铁道桥洞。夏天经常看到驾驶员将车停靠在此纳凉，冬季却疾风贯穿，走到这你会不自觉加快步伐。就在这寒冷的雨雪天，北风呼呼的桥洞里，一对外来弹棉花的夫妇，一待就是几十天。他们吃住在一辆 20 世纪 80 年代的手扶拖拉机上，晴天有活计，也暖和些，日子好过点。逢下雨，不仅没了收入，也冷得不行。尽管拖拉机上搭建了一个简易的破布棚子，又如何抵挡寒风的无孔不入。想着他们每日躺在四面透风、宛如"冰窖"的拖拉机上，说不上的滋味。

　　那日中午路过，看到女子手捧一碗清汤面，浮头仅几瓣蒜子卧着。就顺便问她每天如何做饭，她告诉我，带有罐子液化气和锅，买吃太花费了。并得知他们是从六安来的，平常生活来源靠水稻，田地不多，趁着农闲，出来挣几个活络钱，好贴补家用。家里有两个男孩都在上学，一个上寄宿制高中，一个上大学，正是花钱的时候。不想连续十几天的雨，生活费成了问题，巴望着早点天晴。看着他们一脸的憔悴，满身的寒冷，心里像打翻了五味瓶。

　　周筱青，安徽省散文随笔会员，铜陵市作协会员。

走在风雨里，有一个声音响起……

第二天我将烧好的鸡盛了一碗，再买些素菜及咸鸭蛋等衣物送给他们，相信那晚他们该暖和些。我也如同他们，期盼老天早日放晴。苍天不负，终于晴朗，看着他们忙碌的身影，我的心也跟着松了下来，步伐轻盈起来。

只要去菜场，总会见到过道里两位妇人的身影。一位是修鞋匠，一位是给人修补衣物更换拉链的。修鞋的年龄稍长，60多岁，本该是在家享清福的，却坐在寒风里讨生计。一次修鞋无意间得知，她家住农村，因社保养老钱少，担心将来生灾害病没钱治，趁着现在能动，挣几个是几个，说孩子们也挺不容易。多么勤劳善解人意的老人。好在她修鞋的地方在楼道口下面，避些风。看着那双老树皮模样满是褶子、粗糙略带血口子的手，感慨万分。还有一位50岁左右，守着一台老式脚踏缝纫机，寒来暑往。最见不得她冬天的那副模样，脸上手上长满冻疮，肿得厉害，愣是风口上吹的。她为了生意，迎合早市的人们，早早坐在巷道里，任凭凛冽的寒风吹打。对于她而言，我倒是希望天空能飘上雪花和雨滴，这样她才不会出摊，在家待得踏实。

寒冬里这样的身影又何止一隅。长江路步行街北门肯德基旁，有位聋哑修鞋匠，印象深刻。我有一把蓝白相间、极为淡雅的伞，甚是心仪。可有时并非你喜欢在意的，就能拥有的长久，就像这把伞，只用了短暂一年，有根伞骨就折了，找了两家未果，可我不死心，仍放不下。那日，又带着它来到那个摊位，摊主用手势告诉我，方知他是哑巴，同情之心油然。他干活利落用心，和之前的两位师傅相比，业务更胜一筹。我除了两把伞还有鞋子，尤其那把伞耽误了他不少时间，其间来过几位顾客，为了不耽误他人等候，知会他们去对面的修鞋铺。他的这种生意理念并非人人做到，不说揽活，来了还能让他轻易走？他宁愿丢了生意，也不让人在冷风里等候的姿态，着实让我敬畏。等我的伞快修好时，又来了一位客人，跟他描述鞋的问题，发现他是个哑巴，立马转身要走。我想帮他揽下这笔生意，说他的手艺很好，我们更应该多帮助照顾才是。那位女士转身，正待坐下，他却示意她去对面。我有些担心我的举动和言语是否伤到他的自尊，是否好心办坏事？临走的时候他笑脸相送，许是我多虑了，想他早已见过形形色色之人，练就坦然之心态，修炼成赠人玫瑰，手留余香的胸怀了吧。

曾读过一位台湾作家写的一本书，书里都是他真实生活写照，如何从社会底层一步步走向成功。文中一段话很是触动，他说："如果一个人鄙视那些自食其力、为生计辛劳之人，他一定成不了大器。因他不仅缺乏怜悯之心，心眼还太小，眼界自然宽阔不了，他的路又如何走远！"是呀，一个只仰望比自己高的人，而瞧不起比自己低的人，试想，如果被你仰望的人也如同你一般，是不是正在低看你呢？人是平等的，没有高低贵贱之分，没有谁生下来就低人一等。只是分工不同，社会价值不同。

在他们身上，唯有感到自己是个幸福之人，更多的要尽自己绵薄之力，帮助那些需要帮助的人，让他们在困苦中感受温暖无处不在。

一阵寒风袭来，几片银杏叶飘落脚前。我蹲下拾起一片仔细观察，远没有春夏叶子的生机勃勃，可它却点亮萧条的冬，更重要的是，它为了生命的轮回在做准备。你能说它不重要？每一片叶子都有它存在的价值！

我的金堤河

◇ 黄黎焰

厌倦了红尘喧嚣，躲进市郊金堤河湿地公园。

林荫道两旁，刺槐花正在怒放。密密匝匝，开得让人心惊，像血，又像火。

哪个游客的手机，大声唱着早年曾流行的歌。"花儿为什么这样红？为什么这样红？哎——红得好像……"撩得人直想跟着唱："红得好像燃烧的火……"

这首歌，我也曾唱过。

放眼望去，满目苍翠，心旷神怡。空气里负离子特多，我忍不住贪婪地深呼吸，陶醉在美妙的"醉氧"里。

踏着木栈道，行进在湿地里。头上是白得耀眼的云朵，身边是生机盎然深深浅浅的绿。浅水中，成群的柳叶小鱼欢快地游来游去。刚要弯腰仔细看看，却倏地不见了踪影。哈！原来是躲进了芦苇丛里。

这个国家级湿地公园是近几年新辟的。国家统筹治理总是泛滥的金堤河，将荒凉的漫滩改造成了美丽的公园。哦，金堤河还可以这般模样？我第一次来，眼前全然不似往日的记忆。

金堤河是黄河下游较大的支流，是历史上多次黄河改道形成的，主要容纳、拦截西部坡水。丰水季，烟波浩渺，滚滚滔滔；枯水季，仅剩可怜的萦萦一线和大片干涸的碱滩。遇暴雨，洪水扑天漫地而来，金堤河到黄河大堤之间几十里，大片农田村庄，便有泽国之虞。

黄河在下游是地上河，金堤河入黄困难，有时甚至倒灌。金堤河至黄河间常常形成内涝，庄稼减收，涝碱相随。不易排出的涝水下渗，抬高了地下水位，促使盐碱地扩展。这一带，连饮用水都多是带有苦涩的咸水。

　　北岸的百姓，拼命逐年加高堤坝，河堤愈来愈高。金堤河也就不再向北泛滥了，只苦了南面。老人们都说："金堤是保京城的堤。万一北面决口，大水一下子就到北京了。说啥也不能开了口！"

　　金堤河两岸截然不同。北边人称"上堤"，平安无虞，繁华富足；南边是"下堤"，旱涝难料，贫穷困苦。一代代上堤人都看不起下堤人。下堤偶有漂亮姑娘嫁到上堤，整个家族都得意；而上堤姑娘，是不会嫁到下堤的。近些年统筹治理，下堤人的日子才慢慢好起来，上堤、下堤的差距才慢慢缩小。

　　宽阔的河面，风吹过，荡起层层涟漪。几个人在悠闲垂钓，有个似曾相识的身影，让我心中一凛，瞬间穿越了半个世纪。

　　那年，一起考上了本地最好的中学。从下堤来的他，曾感叹："俺那儿的水都带咸味。你们上堤的水，咋这么甜？俺……还真有点喝不惯。"

　　大伙撇撇嘴，笑他生在盐碱窝，不识水滋味。我的心，却被怜悯攥得直哆嗦。

　　没想到，同学也分成了上堤、下堤两伙，各自抱团叙着共同语言。唯有我这个省城下放干部的孩子，上堤人、下堤人都不肯接纳。我就像一个尴尬的蝙蝠，不知自己该怎么归类。

　　他颇有恻隐心，对我很友好。孤寂中的萤火之光，也如太阳般温暖。

　　尚未萌动的青葱，也懂报答。鬼使神差，我从爸爸书柜里偷出一本《普希金抒情诗选》，悄悄塞给爱文学的他，说："俄罗斯大诗人的！学校阅览室没有。"

　　他眼里闪过两簇火花，翻开匆匆读了几行，又递给我："俺……还是更喜欢鲁迅。"

　　失望的我，笑容僵在了脸上。

　　不久，我又从家里偷出《鲁迅全集》。这一次，我要小心，免得同学们知道了，看我像个怪物。

　　他太穷，吃不起学校的饭菜。他娘给他蒸一篮粗粝的掺菜窝头，就是整整一星期的伙食，别说吃菜，连粥也舍不得喝。每星期六下午，他就步行几十里，回家拿下一星期的干粮。

　　他在前面走，我远远地悄悄跟着。走上金堤河大堤，他才发现我："你咋来了？"

　　我高兴地紧跑几步，拿出塞在后腰的《鲁迅全集》："看！这次你肯定喜欢!"

瘦小的女孩,腰间塞一本厚厚的精装书,外人根本看不出来。

抚着卡其色精装封面,他眼睛直眨巴,脸上一下子洒满阳光:"哪儿来的?"

"我爸的。"我骄傲地说。

"他肯让拿出来?"

"你别管了。"我不敢说是偷出来的。

他把手在衣襟上抹了一下,惊喜地翻开书页,默默读起来。我却悄悄打量那张又黑又黄营养不良的脸。

淳朴的农家少年,还不会说谢谢。好一会儿,他才合上书本,说:"快回吧。离学校差不多有 10 里路了。"

"嗯。"我答应着,却依然跟着他,"我想……看看金堤河。"

咋能说不想分开?羞!

也许是看在《鲁迅全集》的份上,他不好意思再赶我。

顺河凉风吹来,十分惬意。西斜的阳光,温柔地抚着水面和大地。不知名的鸟儿,追逐着欢快地飞过。岸边的芦苇,也在风中飒飒唱着歌。我俩望着河水滚滚东流,谁也不说话。

好久,他突然扭过头,满脸遗憾,憨憨地说:"你……为啥不是男生?如果你是个男的,俺一定跟你结拜弟兄。"

我目瞪口呆,说不出话。

河水笑着依然东流。那一幕在我心中永远定格。

"上钩了!上钩了!"垂钓者的欢叫声把我拉回现实。

阳光依然温柔地抚着金堤河,鸟儿依然唱着歌,只是已没有憨憨的他,我也不是当年的我。

耳畔依稀传来五味杂陈的"如果你……"尘封的记忆却突然从心底弹起,跃入滔滔金堤河。迷离的目光辨不出,金光闪闪的浪花中,它是哪一朵?或许,它潜入了河底,去亲吻家乡的土地。全不顾,水底有挣不出的漩涡。

金堤河一路东去不回头,唱着亘古不变无字的歌。哪一句,是我心里曾经唱过的?

金堤河,我的金堤河!

蔷薇之歌

◇ 徐井芬

温暖花开的春天，美好而短暂。随着百花凋零，渐近尾声，取而代之的是落英缤纷，一树新绿，那随风摇曳、风情万种的美丽，随着时光的流逝，渐行渐远。

在短暂的寂寥而索然无味中，春末夏初，有一种花独领风骚，迎来了别样的风情。——这便是蔷薇花。它有着春花的姣美，更有着夏花的绚烂，枝繁叶茂花团锦簇，一树树，一丛丛，一簇簇，旁若无人地盛开着，占尽了风头。

蔷薇，在春天即将离去时绽放，让人欣喜更让人感慨：她适时而开，填补了春末的短暂寂寥，迷蒙中，沉醉于春光的美好，似乎春天尚未离去。

时光无情，不知不觉中，季节悄然更替，让人分不清是春还是夏？"树端浮绿涨连云，青草池亭不见人。犹有蔷薇数枝在，虽然是夏亦如春。"这首宋·苏泂的《无题》，恰好写出了春末夏初的景致。树枝上繁密的绿意，池边遍生青草，而此时蔷薇花开正欢，仿若春归。她不与春花争宠，却为春夏之交增光添彩，犹如娇艳女子的那抹唇红——娇媚而生动。

蔷薇攀缘而生，藤长而花密，凌于院墙上、花架间，盛装一墙的繁华。那伸展满架的枝条，那风情万种的翠叶，那娇艳欲滴的花瓣，一眼望去乃一大片美丽与风情，诚如宋·郑刚中《蔷薇》诗之描述："一架蔷薇四面垂，花工不苦费胭脂。淡红点染轻随粉，浥偏幽香清露知。"写尽了蔷薇的枝、叶、花、香、红、白、粉、黄……蔷薇花幽香扑鼻，令人心动。

在风和日丽天朗气清时，蔷薇花别有一番风韵。一阵风来，枝叶摇曳，花海如潮，光影迷离，赤橙黄绿……将初夏的光阴渲染得妩媚动人。

我偏爱深红浅红的蔷薇花，绿荫渐浓，夏日渐长，微风轻轻吹，蔷薇花正艳，在风里飘散着芳香。然，蔷薇花美，脾气也甚，若想靠近它，却并非易事，其锋利的芒刺，令人望而却步，怯于审视与触摸。故只可远观，不可亵玩，让喜欢她的人爱恨交织。

翠绿的叶子间，盛开的蔷薇相映衬，在水边台阶旁撑起一片片花墙。花儿自顾自地在枝叶间潇洒地挤着、闹着，好像是无数的笑傲江湖的不羁少年。在一片热闹欢乐的追逐嬉戏中，不知不觉引来了夏意渐浓，蔷薇花越开越盛，犹如翩翩少年在夏日的暖风中日渐成熟。

蔷薇花，是一种生命力，旺盛的花，既可植于庭院，也可生于山野。她多情而长情，在春天开放，在夏天繁华。虽为春花，却也是夏日最亮的风景。她娇艳富有生机，陪伴着人们庸常而又平凡的日子，在不知不觉中走向夏日深处，走向街头巷尾、田野山岗，走向满眼繁华、一世盛装。

蔷薇花不仅有旺盛的生命力，还有极强的适应力，有雨水，有阳光，就能生出满墙枝叶，开出艳丽的花朵。

此时，野蔷薇不甘寂寞，也应时而来。道路旁，山坡上，沟渠边，不择条件，虽无庭院蔷薇之娇贵，却有山野蔷薇之醉人，趁着阳光正好，径自绽放。风儿柔和，沿着盘山路漫步，只见那红艳艳、粉嫩嫩、炫亮白的野蔷薇，东一丛，西一簇，怒放着，特别娇媚，引来蝴蝶在花间翩翩起舞。

年轻人爱蔷薇，不仅因为它的美丽与浪漫，尤其是蔷薇花蓬勃向上的生命力与花开满墙的热烈，如同奋斗中的他们——自强不息，热情浪漫。创新有平台，创业有底气，就业有机会，情感有归属……这是年轻一代的人生抱负，更是小小蔷薇不懈攀缘的写照。

蔷薇是晚春初夏最明丽芬芳的花朵，色彩斑斓。在沉闷烦躁的夏日里，无疑是一种色彩的惊艳和芬芳的碰撞，仿佛一种压抑情绪，瞬间化作了最俏皮的张狂，一夜之间，花开满墙。蔷薇代表着勇往直前的甜美和奋斗不止的青春，代表着年轻一代孜孜不倦的追求与梦想。

蔷薇不管不顾，恣意张狂，柔韧而绚烂，顽强而向上，在大自然中找寻着生命的安放，一枝藤上花朵竞秀，朵朵向日，千娇百媚，在风中，翩翩起舞，灵动奔放，如随风而起的花潮——飘逸、自由、骄傲、张扬。

最让人惊奇的是，那小巧繁多的花蕾，密集向上，个个都鼓着劲，凝聚着，等待着绽放。花朵圆润密集相拥，仿佛在等待着一场盛世华章。细细观察蔷薇花纹很特别，有让人忍不住流连和赞叹的那种清新与靓丽，别有一番意蕴，有佛语永生连绵的含义，赋予人们更多的生命意义。

蔷薇普通而娇媚，有着可爱的容貌，有着烂漫的笑容和曼妙的舞姿，遗憾的是，却没有真正懂它、爱它的人。经历过无数次的沉寂与孤独，只为等待那千千万万朵花开，只是倒映在流波荡漾里，那风吹舞裙，只是寂寞在静静的山岗。岸上的蔷薇花和水中的倒映如同一匹绿底缀着红花的锦绣，那漫山遍野的蔷薇，自生自灭，有谁关注过这种鲜活灵动的美？有谁真的爱惜过它们的自然质朴？不过是点缀了流光风景，开在自我的寂寞里，迎风待月，犹如卑微而烂漫花季的舞女。虽然内心有对爱的忠贞和企盼，但是流光似水，她们只是供人一时之兴，于情感于花开，都没有长久的安稳，只能让青春流逝在人生的风吹雨打里。

或许蔷薇花太多，如同太多平凡女子被忽略的青春，所以堪爱复堪伤，让人心生怜悯。杜牧在他最落魄的时候，一位旧识舞女予他真正的痴心关爱，基于对舞女灵魂善良的感动与共鸣和对音乐舞蹈的热爱，在其笔端流泻出"朵朵精神叶叶柔，雨晴香拂醉人头。石家锦障依然在，闲倚狂风夜不收"的千古绝唱。朵朵精神，叶叶柔韧，风雨晴朗，香醉人心。绿珠姑娘是在石崇家的高楼像花一样凋谢，但蔷薇不一样，如花绚烂，傲立风雨中，越是风狂雨急，越是在枝头，花开锦绣。这不是说花，这分明是说底层求生的女子，有着顽强的生命力。杜牧赞美那个出生低微的女孩，人生的风雨中她没有像绿珠一样凋谢，反而绽放活力，由此感化杜牧走出心情低谷。蔷薇花在杜牧的诗中代表着底层女性的淳朴善良坚忍不拔，代表着千千万万的最平凡的青春女子，音乐里的蔷薇花开，其实也是人心的豁达与潇洒，蔷薇盛放，活出了自我，活出了精彩。

自古以来，中国女性就像蔷薇，有着最坚韧的花开和最诱人的芬芳，哪怕是在最黑暗的乱世，也用生命和善良弥补着时代带来的各种创伤和悲情。她们位卑、弱势、苦寒，但是依然坚韧不拔，用生命和爱开出最温柔芬芳的花朵。她们在寂寥中绽放，在孤寂中凋谢，但唯一不灭的是对生命的真爱、人性的善良和对生活的热情。那幼小、纤弱、单薄的一世花开，也有着自身的圆满和它卑微的可亲可爱。

我爱蔷薇，爱她的不择条件，如少年不受命运羁绊，如年轻一代奋斗不息；爱她的生长与盛开，超脱于世俗之外，如平凡而温情的女子随心随兴。我爱蔷薇，因为它最有平凡生命的恣意绚烂，最有人间大爱与世间柔情，美丽而芬芳，坚韧而质朴，热情而圆满。

金黄色的稻浪

◇ 王中彩

1

我乘车回到了 30 年前的故乡。

稻香味扑面而来，天与地很近很近，村庄融进了一抹金黄里……

这滚滚的稻浪在夕阳即将落山的时候，已经被收割机全部吃掉了，千万株稻茬不声不响地站立着，田野恢复了平静。

一阵微风吹来，一个拾稻穗的影子从眼前晃过，在稻茬上移动，并且逐渐地清晰了起来……

10 岁的我，也不怕稻茬刺疼脚心，快速地跑上去，把刚刚拾到的一小把稻穗塞进了她的篮子里，然后发出了清爽的笑声。

我望着她长年被风吹日晒的脸，脑子里有了一个推也推不出去的想象——蓝天白云之下，河水和村庄相互依存，草房子边的稻堆闪烁着金字塔般的亮光，乡间的小路上，脚步随着歌声轻快地移动着……

她的两根粗辫子和一双清澈的眼睛怎么就成了那一年里说不出的梦想，我的心中荡漾着天真和美好。

我坚定地说，我会拾很多很多的稻穗给你的。

她抬起头，一个劲地笑着，胸口一起一伏的，小红点上衣也显得那么好看。

她捋了一下额上的头发，说，这孩子，真调皮。

她又说，你的脸和头发都是泥，去塘边洗洗吧……头发也太长了，可以理理了。

她笑着笑着，好像笑出了泪花。

我看了看自己原本浅蓝的短衣短裤已经变成了泥灰色，也笑了，仿佛笑出了希望。

2

她来到我们生产队不到一年，才哥就去了。那天，我第一次看到一个人为了另一个人而撕肝裂肺、捶胸顿足……

她是从远方的山上来的。她喜欢唱山歌，经常在田间地头唱着清脆悦耳的歌曲，孩子们喜欢听。我经常会跟在她的屁股后头转，享受着她空灵的旋律。爹和娘说，英才真有福气，娶了这么个会唱歌的好媳妇。

就这样，她给我们小小的村庄带来了欢乐。可是，好景不长，她又给这一望无际的田野铺上了一层忧伤。

我不知道我敬畏的才哥因为什么突然间离世。才哥是一个会讲故事的人，他喜欢读旧书，也出过两趟远门，他的言行是我精神世界里的甘露。很长一段时间，我为了他而失神落魄。村里的许多人也说她是克星，她美妙的歌声就是杀才哥的刀。

就这样，人们疏远了她。她从此不再唱歌。可是，她是天上的云彩，发着柔软的光，她怎么可能害我的才哥呢？我的心中漾着波浪，慢慢地向她靠近……

那一年，收割稻子的季节，她总是去田间拾稻穗，因此，我也喜欢上了拾稻穗的活儿。拾稻穗的孩子和女人很多，她默默地跟在一群人的后头，每一次，她篮子里的稻穗都少得可怜。

我想帮她，却无可奈何。

我问她，这么少，够你家的鸡和鹅吃吗？

她微笑着说，够了够了。你是个好孩子，以后别把你拾到的稻穗往我篮子里放，姐姐谢谢你啦。

3

开学的日子眼看就要到了，我随父母要迁居到城里。临走时，我去了她家的门口，想把我的梦想说给她听。天真和美好像一株嫩芽在我的心中蠕动着，却不知道如何表达。

她正在喂猪。我脸色有些难堪，莫名其妙地讨厌起圈里 3 只小猪的哼唧声。我转身就走，她有些急迫，追问，有事儿吗？

她继续说，姐知道你要走，有些难过，毕竟，你是在这儿长大的嘛。以后，要常回来看看生你养你的地方，姐看好你。

我努力地说，等我长大了，会给你送来很多很多的稻子来。

话音未落，我就跑出去了很长的一段距离。她一定也没有听清楚我说了什么，也不理解我这稀里糊涂的行为到底为了什么。然而，"姐看好你"从此藏进了我的内心深处，成了我的指路明灯。

4

10 年后的暑假，我带着一份浓浓的情意回来看望我的乡邻、我的亲人，也想抚慰一下自己躁动着的心绪。

村庄在历史的长河中演变着，未成熟的稻田散发出迷人的清香。而她，才哥的娘告诉我说，她已远嫁他乡了。

我怔了一会儿，却没有了找到她的念头……一切随缘吧，我也终归没有兑现自己许下的诺言。

然而，我的内心里产生了一种喜悦，她是一个有歌声的人，应该过得很好了。

之后的 20 年里，我东奔西走，忘却的东西很多，但家乡那金黄色的稻浪和我与她在稻茬田里拾稻穗的情景时常翻腾着我的内心，给我营养，给我方向。

后　记

精诚所至，金石为开。

关于"同步悦读"出本集子，这在 5 年前平台一上线时，就有此之想。几年来，随着平台稳健发展和作者梯队逐日壮大，这一念想或者说这一呼声抑或是建言，始终都没有搁浅过。甚或是两年前，我们一度按下过"启动键"，但终因不想给作者添任何"负担"，而又断然点下了"暂停键"。

的确，现在对于一个文学类平台来说，只要有作品源，出一本或几本集子并非是多难的事，只要双方意愿契合，便可成交。但我们或许考虑得更多，为出书而出书，难免会让文学沾染上些许异味。或许我们还需要沉淀，亦或许我们在等待一个对的机遇。

2021 年 10 月 27 日，"同步悦读"上线 5 年零 5 个整月，这或许是一个机缘巧合的"良辰吉日"，以"增强精品意识，提升突破自我；讴歌时代精神，颂扬人间大爱"为主旨的"同步悦读"首部文学读本征集启事在全网发出。"优质、高质、上乘、可读、励志""思想的深度、视野的广度、人性的温度、精神的亮度、时代的美度""不厚名家，不薄新人"等等这些关键词，再次反射了"同步悦读"最初的执念与底色。

短短几天，"同步悦读"作者自荐的作品如云而至。在数百篇自荐而来的稿件中，我们根据本次文集的风格定位，组建编委会群，逐篇细阅，反复酌定，投票遴选。通过两次筛选，最终选出 100 篇作品。然而由于受字数限制，我们不得不再次"忍痛割爱"。特别是为了给草根作者们"让路"，给他们更多的机会，在确保文质的基础上，我们将一些出过很多个人著作的名家的作品拿掉。在此，向你们致以深深的歉意。同时，此次没有入选的作品并不是说不好，也诚挚希望多多理解，毕竟这是首部文本，在以后的日子里，我们还会将这一"精品工程"接续下去。

　　最后，真心感谢著名作家石楠不顾年迈为本书拨冗作序，感谢深圳市海恒实业有限公司为本书的面世给予的鼎力支持，感谢孙仁寿、胡铭、吴新生、胡静、陈大联、梦梦、吴婷、薛玉玉、徐瑞成等老师为本书的书稿编选工作所付出的脑力与心力，感谢《作家天地》主编郭翠华为本书的出版搭桥牵线，感谢所有的"同步悦读"家人对本书的付梓给予的关注与支持。

　　最后的最后，我们要感谢我们生在这个伟大的时代。

　　以记之。

编者

辛丑年十二月